春花秋月

江南岸 著

CFP 中国电影出版社
2018・北京

图书在版编目（CIP）数据

春花秋月／江南岸著.—北京：中国电影出版社，2018.6

ISBN 978-7-106-04928-7

Ⅰ.①春… Ⅱ.①江… Ⅲ.①长篇小说—中国—当代 Ⅳ.①I267

中国版本图书馆CIP数据核字（2018）第126599号

春花秋月

江南岸　著

出版发行　中国电影出版社（北京北三环东路22号）邮编100013
电话：64296664（总编室）　64216278（发行部）
64296742（读者服务部）　E-mail:cfpygb@126.com

经　　销　新华书店

印　　刷　北京盛彩捷印刷有限公司

版　　次　2018年7月第1版　2018年7月第1次印刷

规　　格　开本/710×1000毫米　1/16
印张/18　字数/265千字

书　　号　ISBN 978-7-106-04928-7 / I・1238

定　　价　56.00元

序

春花秋月

此书所涉人事，除个别略有魅影，余皆著者杜撰，请勿索骥。

诸君看书，切要谨记，凡小说家言，不可轻信，观书会疑，方是慧眼。

著者作书，非敢立言存照、卖乖弄巧，游戏文字，贻笑方家，若能为诸君破闷解乏、增添谈资，乃此书大幸。

此书虽历时数年、费力若干、几易其稿，终因著者才力有限，仍难尽意，诸君见谅。

此书之注，所涉方言，如有不妥，敬请指正。

2017年7月　江南岸

目录

春花秋月

楔　子[1]

在江南一隅，有一座山，名叫乌有山。乌有山得名何时已不可考。只是那山秀丽绚烂，主峰挺拔，高高矗立，嶙峋而上，远远望去，像是一座高高耸立的宝塔，直冲云霄，似与天际接壤。主山四周又盘亘着八十一座小山，叠峦相连，延延绵绵，起伏万千。那八十一座小山峰又一致朝向主峰，似有万山朝贡、众星拱月之势，巍峨壮观，却是奇异。

乌有山另有一妙处，若是夏天，风和日丽，每天清晨，山峰上紫雾缭绕，氲氤腾漫，笼罩着半个山腰，恍如仙境一般。传说，古代一个大旅行家游于此地，驻足眺望，为眼前奇异景象所迷，流连忘返，竟不知归路。后人为纪念这位大旅行家，特地在山脚下塑一石像，迄今还在。

据当地的老人讲，这山上出现紫气，是因为这山有灵气。相传上古时期，舜帝巡狩于此，不幸身亡。娥皇、女英两位妃子追随而来，闻此噩耗，伤心欲绝，哭泣不已，日积月累，那掉在竹子上的泪珠日久结痂，斑斑驳驳，以后长出的竹子也是如此，后人为纪念两位妃子又称此竹为“湘妃竹”。

由于乌有山地处荒僻，树木葱翠，旧时又常有凶禽猛兽出没，所以一直以来人烟稀少。后来那些野兽被人大肆捕杀，逐渐减少，直至绝迹。人们贪

---

① 楔子：本义为：木匠斗榫后，怕斗榫不紧，在缝隙里塞一木屑（楔子），使其合缝、紧凑。文学上，“楔子”既可引出、承接下文，又可补缀后文若干情节。故，楔子大略相类“引子”或“引言”。

恋这里的天然秀色，来这里居住的人也多起来。当地的人又大力发展旅游业，本来秀丽怡人的自然景致，加上人力的斧斫细雕，又有良工巧匠精心打造的几处建筑，更是雕梁画栋，古色古香，巧夺天工，与那自然风光浑然天成，旖旎夺目。远近的游客慕其名，接踵而来，络绎不绝。

乌有山脚下不远处，有一个村庄，叫子虚村。据地方志载，子虚村起源于明朝末年。那时连年战乱，烽火不息，税赋深重，百姓苦不堪言。为躲避战乱与税赋，百姓到处流浪，他们或三五人，或五七人从四面八方来到这里，见这里有荒可垦，有地可种，便安定下来。几百年后，已繁衍成一个有数千人的大村庄。

由于子虚村的人都是四方迁徙而来，姓氏盘杂，有十几姓。张姓是村里人口最多、势力最大的一支。仗着道路带来的方便，张德贵就在离城不远的郊外开了一家卷烟厂。那卷烟厂有好几十亩地宽，光是请的工人就有几百个。不出几年，张德贵的手头宽松了，日子过得惬意起来，也不忘一方水土，润物育人。张德贵自己拿出钱来，在村前的大河上修了一座丈把宽[①]的桥。村民此后不用再挤渡船，方便很多，心里感谢张德贵慷慨为人，致富恤贫，特地在桥的进村一头为他塑一尊石像，还请当地一位名士题字“德育后人，以和为贵”。

张德贵为村里修桥以后，自己也在村里建了一栋独院别墅，里面假山、亭阁、奇花异草等，应有尽有。张德贵每日饭后闲走，总觉得这院子里还少了一样什么，后经朋友点醒，张德贵才恍然大悟，原来差一条小溪。于是，他忙叫人从村前的河上游开一个口子，掘一条小溪，把河里的水引进院子里。院子两头用铁网拦住，放了鱼，架上桥。每到烈日炎炎的夏天，趿[②]着鞋，端张小板凳，坐在溪边的树荫下，垂着钓，吸着烟，饧[③]着眼，看着淙淙流过的溪水，张德贵心里总会漾起一丝自得：想我这一生总算对得起列祖列宗，没

① 丈把宽：约一丈宽。后文有“个把月”，约一个月，此类用法皆同。

② 趿：把鞋后帮踩在脚下。

③ 饧：眼睛半眯半合。也指过度睡眠后，精神萎靡，眼皮下垂。

有丢他们的脸，反给他们增了许多光。子虚村几百年来，恐怕还没有第二个在四十几岁就挣得这份丰厚家业的。如今这份家业别说自己这一世花不完，就是留给儿子、孙子，他们也不见得能花完。想到这里，张德贵又顿时刹住笑容，泛起一丝哀愁，轻叹一声气，自言自语说道："要是秋生那小子长半点劲儿，争半口气，我这一生也没什么遗憾了。"

张德贵正在喃喃自语，不远处一个四十来岁的女人，穿着红色短裙，上身裹着一块蓝色轻薄纱衣，趿着鞋，正慢慢地走过来。张德贵两眼望着小溪，正在胡思乱想，不曾注意有人走近。那女人走到张德贵后面，一只手轻轻按在他肩上。张德贵转过头来，见女人惺忪着眼，似是刚睡醒的样子，微微一笑，说："婆娘，你来啦？"那女人轻轻一笑，说："刚睡醒，出来走走，却见你在这钓鱼。刚才见你望着水面的样子，又见你这张苦脸，想你在想什么发愁的事？"

张德贵望着女人那张略显疲惫的脸，多少思绪涌上心头：想当初，自己还是个穷酸的小后生，婆娘不顾家人反对与劝阻，坚决要嫁自己。结婚以来，日子艰苦，却也相濡以沫。多少年来，披星戴月，栉风沐雨，始终不离不弃，如今挣下这万贯家财，女人昔日的娇媚与容颜早已逝去，岁月的痕迹已悄悄袭上来。张德贵感到一阵酸楚，又有一阵欣慰于怀，轻轻笑了笑，说："秋生这小子这些天没见他人，也不晓得去哪儿了？"张德贵婆娘说："不提这小子还好，一提起来我就气。这几天连他个魂儿也没见着，整天跟些不三不四的人在外头瞎混，晓得的人倒不说什么，不晓得的定会说这小子没老子，没娘，没人管教。"张德贵又叹了口气说："子不类父，也怪我当初疏于管教，才纵得他今天这个样子，都是我的错。"张德贵婆娘说："你也别太自责，我看别个家的孩子也没怎么管教，不是好好的，哪里像他这般样子。前些天我托林家嫂嫂帮我们看看有没有合适的女孩子家，想给他讨个亲①，管束他一些，收收他的性儿也好。"张德贵点点头说："这个主意倒不错，横竖②是要讨的，早

---

① 讨亲：娶妻。

② 横竖：反正。

些讨回来也好。”他停了一会儿又说，“你刚才说的林家嫂嫂是哪个？”张德贵婆娘说：“你怎么就忘了，几年前，咱们还住那土屋的时候，她还来串过门，我们托她办了好多事情呢？”张德贵略一深思，哈哈笑起来，说：“就是这婆娘，有意思得很，说话又有趣，只是好些年没见她过来走走。哪天你有空请她过来坐坐。”张德贵婆娘说：“可不是，那天我去她家跟她说秋生的事，问她这些年怎么就不过来坐坐，吃口茶，谈谈白话[①]也好。她却说，‘我们这些人的鞋儿是泥、袜儿是汗，进来一站脏了你的地儿，矮身一坐又污了你的桌儿、凳儿。身上的灰尘被风一吹，也够你忙上半天，哪里还好意思去。’我说，‘嫂子你太见外了，当初你也帮了我们不少忙，如今上门来坐坐，又有什么要紧，还怕少了你酒饭不成？’她笑了笑说，‘既是张家嫂子这般说，哪天我有信儿上门复你就是’。我出门还特地叮嘱她好歹过来坐坐，不然就显得生疏了。”张德贵夫妻讲了一会儿话，见日头快要落山，收拾东西回屋里去了。

① 谈白话：也作谈白，说闲话，聊天。

泛 舟

子虚村村前有一条三十多丈宽的河，到了秋天，雨水少，河水清澈澈的，河里的鱼虾、水草都能看清楚。流水也平缓，若是划船在河里玩耍，逆流而上，也不用费多少力气。

时值中秋季节，日光和煦。斜晖照在微风吹皱的河面散着点点光芒。河中泛起一叶小舟，舟上载着两个少女，一个十七八岁，一个十五六岁。年纪大一点的穿着一件花布衬衫，站在船头悠闲地摇着橹，哼着小曲儿，逆流而上，两眼望着前方长长的大河。河两岸俱是茂密的毛竹，偶尔一阵微风吹拂，竹叶发出“沙沙”声响。又有那斜阳照着大地，霞光满天，似是给这周围的景致上了一层轻薄的颜色，五彩缤纷，绚丽多姿。

船头的女孩似是被黄昏的景致陶醉了，只管摇着橹，痴痴地望着前方，不作一声。年纪小一点的女孩，静静地躺在小舟中间，面朝着天空，双脚并拢，伸得直直的。两臂张开，搭在小舟边沿上，十指伸入水中，逆着水流，拖出几道细细的水痕。偶尔一只手伸入水中，捞起一抔水，向上一洒，那水即散作点点水滴，落在水中，溅起一朵朵小小的浪花。年少的女孩突然坐起身来，叫了声：“姐姐……”船头的女孩听到叫声，回过头来问道：“什么事，妹妹？”妹妹说：“要是你能在家天天陪着我这样出来玩就好了，我整天都是一个人待在家里，都快闷死了。”姐姐笑着说：“看你这丫头，就晓得玩耍，今天可是背着爹妈出来的，若是让他们晓得，准会有一顿好骂。”妹妹说：“姐姐，你不晓得，爹妈他们每天都不让我出来，一个活生生的人倒像是在坐班房[1]似的被关在家里，一点味儿也没有。好不容易你从学堂回来，陪我耍耍，爹妈他们就是晓得，也不见得会怪罪我们。”姐姐说：“爹妈他们不让你出来，也是为你好，你自小体质差，经不得风，淋不得雨，天气稍一冷，就咳嗽。要是你一个人出来久了，落下个病痛，爹妈他们不是很担心？”妹妹吁口气说：“那都是很小以前的事了，你们还记得。现今我大了，自是不能跟以前相比。”停了一会儿又说，“我真想能像你一样，到城里去读书，可是爹妈他们总是不准，担心我这身子消受不起。我心里想，我这身体再差也不是纸糊的，哪里就见不得光了，像个襁褓中的婴儿似的，被紧紧地包裹着，去城里读书都不能。说起来就让人气恼。”姐姐安慰妹妹说：“城里离家远，要是没个人照应，会很困难。”妹妹说：“有什么困难，难不成我这一世都不能一个人出门，得有个保姆跟着？”姐姐听了默不作声。妹妹顿了顿又说，“好久没见到夏生哥，他这次有没有和你一起回来？”姐姐说：“我们是一起回来的。”妹妹说：“他怎么不出来和我们一起玩？”姐姐说：“人家哪里像你这般贪玩，就要考试了，他在家里复习功课呢。”妹妹笑着说：“我就晓得你一心只护着将来的姐夫，把我这个妹妹来数落就是。”姐姐一听，脸上早已红了一大片，嗔怒道：“哪个是你姐夫？你若是喜欢他，就叫他做你的乘龙快婿好了。”妹妹咯咯笑着说：“姐姐嘴上是这么说，只怕真有人来抢，心里有多少个不愿意呢。再说，你们是郎才女貌，天作之合，别说谁也抢不走，哪怕背着杆子还打不开呢。”姐姐被羞得满脸通红，放下手中的橹，捡起船上的一片小篾条，走过来，轻轻地按着妹妹，举起篾条做出要打下来的架势，说道：“我先打烂你这张嘴，看你以后还敢不敢乱说话。”

妹妹早已惊作一团，忙用手拦着篾条，不让打下来，一边笑，一边讨饶：“姐姐饶了我吧，妹妹知错了。”姐姐见状，松了手，放开妹妹，微带怒色地说：“算你这丫头识趣，求饶得快，要是稍迟些，那条子落到你身上，我

① 班房：牢房。

住着，喝西北风呢。”春花笑笑，说：“是了，怎么不见叔叔？”林二婶说：“那砍头的，今天一大清早就出去，现在都还没回来，也不晓得死哪儿去了。”

她们正说着，只见一个四十多岁的大汉，满脸通红，饧着眼，无精打采，趺趺撞撞地进了院子。见春花、秋月和林二婶都在院子里，大汉向着春花姊妹俩笑着说：“侄女好啊，好些日子没见你们，怎么今天舍得上门来坐坐？”不等春花姊妹俩答话，林二婶抢先说道：“你这砍头的，今天又死到哪里吃酒去了，吃得这么醉醺醺地回来，像个泥人似的，站也站不稳？”

春花笑道：“今天二叔想是碰到什么好事了，才这般痛快地吃了一顿好酒。”林二叔嬉笑着说：“春花说得一点都不错，今天李家有户人家讨亲，叫我过去帮衬一些。哪晓得主人家热情得很，我都吃不下去了，他们就是不饶，几个人非得按着我，又灌了几大碗下去。我想，今天是人家大喜日子，我也不好扫人家的兴，只好硬着头皮，把那几大碗烧酒硬生生地咽下去，落后[①]哕[②]了一地。”林二婶说道：“要是有酒吃，你还用得着人按着来灌？你是生怕自己少吃了几碗，没尽兴才是。”林二叔不说话，只管嘿嘿地笑。春花姊妹见林二叔满身酒气，也不再打搅，辞了林二婶就出去了。

秋月说：“姐姐，你跟那老虔婆讲那么多话做什么，我看到她不往她身上吐口水就算对得住她了。”春花说：“妹妹，这可要不得，太不尊重人。别说是自家婶婶，就是旁人，也应该尊重才是。”秋月说：“不是我不尊重她，我是看不惯她那张有事没事就嚼蛆[③]的嘴，看见就想哕。”春花笑笑，也不作声。姊妹俩一路说着话往家里走，这时天色已渐渐黑下来。

姊妹俩进了自家院子，见林大叔正坐在院中间跷着腿“吧嗒、吧嗒”地吸着水烟，各自叫声“爹爹”。林大叔眯着眼，面带微笑，问道：“你们下午去哪里耍了？”秋月说：“我和姐姐去河里划了一会儿船，落后又在二叔家坐了一会儿，就回来了。”林大叔听了，“哦”了一声，说：“以后别去河里耍

---

① 落后：后来。

② 哕：呕吐。

③ 嚼蛆：乱说话，表示厌恶。

得太久，寒气重得很，要早些回来。”秋月说声“晓得了”便和春花进屋里去了。

林大婶见姊妹俩回来，从伙房[1]里端出菜来，叫大家一起吃饭。秋月见桌上有野生天鹅菌[2]煨的鸡汤，忙用调羹舀了一小勺，送到嘴边，抿一小口，只觉清甜香醇，满口余味，笑说道：“还是姐姐才是妈妈心头的肉，一回来，就煨这么好吃的汤，我在家里几个月也难得吃上一次。”林大婶见状，做出一副严威的样子来，瞧着秋月嗔道：“就你这小妮子嘴多，你喜欢吃，铫子[3]里还有，待会我全给你拿来。”秋月说：“我哪里吃得了那么多，我只是心里不平，为什么待姐姐这么好，妈妈偏心呢。”林大婶说：“我是怕你姐姐在学堂里成天吃斋，油水不好，所以多做些荤菜给她吃，我哪里偏心了。你姊妹俩都是妈身上掉下来的肉，哪一个有什么不好，妈心里好过？”春花也瞪了秋月一眼，嘀咕一句：“死丫头，就晓得浑说。”秋月看着林大叔一声也不吭，只是咯咯地笑个不停。

---

① 伙房：厨房。

② 天鹅菌：一种野生蘑菇。

③ 铫子：一种煨汤用的瓷罐，肚大，有把，有专用倒汤的出口。

医　病

第二天一大早，秋月醒来，只觉得头脑昏沉沉，肚子隐隐一阵疼痛。她只好双手捂着肚子，蠕动一下，但越发痛起来，不禁“哎唷、哎唷”叫起来。春花被秋月的呻吟声惊醒，坐起来一看，见秋月双眉紧蹙，眼睛微闭，嘴里不停地“哼哼”着，全身缩成一团，一副痛苦不堪的样子，吓得魂儿都没了，一轱辘爬起身，也没来得及穿鞋，光着脚丫就跑去叫林大叔和林大婶。林大婶一听，也慌了神，起得身来，随手拿起一件外衣披上，趿着鞋便大踏步跑过去。林大婶见秋月痛得双手捂住肚子不停在床上打滚，额上已颡出[①]微微冷汗，叫几声“秋月”，秋月也只是“哼哼”地应着。林大婶急了，忙转身对林大叔说道：“她爹，你赶紧去叫刘医生过来看看。”林大叔应一声，拔腿就往外跑。

林大婶吩咐春花去烧热水，自己坐在床沿上，握着秋月的手，轻轻地叫秋月的名字。秋月一只手捂着肚子，不停地翻滚，一边带着哭腔说：“妈妈，我肚子好痛，痛死我了……”林大婶说：“秋月，你别慌，你爹爹叫医生去了，一会儿就到，你稍忍着点。”正说着，春花端着一盆热水，拿一张帕子进来了。林大婶把帕子在热水里浸湿了，拿出来拧干，帮秋月擦身上的汗。身上的汗刚擦过，过不得片刻又颡出来，林大婶只得不停地擦。春花也在一旁拿

① 颡出：冒出。

着扇子扇。秋月在床上只是不停地乱滚乱叫。林大婶和春花你看着我，我看着你，俱是悲戚戚的，一点办法也没有，只盼医生早些过来。

不多一会儿，刘医生挎着个箱子来了。先看看秋月的病情，也没看出什么来。又询问林大婶昨天夜里给秋月吃了什么？林大婶说，只是用野菌子煨了鸡汤。刘医生一拍大腿，说道：“这就是了，野菌子是有毒的，怎么能随便乱吃。这次还算运气好，只吃坏肚子，不至于伤性命，要是哪一天倒起运来，可能连性命都不保。”林大婶说：“这就怪了，这种菌子我们以前也不晓得吃了多少，怎么就从来没出过事，昨天夜里我们一家四人都吃过，其他人也相安无事，偏偏就只有秋月肚子痛，她有事？”刘医生说：“我就是说你们几个运气好嘛，若不然，还不是跟秋月一样，肚子痛得都在打滚，哪里还能这般轻松地跟我讲话。”刘医生一边说着，一边打开药箱子，拿出一瓶药来，倒出几粒药丸，说：“我先给她吃些泻药，把肠胃里的毒素排泄出来，然后再打一针止痛，包管就好了。”

秋月吃下药不久，就嚷着要去茅司[①]，林大婶和春花扶着去了。回来后，刘医生又给她打了一针。过了半晌，见秋月还是捂着肚子，不停叫痛。林大婶拉着刘医生，叫他再仔细瞧瞧，是不是看错了，怎么一点效果也没有？刘医生走近秋月床前，随便看看，说：“我晓得了，既然不是野菌子吃坏肚子，一定是突发性胃病。”

林大婶、林大叔和春花刚开始听他说是吃野菌子吃坏肚子，都不大信，这一回又听他说是突发性胃病，还有点像，也就半信半疑，催他快点用药。刘医生拿几粒止胃痛的药出来，让秋月吃下，林大婶等几个人都睁眼看着秋月。过了一会儿，秋月还是叫痛，苦不堪言。林大婶着急起来，拉着刘医生的手，只顾求他快点好好看看，秋月到底得的是什么病？林大叔和春花也不知说什么，只眼巴巴地看着刘医生。

刘医生见两次用药都不见效，也慌起来，皱着眉头，不说话。思索半晌，突然一拍桌子，站起来，说道：“有了，先前是我糊涂，这么常见的病症我应

---

① 茅司：也作毛司，茅厕。

该早就想到的，只是被你们这么一急，什么都忘了。这除了是蛔虫病，哪里还有其他的病。”说完很快从药箱里拿出几粒治疗蛔虫病的药来，给秋月吃。一边对林大婶几位分析道：“这肚子里的蛔虫是人人都有的，只是秋月身上的蛔虫多了，又没吃药打些下来，若是消消停停倒也相安无事，一不安分就要作乱，它们只管不停地在肚子里滚来爬去，有时候一大堆结成一团，在肚子里拱，你说，能不叫人痛苦难受吗？现今我先用点带酸的药哄着它们，使它们消停下来，不再捣乱，然后再用药杀死一些，这样就没事儿了。”林大婶见刘医生说得有条有理，头头是道，也以为秋月得了蛔虫病。

刘医生让秋月把药吃下去，大家又是眼睁睁地看着她。但是秋月身上的疼痛还是没减轻一点。林大婶几个人的目光又齐齐地看着刘医生。刘医生尴尬地笑笑，说：“让我再想想。”刘医生冥想了一会儿，自言自语道：“是了，除了这个病，实在想不出别的病来。”林大婶见刘医生小声咕噜，忙问是什么病？刘医生说：“阑尾炎。”林大婶一惊，来不及细想，忙问刘医生怎么办？刘医生说：“你们还是送她去城里，准备动手术，别拖得太久，免得病人难受。”说着，刘医生便向林大婶收了钱，收拾自己的那些物品，走了。

林大叔正要出去叫人，准备送秋月去城里，林二叔来了。林二叔与林大叔、林大婶各自问声好，说：“刚才大哥去请刘医生时，跟我说侄女病了，那会儿正赶上家里有些事情，忙了一会儿，现在才过来。我来时在路上碰见刘医生，想是已用过药。侄女好些没有？”林大婶说：“刘医生在这里折腾了半天，哪里管半点用，我们正打算送她去城里医治。”林二叔走近来看了看秋月，见她痛得厉害，又听说要送她去城里，说道：“听说侯婆婆很会医治肚子痛。刚才刘医生看不好，兴许她能看好，我们何不先请她过来看看，再作打算？若是看好了，也省去这顿劳累，看不好再去城里也不迟。”林大叔看看林大婶，林大婶没吱声，只是点点头，林二叔就请侯婆婆去了。

不一会儿，侯婆婆便匆匆赶来，没等稍作休息便和林大婶几个进了秋月房里来，只见秋月仍在喊痛。侯婆婆叫林大婶拿根绣花针，点火过来。一会儿，林大婶拿过来，侯婆婆右手拿着针，先在火上烤过，再用烧酒擦几遍，除去针上的脏东西。侯婆婆叫林大婶扶秋月坐起来，又叫秋月张开嘴，舌尖尽顶上颌。侯婆婆拿针在秋月舌根下两条淤红处用针各刺一下，流出些瘀血来，叫秋月吐出。侯婆婆叫林大婶把针、火收起，拿些茶油过来。林大婶照着拿来。侯婆婆教林大婶将右手食指弯曲弓起，在突起处蘸上些茶油，一只手把秋月扶起，只管在两乳下用力摁着，从上往下滑刮。刚开始痛得秋月“嗷嗷”直叫，林大婶有些不忍，停下手来。侯婆婆说：“先别理她，只管照我说的做。”林大婶只得狠下心来，用力在秋月腹上刮，不多一会儿，秋月腹上便出现几条褐色的印迹。侯婆婆又叫秋月转过身来，伏在床上，在背上由肩从上往下刮，又过一会儿，出现几条深褐色的印迹。

渐渐的，秋月不痛了，人也清醒好多，起身来，整理好衣服，叫了声“侯婆婆”。侯婆婆应了一声，笑着说：“好些了吗？肚子还痛不痛？”秋月说：“好多了，现在一点儿也不痛，侯婆婆手段真好。”侯婆婆说：“哪里是我手段好，只是见得多，一看就晓得。这天气时冷时热，最容易发痧。也不是什么大不了的事，今后多注意些就是，这痧一起，就痛得人打滚。”林大婶婶见秋月好了，心里也欢喜，忙叫侯婆婆到厅里坐，吃晌午饭再走。侯婆婆见秋月已不妨事，急着要走。林大叔、林大婶、林二叔和秋月姊妹一齐拉不住。侯婆婆只说道：“多大的事，还劳你们这般费心，你们还是忙去吧，我这把老骨头坐不住，到处走走还快活些。”林大婶几个强留不住，只得让侯婆婆去了。林二叔见秋月没事，也走了。林大叔、林大婶见秋月已无大碍，只是精神略显困乏，只叫春花照看着，好好休息，便忙去了。

作 伐[1]

秋月休息一下午，夜里又好好睡了一觉，第二天醒来，日头已出山。几缕阳光从格子[2]射进，照在书桌上，亮铮铮的。秋月起身来，舒展手脚，觉得畅快无比。见姐姐还没睡醒，想是昨天有些劳累，也不去打搅，便自个儿走出房间。到院子后，秋月见院子里栽的几盆野菊正在盛开，白色花瓣错落排列着，一层层地绕着蕊芯，甚是可爱。她走前几步，凑近身，在菊花上嗅几嗅，芳香怡人，沁入心肺，喜欢得不得了，不由得想起陶渊明的诗句："采菊东篱下，悠然见南山。"低头思忖：古人咏菊的诗多得不可胜数，我今天触景生情，难得有这般好兴致，何不也学古人，作首诗？心里想着，秋月便进了房里，摊开纸，提笔在砚台里蘸上墨，略一思索，便在纸上工工整整地写了四句诗。秋月拿在手上，看了看，又默念几遍，甚是得意。回头见姐姐还在酣睡。也顾不得许多，忙去叫醒。

春花睁开眼，见是秋月，说："妹妹，你怎么这般早就起来，有什么事？"秋月说："姐姐，我今早起来，到院子里看菊花，见菊花开得灿烂，便触景生情，作了一首诗。"春花说："噢？快拿来让我看看。"秋月转身去拿来。春花起身坐在床上，从秋月手上接过纸来，见纸上用毛笔书写的楷书工整秀丽，

---

① 作伐：做媒。

② 格子：窗子。

欣然说道："才多久不见，妹妹的毛笔字比以前又进步了许多，写得这般漂亮。"秋月得意地笑了笑。春花随口念起来："《咏菊》——乌有山下有菊花，矗立瓦中傲风沙。白花绿叶质若兰，莫教世人不识它。"

春花念完，说道："乌有山下哪来的菊花？"秋月说："咱们家院子里的不是？"春花听了，笑起来说："咱们家院子里的当然是菊花，只是算不得'乌有山下有菊花'。"秋月不服气地说："陶渊明说'采菊东篱下'，难不成他家周围就有成片的菊花？"春花沉默了好一会儿，也想不出合适的话来回驳，一时愕然，只说道："死丫头，就你古怪，算你说得对。"秋月得意地笑了笑，说："既是这般有兴致，姐姐也来和一首，凑成双璧，如何？"春花说："作诗我可不会。"秋月央求说："姐姐可学我一样，先到院子里去看看那几盆菊花，说不定灵感一来，进得屋里，提笔一挥而就。管它是不是诗，也不管它什么格律不格律，有个样子就成，横竖又不传给外人看，怕什么。"春花说："傻丫头，姐姐要是有那般敏才，岂不成了大诗人？作诗比不得作别的，强不来，若是强作，反而不美。那一首还是留给你自己来和吧。"

秋月听春花这般说，略一思索，提笔在纸上又作了一首。春花拿在手上轻声朗诵："《品菊》——生时只在瓦砾间，花开时节芳自赏。不与牡丹争天下，凋落不留人世间。"春花念完，笑说道，"妹妹才思敏捷，却养在深闺没人识，未免可惜了。'不与牡丹争天下，凋落不留人世间'，怕是妹妹自喻吧？"秋月红了脸，说："姐姐别笑我了，我哪有这般才学，只不过菊花品性清幽，为历代文客赏识。我也只是一时有兴，随口诌得几句，哪有什么自喻不自喻？"

姊妹俩正说着，林大婶推门走进来，见姊妹俩有说有笑，也笑着说："你俩姊妹在说什么呢，谈得这般起劲？"秋月说："我正和姐姐说院子里的菊花呢。"林大婶说："那几盆菊花有什么好说的，外面路边上到处都是。你爹爹回来了，你们也出来吃饭吧。"姊妹俩相对一笑，出去吃饭了。

吃过饭，林大叔歇一气，抽上几口水烟，扛着锄头又出去了。林大婶也自忙去。姊妹俩没事，进房里来谈白。

姊妹俩还没说上几句，一个十七八岁的后生，面容清瘦，留着寸长短发，一副学生模样，快步走进林大叔家里来，此人便是赵夏生。见林大婶正在低着头打扫院落，赵夏生便叫了声“林大婶”。林大婶见赵夏生进来，便赶紧放下手中的扫帚，一边叫夏生进屋里坐，一边去倒茶。夏生连忙摆摆手，说：“大婶，不消了，我家里还有事，随便坐一会儿就走。”林大婶说：“急什么，你又不轻易来，坐下来吃口茶要什么紧。”

秋月在房里听夏生来了，早跑出来，叫了声：“夏生哥。”夏生站起身来，点点头。春花也从房里出来，和夏生对望一眼，又把目光转向别处。三人在厅屋①里坐下，林大婶随后把茶端给夏生后就走开忙别的去了。

夏生吃了几口茶，说：“昨天帮我爹爹在田里干了一天活，晚上回来听说秋月得了病，那时本来想过来，只是天太黑了，路上看不清，所以今天早上才过来看看。”秋月说：“也没什么大病，都是给那赤脚医生误的。”随后，秋月便把昨天的经过和夏生讲了。

夏生见秋月已经没事，就说要走，秋月说：“才来，凳子都没坐热就走啦？”夏生站起来说：“家里还有事呢，改天有空，再过来坐吧。”说着，姊妹俩便起身送夏生，站在门口怔怔地望着夏生缓缓离去。直到夏生转个弯，看不见，姊妹俩才回屋里去。

刚进屋，秋月就笑着说：“夏生哥来，虽然是借看我的名，实是来看他将来的‘娘子’才是。若不然，他怎么和我说话，眼睛却只顾往你身上睃？看你刚才那副小娘子样的娇态，我若是夏生哥，怕是也被你迷得不得了。真是一日不见如隔三秋，也难怪别人说只慕鸳鸯，不慕仙。”

春花被羞得满脸通红，瞪着秋月骂道：“死丫头，又在乱讲什么？”秋月见春花脸色绯红，更来了兴，继续说道：“姐姐，你怕什么丑？村里人都晓得你们是青梅竹马，天造地设的一对。哪天，你要过了他家门，我就得改口叫夏生哥姐夫了。那时还不晓得姐夫有多疼你呢？”

春花的脸更红了，心里想：这小妮子向来心直口快，说话没个遮拦，若和她说下去，还不晓得会说出多少更让人难堪的话来。便开玩笑似的说道：

---

① 厅屋：也作堂屋，客厅。

“你这死丫头，整天也没见你说一句正经话，只是胡说八道。我看得给你找个又凶悍又野蛮的姑丈[①]管着你，看你还敢不敢这般多嘴。”秋月笑着说：“要是这般，我立刻就去死。”

春花心里一惊：就晓得这丫头说话没个拘束，一开口就说死说活的，也不忌讳些，要是被大人听到，又要挨骂。春花不再理会秋月，拿起一本书，坐在书桌前看起来。秋月见春花看书，不理她，也没了兴，随手拣起一本金圣叹批评的《第六才子书西厢记》，拿在手上翻看。

不多一会儿，姊妹俩在房里正看得入神，听到院子里有说话的声音：“大嫂，你在熬潲[②]啊？”

姊妹俩相互一望，晓得是林二婶来了。只听林大婶说道：“是啊，二婶这一向可好，好些时候没见你过来坐坐，谈白话。昨天二叔倒是来过，那会儿又急又忙的，什么也没说。二婶先到堂屋里坐坐，我找些大木柴往灶里填上，就过来。”林二婶说：“好，大嫂你先忙，我自个儿坐一会儿就是。”

姊妹俩相互看了一眼，估摸着林二婶已进堂屋里来，春花忙从房里出来，叫声“二婶”。林二婶应着，说：“春花在干什么？好些时候没回来，恰恰这几天天气又好，也不到处多走走？”春花说：“正忙着复习功课，哪有空成天到外面去走。”林二婶说：“春花倒是懂事，学习这般用功，人又聪明，明年定能考个好学堂。到那时，我们村里出了第一个状元，而且还是个女的，别说村里人都拍手叫好，就是祖宗灵下有知，也别提有多高兴了。”春花说：“能考上好学堂自然是每个读书人做梦都在想的事，至于能不能考上，谁也说不准。”林二婶说：“俗话说，功夫不负有心人，要是你都落榜了，真是老天爷没长眼。”春花嘻嘻地笑笑，见林大婶端茶过来，便回房里去了。

春花一进房里，秋月就低声说：“姐姐又出去理那老虔婆做什么，让她一个人在那里坐冷板凳才好。”秋月刚说完，只听外面林二婶说道：“昨天一大早我就有事出门了，侄女肚子痛那会儿正好不在家，若是在家，就过来看看

---

① 姑丈：此处指丈夫。

② 潲：猪食。

了，我也晓得侯婆婆那些手段，也用不着刘医生这些跛手跛脚[①]的饭桶在这里瞎闹腾半天，害得侄女儿受那么多苦处。”林大婶说：“这倒也是。二婶昨天一大早去了哪儿了？”林二婶说：“帮一户人家接生去了，不想又碰着肚子里婴儿胎位不正，是个难产，花了我好大工夫才抚顺。忙乱一整天，又在他家吃了晚饭才回来。一到家，天早就黑了，家里那死鬼又不晓得去哪里吃酒，我一进门就见躺在床上睡得像只死猪一样，到深夜酒才醒来，把侄女的事跟我说了。”

林大婶“哦”了一声。林二婶又说：“大哥这会儿又到田地里去了？”林大婶说：“他哪里闲得住，一大早就出去了，吃完早饭，放下碗没多久又出去了。”林二婶说：“大哥手脚倒是勤快，不像我家那死鬼，每天自顾自，什么事也不用做，哪怕是油瓶子倒在地上，你要是不叫，也不想去扶一下。你看现在日头都晒屁股上来了，还在挺尸[②]呢。”林大婶笑笑，说：“二叔是个有福气的人，讨了你这么个能干的婆娘，什么事不用做，也不用操心，全由你包了，日子还不是照样过。比起人家来，家里也不缺少什么。”林二婶说：“大嫂，这有什么法子，难道我也要去学他，整天像个闷葫芦似的，对任何事情不闻不问，一家三四口人还不活活饿死了？”林二婶顿了一会儿，叹气道，“有时我也觉得奇怪，我家那死鬼和大哥是同一个爹生的，禀性怎么就差那么大？”

秋月姊妹在房里默默听着，也不作声。只听林大婶吃了口茶，干笑几声，似是不知该说些什么。林二婶又说：“大嫂，今年养了几头猪？”林大婶说：“养了四头。如今年纪大了，养多了也觉得累，少养些，过年杀一头，少卖几头就是。”林二婶说：“大嫂一年养四头也不简单，若换作我，就是养一头，也得养死不可。”林大婶笑了笑，说：“像二婶这般乖人[③]，哪里适合做我们这样的粗活，找些轻巧事做，那不更自在？”林二婶也笑了笑，说：“大嫂，前

---

① 跛手跛脚：形容手脚不灵便，做不好事情。

② 挺尸：睡觉的俗称，有讥讽蔑视的意思。

③ 乖人：多指能说会道，办事顺滑的人。

些天我跟你说的那件事情，你还没答复我。”林大婶一愣，说：“二婶几时跟我说过什么事情来？”林二婶说：“就是侄女儿跟张家的亲事，大嫂怎么就忘了？”

秋月在房里听到林二婶原是为这门亲事而来，怒不可遏，气冲冲地就要出去赶人，被春花一把拉住，说：“妹妹，不得无礼，先听妈妈怎么回她。”

只听林大婶说：“这件事情嘛，我倒想起来了。那天我探过她的口气，她一口就回了我。秋月的性子你也晓得，拗得很，只要她不肯的事情，任你怎么说也没用。她既然这样说了，我这做母亲的也不好强她，由她去吧。”林二婶说：“大嫂，你这话就差了。俗话说，父母之命，媒妁之言。这儿女的婚事，哪里就全由着她自己肯不肯？”林大婶说：“二婶，话是这般说，毕竟形势不一样了，如今大家都兴要找个自己喜欢的才好，我要是强逼着她，若后面弄出个什么事来，岂不更糟？”林二婶说：“大嫂，可不是这等说，你可以多劝劝她。这可是一门好亲，别说他张家的金子、银子堆得满屋子都是，就是他家里那吃的、穿的、住的、用的，怕是你也没听过，没见过。秋月要是嫁过去，包管受用一世。就是你们做父母的，也不晓得要沾她多少光。若是别家的女孩子，我哪里舍得这般替她费力气，还不是看着秋月是自家侄女，想让她以后能过上好日子，才苦口婆心上门来说。这门亲要是让别个作去，我还舍不得呢。”

秋月听到这里，哪里还忍得住，不等林大婶回话，早就挣脱春花的手，跑出来，指着林二婶大骂：“不得好死的老虔婆，你是舌头长了疮，在这里来嚼蛆，还是走夜路撞了鬼，分不清好歹。不骂你，还越发得了意，把自己的尾巴翘得比天还高，我现在就把话跟你讲明了，你去告诉姓张的，我是死也不会踏进他家门半步。”

林二婶冷不防被秋月指着鼻子骂了一通，心里一阵茫然，满是委屈，不知如何是好，只是悻悻地看着秋月。

林大婶见秋月出言不逊，骂得这般狠毒，大声呵斥：“秋月，你这孩子眼里还有没有长辈？怎么这般没礼貌？二婶怎么说也是你的长辈，就是说了些不中听的话，又没得罪你，怎么能骂人。”秋月说：“谁叫她乱讲话。”林大婶说：“哪个乱讲话了？”秋月说：“妈妈已经回了她，她硬是要乱讲一通，这不是讨骂？”林大婶说：“你错了还犟嘴，看我打不打你。”林大婶气不过，就要去拿棍子打秋月。春花在一旁见了，要拉秋月进房，秋月心里气不过，站着一动也不动，说：“走什么，谁要打，就让她打死我好了。”林二婶也拉着林大婶道：“大嫂，算了，你别生气，我也不是那小气的人，小孩子随便说几句就往心里去。我看侄女还小，不知事，她既不愿意自有她的道理，我们也别强她。”林二婶说完就要回去，林大婶拉着林二婶说了些好话，劝她别跟秋月那丫头一般见识，哪天有空，就去她那里坐坐。林二婶应一声，出门去了。

林大婶见林二婶去了，秋月和春花也回房里去。林大婶收拾一番，进房里来，说了秋月几句。秋月鼓着气不理。林大婶见秋月不话说，也不多说，出来自去忙。春花也出来，跟林大婶说几句，往林二婶家里来。

林二婶回到家里，生了一肚子气，没处发，看什么也不顺眼，看见桌子就推一下，骂了一声“小婊子”，看见凳子就踢一脚，骂一声“小娼妇”，东打西摔，把屋里打得七零八落。

林二叔正躺在床上，哼着小曲，闭目养神，突听外面‘乒乒乓乓’响个不停，吃了一惊，爬起身来，走出房一看，见林二婶满脸怒气地在摔东西，便赶紧堆起笑来，说道：“婆娘，谁惹你了，告诉我，我帮你去找他出气。”林二婶愤愤地说：“除了你那小侄女，还有谁敢惹老娘生这么大的气，发这么大的火？你要是有本事，就去找她出气。”林二叔一听是秋月，满脸疑惑，说：“秋月怎么又惹你了？”林二婶把刚才去林大婶家里说亲的事原原本本地对林二叔说了一遍，落后气不过，兀自骂道：“小婊子，你不答应就算了，竟敢这般骂我，要不是看在大哥、大嫂的面上，看我不打断你的腿。”林二叔笑笑，说：“都是一家人，量气大些，被说几句就算了，有什么大不了的，权当放个响屁。人活在这世上，不晓得有多少烦心事呢，去计较这些做什么。再说了，这小妮子的性子自来就是这样，你又不是不晓得，还要去找些事做，招惹她。”林二婶说：“你当我是让人弄昏了头，迷了方向？前些日子张德贵婆娘亲自上门来跟我说，好歹帮他儿子找个女孩子家。我晓得像他那样的人家，肯定挑剔，平常的也看不上眼。你看这周围，远近也有好几个村庄，除了你那两个侄女，哪里还有个像样的？我还不是一番心思为她好，想让她有个好人家，才去给她作这门亲，不想一番好心被当作驴肝肺，没讨到半点好，却讨了一身骂。”停了一会儿，又说道，“也是我自找晦气，明知她是那般性子，还跑去做什么？唉，全是自找的。”林二叔说：“这事过去就算了，犯不着为这些许小事生气。”

林二叔、林二婶正说着话，春花进屋来了。见屋里的桌子、凳子不是斜着就是倒着，地上又有砸碎的一些东西，林二婶一张怒脸还在紧绷着，春花便晓得她心里有气，叫了一声“二叔、二婶”。林二叔、林二婶应了，忙放下脸来，把桌子、凳子扶好，叫春花坐，又去倒茶。

春花对林二婶说：“刚才秋月那丫头辱骂婶婶，实在不该。二婶走后，我妈又狠骂了她一顿，那丫头晓得自己错了，也不敢作声，硬着头皮挨骂。婶婶宽宏大量，别去跟那丫头一般见识，别去计较她才好。”

林二婶见春花上门来赔礼，心里的气早已消了一大半，说：“侄女这是说哪里的话，再怎么说，秋月是自家侄女，我又是长辈，怎么去跟晚辈生气？”春花见林二婶这般说，心里安慰不少，说：“还是二婶识大体，回去我叫我妈好好管教那丫头才是。这回幸好是二婶这样海量的人，若是一个量小的，两家岂不是要结仇？”林二叔、林二婶笑了笑。林二婶说：“你回去叫你妈妈也不要太苛责秋月，不过要劝她以后改改自己的性子。女孩子家迟早要嫁人，哪天要是进了别个家的门，也做出这般样子来，谁心里不恼？”春花说：“晓得，婶婶教训得是，我一定会劝她的。”

不一会儿，春花便回家了。

结　拜

春花走后，林二叔与林二婶商议道：“秋月这小妮子不肯，远近又没相貌好的女孩子家，如何是好？”林二婶说：“我这就去张家回他，他家的事我也别往身上揽了，没准又找一身晦气。”林二叔忙说道：“这可不行，你要是这么一说，后头就没戏了。”林二婶说：“有什么不行的，你还想唱哪出？”林二叔说：“张德贵家可是个大财主，我们要是跟他们家攀上了，虽然说不上要什么有什么，总比你整天走街串巷要强。”林二婶想着点点头，说：“这倒也是，可是秋月那丫头又不答应这门亲事，我怎么去跟人家说？”林二叔说：“这好办，你只跟他家实说就好。这婚姻大事哪有一说就成的，我们以后可以慢慢帮他找，横竖日子还长着呢，也不急在眼前这一时半会儿。只要找到合适的，我们再跟他去说，岂不更好？”林二婶点点头，说：“有道理，我现在就去张德贵家里。”

林二婶说完进房里，对着镜子在脸上重新匀点粉，描上眉，涂上口红，在头上拨弄几番，换身新衣裳，在镜子前照了照，觉得满意，才出去。

林二婶沿着旧路，走了好一会儿才到。一看，眼前却是一片残壁断垣，那泥土夯的墙被雨淋得只剩下矮矮的几个小垛。里面全是杂草、枯木、碎瓦之类。林二婶一惊，心想：前些年我来过张德贵家，就是这里。那时他家里还住的是土坯房[1]，寒酸得很。落后听说起了新房子，只道是拆旧房子在原来的地上起的，不想起到别处去了。早晓得，那天张德贵婆娘来家，就该问问她家在哪儿？林二婶心里想着，四处张望，没见一座像样的房子，只得找户人家问问，而后照着所指方向才到了张德贵家的新房子。

林二婶见张德贵家的院子大门紧闭着，院门由八扇门叶镶组，俱是镏金色。此时已快晌午，日头正烈，照在上面，金光闪闪，炫人眼目。大门前有一对儿硕大的石狮，张牙怒目，虎视眈眈。大门两侧用篆书镌着一副对子，上联是“细水长流人丁兴旺承后嗣”，下联是“生意兴隆财源滚滚耀宗祠”，门顶横书“吉星高照”。林二婶看了半天，只觉那些篆字像是一些蚯蚓缠在一起似的，一个也不敢认，只在心里嘀咕一阵，也没闲工夫去多看。转眼看别处，只见那院子的围墙有一人多高，外面全用琉璃瓷砖裹着，看上去像是伏着一条金龙，日光一照，鳞光闪闪。围墙下还铺了一条两尺来宽的河卵石路，路旁边是一片绿油油的青草，四周几十步内也没有房屋，倒显得空旷。

林二婶看了一会儿，也不去敲门，绕着围墙走了一圈，回到原地时，已过去一顿饭工夫。她吁了一口气，心里暗想：张德贵起这么大一座房子，怕是有几十亩地宽吧，也不晓得要多少钱？要是搁我们身上，就是几辈子也挣不下这么多钱。想着，她便摇头叹了几声气，然后才去按门铃。

过了好一会儿，门才缓缓打开。只见，门内走出一个四十来岁的女人，见了林二婶嘻嘻笑道：“哟，原来是林二嫂子，快进来，快进来。”林二婶见是德贵婆娘，进院子来，说：“我按门铃在外头等了大半天，还以为没人在家，正要走，不想大妹子在家。”德贵婆娘笑着说：“这一向也很少出门，只一个人待在家里，身上又不大好，乏得很，也懒得动，哪里想出门。”

林二婶跟着德贵婆娘往屋里走，先穿过四五亩地宽的花园。花园里种的全是奇花异草，好些林二婶都叫不出名字，更不曾见过，也不去多问，怕人家笑话自己没见识。只是跟着德贵婆娘后面，踩着脚下蜿蜒小路，东瞧西看。过了花园，进入假山林，一座座假山矗立着，有的一两丈高，有的只有几尺

① 土坯房：用黄土夯的房屋。

高，大小不等，高矮不平，形状各异，宛似画中景物一般。山上又有土，全种了树，虽是秋天，树上的绿叶却茂盛异常，一片片簇拥着，荫盖着脚下小路，异常幽静。林二婶跟着德贵婆娘在假山里七弯八转，走了好一会儿才出来。林二婶心里暗想：这假山走了这一会儿，想是比起那片花园来还要大。随后便笑着说道："大妹子，要是一个生疏人进来，不迷路才怪呢。"德贵婆娘笑着说："你是头回进来，所以才带你到处走走，要是走近路，哪里用得着这些工夫。我们出了假山，前面过了桥，就是屋子了。"

俩人说着，出了假山后，没走几步，前面就是一条二三丈宽的小溪，两边种了树。溪上有一座桥，约丈把宽，桥中间有一座凉亭，三四丈高。凉亭两边各放了一张石桌和几张石凳，供人乘凉玩耍。林二婶跟着德贵婆娘过了桥，又是一大片整齐的草地。走过草地，到了一幢房子前，德贵婆娘开了门，换鞋进了屋。随后的林二婶看着明亮的地板生怕弄脏了，正在踌躇。德贵婆娘回过头，见林二婶还站在门口，笑着说："二嫂子，不妨事的，进来就是。"林二婶这才在地垫上用力拖了几拖，小心翼翼地走进屋子。德贵婆娘叫林二婶在座椅上坐，自己去倒茶，后一同坐下。

德贵婆娘叫林二婶吃茶，林二婶抿了一口，满口醇香，赞不绝口，说道："大妹子，这是什么茶，香得很。"德贵婆娘说："这是上好的碧螺春，万把块一斤呢。"林二婶瞪大眼看着茶瓯，说："哎哟，这可不得了，我手上这瓯茶岂不是要值好些钱？"德贵婆娘笑道："不值什么，二嫂子尽管吃就是。"林二婶吃了几口茶，又说道："也只有像大妹子这样的人家才舍得用这么好的茶叶，要是我们，忙上一年，也挣不到一斤茶叶的钱，哪里舍得。"林二婶咂咂嘴，又说道，"果真是一分价钱，一分货色，一点也不差。"

林二婶吃完一瓯子茶，德贵婆娘又去倒一瓯子过来，林二婶笑着说："大妹子，今天让你破费啦！"德贵婆娘笑着说："二嫂子说哪里话，过来坐坐，也是情分，难道还不让你吃口茶，吃顿酒饭？"林二婶笑笑。德贵婆娘又说，"二嫂子这些年都在做什么？也没见你上门来走走，要不是我前些天去你那儿，怕是这回你也不会来。"林二婶说："我们这些穷人家能做什么，不就是哪个大肚婆要生产了，帮她接生。哪个后生、姑娘大了，帮他们介绍个好亲。也就是靠这些讨口饭吃罢了。没事就跟几个婆娘打牌、谈白，这日子过得也不像个样。”林二婶说着兀自笑了笑。

德贵婆娘说：“二嫂子的日子过得倒是自在，比起我来，也不晓得好了多少去。”林二婶笑着说：“大妹子，你这是说笑话，我们这些人怎能跟你比，你是天上的仙家下凡来享福的。你看这住的地方，哪里比仙家住的差？我们一个在天上，一个在地下，比不得，比不得。”德贵婆娘说：“二嫂子，你不晓得，和你说了你也不信。我和德贵刚开始做生意那几年，也是很艰辛，星星还挂在天上就起身出门了，月亮出来还没回。风里来，雨里去，还整天担心害怕，生怕得罪人，把路子断了，又怕借的那些债这一辈子也还不完，几年下来，我这身体就垮了。如今坐久了腰痛，站久了腿痛，睡久了全身痛。一身就没个好地方。坐不是，站不是，睡也不是，苦得很。”林二婶说：“大妹了，你这身病，我倒是多少晓得些，想是日积月累下来的痨病，改天我给你抓几服药来试试。”德贵婆娘说：“二嫂子还有这些手段，真是太好了。”林二婶说：“我也拿不准，管不管用，先试试看，明天我就帮你把药拿来。”德贵婆娘说：“也好。”过了会儿，又说道，“前些儿我托二嫂子帮我打听有没有合适的女孩子家，给我家秋生那小子介绍一个，可有着落？”林二婶皱着眉头说：“我今儿就是为着这事来的。”德贵婆娘“哦”一声，说：“二嫂子办的事，准是有些望头了？”林二婶说：“大妹子可听说过我那两个侄女？”德贵婆娘想了想说：“晓得些，前些年见过，姊妹俩都生得像花朵儿一般，水灵得很。不过那会儿还小，如今长大了，胚子又好，想是更加漂亮。”林二婶说：“可不是嘛，如今姊妹俩长大了，都是能上得画的人儿。村里的人都说她俩姊妹是天上的仙女下凡来了呢。”德贵婆娘哈哈笑了几声，说：“二嫂子给秋生说的是大的还是小的？”林二婶说：“大的还在读书，也不消说。我就去跟我那嫂嫂说小的。”德贵婆娘说：“你嫂嫂怎么说？”林二婶说：“我嫂嫂说，这事她也做不了主，得我那小侄女点头同意才行。”德贵婆娘说：“你那小侄女同意了吗？”林二婶说：“她要同意就好了，也免得我受这一肚子气。”

德贵婆娘听说林二婶为这事受了一肚子气，颇感惊讶，问道：“是哪个让你受气了？”林二婶说：“今天一大早，去我嫂嫂那，讨她回话。我嫂嫂说，小妮子是不会答应的。我就说，小孩子家，不懂事，多说些软话，多劝劝……正说着，那小妮子就从房里跑出来，不分青红皂白，指着我大骂。我是长辈，又是她婶婶，我嫂嫂又在面前，我也不好发火，一句话也说不得，任她骂了一回，气愤地回来了。”德贵婆娘说：“没想到小丫头的性子这么刚烈。既然她不愿意，就算了，何必去强人家。”林二婶说：“我还不是为她好，大妹子这屋里，就是仙家来住也不吃亏，那小妮子就来不得？也是她自个儿没福，放着好日子不来受用，我看她以后要找个喝凉水的穷后生过日子去才好。”德贵婆娘说：“这事也不用急，以后慢慢打听就是，秋生那小子也没年纪[1]。只因他太不听话，我想早些给他讨亲，好收收他的性儿。”林二婶说:“那也是，不过像大妹子这样的人家，哪是一般女孩子家配得上的。”德贵婆娘吃了一口茶，说：“我倒不要求人家花容月貌，只要过得去，性儿好，又和善，就是了。”顿了一会儿，又说道，“二嫂子今年多大岁数？”林二婶说：“我今年四十二岁。”德贵婆娘说：“我今年四十一岁，二嫂子大我一岁，索性我们结成异姓姊妹，你说好不好？”

林二婶听德贵婆娘要和自己结成异姓姊妹，心里自是欢喜，暗想：我本是有心要攀上她，只是不晓得如何开口，不想她倒自己说要和我做起姊妹来，这不是天大的好事？以后有什么事，在她家进进出出岂不方便？随后，林二婶赶紧堆着笑脸说道：“好是好，只怕我这老婆子又穷又丑，配不上。”德贵婆娘说：“有什么配得上配不上，结拜这事在投缘，跟穷富美丑有什么关系。你看那戏里说的，一个显达贵人，一个落魄穷汉，只因两厢投缘，还不是照样做了兄弟？咱们在一起也算投缘，怎么就做不得姊妹？就说那桃园三结义，刘备、张飞、关老爷，三人一见面，谁晓得谁家里有多少钱，他们还不是因为相互欣赏，惺惺相惜，拜天结义了。”林二婶说：“既是大妹子不嫌弃，我

---

① 没年纪：年纪小、很年轻。

明天就去找个庵堂[1]，好歹也学些戏里的样子，烧上香，摆上祭品，在佛祖前立个誓才好。”德贵婆娘说：“不消了，只要你我心下有知，自有灵犀，只望以后能互相看顾，彼此帮衬，就是本分了，还去要那些虚礼俗套做什么？”林二婶说：“还是大妹子有见识，既然那些虚礼俗套免了，这个称呼总得改一改。”德贵婆娘点点头说：“这个自然是要改的。”林二婶说：“我姓罗，单名一个宽字，只因小时候嘴多口快，村里人都叫我罗大嘴……妹子以后就叫我大姐吧。”德贵婆娘说：“我是刘家的女，在家做女儿时，排行第三，家里人都是叫我三儿。大姐以后就叫我三儿好了。”林二婶和刘三儿双手紧握，相互对视，哈哈大笑，心下都畅快无比。

刘三儿说：“大姐，如今我们如同亲姊妹一般，有空多过来坐坐，陪我谈谈白话，解解闷，消磨些时光也好。”林二婶说：“这自是当然，我做姐姐的，有空不来妹妹家里坐，难道还去别个家里坐不成？”

林二婶和刘三儿正在嬉笑说着话，一个十八九岁的后生突然走了进来。那后生身材细长，前额一绺枯黄的头发垂在鼻尖。面容消瘦，颧骨突出，眼睛深眍[2]下去，眼珠血红，像是好多天没睡觉一般。见了刘三儿，叫了一声“妈”，刘三儿应了一声，说：“秋生，这些天你都去了哪儿，怎么连一个影儿也见不着？”秋生往椅子上一坐，说：“我能去哪儿，还不是跟几个兄弟在城里耍耍。”刘三儿说：“你也不小了，不要只晓得耍，能不能干点正经事，让我和你爹爹少操些心？”秋生坐在椅子上晃着脑说：“我又没干邪门歪道的事，我干的哪件不是正经事。只是你们都对我有成见，我做什么你们都看不顺眼。”刘三儿说：“你是我儿子，我和你爹爹怎么会看你不顺眼，还不是你自己不争气，让人着恼。”秋生没吱声。过了一会儿，刘三儿又说，“你倒给我说说，你都干了哪些正经事？”秋生说：“还能干些什么，不就是在歌坊、酒坊里耍耍。”刘三儿说：“这些也叫正经事？”秋生说：“怎么就不叫正经事？城里那舞厅不是人去跳的？歌坊不是人去唱的？酒坊不是人去喝的？里面的

---

① 庵堂：尼姑庵，也泛指寺院。

② 眍：陷。

人多着呢，又不只是我一个，哪里又不是正经事了？我又没去偷、没去抢。”刘三儿被气得眼睛直愣愣的，对林二婶说：“大姐，你听听，这小子整天都在做些什么。”林二婶笑了笑，没作声。刘三儿又对秋生说道：“好吧，你干的这些都是正经事、好事，回头我跟你爹爹说说，看他怎么收拾你。反正我跟你讲什么都不管用。”

秋生嘻着脸笑了笑，转头对林二婶说道：“林老婆子，你怎么在这里？”不等林二婶回话，刘三儿抢先说道：“以后不许你这么叫，我们已是结拜的姊妹，她比我大，你应该叫她大姨才对。”秋生说：“你们什么时候又结拜成姊妹了，我怎么不晓得？”刘三儿说：“我们也是刚结拜的，你自然不晓得。”秋生点点头说：“晓得了，以后我叫她大姨就是，你们谈白，我困得很，要去睡一觉。”刘三儿说：“你先别急着走，你大姨这次来是专门给你说亲的。”秋生一听是说亲的，顿时来了兴，笑着说：“大姨说的可是你那侄女？”林二婶笑笑，说：“这回还真给你猜中了，就是我那侄女。”秋生点头说：“好，好得很，俩姊妹都长得像仙家一样，无论哪个给我做婆娘，也没话说。不过依我看，那小的清清瘦瘦，比起那大的来，还要好看几分。不知大姨说的是大的还是小的，什么时候过门？”刘三儿说：“你别癞蛤蟆想着吃天鹅肉，人家哪里看得上你？”秋生说：“不是有大姨去说吗？大姨这张嘴，子虚村哪个不晓得，还有说不成的？再说，我们这么厚实的家庭，要金有金，要银有银，又不少她什么，难道还配不上她？”刘三儿说：“就凭你这副德行，人家会多看你一眼？以后你也多收敛些，有个后生家的样。”林二婶笑着说：“这也不能怪外甥，我看外甥不仅人长得俊朗，而且口才又好，聪明过人，倒是我那侄女不晓得看人。从门缝里看人——把人都看扁了，不识货，自己没这个福分。”

秋生听林二婶这般说，心里早乐开花，嘻嘻笑道：“还是大姨最解人，是我的知心人。我身上这些好处，爹爹、妈妈他们就是看不见，见了我不是奚落就是诘骂。我也在想，好歹自己也是个后生家，哪里就一点也比不上别个？”林二婶笑着说：“外甥，你爹妈时常数落，也是为你好，他们是怕你骄傲自满惯了，眼里再没别人，常常给你敲敲警钟，好让你谦虚一点，你可别辜负他们一番好意才是。”秋生说：“大姨，我怎么会辜负他们，难道我不是他们养的，他们对我好，我不晓得？不报答他们的恩？”林二婶说：“这是自然，我就说外甥乖巧、懂事，又善于听取大人的话，不像别个家孩子那般拗皮[①]。”

刘三儿见秋生跟林二婶合得来，说话又熨帖，心下自是欢喜。三人谈了一会儿白话，不觉已快晌午，林二婶要走，刘三儿拉着不肯放，定要留她吃了晌午饭再走，林二婶连忙摆摆手，只说家里还有别的事情。刘三儿说：“什么事情那般要紧，吃顿饭也不耽搁。”秋生也一起拉着林二婶，说：“大姨，你好歹将就些，吃顿饭再走，又有什么要紧？”林二婶见推辞不过，只得坐下来。刘三儿下伙房去了，林二婶自和秋生一块谈白。

不多一会儿，刘三儿端上菜来，叫林二婶、秋生去餐桌上坐。林二婶坐过去，一看，桌上全是团鱼[②]、田鸡[③]、线鱼[④]之类，口水直往外涌，肚子里“咕咕”直叫，碍着面子，又不好大块往碗里夹，装作斯斯文文的样子，一小块一小块夹。刘三儿见了，笑着说：“大姐，屋里头[⑤]怎么做起客来，喜欢吃只管往碗里夹就是。”林二婶笑笑，听刘三儿这般说，也顾不得斯文脸面，只是狼吞虎咽地吃，风扫落叶似的，吃个精光。

林二婶菜足饭饱，抹着嘴说：“三妹的手真巧，比起那些大师傅[⑥]，一点也不输他们。我这一辈子头一回吃这么好吃的菜。”刘三儿笑道：“大姐过奖了，你若不嫌我这双手粗笨，以后尽管过来，我做给你吃就是。”林二婶笑笑，说：“这怎么好意思。”刘三儿说：“有什么不好意思的，难道姐姐到妹妹家里来，饭都没得吃？”林二婶笑笑，又说了几句客气话，辞了刘三儿、秋

---

① 拗皮：执拗、顽皮。

② 团鱼：王八。

③ 田鸡：有二指，一指青蛙，一指水田里一种飞鸟，形状略像鸡。此处指青蛙。

④ 线鱼：黄鳝。

⑤ 屋里头：一家人。

⑥ 大师傅：厨师。

生，回家去了。

林二婶回到家里，见林二叔正坐在凳子上，无聊地闲耍，也没理会，径往房里走，在床上躺下。林二婶刚一躺下，林二叔已跟进来，问去张家的情况如何？林二婶只是抿着嘴笑，却不作声。林二叔心里耐烦不得，不停地追问。林二婶被逼不过，只得打起精神来，将在张德贵家里的事说了一遍。林二叔一边认真听着，眼睛瞪得直直的，嘴里不停地说："太好了，真是太好了。"落后又说道："不想妹夫家里这般富有，我若是有机会去他家做上几天客，就是死了也甘心。"林二婶啐道："人家那里是什么地方，是你想去就去的？也不撒脬尿照照自己，这个猴样，也配去他家里，别污了人家的眼。"林二叔讪笑道："我只是说说而已，又不是当真要去。"林二婶说："以后你也要本分些才好，不要以为跟张德贵家结了亲，就一门心思只往这里想，三天两头去串门，想捞油水，人家的油水不是那么好捞的，说出去还让别个看笑话。"林二叔说:"晓得，我记住你说的话就是。"俩人说了会话，休息一会儿，林二婶说："你在家里好好待着，我去给三妹抓些药回来。"林二叔点头应了一声，林二婶出门去了。

说 笑

第二天一早，林二婶没来得及吃早饭，提了药就往刘三儿家里去。刘三儿见林二婶真给她拿了几服药，心里欢喜，忙接过手，让林二婶坐下，去倒茶。林二婶吃了几口茶，刘三儿说："大姐这么早就过来，我这病可真让你操心。"林二婶说："应该的，应该的。昨天三妹说身体不好，我心里急得很，下午一回去，打了个转，就去药铺里抓几服药回来。夜里也没睡好，只是替三妹担心，所以今儿一大早就帮你把药拿过来。"刘三儿见林二婶这般顾着自己，心里更加欢喜，又有些过意不去，只说道："大姐还没吃早饭吧？"林二婶说："早上走得急，还没来得及吃呢。"刘三儿说："不妨，我去给你准备。"

刘三儿走开一会儿后，端上两碗面条过来，面里加了荷包蛋，两人坐下来吃了。林二婶没见秋生，问道："外甥这会儿还没起床？"刘三儿说："别提那小子，一提起来，我心里就有气。"林二婶忙问为什么？刘三儿说："那小子昨天回来吃了晌午饭，然后睡一觉，也就是黄昏时候，在房里窸窸窣窣翻一阵，就出去了，想是没钱了，回来拿些。他哪里在家待得住半刻，整天就晓得在外打摆子[①]。"林二婶听了，也不多说，怕惹刘三儿生闷气，心里更加不痛快。三两口把碗里的面吃完，告诉刘三儿这药怎么煎熬，如何服用，落后又特地叮嘱刘三儿千万按自己说的去做。刘三儿点点头，说："大姐，你放心，我

① 打摆子：有二指，一指疟疾，一指无所事事到处游荡、闲耍。此处指后者。

记住了。”林二婶说：“三妹，我还有些事，过几天再来看你。”刘三儿本想留林二婶多坐会儿，听她说还有别的事，也不好强留，在身上拿些钱塞给林二婶。林二婶推辞不要，说：“三妹，你太见外了。些许举手之劳，哪里用得这般客气？”刘三儿说：“话不是这般讲，大姐若是不收，下回我也不敢再叫大姐帮我做什么事情。”林二婶推辞不过，只得收下，又讲些客套话，出门去了。

林二婶出刘三儿家后，径往李家去。李家住着一户叫李抽雪的人家，开了间杂货铺，杂货铺里面又开了一间牌馆，专供村里那些闲人玩耍，李抽雪便在那些人身上多少抽些税费。牌馆里有一个常客，叫侯大头，四十多岁，丧妻多年，一直鳏居，膝下只有一子，名叫侯亭花，也有十八九岁，跟着别人在福建做工，只到过年时才回来一次。侯大头一个人在家，守着一座房子过日子，倒也潇洒快活。

侯大头生得伟岸俊朗，高大威猛，膂力过人。一张嘴滑得跟抹过油似的，哄得那帮出来闲耍的妇女快活得像捡了宝、吃了蜜。打呱呱[①]时，也爱讨些口头便宜。起先那些妇女见他口舌不干净，一开口便骂，不想一骂，侯大头倒来了劲，也嬉笑着对骂，还越骂越起劲，越骂越有兴头。妇女们见他生来这副嘴脸，索性不理他，侯大头没了兴，就又消停下来。日子久了，人民也习以为常，横竖也只是说说，又不当真。再后来，因他说话有趣，又会讲笑话，手脚又勤，哪家有事帮哪家，那些妇女们反而喜欢起他来。

侯大头也是在家闲不住的人，每天都要出门，只要一出门，总是先在头上揩一层茶油，看上去油光滑亮。然后在李抽雪的铺子里坐着，或吃茶谈白，或下棋打牌，或跟一帮妇女说笑打趣谈风月。因为保养得体，又没经多少风霜，再加上自己着意修饰，脸上那一层皮，倒是白皙皙、亮光光，一点皱纹也没有，侯大头像三十几岁的老后生。

林二婶到了李抽雪家，见李抽雪正埋头看账本，手指不停地在算盘上“叭、叭、叭”拨打。叫了一声“李老板”。李抽雪听见有人叫，抬起头来，见是林二婶打扮得妖妖艳艳地走进铺子里来，微微笑了笑，点头说：“二嫂子，

① 打呱呱：叽里呱啦的意思，形容说闲话，聊天。

几天没见你来了。”林二婶说：“这些天被一些芝麻小事绊住，脱不开身。”嘴上说着，身子早已进了牌馆。李抽雪见林二婶进去了，又埋头忙自己的事情。

林二婶进牌馆后，见侯大头正在和几个女人吃茶说笑，忙走过去坐下。侯大头见了，说道：“大嘴，这几天怎么没见你一个影儿？看你穿得这么妖艳，有什么好事给大家分享分享。”林二婶骂道：“我穿得怎么妖艳了，会不会说话。”侯大头笑着说：“这明眼人都能看出来，你还咋不承认呢？”林二婶骂道：“砍头死的，没一句正经话。”

旁边几个女人早已捂着嘴笑得连腰也直不起来，林二婶见状，一时也羞得满脸通红，不敢作声。

不一会儿，又陆陆续续来了些人。那些人一进来，随便说了几句话，便坐下，拿出麻将来搓。林二婶、侯大头及其他人也把茶瓯子收好，拿出麻将搓起来。

林二婶几个打牌到傍晚时候，方才散场，各自回家去。

过了个把月，林二婶一大早起来，突然想起个把月前自己给刘三儿抓的几服药，也不晓得刘三儿吃了，身上的病痛好些没有。梳洗一番，收拾整齐，出门往刘三儿家去。

刘三儿自吃了林二婶抓的几服药，身上的病痛竟一天比一天减轻，不到一个月，全好了，心里也快活，清晨早早地就起床，在院子里漫步。林二婶过来按门铃时，刘三儿正在给花浇水，听见门铃响，放下手中的水壶，去开门。见是林二婶，忙让进屋，关上门，嘻嘻笑道：“大姐早，个把月没见你来，自吃了你拿来的那几服药，身上不晓得有多爽利，手脚上的劲儿也上来了，平时走不了几步路一身就酸痛，现在就是走上半天，也没点事儿，你看我这一早就在这给花儿浇水呢。”刘三儿用手指指那水壶，林二婶说道：“三妹没事就好，我这做姐姐的也少挂心。”俩人说着进屋去。林二婶在椅子上坐下，刘三儿倒茶过来，说：“大姐的手段可真神，以前也不晓得看过多少医生，吃了多少药，受了多少苦，就是不见好，我都以为这病是好不了了，也没去管它，任由着它。不想却遇着大姐这位神医，几服药下去，说好就好了。”林二婶吃着茶说:“三妹，你不晓得，我那方子可是家里祖传的，只传内不传外，只传男不传女。”刘三儿说:“只传男不传女，大姐又是怎么得了这个方子?”林二婶说:“按理，我家里也有兄弟，怎么也轮不到我身上。只因我在家做女时，嘴儿甜，很讨我爹爹欢喜，也嚷着要学。一开始我爹爹不肯传我，说不能坏了祖上传下来的规矩。我就天天缠着他，我爹爹不耐烦，就呵斥我说，一个女孩子家，不学针线刺绣，却学这些玩艺做什么。我说，哥哥、弟弟他们是人，我也是人，为什么他们学得，我就学不得?落后我爹爹被我缠逼不过，就偷偷传我。只叮嘱我说，不可对别人讲。我也守了这个诺言，从不对别人说起，就是我那些兄弟，也不晓得。”刘三儿说:“这么看来，伯伯他老人家也是个开明人，现在有多大年纪?”林二婶说:“前些年过世了，若是还在，也有八十来岁。”刘三儿点点头。问起林二婶吃了早饭没有?林二婶说没有。刘三儿叫林二婶稍坐，自己去做早饭。

过了一会儿，刘三儿端上饭菜来，和林二婶一起吃了。刘三儿倒两瓯茶，吃了几口，说:“如今这身子好了，坐在家里也嫌闷，想出去走走，大姐有没有什么好地方去耍耍?”林二婶吃了几口茶，说道:“好耍的地方是有，只怕不是三妹这样的人去的。”刘三儿笑道:“我刘三儿也同大家一样是人，大家去得，我有什么去不得，就是去耍耍，又有什么了不得。”林二婶说:“既然三妹这般说，李抽雪家里倒是一个好去处。”刘三儿思索一会儿，说:“李抽雪?可是村头开杂货铺的那户人家?”林二婶说:“就是他家。”刘三儿说:“一个杂货铺有什么好耍的?”林二婶说:“三妹，这你就不懂了。以前他家只开杂货铺，只因生意好，去的人多，闲耍的人也多起来。这几年又开了间牌馆。那牌馆比那杂货铺还大，里面放了十多张桌子，还宽松得很。每天都有好几十个人在里面坐着，不是打牌下棋，就是吃茶谈白。也不管男女老少，人来人往，进进出出，好不热闹。有时去晚了，连个站脚的地方也没有。”刘三儿听了，惊慕不已，笑说道:“大姐想是经常去那里耍?”林二婶说:“要是没事，不去那里还能去哪儿。村里人一有空儿，哪个不去他那里耍。”刘三儿说:“若有这些好处，我倒想去看看，见识见识。”说完，刘三儿去房里收拾了一番，便拉着林二婶直往李抽雪的铺子里去。

父 命

李抽雪正在铺子柜台前闲坐着，见林二婶和刘三儿一起往铺子里来，忙出柜台，迎上去，德贵婆娘、德贵婆娘地叫个不停。

刘三儿虽与张德贵结婚一二十年，因不是本村女儿，又一向和村里人接触得少，这些年来因身子不好，更少出门。大家只晓得她是张德贵婆娘，却不晓得她叫什么名字。刘三儿见李抽雪对自己这般客气，受宠若惊，笑说道："李老板，你太客气了，我没别的事儿，只想来你这牌馆坐坐，看看热闹，不劳你多费心，你还是去忙别的吧。"李抽雪说："不妨、不妨，我这么大一个铺子，还怕别个抬了去不成？你是稀客、贵客，又是头一遭来，我多少尽些地主之谊才是。"说着引林二婶和刘三儿去牌馆里坐。

牌馆早已坐满人，见刘三儿进来，都觉稀奇不已，站起来说道："德贵婆娘来了，今天是什么好日子，日头从西边出来？"林二婶见状，说道："别乱喊乱叫，人家有名有姓，叫刘三儿，是我妹子呢。"刘三儿笑说道："不妨，叫什么都成。"众人说道："哎哟，刘三儿什么时候又成了大嘴的妹子？"林二婶说："结拜没多久呢。"众人又说："大嘴倒会挑人，村里这么多草妹子、穷妹子不挑，单挑刘三儿这么个金妹子、银妹子结拜。"林二婶说："什么金妹子、银妹子、草妹子、穷妹子，我和我三妹投缘，才结成君子之交。"众人说：“大嘴，我们天天在一起，投缘得很呢，怎么不见和我结拜啊？”林二婶说：“你们这帮水佬倌[①]，没半点儿正经，见花儿就采，见桃儿、李儿就偷。跟你们这帮猫儿、狗儿做兄弟，我怕降我身份。”说得众人笑个不停。刘三儿也跟着大家呵呵大笑。

笑了一会儿，众人让出一张桌子来，李抽雪请刘三儿和林二婶坐，叫人斟茶来吃。众人围观了一会儿，也没觉得有什么稀奇，又打牌去了。只剩下林二婶、刘三儿、李抽雪三个做一起吃茶谈白。李抽雪说：“刘三儿在金屋子里住腻了，要出来透透气，到我这草屋子来坐坐？”刘三儿说：“这些年来身体一直都不好，少出门，前些日子吃了我大姐抓的几服药，身上的病痛才没了。精神好起来，这副腿脚也不安分，想出来走走。大姐说李老板这倒是热闹，我就跟过来看看，果然是生意好。”李抽雪笑笑，说：“我们做小生意的，只是糊个口，比不得德贵兄弟做大生意。听说德贵兄弟光是请的工人就有好几百？”刘三儿吃着茶，点头笑笑。李抽雪又说：“德贵兄弟很忙吧？这些年都见不着他影儿。”刘三儿说：“他日里忙得很，一向很少回来，只在夜里才回来。”李抽雪“哦”一声，说：“你家孩儿该是不小了吧？”刘三儿说：“今年也有十八九岁。”李抽雪说：“讨亲没有？”刘三儿说：“还没有呢。那小子拗皮得很，我正托大姐帮他介绍个合适的女孩子家，让他讨了亲，一来收敛些性儿，二来也了却做父母的一桩心愿。”李抽雪点点头说：“也是、也是，天底下哪个爹娘不是这般想。”

正说着，林二婶突然说道：“李老板不说这事我倒给忘了，这一提就想起来了。”刘三儿说：“大姐想起什么事来？”林二婶说：“李老板不是正好有个千金吗？只是好些年没见，一时不曾想起，怕是还没出嫁吧？”李抽雪笑道：“我家那丫头又丑又黑，没人要，怎配得上刘三儿家儿子。”林二婶说：“李老板又在讲瞎话，你女儿小时候我见过，虽说不上沉鱼落雁、闭月羞花，模样也还秀气，皮肤也红润，嘴儿又甜，见了谁都跟亲戚似的，喊个不停，哪个见了不喜欢？我那两个儿子还在学堂里读书，没长大，若不然，我还舍不得

---

① 水佬倌：有地痞、流氓、混混的意思。

说给别人家做媳妇呢。”李抽雪笑着说道：“人说媒婆三只口，见狗说狗，见牛说牛，见了驴儿跟着走，看来一点儿不假。”林二婶红了脸，嗔怒道：“看你这老不正经的，人家跟你说正事，你却在这说浑话。”刘三儿笑了一会儿，说：“李老板女儿今年多少岁？”李抽雪说：“今年十八岁。”刘三儿说：“年纪倒是差不多，不知现在可在家里？”李抽雪说：“这会儿不在家，城里做事去了，有时几个月才回来一次。”刘三儿说：“要是方便，我们约个日子，改天领我家儿子过来，大家见个面，至于成与不成，也要看缘分。”李抽雪连忙点点头，说：“好的，好的。”说了会儿话，李抽雪便辞了刘三儿、林二婶，往杂货铺去了。

林二婶站起身来，要寻一个打牌的位置，让刘三儿跟大家一起耍耍。一人见了，忙让出一个座位来，说：“大嘴，坐我这儿。”林二婶便拉着刘三儿过去坐下。

林二婶先跟刘三儿说了些打牌的规矩，刘三儿点点头，一一记在心里，又让林二婶坐在旁边，帮忙参看。

牌桌上其他几个人都是眼尖的人，又是赌场上的老手，晓得刘三儿是个有钱的主儿，都算计着先让她赢些钱，高兴一回，尝点甜头。出牌时，只是让着刘三儿，该吃不吃，该碰不碰，该和不和，还揣摩着刘三儿手里缺什么牌，故意打出来让她凑齐。打了几圈，都是刘三儿赢，她心里不知有多高兴，一个劲儿说自己手气好，走运了。其他几个也帮衬着说：“刘三儿真是运气好，财神爷都来帮你赢我们的钱。我们几个今天也不晓得倒了什么运，就不是打牌的日子，再好的牌也和不上。”刘三儿只是咧着嘴嘻嘻地笑。林二婶坐在一旁自然心知肚明，因与大家相熟，不便说破，怕扰了兴头，只说道：“我三妹这样善良的人，自然是运气好，你们几个哪是对手。”

刘三儿和其他几个人打到傍晚，收了场，约好明天再来，才回去。

第二天一大早，刘三儿起床，吃过早饭，收拾整齐，便赶往李抽雪的铺子。进去一看，见林二婶和另外几个早已到了。一人让出一个位置来请刘三儿坐，刘三儿客气一番，在林二婶对面坐下。大家随便说了几句闲话，便拿出麻将牌在桌子上搓起来。

林二婶和另外两个早已商量好手势、暗号。一上手来，不是你跺脚，就是他咳嗽，又或是他眨眼，又或是他手托着脸腮，隐隐约约伸出几个手指头。三人你看我，我看你，虽然没作一声，心里却亮堂堂，跟明镜似的，对刘三儿手里的牌一清二楚。刘三儿刚入行的人，哪里晓得这些，听见咳嗽，只道是受了风寒。有人跺脚，想是腿麻了，活动活动。见哪个眨眼睛，以为是进了灰尘。看谁手托着脸腮，又当是夜里没睡好，浑身没精神，全没注意他们是在使诈。

林二婶几个为了不让刘三儿疑心，识破奸计，每天换些花样，或挠头或斜嘴，或歪眼或敲桌子或摸扣子等。刘三儿全蒙在鼓里，一丝也不曾知晓，输了钱只怪自己背时倒运，或怪自己手气不好，却从不疑心林二婶几个是在合伙欺骗自己。好在刘三儿输钱也不当回事，反正只图开心快活，每天依然乐滋滋。

一天，刘三儿一大早家吃过早饭，像平常一样，往李抽雪牌馆来。李抽雪见了，迎上去说："三儿，早。"刘三儿也笑着说声："李老板，早。"李抽雪说："我女儿昨天夜里从城里回来了，我们一起去家里坐坐，吃杯茶？"刘三儿点头应允，去牌馆里叫林二婶出来。李抽雪托人看好铺子，带着刘三儿、林二婶出门，直往家里走。

穿过几条弄堂，便到李抽雪家里。刚一进门，早有一个四十多岁的女人迎上来。女人穿着一条灰色齐踝裤子，脚下趿着布鞋，上身穿着一件绿色褂子，齐肩短发，皮肤黑亮，见了生人似有几分怕生，怯怯地说："你好。"李抽雪指着那女人对刘三儿说："这是我家女人，胡满心，年纪是有了，却是怕丑得很，平时很少出门。"刘三儿对着胡满心笑笑，说："满心嫂子好。我来子虚村一二十年，还是头一次见到嫂子。"胡满心笑笑，也不答话，转身去倒茶。李抽雪叫刘三儿和林二婶坐，自去房门口敲几声门，轻声说："师雁，出来。"李抽雪的话音刚落，房门打开，一个十七八岁的女孩子从里面走出来，往桌上扫一眼，认得林二婶，忙过来叫声"二婶"，林二婶笑着点点头，应了。李抽雪指着刘三儿说："这是德贵婆娘，也是叫婶婶的。"李师雁又对着刘三儿叫声"婶婶好"。

刘三儿见李师雁穿着花布衣衫，梳着辫子头，脸蛋红润，眼大眉粗，人儿乖巧，嘴又甜，心下暗喜，说道："侄女好。"李师雁坐下后，刘三儿又在她身上仔细打量一番，她被看得有些害羞，低下头，脸蛋儿一路红到脖子。刘三儿越看越喜欢，好一会儿才说："我今天早上出门不晓得侄女回来，没怎么准备。"说完，刘三儿便从手上捋下一个镯子来，说道："侄女若不嫌弃，就拿着它吧。"李师雁低着头，摇头不接。林二婶说："这是张家婶婶一点儿心意，侄女就收下吧。"李师雁看看李抽雪，李抽雪含笑点点头，才收下，说声"谢谢婶婶"。刘三儿见李师雁有几分腼腆，也不便和她多说话，只和李抽雪谈些家常事。吃了几瓯茶，告诉李抽雪，说过几天带他家秋生过来坐坐。李抽雪点点头，连声说好。刘三儿和林二婶辞出来，照样去牌馆里打牌。

到傍晚时分，牌馆散场。李抽雪收拾铺子，关好门，回到家里。李师雁见了，问道："爹爹，平白无故，你叫我收人家的东西干什么？"李抽雪说："这不能说平白无故，是有些干系的。"李师雁说："有什么干系？"李抽雪说："我帮你找了一门亲事，叫你回来，大家见个面，看合不合适。你看张家婶婶对你多好，头次见面，就送东西给你，想是看中你了。我看这门亲事，九成是有望头[①]。"李师雁一听，惊愕不已，说道："你说是张德贵的儿子——张秋生。"李抽雪点头说："既然你也晓得他，也简省许多，这事就好办了。"李师雁说："那小痞子，什么事做不出来？村里头还有哪个不晓得？"李抽雪怒呵道："你在胡说什么，小痞子、大痞子的乱讲。只要张家点头，他就是你的姑丈[②]，以后再不许你这样乱讲。再说，他现在还小，心性不定，纵使有些不是的地方，你嫁过去以后，只要自己行得正，坐得稳，以身作则，慢慢教导他，总有一天会改正过来。哪个好男人不是婆娘调教出来的。"李师雁心里有气，噘着嘴说："任你怎么说，反正我是不嫁他。"李抽雪见女儿忤逆自己，大声

① 望头：希望。

② 姑丈：此处指丈夫。

骂道："好不知事的混账东西，你晓得他家里过的是什么日子？仙家也比不上。有多少女孩子家做梦都想去他家过几天舒服日子，人家偏偏看中你，也是你几世造化，别不知好歹。"李师雁气冲冲地说："爹爹既是这般喜欢他，自去嫁他好了，又何必摊上我，叫我去受那些苦处。"说着，从兜里掏出刘三儿送的那块手镯往桌上一撂，跑回房里去了。胡满心见女儿十分不愿意，心里不忍，劝道："我们只有这一个女儿，既然她心里不乐意，我看就算了，别逼她，是没这命。"

李抽雪见女儿跑回房里关起门来，本来心里有气，见胡满心又说出这番话来，怒气更盛，狠狠地瞪着胡满心，说："你们女人家晓得些什么，我岂不晓得咱们只这一个女儿？若有两个，还用得着这般去央求她。我是她老子，这样做全是为她想，她嫁到张家过上好日子，我能得到什么好处不成？她还不领情，当我是害她。"胡满心说："可是女儿心里不乐意，又有什么法子？"李抽雪大声道："我是她老子，这事由不得她，我心里是定了主意，她要是再敢说半个不字，我打断她的腿。明天你把门给我锁了，在家好好看着，别让她到处乱跑。要是张家来人了，见不着人，别怪我不讲夫妻情分。"

胡满心不敢再作声，从伙房里端出饭菜来。李抽雪气愤愤的，也不理人，只胡乱吃了几口饭，倒在床上便睡了。

胡满心吃了饭，来到女儿房里。见女儿坐在床上，两眼噙泪，满脸委屈，一把抱住女儿，心里一酸，倒先哭出来。李师雁见母亲先哭，自己也跟着哭起来。哭了好一会儿，胡满心才说道："女儿，这事妈妈也保不住你。爹爹的脾气你也晓得，只要他认准的事，谁也违拗不得。她要把你嫁到张家，事先我也不晓得。看他今天这架势，想是铁了心，你也别冲撞他，跟自己过不去。以后到了张家，虽说他家势大，只要你事事小心，不要做有丧妇道、失了伦理的事来就是，是好是坏任由人说去。今天日里，德贵婆娘来家里坐，我看她倒是很喜欢你。她人又和气，待人也好，我想你到她家也不会吃亏。"李师雁啜泣道："妈妈，叫我跟那样一个人，以后不是做班房就是砍头，日子怎么过？"胡满心说："看你说的什么傻话。他家那小子有些顽劣我晓得，也不至于翻天，你别尽往坏处想。”李师雁说：“妈妈，我没往坏处想。但一想到跟一个痞子过一世心里就觉得憋屈。”

胡满心沉吟一会儿，说道：“你恨你爹爹吗？”李师雁只低着头，不作声。胡满心见女儿不作声，晓得她心里气愤，说道：“其实你爹爹的想法也没什么错。我们都是过来人，这中间的过节[①]我们岂不晓得？”李师雁一听，愕然地看着胡满心，满脸疑惑。胡满心说：“若是我为你找夫婿，也是同你爹爹这般想，找个家境厚实的。至于你愿不愿意，还是在你，我不会强逼你。”

李师雁听了妈妈的话，止住泪水，说道：“可我觉得这样始终不妥。”胡满心说：“有什么不妥，难道你已有心上人？”李师雁望着母亲，不好意思地点点头。胡满心说：“是哪家的后生？”李师雁说：“就是村后头黄贵有。”胡满心点点说：“这后生也还不错，人挺好，又老实本分，就是家里太穷。一家人挤在那两间破茅屋里，打个转身都磕磕碰碰。有一次我到他家里去借东西，正巧碰到他们一家在吃饭，我见那桌上只放着一碗青菜，一碗汤，那汤水连油星都没一个，只有几片青菜叶子飘着，说不完的寒碜。这样的日子哪是人过的。你说进了这样的人家里，有什么好？”李师雁说：“我们对着月下老赌过咒，今生今世，不离不弃。天荒地老，唇齿相依。我怎么能违背诺言？”胡满心微笑道：“赌咒要什么紧，又没过门。难道那些赌咒说被雷劈的，他背了誓，雷公真的会劈了他？”李师雁说：“我和黄贵有先有约定，要是进张家的门，怕别个说我嫌贫爱富，传出去不好听。”胡满心说：“怕什么？天要下雨，娘要嫁人，谁管得着。哪个爱说，任他说去。”李师雁说：“黄贵有那边，我怎么去说？”胡满心说：“这个不用你操心，我替你回他就是。”李师雁想了半天，不作声。胡满心见女儿情绪好些，回房睡觉去了。

① 过节：人情世故。

拒　婚

这几天刘三儿也没去打牌，只和林二婶在家里等着张秋生回来。一连好几天，秋生的影子也没见着，刘三儿对李师雁喜欢得很，心里不免焦躁，对林二婶说道：“大姐，你看要不要先拿他们俩的八字找人合一合？我怕八字不合，会生出什么事来。”林二婶说道：“三妹，合它做什么，现在哪里还兴这些，等明儿他俩见了面，相互喜欢，你情我愿，就找几个人放些鞭炮，摆上酒，该有的礼节咱也不少，接来家就是。”刘三儿听了，喜上眉梢，说道:“要得，过门这事还是知会德贵才好。”林二婶说：“那是，我想妹夫见了这么个人儿，也没有个不喜欢的。”刘三儿听了心里更加欢喜。

林二婶见秋生几天都没回来，天天陪着刘三儿在家里，吃茶谈白，怕刘三儿心焦烦闷，也说些趣事儿来解乏。林二婶肚子里的趣事笑话特别多，说完张家的，说李家的，说完李家说刘家。子虚村的说完了，又说别个村的，几天下来，林二婶肚子里的趣事也说不完，刘三儿听得倒是津津有味，笑得嘴都合不拢。

那天，林二婶和刘三儿正谈着白话，秋生高高兴兴地回来了。刘三儿也不多问他在外面干了些什么，只叫他坐下，说：“我帮你看好一门亲事，你现在就随我到她家去看看。”秋生看了一眼林二婶，说：“是大姨家的侄女吗？”刘三儿白他一眼，说：“你就晓得大姨家侄女，人家看不上你呢。”秋生说：

“不是大姨家侄女，有什么好看，不去。”林二婶见秋生不想去，看了一眼刘三儿，刘三儿也看了一眼林二婶。林二婶心里明白几分，对秋生说道：“外甥，可千万别小看咱们子虚村。咱们子虚村人杰地灵，山清水秀，可是个出人才的地方。别说我那俩侄女长得俊秀，就是我现在给你说的这个也生得跟花朵儿相似，在周围这些村子里，除了我那俩侄女，恐怕也找不出第三个来。”秋生说：“大姨说的是谁家女儿？有这么个人儿，我怎么就从来不曾听说？”林二婶说：“外甥晓得李抽雪家吧？”秋生说：“不就是村里开杂货铺的老头吗，当然认得。”林二婶说：“外甥认得就好，我们说的就是他家女儿。”秋生想了想，说：“他家倒是有个女儿，小时候见过，性子很本分，只是生得什么样子，一时记不起来。”刘三儿插嘴道：“模样生得当然好，若不然，我们还能随随便便给你说。”秋生说：“既然妈妈和大姨都说她长得好，去看看也不妨。”

刘三儿几个收拾了收拾，就往李抽雪的铺子里去。李抽雪在柜台前远远看见，忙跑出来，领着三人进了铺子，在一张早已准备好的茶几前坐下，斟茶上来吃。李抽雪看了秋生一眼，对刘三儿说：“令郎果然生得好人物，身形伟岸，面目疏朗，风流倜傥，是个人才。这方圆几十里怕是难找，真是虎父无犬子，将门无弱种，有其父之风。”刘三儿笑笑，说：“过奖了，过奖了。”李抽雪说：“令郎我看了万分喜欢，亲家，索性就把这事先订下来，免得夜长梦多？”刘三儿听李抽雪叫她“亲家”，先是一愣，等缓过神来时，乐呵呵笑道：“李老板太客气了，既然已经来了，也不急这一时，我看还是让他俩见见才好，这也是个礼数。”李抽雪连连点头说：“好、好、好，还是亲家想得周到，体察人意，亲家的想法准是没错。”李抽雪叫人帮他看铺子，领着刘三儿几个往家里去。

到了家里，李抽雪叫刘三儿几个坐，一边叫胡满心去斟茶，一边去房里叫李师雁出来。李师雁从房里出来，一见秋生流里流气，一副水佬倌样，面黄肌瘦，如同枯蒿一般，相貌实在不雅。举止又失礼，目中无人，一双贼眼只管不停地在自己身上瞄，心早已凉了半截，暗怒道：“我就是去庵里做斋婆[①]，这辈子也绝不嫁这种人。”转身便想退回房里去，又见爹爹坐在桌上正怒视着自己，心里不免一阵怵惕，不及多想，缓缓走近前来，在桌上坐下。垂着头，绷着脸，一声不吭，心里想着自己以后若是跟这个人在一起，当是怎么一番情景？不免悲伤起来，又急又气，脸上竟泛起白来，像结了一层霜似的。刘三儿见状，以为李师雁哪里不舒服，忙问道：“侄女儿，你是不是病了，怎么脸色这般难看？”李师雁听刘三儿叫自己才回过神来，强笑道：“没有，没什么。”林二婶戏说道：“师雁侄女想是见到自己姑丈怕丑，你看头都不敢抬起来。”刘三儿笑说道：“这有什么怕丑的，以后咱们就是一家人了。”李抽雪、胡满心听着，乐得只管嘻嘻笑。大家吃了会儿茶，说了会儿话，刘三儿便辞了李抽雪，和林二婶、秋生回家去。

刘三儿一回到家里，就问秋生喜不喜欢李抽雪的女儿，秋生瘪着嘴说：“我还当你们有多好的眼力，你看她今天苦着那张猫脸，像是谁踢了她几脚似的。还有那双灰灰的死鱼眼，像个睁眼瞎。这么个人，你们还拿她当个宝，我看横竖就是株草。”

刘三儿觉得李师雁长得俊俏，人又乖巧，满以为秋生见了也会喜欢，正打算挑个好日子，把这门亲事订了。不想秋生却说出这番话来，实在大出意料，说道：“你的眼力好，倒给我说说看，谁才是你喜欢的？”秋生说：“能像大姨家侄女的相貌也就好了。”刘三儿冷笑道：“说了半天，你心里还惦记着人家，可是人家眼里根本就没有你。”秋生说：“不管她眼里有没有我，反正别的女孩子我是不会看的，以后除了她，你们也别费心思了。”刘三儿晓得儿子性格拗犟，自己说话历来都被当成耳边风，再多说也没用，只叹气说道：“冤孽，这件事我也不管了，明儿告诉你老子，看他怎么说。”秋生说：“爹爹忙得很呢，哪有空管这些闲事。”刘三儿说：“你这般顽劣，就等着明儿你老子回来收拾你。”秋生做出一副不屑的样子，说道：“爹爹就是回来，也待不得一刻就会出门，顶多说上几句了不得，还能怎样？”

林二婶对秋生的性子早已摸得清楚明白，晓得只能顺着他，半点也忤逆

---

① 斋婆：尼姑。

不得，见他母子俩说话不睦，自知这时候插不得嘴，若是把他惹恼了，反自讨没趣。最后只说道：“三妹，既然外甥不喜欢李家的女儿，我看就算了，也不用勉强。凭外甥品貌、才华，样样都好，要找个比李家女儿好的女孩子还不容易？”刘三儿说：“大姐，我倒不是为这事儿生气，你看他这性情，哪像个人样，我说什么都不管用，非得要他老子动手，这小子才听几句。”林二婶说：“三妹这话可差啦，我看外甥倒是生龙活虎，与别个不同，比起那些连自家门槛都跨不出去，棍棒也打不出一个啊字的后生，又不知强了多少去？”秋生见林二婶尽夸自己，心里高兴得不得了，满嘴只说林二婶的好处。林二婶和刘三儿谈了一会儿白话，吃了几口茶，就回去了。

第二天，张德贵回家来，把秋生叫到跟前，质问他为什么不肯讨李抽雪的女儿。秋生本来就对他爹爹有几分惧怕，如今见他阴沉着脸，气势汹汹，满是怒气，心里更加悚然，只一动不动站着，不敢开口。张德贵见他不说话，又大声问一句。秋生被张德贵这般逼问着，心里很不是滋味，看了张德贵一眼，又把头偏向别处。张德贵心里气愤，见他这般摇头晃脑，只当他是目中无人，连他这个父亲也不放在眼里，大声怒斥道：“孽种，你到底说不说？”说着站起身，举手就要往秋生身上打。秋生一时被激怒，也不晓得从哪里来的胆儿，索性把头凑过去，说：“打吧，你打吧，打死我好了。反正横竖我不是你生的，我是石缝里蹦出来的野种，打死我，你们眼里看不见，心里干净。”张德贵被气得浑身发抖，手掌重重地拍在桌上，桌子上的瓯子、盘子被震得咣咣当当乱响。刘三儿坐在一旁，也被吓了一跳。她见张德贵额上青筋凸暴，脸色青紫，怒目横眉，满脸杀气，粗重地喘着气，怕他一时不知轻重，做出后悔的事来，忙站起身，过来劝道：“德贵，你别生气，这孽种本来就很拗皮，就是剁他手脚，也怕一时难以好转，改天你多些空儿，咱们好好教训他就是。”说完，转过身来对秋生说，“没用的东西，还站在这里碜眼，快给我滚。”

此时的秋生也早已吓傻了，正在胆战心惊地站在那，瑟瑟发抖，以为今天这顿打是免不了的，即使不死，也得脱层皮下来。突然听到妈妈叫他快走，他恰如得一道赦死令似的，撒腿就往外跑，刚跑出门口，又听张德贵大声叫道："站住！"秋生一听，又像着了魔似的站在那里，木偶般一动不动。张德贵说道："从今天起，没有我的允许，哪里也不能去，只能在这院子里给我好好待着，不然小心你的腿脚，滚吧。"秋生得一声令，才出门去，往院子里走去。

秋生出门后，张德贵和刘三儿一边谈论着秋生，一边叹着气说："想我张德贵一生，多少险滩湍流，荆棘丛生，何曾皱过眉头。无数刀枪剑棍横来，恶相环身，几时被难倒过一回，退缩过一步？不想家里出了这么个不肖子，却教我束手无策，真是家门不幸。若是这孽种将来有什么不测，我怎么对得住列祖列宗，我挣下这份偌大家业，又由谁来继承？想到这些，我心里的气就往上冲，连做事的劲头也没了。"刘三儿安慰道："这事急也是没用，还得慢慢来。俗话说，冰冻三尺非一日之寒，秋生这样子也不是一天两天的事。再说，他现在年纪还小，还不能分辨好坏，等再过得几年，年纪稍大些，兴许就好了。"张德贵说："我看还是先在家里关他些日子，把他身上的钥匙缴了，哪也不许他去，收收他性儿再说。再不能由着他到外面溜来溜去，像个没爹娘的野鬼。"刘三儿点点头说："这样好是好，我就是怕他在家里待不住，到时闹出更大的乱子来。"张德贵说："他在家里还能闹什么乱子，难道还怕他把这屋子掀翻不成？"刘三儿说："待会儿我去把他的钥匙收来。"刘三儿又问了一些厂里的事。张德贵说："最近厂子里倒没什么事，只是钱有些周转不过，跟李富财借了些。"刘三儿说："李富财可是咱们村里开沙场的李老板？"张德贵说："就是他。这几年他可发了大财，那两部机子[①]在河里不停地挖，卖沙子的钱全进了自己荷包。"

张德贵吃过晌午饭又匆匆出门去了。刘三儿叫秋生来，把他身上的钥匙收缴了，说道："从今天起，你自己也该收些性儿，年纪不小了，也要像点样子，再不能像以前那般，没头没脑，几天都不拢屋，像没爹没娘没人管教似的，让人说闲话。别说这些话不好听，就是我和你爹爹的脸上也挂不住。要

① 机子：机器。

是你再不听话，把你爹爹惹恼了，他真的捶你一顿，我可不救你，那时大家脸上都不好看。”秋生领教过张德贵的严威，晓得拳头、巴掌落在身上不好受，装出一副很老实的样子，拍着胸口说道：“妈妈，不消你多说，自今而后，我一定痛改前非，不再让你操半点心。我现在哪儿也不去，只在家里闭门思过。”刘三儿见儿子这般说话，心里万分欣喜，说道：“这样才好，你听话，我和你爹爹才喜欢。”刘三儿又吩咐了几句，便去林二婶家了。

林二婶昨天从刘三儿家出来，回去在自家里闲坐了一天。第二天早上一起来，心里忖道：“今天张德贵回来教训他儿子，我若是跑去，岂不无趣，倒不如在家里消停消停。刘三儿今天下午不来找我，明儿准会来。”所以，吃了早饭后，林二婶哪也没有去，只和林二叔在家里一边吃瓜子一边谈白，专等刘三儿。果真，吃过午饭后，刘三儿来了。林二婶和林二叔忙出门迎，林二叔嬉笑着说：“三妹真舍得走[①]，到咱们家来坐坐。”刘三儿笑道：“姐夫说哪里话，我和大姐就像亲姊妹一般，哪里就舍不得来姐姐、姐夫家坐坐。等两个外甥放假回来，你们一家也去我们那边坐坐才是，这样才显得我们亲戚家的情分。”林二叔忙应道：“好得很，到时我们一定过去坐。”林二婶白了林二叔一眼，骂道：“不怕丑，三妹家是仙家住的地方，哪是你这种只晓得吃自在饭的人去的，再踩脏了人家的地。”林二叔叔不敢作声，只顾笑着。林二婶又说道：“还雌[②]在这做什么，快去斟茶过来。”林二叔应声，忙去斟茶来，和林二婶、刘三儿一起坐下。

林二婶说道：“我晓得三妹准会来，今儿哪儿也没去，只在家里等着。”刘三儿笑道：“只怪我家那小子不争气，让我们操好多心。今天早上差点被他爹爹好打一顿。”林二婶故作惊讶，问是怎么回事？刘三儿继续说，“今天早上他爹爹回来诘问他几句，那小子犟得很，不耐烦，跟他爹爹顶撞起来，他爹爹一怒，拳头重重地捶在桌子上，差点没把桌子捶坏。那一时我都给吓倒了，生怕他爹爹不顾后果，把他捶坏。我赶紧叫秋生那小子跑了。”林二叔接

---

① 舍得走：腿脚勤，喜欢串门。

② 雌：赖、挨、拖延、迟缓。

口说道："外甥也真是调皮，怎么就顶起他爹爹来，我那两个儿子在家里，我胡乱哼个声，他俩就站着不敢动。"林二婶怒视着林二叔骂道："贼东西，我是不好说得，你又在这里多什么嘴，没事到一边挺尸去。"林二叔笑着说道："我坐在这里吃茶，不说话就是。"刘三儿笑着说："大姐怎么又骂起姐夫来，姐夫说得也不错，秋生那小子是很调皮。"林二婶瞋林二叔一眼，说："别理他，好不晓事的东西。"又对刘三儿说，"外甥有些不安分也用不着动粗，要是真有个闪失，如何得了？反正他年纪还小，多劝劝就是。"刘三儿说："大姐，我家那小子犟得很，不管跟他说什么都不中用，他身上的皮比城墙还厚，不抽打哪里晓得进退。"林二婶说："如今李抽雪那边怎么跟他说才好？"刘三儿说："我正为这事犯难，来找大姐商量，看有没有什么好法子，不失他脸面才好。"林二婶说："说起来，也不是什么大事，过去跟他直说就是。"刘三儿说："当初李抽雪那般热情，今儿我们却要泼他冷水，我想他心里肯定会责怪我们，叫我怎么说得出口。我倒是想请大姐帮我回他。"林二婶说："这不太好。"刘三儿说："有什么不好？"林二婶说："我帮你去回了他自然也成。只是你不亲自当面把话说开，却叫我跟他说，他心里还道你对他有什么芥蒂或是不满，连面都不跟他见，反而心里更加生出些想法来。以后见着了，大家都不好看。你若是一个人不好进他家门，我陪你去就是。我想李抽雪也是个明白人，不至于怪谁。只要把话说清楚，以后大家还是像以前一样，你来我往，这样是不是好些？再说这婚姻大事本来就像做买卖一样，也不是两个人见面一谈就成的，除了父母同意，也要孩子们欢喜才是，就是孩子们欢喜，若是讲究些的人家，也要看门户合不合。"刘三儿点点头，说："大姐说得也是，还是大姐见识长些，若不是你这番话，我还险些把人给得罪了。我们现在就去他家吧。"林二婶点头应道，收拾东西出门。林二叔送出门口，说道："三妹有空常来坐坐。"刘三儿笑道："这自是当然，姐夫你进去吧。"。

刘三儿和林二婶到李抽雪的铺子时，李抽雪正在闲坐。见刘三儿和林二婶，李抽雪忙出来迎接，晓得他们来肯定有要紧事，也不敢耽搁，吩咐人看铺子，一起往家里去，心里暗喜道："做成这件事，我心里一块大石头也算落了地，以后借着他家一点余荫，也不用早出晚归，没日没夜地劳苦。”

到了家里后，李抽雪满脸欢喜，开口说道：“亲家，这事既然定下了，还不知什么时候过门，你们有没有找人看日子？我怕女婿一个后生家，等的日子太长，心里不耐烦，还是早些把这事办好了才是。”刘三儿面露难色，看李抽雪一眼，说：“李老板，我如今正在愁这事呢。”李抽雪笑着说：“不知亲家愁的是什么事？反正大家是一家人，说出来也不见外，好一起商量商量。”刘三说：“我家那小子死活不同意这门亲事。”

李抽雪一口茶水正吃在嘴里，听刘三儿这么一说，全喷出来，慌了神似的说道：“女婿……秋生侄儿怎么又不同意了，昨天我看他还好好的？”刘三儿不好说秋生嫌弃他女儿，一时又找不到更好的说辞，只眼看着林二婶，林二婶会意，说道：“李老板，是这样的，昨天我们回去问我那外甥喜不喜欢师雁侄女，我外甥说，师雁模样是长得好，性情又淑雅，看了也喜欢，只是他心里早有别人。我三妹也训斥他，心里有别人也不早些和家人说。孩子都已这样说了，做父母的哪有不为自己孩子好的，也不能强逼。落后我三妹又和我妹夫商量，还是尽早把这事说清楚的好，免得日子长了，拖累了师雁侄女的大事，心里不安，反正这事还没正式定下来，如今把话说开，大家别往心里去，虽然做不成儿女亲家，也是一个村里的人，大家还像以前一样，一家人似的，和和气气，你来我往。”李抽雪晓得这事已没指望，虽然心下懊恼，十分不喜，面上却强作笑容说：“二嫂子说得极是，我李抽雪岂是那种不明白事理的人？我要是为这事恼刘三儿，传出去也被人笑话。刘三儿以后有空，可要像往常一样来坐坐，吃吃茶，谈白话，方见得我李抽雪是容人的，也不失我们同是一个村里人的本分。”刘三儿笑着说：“李老板，这当然，我如今还离不得你那牌馆呢。”

刘三儿和林二婶走后，李抽雪独自坐在桌前，愣在那发了一会儿呆，又跺跺脚，叹息几声：“哎，可惜了一桩好婚缘。”无可奈何地往铺子里去了。

刑　拘

刘三儿和林二姊还是像往常一般，每天去李抽雪的铺子玩耍，只是李抽雪不似以前那般热心，见面只是点个头，打声招呼。刘三儿也不在意这些，见李抽雪点头打招呼，也微笑着说道：“李老板早。”有时来了，见李抽雪埋头看账，没顾得上理自己，也不想打搅他，径到牌馆里坐了，照旧和大家一起打牌、谈白。

一天，刘三儿出门后，秋生一人待在家里，百般无奈，心情苦闷无比，不经意间踱步到院子的草坪上，举头四望。蓝天白云下，四周却是垣垣高墙，自己像是被关在班房里的囚犯似的，半点也自在不得。心想：这样被拘禁着，如同囚犯一般，就是住着这金屋银屋，又有什么滋味？哪里比得外面花花世界那般逍遥快活？心里想着，闲步在院子里绕了一大圈，叹口气，自言自语道：“我那老子也真是糊涂，苦了大半世，挣下这么厚的家财，也不晓得歇歇脚，快活享受一番，还是那么拼命，就是赚再多的钱，哪天两脚一伸，还能把钱带到棺材里去？”

正在胡思乱想的秋生突然看到头上像有个黑影在晃动，正眼一看，是阿飞，心里又惊又喜，说道：“阿飞，你怎么在这儿？”阿飞巴在墙头说：“好些天没见生哥出门，兄弟几个着急得很，特地来打探。刚才我们躲在门口，见你妈妈早早出门去了，却不见你出来，也不晓得出了什么事。我和小三子商议，索性爬上围墙来看看，碰巧就看见你了。家里还有别人吗？”秋生说：“没别人，就我一个人在家，你下来吧。”阿飞从墙上跳下来，拉着秋生的手，问秋生出了什么事，怎么一直不出去。秋生便将他爹爹如何把他关在家里的事简略说一遍，愁眉苦脸说道：“如今被关在家里，也不晓得什么时候才得出去？”阿飞说：“有我在，生哥要是想出去还不容易？”秋生突然眼前一亮，一拍手掌，高兴说道：“是啊，我怎么没想到。”只高兴了一会儿，又沉下脸来，颓丧着说道：“不行，若是被我妈妈晓得，就不得了。”阿飞说：“你妈妈已经出去啦，她什么时候回来？”秋生说：“大约傍晚回来。”阿飞说：“这好办，我们现在出去，赶在你妈妈回来之前，先进来，万无一失，神不知，鬼不觉，哪个晓得。你也不用整天在家里像做班房一样，这样岂不两头都好？”秋生犹豫着，不知如何是好。阿飞催促道，“生哥，别想了，小三子正在外面等着呢，这几天我们早打探好了，有间歌坊新来了两个好漂亮的陪唱小妞，架子大得很，平常人是不肯出来相见的，没有几把钱甩出去，连正眼也不看一眼，也只有生哥这样的人去了，才降服得了她。”秋生听了，不觉心动，心下一横，点头答应了。

阿飞见秋生点头应允，欢喜异常。对着墙后退几步，立住不动，深吸一口气，作势快速向前跑去，到离墙脚只一尺来远，身体顺势向上一纵，双脚在墙上蹬了两三步，双手便扒在墙顶，又一个翻身，整个人就坐在墙顶上了。秋生见了，惊叹不已，说道：“阿飞，什么时候学得这套做飞贼的本事？”阿飞拍拍手上的泥，笑道：“雕虫小技而已，何足挂齿。”说着将一条腿伸下去，叫秋生抓紧，慢慢地将他拉上去。

两人下墙后，小三子忙迎上去，不停地问长问短。秋生很是感动，说道：“你们两个兄弟还算讲义气，晓得哥有难，前来相助，以后有什么好事，自然少不了你们。”小三子说道：“谁叫我们是拜过把子，生同食、死同穴的难兄难弟。”秋生拍着小三子的肩膀，说：“小三子，我们兄弟三人中，你年纪最小，点子最多，这次是不是你出的主意？”小三子咧着嘴笑笑，没作声。阿飞说：“生哥，咱们也别只顾在这里说话，误了正事可不划算。”秋生见说，领着二人，一溜烟儿跑了。

几个人来到歌坊，秋生先在包厢里坐下，拿出钱来叫小三子去打点。过了片刻，小三子领着两个年轻女子走了进来。秋生一见，果然青春年少，十六七岁模样，生得妖艳无比，如仙女下凡。俩女子走过来，坐在秋生两边。秋生说道："两位姐姐想是新来的，此前没见过，不晓得怎么称呼才好？"坐在左边的女子说："我叫小青。"右边的女子说："我叫小灵。"秋生又将俩女子细细打量一番，见小灵比小青年纪似乎略大一些，披散着头发，唇红齿白，袒胸露肩，肤白如雪。眉眼闪烁，妩媚撩人，似乎老于此道。小青低垂粉脸，满面娇羞，带有几分憨态，一双圆眼睁着，只顾看着自己的脚，像是头刚出道的毛驴，形态虽然俏丽，但秋生心里却有几分不喜。

秋生问小灵、小青要吃什么？俩人点了些瓜果茶水。秋生一边吃着茶，一边和小灵、小青聊天。几个人开开心心耍到将近傍晚，也不想走。小三子晓得利害，不断催促秋生："生哥，咱们得赶紧回去，明天再来也是一样，横竖两位姐姐还在这里，晚了被你妈妈发现可不好耍。"秋生只得恋恋不舍别了小青和小灵，约好明天再来。小青、小灵送出门外，挥手依依道别。

刘三儿这几天打牌回来，见秋生果然乖巧好多，不是躺在床上看书，便在桌上抚琴弄棋，或是在院子里闲走。不抱怨，也不吵闹，见了刘三儿彬彬有礼，两人的关系比往日也融洽好多。刘三儿以为秋生正在慢慢改过，看在眼里，装作不知，却乐在心里。偶尔也询问几句："生儿，你爹爹把你关在家里，不让出去，怨恨他吗？"秋生斩钉截铁地说："妈妈说哪里话，父子没有隔夜仇，再说爹爹又没打我，就是打了我，也全是为我好，哪有怨恨的道理。"刘三儿听了备感欣慰，说道："你能这般想，真是太好了，你爹爹听了，也会高兴。这些天你有没有在家里反省自己的过错？"秋生马上沉下脸来，故作悲戚，说："这些天来，我一直在反省，常常以泪洗面，痛悔前过。深觉以前所作所为实在荒唐，辜负了爹妈对我的厚望。凭己一意孤行，不顾人言可畏，以至爹妈含羞蒙诟。从今以后，我一定痛改前非，洗心革面，重新做一个堂堂正正的人，也为爹妈在村里人面前争口气，添个光彩。"刘三儿笑着说道："我听你这一番话，心里比吃了蜜还甜，你这番话只要不是一时兴起说的，而是自己内心要说的，才能说明你真的改了。"秋生拍着胸脯说："妈，你若是信不过我，我现在就去剁截手指给你看。"刘三儿黑下脸来说："不消了，平白无故又去剁什么手指。你是我儿子，我不信你信谁？过些日子我跟你爹爹讨个情，放你出去就是。一个后生家，整天被关在家里也不是个事，只是你出去了，不能再跟那些不三不四的人待在一起。再好的人跟了他们，迟早也要学坏。"秋生说："妈妈说的是，我出去以后，我再不理那些不三不四的人。还有那些不好的事我也不沾它一点，不看它一眼，从今往后只做个好人。"刘三儿看着秋生微微地笑，秋生也看着刘三儿笑。

秋生骗过刘三儿，刘三儿一出门，秋生就跑到院子的草坪上，一声呼哨，阿飞便爬上墙头，伸下脚来，拉秋生出去，一帮人照样去城里花天酒地。刘三儿却蒙在鼓里，一无所知。

一天，刘三儿傍晚回来，不见秋生在屋里，以为他又在院子里闲走，但出来找了几遍也没见人影，喊了几声，也没人应。刘三儿心下疑惑，猜想他应该是跳墙出去了，便去墙脚下仔细寻找，看有没有留下什么印迹。找了一会儿，果然不出所料，一处青草被踩踏得萎靡不堪，旁边墙上有明显的脚印。刘三儿心里明白了几分，料想既是从这里出去，定会从这里进来。见天色已晚，儿子也该回来了，刘三儿索性搬了张凳子出来，坐在这里守着，看儿子怎么面对她。

刘三儿等了好一会儿，眼看天色渐渐暗下来，也没见秋生回来，心里又急又气，兀自骂道："这砍头的，连他老娘也哄，回来非得好好收拾他。"刘三儿骂了几句，也不等了，拿起凳子回屋里做饭去了。

刘三儿吃了晚饭，仍不见秋生回来，晓得他平时在外头疯野惯了，十天半月不着屋也是常事，想是这次不晓得在哪里耍疯了，忘记回来，也没去多想，坐了一会儿，便睡觉去了。

第二天，刘三儿吃了早饭，心里记挂着秋生，也没心思出门打牌，在家里等了一天，还是没见秋生回来。

又过了一天，刘三儿吃完早饭，正在家里闲耍，听见门铃响，以为是秋生回来，心想："这小子好大的胆，竟然还敢回来。"气冲冲地跑去开门，准备狠狠地揍骂他一顿。开门一看，却是林二婶。林二婶嘻嘻笑道："三妹，昨天怎么没见你去打牌？"刘三儿先叫林二婶进屋里坐，脸色愀然，神色困顿，把秋生的事和林二婶说了。林二婶听了，叹口气说："外甥也太不像话，这么高的围墙，爬上爬下，万一失错跌下去，可不好耍，而且出去两天也不着屋，若是平时倒也没什么，他这次被关在家里，如今出去了，不肯回来，明摆着是心里有气，还不晓得在外面惹出什么事来。"刘三儿说："我也是这般想，平时他在外头惯了，几天不回我也不担心，可这次他是偷着跑出去的，又在家里关了好几天，我怕他心里赌着气，在外头乱惹事。"林二婶转念一想，又说道："三妹，你也不用太担心，外甥虽然顽皮了点，也是晓得好坏，不会有什么事的。"

刘三儿和林二婶正说着，又听见门铃响。林二婶说："看，准是外甥回来了。"林二婶和刘三儿一起去开门。打开门一看，却是个警察。俩人都吃了一惊。那警察也不进门，站在门口说："哪位是张秋生的妈妈？"刘三儿说："我是，请问有什么事吗？"警察说："张秋生和其他人嫖娼，已被拘留，过几天你们去交了罚款赎人。"说完就走了。

刘三儿想着自家孩子这般不争气，心里又恨又愧，不住叹息。良久才问林二婶："大姐，你说这事如何是好？不去赎他，心里放不下这块肉，赎了出来，还是老样子。想到他这般不长进，心里就有气。我真想让他在班房关些日子，吃点苦头，好让他晓得些生死。"林二婶说："三妹，我看这事还是请妹夫回来做主的好，他一个男人家，见识总要长些。"刘三儿点点头。林二婶继续说，"三妹，你现今身子不好，就在家歇着，我去帮你叫妹夫回来。"刘三儿点头说："好，有劳大姐。"

下午，张德贵抽身回来，一进门就抱怨刘三儿太放任那小子，以致无法无天，酿成此祸。刘三儿说："我哪里想到那小子这么高的墙都出得去，前些天还见他好好的，想是装出来哄我的。"张德贵说："冰冻三尺非一日之寒，大奸大恶哪里是一两天就能养成的。我也不是说这次，以前他犯些小过，我稍加责罚，你就护着他，生怕打坏他，整天捧在手心里当宝似的，呵护有加，百依百顺，以致他目中无人，无拘无束，天王老子也不怕。前番我说他几句，他就心里怀恨，反向我示起威来，这孽子有今日之祸，也是意料之中。”刘三儿说：“小时候我对他是娇宠了点，想家里又不缺什么，也不想他长大以后要做出什么事业来，只要他平平安安，本本分分地过日子就好，所以没多加管教、约束，一任事儿都由着他，谁想那小子成了今天这般样子。如今就是后悔也没用了。”张德贵说：“这孽子我看也不用去赎他，就让他在里面蹲着，受些罪也好。都是他自找的，让他好好反省反省。以前我教训他下手重了，心里还不忍，如今让别人代为教训，下手轻重横竖看不见，心里也好受。吃了亏他自己才晓得生死，免得出来以后又胆大妄为。”刘三儿说：“这怎么成，那小子从小就没吃过苦头，身子娇嫩得很，怎禁得起那些苦处，要是在里面弄出什么事儿来，你叫我心里如何承受得住？不管千错万错，他终是我们的儿子，我心头掉下的肉，我又如何忍得下心来。你还是去赎他出来吧。”张德贵看着刘三儿，沉默一会儿，说：“好吧，过几天再去赎。”刘三儿点点头，张德贵又说了几句话，出去了。

刘三儿一人在家盼着秋生回来，心里焦躁，坐立不安，又没心思去打牌，只得叫林二婶过来陪着谈几天白。

过了几天，张德贵领着秋生回来了。刘三儿见秋生似乎消瘦了些，眼神困倦，手脚乏力，蜷缩在椅子上，心里痛恨不已，泪水不住地在眼眶里打转。张德贵本想教训儿子几句，见刘三儿心里悲痛，只得把话咽下，交代几句便出门去了。

第二天，张德贵估摸着刘三儿心里好些，回来把儿子叫到跟前，说：“你看你都做些什么事出来，哪样不好学哪样，我这张脸都被你丢光了，你就不能长进点儿，让你老子、娘省些心。不要我来天天打你、骂你，让我博个慈父的名声也好，哪天我死了，也会感激你不尽。”

秋生闯了大祸，自晓亏理，低着头不敢作声。刘三儿不忍儿子被关了几天，回来又要被他爹爹训话，劝说道："德贵，他现在身体不好，你就少说几句，横竖事情已经过去，任你怎么说也回不来。"张德贵说："我现在不趁机给他敲些警钟，以后还不晓得会做出些什么事儿来。没听说过慈母多坏儿的话？他能有今天，多半是你惯出来的。"刘三儿听后不再吱声，任着张德贵说去。秋生也硬站着不敢吱一声。张德贵指着秋生鼻子说，"你以后给我本分点，消停些，不要整天到外面生事，不然，你索性出了这个门，我们这层父子关系也没得做了。"张德贵见儿子满脸赧颜羞愧，虔诚受训，不作一声，似有悔过之心，又把以前的老话翻出来，叮咛一番，出门去了。

刘三儿见秋生悒郁不安地坐着，猜想定是关了几天回来，又挨了骂心里不好受，暗自叹息道："本想与这小子讨了亲，让他知些事，收收性儿，不想连李师雁这般俊俏的女孩子家都看不中，还惹出这场祸事来，难道他心里只喜欢林家女儿？唉，可惜人家天生一副傲骨头，任你万贯家财，也不稀罕，就是看不上这小子。若是她能松口答应，我宁可多费些钱财，讨过门来，遂了这小子心愿，我想他也会安分些。"刘三儿心里犹疑片刻，说，"秋生，你是不是很喜欢林秋月？"秋生点点头。刘三儿无奈地叹着气，说："冤孽。"停了一会儿，又说道，"你先在家歇着，别到处乱跑，我去大姨家看看。"

刘三儿来到林二婶家，见林二婶在院子里嗑瓜子闲坐，进门说道："大姐，这几天没去打牌？"林二婶说："三妹这几天没去，我们几个手上拿牌都没力气，还不如在家里坐着自在。外甥回来没有？"刘三儿说："昨天他爹赎他回来了。"林二婶说："外甥人倒是聪明，只是有点吊儿郎当，想法歪。后生家血气旺，性子刚，做事不牢靠也是常有，只是这些没头没脑的事少做些才好，被人说出去名声不好。"刘三儿叹着气说："也怪我从小太惯着他，德贵还为这事怪我，说我处处袒护他。可是他哪里晓得，孩子是娘身上掉下来的肉，天底下哪有做娘的不疼自己的子女。如今我为那小子操碎心，也不晓得他哪一天才能明白，我做的这一切全是为了他。"

刘三儿说到伤心处，不免哽咽起来。林二婶宽慰道："三妹，你也想开点，儿孙自有儿孙福，不要为他做牛马。我家那俩小子，我是没怎么管过他们，小时候他们在屎里滚也好，尿里爬也好，我都任着他，现在不也是长大了。”刘三儿叹着气说：“可能真是命，我家那小子自生下来，事事都给他想得周全。怕他在人家面前失了面，穿衣要买最漂亮的；怕他吃饭硌碜牙，米要最软的；怕他读书不成才，也给他选最好的学堂……我为他做的这些，多得数也数不清，可是到头来，却成现在这般样子，我这番心算是白操了。”林二婶说：“三妹，也不是这般说，你见母鸡带小鸡，给它撒一把米，那米明明就在旁边，母鸡还是不厌其烦地一粒一粒啄给小鸡吃，那母鸡对小鸡的关爱如此，又何况于人？可是到小鸡稍长大些，还想依赖母鸡，母鸡反而不领这份情，来啄它。我常想，人又何尝不一样，幼小时给他多些关爱也是应该的，大一点也得让他学会自立才是，这比你给他做一世的保护伞要好得多。”

刘三儿听了，似懂非懂，说：“大姐说话真是人情练达，世事洞明，比起那些文章学问来也不晓得强了多少去。常听人说，听君一席话，胜读十年书。这话一点也不假。今儿听大姐这番话，长见识了。”林二婶嘻嘻笑道：“三妹过奖了，我们又没进过什么学堂，哪里晓得什么文章学问，就是听别人说过，记在心里。还有曾看见别人做错的事，总得长些记性，免得跌了一跤又一跤。”刘三儿微笑一回，吃些茶，说：“大姐，我还有一件事想烦你跑腿儿。”林二婶说：“三妹有什么事尽管说，跟大姐可别这么客气。”刘三儿说：“我想再烦大姐去你侄女那给她说说看，问她有什么条件，只要咱们能做得到，都依她就是。”林二婶面露难色，又不好拒绝，只得说道：“三妹，你不晓得，前番我去说，差点没被她用棍子打出来，如今我哪里还好厚着脸再去。”刘三儿说：“我看秋生那小子这般架势，怕是非你侄女不讨了。”林二婶想了一会儿，说道：“三妹，我倒是有个主意。”刘三儿说：“大姐有什么主意，快说来看。”林二婶说：“虽说那小妮子刁蛮，我哥嫂为人却极厚道，又热情好客，你只装作去她家耍耍，说些闲话，要紧的话不明说，你见是时候了，再暗地里探她口风。那小妮子说话虽然尖酸刻薄了些，却也不是不讲理，你把话绕着说，她理会也好，不理会也好，断不会怪你。”刘三儿点点头，说：“大姐这话说得是，今天怕是来不及了，我明天备份礼再去。”林二婶说：“三妹，你又错了。”刘三儿惊奇地问道：“大姐，我等明儿备份礼物再去怎见得错了？”林二婶说：“三妹，你不晓得，那小妮子最讨厌这些俗礼，你若是提了东西去，她面上不好看还不说，心里反而警戒，就是说起话来也不自在。你倒不如空着手去坐坐，吃口茶，谈些白话，还自在。”刘三儿笑着说：“幸亏大姐提醒，没准我明儿提了东西去，还真会被她用棍子赶出来。”俩人哈哈笑了一阵，看着已到晌午，林二婶要留刘三儿吃饭，刘三儿怕烦费林二婶，说什么也不肯，自回家去了。

过年

第二天，刘三儿起了个大早，吃过早饭，收拾完，叮嘱秋生几句才出门，往秋月家里去。

刘三儿来到秋月家院子前，见院子门开着，便走了进去。她见一个四十多岁的女人和一个十五六岁的女孩子在坐着晒日头，想是林大嫂和林秋月。

林大嫂穿着粗布灰衣，神情呆滞，无聊地闷坐着。秋月却是散发披肩，面容清俊，鼻梁坚挺，小嘴红润，脸似刀削如新月，肤如凝脂，手似柔荑，聚神蹙眉间，自有一股风流外溢。恰时，正拿着针线在一张细布上认真地绣着什么。刘三儿看了一会儿，心里惊叹：“好一个画中人儿！先前只听村里人谈论林家姊妹如何秀美，胜似仙家，因自己不怎么出门，从没见过，总是不信。见了李师雁，总觉得和她比起来理应差不了多少。今儿相见，才晓得一个天上，一个地下。只怪自己寡闻少见，不信人言，这么个美人，天底下有哪个后生见了不喜欢？也怪不得秋生那小子，只怪那小子太不争气，做事不像话，哪里又指望人家正眼看他？”刘三儿想着，心里不免嗟叹几声，正要走，转念一想：既然来了，就坐下来吃口茶，谈些白也好。接着便叫了一声：“林大嫂。”

林大婶正在呆坐，秋月的手中也在绣着什么，都没顾理，突然听见叫声，都抬头走来，见一个四十来岁的女人，满身贵气，衣着鲜亮，正微笑地站着。

林大婶站起身来，端详好一会儿，才认出来，笑说道：“我今早熬粥，灶里的火不住地笑，心想今天不是有什么贵客要来？又想，我们这样的穷人家，哪有什么贵客，只是自己痴想罢了。正在猜疑，这会却是德贵婆娘来了。快请屋里坐。”刘三儿笑着说：“大嫂子太客气了，我们哪是什么贵人，同是子虚村的人，还不是和大家一样。”林大婶叫秋月收拾了收拾，去斟茶，一起到堂屋里坐。

秋月端过茶来，说：“婶婶请吃茶。”刘三儿接过茶，又在秋月身上打量一番，见秋月身形窈窕，眉目端庄，眼似深潭，笑靥生愁，娇弱袭身，心里自是喜爱不已，忙叫秋月坐下。刘三儿问林大婶：“大嫂子，大哥不在家？”林大婶说：“他是没事也坐不住的人，有事更是安不得身，早就出去了。”刘三儿说：“大哥倒是勤劳。”林大婶说：“我们生来就是这个八字，有什么法子。”刘三儿说：“大嫂可别这么说，勤劳也能发家致富。”林大婶说：“德贵婆娘，你不要说什么富不富了，我们一年累到头也只是肚子不饿，除了我家大女儿要交学费，我们连一件新衣服也舍不得买，日子难挨得很呢。”刘三儿笑笑，说：“大嫂，我的小名叫刘三儿，你就叫我三儿吧。”林大婶应着说：“好，三儿，你先坐一会儿，我去看灶里的火熄了没有，这会正在熬粥呢。”刘三儿说：“大嫂你先去忙吧，我也没有别的事，只是过来坐坐。”

林大婶起身去了，刘三儿转头对秋月说：“侄女儿，刚才你绣的那张锦帕，我看着好漂亮，能不能拿出来让我仔细看看？”秋月说：“婶婶过奖了，我只是绣着好耍，消磨日子，那东西丑得很，怎好拿出来让婶婶看。”刘三儿说：“侄女儿别太谦虚，似你这般灵巧，绣出来的花虫鱼鸟还能不跟真的一样？”秋月笑笑，晓得不好强推，说道：“既然婶婶这般抬爱，我只好献回丑。只是婶婶看了觉得不好，别到处宣扬，为我遮些丑才是。”说着起身去房里拿出来，在桌上放平，说道，“这一边只差一点工夫就好了，另一边还没想好要绣什么。”

刘三儿仔细一看，见绣的是一幅鸳鸯戏水图：蓝天白云下，垂柳飘扬，洲渚[1]岸汀，碧草萋萋。一对鸳鸯正在水中追逐相戏。雌鸟整个上体灰褐色，脚浸水中，向前急游。雄鸟羽毛鲜艳华丽，冠羽高挺鲜红，翅上一对粟黄色扇状立羽，像帆一样挺于后背，颈脖伸得直直的，翘着尾巴，紧紧地追在雌鸟后面。形态逼真，竟如真的一般，呼之欲出。又见那绣线细密均匀，颜色搭配错落有致，特别是要紧处，多一针太丑，少一线不像，恰如其分，真是良人巧匠，夺其天工。

刘三儿看了好一会儿，惊叹道："侄女儿果然心灵手巧，绣得这般精美细致，得劳多少神啊？"秋月笑笑，说："我绣得丑，婶婶不贬我反而褒奖我，真是让人惭愧。这副锦帕胡乱用了些工夫，从开始到现在，也花了好几个月，还是没绣好，我拿针的手都起茧了。"说着伸出手来让刘三儿看。刘三儿见秋月的拇指和食指指尖果然有一层薄茧，叹道："也亏侄女儿有这般耐心，若是换了别个，拿刀逼着他，或许会花上些工夫，帮你把鸡绣成鸭，鸭绣成鹅。又或者是把公的绣成母的，母的绣成公的了，横竖不会这般用心。我看侄女儿这双巧手，怕是天底下找不出第二双来。"

秋月见刘三儿面慈目善，不拿腔作势，说话一团和气，又不摆架子，心里对也她有几分亲近，笑着说："婶婶别取笑我了，我是口拙手笨的人，心里又愚钝，哪里当得起。"刘三儿思索了一会儿，若有所感，喃喃说道："侄女儿这般俊俏，心肠又好，哪里找这么个后生做配对！"秋月听了，脸上红红的，不敢作声。过了一会儿，刘三儿突然问道，"侄女儿可与别人定亲不曾？"秋月脸更红了，只低着头，不敢看刘三儿，摇了摇头。刘三儿吃口茶，叹息几声，说道："本来这话我是开不得口的，只因我家那小子痴呆，前儿我跟他找门亲事，就是村头开杂货铺李抽雪家的女儿。人长得也还秀气，又有几分腼腆，我也喜欢，她爹妈和她本人也同意了。我心想，只要我家那小子点个头，我就把亲事办了，也落了我心里一块石头。不想那小子一见，就是不喜欢人家，我再三逼问，他才说只喜欢你。我也晓得我家那小子是只癞蛤蟆，配不上你。先前你婶婶也来说过，你没答应。昨儿我又去央她过来再说说看，

[1] 洲渚：也作沙洲，河中的沙滩。

她说什么也不肯来。今天我是厚着这张老脸，不怕你笑话，来问问，你若是能答应下来，什么事都好说。”

秋月虽然厌恶张秋生那副行径，不愿听闻，但见刘三儿态度诚恳，语气和缓，又是长辈，这般哀求似的跟自己说话，心里虽然十分不愿意，嘴上却说不出口，只默默地低着头，不敢作声。刘三儿见状，晓得她是在顾及自己，怕心里难受。笑道：“侄女儿，你别只顾着我，为难自己，儿女的事，也要大家欢喜才好。要是勉强那一方，将来更容易出乱子。你心里有什么就说什么，我也是过来人，哪里禁不起几句话。”秋月见刘三儿这般说，抬头看着刘三儿，说：“婶婶既是这般通达，我做晚辈的只好直说了。我和你家秋生是没缘分，况且天底有才有貌的女孩子家多的是，我一个穷人家女儿，相貌丑陋，人又愚蠢，却落得婶婶这般看重，心里实在惭愧。而今秋生还没年纪，婶婶用不着为这事着急，只需慢慢寻找，还怕没个如意的人儿？”

刘三儿早料到秋月会这般说，但是秋月把这话一说出口，心里还是不免有几分感叹与失落，黯然说道：“侄女儿，你不晓得我心里的苦，人家只见我兜里有几个钱，都以为我日子过得舒心，像个仙家似的。他们哪里又晓得，我心里的苦处。这些苦水，往外倒不得，说了别个也不信，还会笑话，索性让它烂在肚子里。”

秋月听了，以为是自己拒绝刘三儿，让她心里不快，才会这般说，心中反而内疚起来，说：“我们小孩子家说话不晓得轻重，一时鲁莽，冲撞了婶婶，还请婶婶量大，别往心里去。”刘三儿微微一笑，说：“我看见侄女儿心里只有喜欢、高兴，哪里有生气的理，刚才不过说几句梦话。”秋月笑笑，刘三儿来了有一会儿，又没什么其他事，不好再打搅，想要回去。刘三儿本想送一件东西给秋月作留恋，想到昨天林二婶叮嘱自己的话，只好作罢，辞了秋月，出门见天色还早，到林二婶家去，约着一起，去李抽雪铺子打牌去了。

秋月收了茶瓯，林大婶从伙房出来，见刘三儿已走，咕哝道：“德贵婆娘怎么这般急，凳子也没坐热就走了。”又问秋月，“她和你说了什么没有？”秋月说：“没说什么，只谈了几句白话，说些家常事就回去了。”林大婶点点头，忙别的去了。

秋月搬着凳子坐在菊花旁观赏，见那几株菊花被霜露打得萎靡不振，奄奄一息，已经没有往日的娇艳，心里又怜又叹，道："都说秋菊能耐寒，才打几天霜，连头都抬不起来，若是再落几天雪，还不晓得成什么样子。"悲叹一会儿，秋月去了找些棍子和稻草来，给那几盆菊花搭了个棚，以避严霜。秋月忙乱好一会儿，搭好后，觉得身子乏累，便回房往床上一躺，也无心看书，拿起镜子，看着自己花容月貌，自顾怜惜起来："书上都说红颜多薄命，难道是真的不成？自小以来，人人都说自己生得好，是个美人胚子，将来一定大福大贵，谁想却是株病秧子，连远门都出不得，只能沤[①]在家里，像一只水缸底下的青蛙，迈不出门槛。就是有了这副好皮囊又有什么用？若是投胎时，能自己选择，我就不去做笼子里的凤凰，情愿做只小麻雀，在天空中自由自在地飞来飞去，也强似做这半个人。"正在恍惚迷离间，忽见一个人走进房里来，秋月吓一跳，凝神一看，是赵夏生，她心里又惊又喜，从床上一跃而起，说道："夏生哥，怎么是你？你不是在学堂里吗，怎么又回来了？是不是又放假了？姐姐有没有跟你一起回来？"夏生手上拿着一件厚厚的夹衣，递给秋月，说："我们没放假，回来带些东西，想着天气冷，顺便给你买件衣服回来。"秋月接过夹衣，说道："多谢夏生哥，坐下来吃口茶吧。"夏生说："不吃了，我还要赶回学堂。"说完便出去。秋月还想说什么，正要追出，手脚却被绳索捆住似的，挣扎不开，心里一急，睁眼一看，却是南柯一梦。秋月看看外面的日头，已快晌午，起床来，没见母亲在家，自去伙房里做饭去了。

早上刘三儿出门后，秋生一个人在家里无聊地待着，坐立不安，左右不是，去院子里转了几圈，也觉无趣。刘三儿每天早出晚归，秋生也只有摇头叹气。好不容易熬过了个把月，心里实忍耐不住，索性拿出钥匙，开门去找阿飞、小三子去了。

阿飞和秋生一起嫖娼被拘，因没人去打理，关了个把月才放出来，出来后还是无所事事，禀性不改。这些天没见秋生出来，也不敢再去他家里，怕

---

① 沤：浸泡。

他爹娘怪罪起来。阿飞每天只和小三子闷坐闲转，像只无头苍蝇一般。正没人理会时，秋生来了。俩人忙迎上去，阿飞说道：“生哥，你真是走运，有个好爹，关几天就去赎你出来。我爹不争气，不中用，真是倒大运。一个钱拿不出来，还不说，又不知道厚着脸去做些人情，说些好话，害得我白关了个把月才出来，一想起这事心里就气。”小三子笑着说：“自己做下这些歹事，吃了亏，又去怪起你爹来，是你爹叫你去做的？”阿飞说：“虽然不是我爹叫我去做，你看生哥的爹多好，一听他出事，生怕在班房里受半点委屈，赶忙就去赎他，我被关在里头，是死是活，我爹权当没事一般。”小三子说：“事到如今也别怪你爹，当初我劝你做事谨慎些，别做出那些歹事来，可是你不听。唉，终是小孩子家心性，做事不够老练、沉稳，以至失了身份，又受罪。”阿飞用手轻啄着小三子的头，说：“你小子才多大点儿，就说起我来，我当年出门入户，不管白天夜里，也能让人不知不觉，那时你还在捆肚兜呢。”

秋生见他们吵个不休，说道：“你们别吵了，小三子说得不错，都怪咱们一时糊涂，失了心性，弄出事来让人家看笑话。以后我们做事也略微收敛些才是。”阿飞说：“生哥说得是，还是生哥有见识，以后我听生哥的就是。生哥，如今我们去哪里耍?”秋生说：“那些没头脑的事，是断不能做了。去吃些酒，耍些钱也是无妨。”阿飞说：“好，生哥，我们这就去城里吃酒。”几个人商量好，又去城里了。

看着年关将近，天上又落起雪来，春花也放假回到家里。林大婶见天气侵人，拿出炭盆来，烧上旺旺的炭火，给姊妹俩烤火暖身。春花问秋月：“妹妹，这几个月在家里做了些什么？”秋月说：“也没做什么，没事时只绣了张锦帕。”春花说：“快拿来让我看看。”秋月转身去拿出来。春花接在手里，摊开一看，见左边是一对鸳鸯戏水图，上面还绣了一行字——“世上只有鸳鸯鸟”。右边绣的却是一对相思树，树的枝叶尽秃，树皮皴裂，只剩得躯干。形状萧索，却相互交错，相依相偎。顶上也绣有一行字——“何曾有过连理枝”。春花看了，笑说道：“妹妹想是还没自己的意中人，才会这般说，若是哪天找到了自己的如意郎君，意气抒发，讴歌还来不及呢，哪里还会这般奚落。”秋月说：“如意郎君也罢，癞头闲汉也好，谁也保不准一世心口如一。或许今天还恩恩爱爱，过些日子，不是你嫌我丑，就是我嫌你穷。人不比草木，没思想，种下一粒种子，只给它施肥、浇水、除草、捉虫就好。人不一样，今天有兴头，拿你当宝一般看，若是哪天腻了味，失了兴，连草也不如。”

春花本想取笑秋月几句，不想秋月却说出这番话来，也觉无趣，想和她争论，又怕引起秋月伤怀，思索一会儿，说道：“妹妹，这几个月里头，村里有什么趣事没有？若是有，拣几件说来听听。”秋月说：“大事没有，小事倒有一桩。”春花说：“是什么事？”秋月说：“村头开杂货铺子的李抽雪你可晓得？”春花说：“那么个市侩人家，哪有不晓得的，只是不知他又有什么新鲜事儿？”秋月说：“说来话长。他家有个女儿叫李师雁，比我大不了多少，小时候我们常在一起玩耍，私下里也很谈得来。师雁姐的模样生得倒也俊俏，人又老实，心灵手巧，恰恰被德贵婆娘看上了，要说给自家儿子做老婆。她家那龌龊小子是出了名的水佬倌、烂仔头，一提起来，村里人哪个不知。师雁姐也早有耳闻，开始不肯答应，落后终抵不过他爹妈软缠硬磨，才勉强点头应允了。不想见面那天，她家那小子还挑三拣四，嫌弃人家。师雁姐本来就不十分愿意，见他这般态度，心里倒是偷着乐。因那小子不愿意，这事也就了了。师雁姐心里本来有一个自己喜欢的，就是村后头的黄贵有，这会儿师雁姐便嚷着要嫁他。可是贵有家穷得只有两间土坯房，一家子几口人挤在里头，转个身都磕磕碰碰，她爹爹哪里肯？师雁姐又要嫁，她爹爹索性把她关在屋里，将门锁了。师雁姐也不晓得哪里来的一股蛮劲，狠命把门踢烂，去伙房里拿把菜刀，往脖子上一架，对她爹爹说，若是不让她出去，现在就死给他看。他爹爹急了，生怕师雁姐一时气盛，做下傻事，只得开门，放她出去，说她想出这个门也好，但是永远也别再进这个门，师雁姐一咬牙说别进就别进，横竖她的心是死了，她出了这个门，他们就两清，谁也不欠谁的，落后师雁姐出来，就跟了黄贵有。他们这场婚礼倒是简单，没有媒人，也没做酒，连个接送的人也没有，炮仗也没放一个。这事闹得很大，村里人都晓得，议论纷纷。落后李抽雪也觉得脸上也挂不住，软下心来，想到终究是自己女儿，没有成仇人的理，也去了黄贵有家几趟看她。有一次我去黄贵有家看她，那家里的人倒是热情得很，又好客，问我吃了早饭没有？我说吃了。见我身上衣服穿得少，又问我冷不冷，是否要到伙房里烤火？我和他们说我只是过去看看师雁姐，他们去忙他们的吧。他们又是端凳子，又是倒茶水，问这问那的，把我当作稀客。我见那屋里狭窄，吃了口茶，只坐了一会儿，就拉师雁姐出来了，和她说了会儿话，她才把那些话告诉我。落后我辞了他们要走，他们死活要拉着我吃了晌午饭再走，我是好说歹说，他们让我走了。”

春花说：“李师雁这般忤逆，她爹爹终究是认了，也算有几分良心。”秋月说：“她爹爹虽不是良善人，她妈妈却疼她疼得紧，常背着她爹爹塞些钱给她。”春花说：“李师雁的日子过得这般苦，她有没有后悔？”秋月笑道：“这事我也问过她，她说后悔干吗，横竖是命，不认又有什么法子。”

姊妹俩只管说着闲话，不觉炭火小了，秋月去拿一些炭来添上，说道：“姐姐在学堂里有没有什么新鲜事，也说来听听？”春花想了一会儿，说道：“新鲜事倒没有，只是前不久夏生跟别人打了一架，被人打得全身是伤。”秋月惊讶不已，说道：“夏生哥那么老实、本分，怎会与别人打起架来？”春花说：“这也怪不得他，只因学堂里有个水佬倌屡次来骚扰我，夏生看不过，要为我出头。我劝他别去招惹事，不理他就是。夏生哪里听得进去，就和那水佬倌打起来。那水佬倌只一吹哨子，霎时来了几十个人，围着夏生就是一顿拳打脚踢，夏生被他们打得当场晕过去，当时我也被吓坏了，不晓得如何是好，幸亏老师及时赶过来制止。落后夏生还在医院里躺了好些天。”秋月愤愤地说道：“老实人只有被欺侮的份，真是没天理。”

眼看就要到年三十，大家都忙起来。林二婶也没空去李抽雪家打牌，要忙着置办年货，又要给两个儿子置几套新衣服，又要忙着除去家里的污垢。林二叔是个不管事的人，只要有人叫，也不管有事没事，一溜烟儿就跑出去了。没人叫，在家里一坐，也像一尊菩萨似的，雷打不动。林二婶看不过，骂上几句，林二叔只嘻嘻地笑，权不当回事。林二婶气得没法，索性不去管他，任由他去。

林二婶家的小儿子林如虎才十来岁，也是个调皮鬼，一刻也离不得大人。一天，林二婶正在忙里忙外，眼睛不知怎么一花，没盯紧他，林如虎便像蛇一样溜出去，拿着零花钱，到杂货铺子里买了炮仗跟别的几个小孩子一起耍。六七岁的小狗子在远处见林如虎手上拿着炮仗，也跟过来看热闹，一起耍。只见林如虎拿着炮仗，在燃着的香上点着引硝，或往空中一抛，炮仗炸开，滚出一缕缕淡淡的青烟；又或是往水里一扔，只听一声响，水花激起，四处飞溅；又或是往淤泥里一放，只“砰”的一声响，看时，却像是开了一朵花似的。小狗子看了，心痒不已，嚷着也要耍，过来向林如虎讨，林如虎不给，小狗子一气，便要从他手上抢。林如虎火了，往小狗子身上一推，小狗子一个趔趄，一跤跌倒在地，哇哇大哭，爬起来嘴里不住地骂道：“老子向你讨些炮仗，你又推老子做什么？”林如虎也骂道：“老子的炮仗，谁叫你过来抢！”

两个人正骂着，恰巧林二婶在家不见林如虎，出门来找，还没到跟前，就听到两个人正在对骂，气冲冲快步走过去。小狗子见大人来了，不敢再骂，也不敢停滞，抹了眼泪，早已跑得不知去向。林二婶见小狗子跑远了，心里还有气，兀自骂道：“小短命鬼，我难道还怕你不成？这次算你跑得快，再迟些，看我不两巴掌凿[①]死你。”林二婶骂完又去揪着林如虎的耳朵，说道：“砍头的，谁叫你跑出来，叫你在家里好好坐着，偏要跑出来生事，万一出什么事，你又比别个大些，别个大人还不找上门来？”林如虎被揪着耳朵，疼痛不已，嚷道：“我只是出来耍耍又怎么啦，又没去惹谁，是他自己要来抢我手上的炮仗，我只推他一下，是他自己失错跌倒了，又怪起我来。”林二婶见林如虎犟嘴，抡起雷暴[②]在林如虎的头上狠狠地啄了几下，痛得林如虎哭天喊地。被林二婶强拉回家后的林如虎见哥哥林如龙在房里写作业看书，也坐在

① 凿：打或扇。

② 雷暴：或作雷雹，伸出食指与中指，弯曲第一关节和第二关节，其余三指紧握，以凸出中指和食指关节尖。

一旁默不作声。

林二婶放下林如虎，要忙着腌制腊肉，又要发糯米做粑粑[1]，又要杀鸡宰鸭，一个人忙不过来，见林二叔闲着，便叫他帮忙去剖一条鱼。林二叔取刀来，把鱼平放在砧板上，对准鱼腹，一刀下去。那鱼长得肥壮，肚子里的血水和肠子流得满地都是。林二婶见状，张口骂道："贼王八，哪有你这般剖鱼的，你见过谁是剖肚子的？"林二叔见林二婶骂他，心里恼火，理直气壮地争辩："不剖肚子难道剖背不成？"林二婶说："哪个剖鱼不是剖背的，只有你这贼王八翻出这么个没头没脑的花样来，叫你帮个忙还叫人更忙。"林二婶狠骂几句，林二叔才没作声，一旁去了。林二婶只得自己动手收拾干净。

眼看到了除夕，家家年货都已办齐，该扫的地扫了，该抹的墙也抹了。这天晌午过后，林大婶熬了半碗米糊，刷在对子上，叫林大叔拿梯子在大门两边贴了，又叫春花姊妹俩在院子门、屋前门、耳门[2]贴上门神，又在各房门和家里物器贴上压岁钱[3]。忙完了，坐着歇上一会儿，又已傍晚。这时听到有人在放炮仗，林大叔说："这么早就有人吃年夜饭了，我们也忙了一年，天天起早摸到黑，今天也吃个早夜饭。"春花忙去洗手，摆好桌子、碗筷，林二婶端上菜来，林大叔放一箍[4]炮仗，大家坐在一起吃饭。

林大婶晓得家里平时伙食不好，一年到尾也难得有几次这么丰盛的鱼肉，只顾叫春花姊妹尽着肚子吃就是，别俭省了桌上这些鱼肉。姊妹俩因这些天来，天天鱼肉果腹，撑得饱饱的，哪里还吃得下多少，只拣青菜叶子吃。林大婶见了说道："看这俩丫头，才吃了几天肉，嘴巴就花[5]起来了。"姊妹只是相互笑笑，也不作声。林大婶又见林大叔也像猫食[6]一般，素知他食量好，只因过惯了苦日子，晓得柴米艰难，平时又节省惯了，便是逢年过节，也舍不

---

① 粑粑：一种用糯米蒸熟，舂捣成糊状的食物。或用米磨成粉，抟成团，蒸熟的食物。

② 耳门：后门。

③ 压岁钱：此处"压岁钱"是指一小块红纸。

④ 箍：此处作量词，挂。

⑤ 嘴花：吃腻了某种食物感到厌恶。

⑥ 猫食：吃得很斯文、很少。

得放量大吃，遂说道："孩子他爹，今天是过大年，你想吃什么就放开肚子尽着吃，别省这一顿。我再去帮你舀些红薯烧酒来。"

林大婶转身去上酒去了。林大叔像得令似的，放开肚子海饮阔吃起来，把海碗[①]的肉只管夹了往嘴里放。那烧酒吃起来，像口干的人吃水似的，一个馅豆腐夹过来只两口就吞下。林大婶上酒过来不多一会儿，林大叔便把一桌菜吃个精光，一大壶酒也吃得干净，还像意犹未尽似的，眼睛只顾望着桌上的空碗发呆。秋月打趣说道："爹爹，这顿饭可算吃足没有？"林大叔抚着肚子，嘿嘿地笑着说："肚子是吃饱了，可这眼睛还是馋得很啊。"一句话还未落音，一家人大笑起来。

吃了夜饭，一家人围着火盆，吃茶、吃瓜子、谈白话，快到睡觉时，收拾东西，都去睡了。

凌晨刚过，秋月被一阵激烈的炮仗声吵醒。不多一会儿，又有几家在放，继而便多起来，那炮仗声此起彼伏，就再不曾断过。秋月晓得是有人早早起来庆新年，也睡不着，索性起来点上灯，靠在床头，独自沉思。这时春花也已醒来，见秋月靠在床头，也坐起来靠在床栏上，说："妹妹这么早就醒了？"秋月说："村里这些人对过年倒是有兴头，你看这么早就有人起来放炮仗，生怕迟了就落后别人似的，吵得不让人睡觉。"春花说："今天是一年的头一天，当然值得庆贺。"秋月很不屑地说："头一天也好，尾一天也好，又有什么区别？难不成你庆贺了，这一天就过得长一些？"春花说："妹妹，话不是这般说。过年，老百姓也就是图个热闹。你说一年到头在田地里忙碌，日子多乏味，就是过年这几天，图个开心热闹有什么不好？"俩人说会话，觉得有点困，又躺下去睡着了。

早晨醒来，天已大亮，又出了日头。姊妹俩忙起床来，到院子里一看，院子里叠了一层厚厚的、红红的炮仗纸，那几盆菊花也被炸得不成样子。姊妹俩洗漱完，吃过早饭，坐下来没多久，林二叔一家就来拜年了。林大叔、林大婶忙请进屋来坐，斟茶让他们吃。又叫林如龙、林如虎兄弟俩吃糖果。

① 海碗：装菜的大碗。

秋月姊妹和林如龙谈着白话，林如虎剥了几颗糖吃，再坐不住，往院子里去，在那一堆炮仗纸里翻寻，看有没有没放响的炮仗。寻了一会儿，也寻出好些个，忙捡起塞进兜里。

林二叔一家坐了一会儿，吃了几口茶，便辞出去了，转到别个家拜年去了。

林大叔也要和全家一起去给村里那些沾亲带故的老辈们拜年，因秋月不肯出门，只得让她留在家里。

林大婶说："趁现在还早，天气又好，你俩姊妹索性到舅舅家去拜年？"秋月说："舅舅家我是不会去的。"林大婶说："怎么又不去了？"秋月说："你不晓得，去年我们给他们拜年，带了块腊肉，他们来时也带了块腊肉。只因他们带来的那块比我们带去的腊肉稍大一些，就为这事，落后，舅母他们仗着自己是长辈，不晓得在背后说了我们多少怄气话[①]，让人听了就难受。"林大叔和林大婶因今天是大年初一，也不好说她什么，怕引起不快。春花说道："你看这丫头，这些芝麻绿豆般的陈年旧事记在心上。你若是不愿意去，在家里歇着好了，我一个人去就是。"说着收拾些礼品，往舅舅家去了。

春花到了舅舅家，见舅舅、舅母、表兄弟坐在一起吃茶、谈白，各叫一声，问过好。舅舅忙迎过来，接下春花手上的礼物，叫春花坐，自己去房里收东西。春花走近来，舅母斜眼看着春花，淡淡地说道："春花来啦，随便坐，别客气。"又叫表兄弟去倒茶，自己只顾嗑瓜子。春花坐下来，吃了几口茶。舅舅从房里出来，和春花随便寒暄了几句，叫春花和表兄弟们玩耍，自己做饭去了。春花和两个表兄弟说了几句笑话，那两个表兄弟还小，都不到十岁，不谙世事，说起话来天真可爱，不拘俗套礼节，氛围倒也融洽洽。吃过晌午饭，春花便回家了。

---

① 怄气话：让人生气的话。

游　寺

大年初一以来，一连几天都是阳光和煦，春意盎然。春花要忙着走亲戚，无暇顾及秋月。秋月在家沤了几天，早就不安了。一天吃过早饭，向春花嚷道："姐姐，亲戚家都已去过了，难得这么好的天气，日头晒在身上也不热，再过几天你们又要上学了，趁着这个空儿，我们叫上夏生哥，一起去娥皇寺耍耍好不好？"春花一向疼爱妹妹，见秋月这般说，点头答应了。

姊妹俩和林大婶说了声，直往赵夏生家去。赵大叔和赵大婶都是好客的人，见了春花姊妹，忙拉着进屋里坐。赵大叔自去斟茶，赵大婶从房里叫夏生出来，又拿出瓜果，一起坐下，叫姊妹俩吃。春花本想坐一会儿就走，不想麻烦他们，说道："大婶，你们不用这么麻烦，我们只坐一会儿就走，想叫夏生和我们一起出去玩会儿。"赵大叔端过茶来，赵大婶说道："急什么，还早着呢。正月里，来了都不吃口茶，哪里要得。"姊妹俩推诿不过，只得安心坐下来，吃茶谈白。赵大婶见姊妹俩斯斯文文，都没怎么吃，不停地从果盘里把瓜果拿出来放在她们面前。姊妹俩只得又吃了些。落后辞了赵大叔、赵大婶要走。赵大婶拉住不放，捧了一大捧瓜果放在她们兜里，才让他们去了。

一路上，秋月向夏生问长问短，说说笑笑。春花早与夏生心灵相通，暗结此心，碍着面子，也不敢与夏生太过亲昵，生怕别个笑话，一直默不作声，任由秋月和夏生说笑。秋月向夏生说道："夏生哥，再过几个月就要考场鏖战，对前途可有信心？”夏生说：“我自己是拿不准。不过我想好了，成也罢，不成也罢，那是命。”秋月说道：“夏生哥说得不错，拿得起，放得下，又想得开，这才是做人之道。”转头问春花：“姐姐，你呢？”春花说：“我和他想法差不多。”秋月笑道：“哦，原来你们早就商量过了，怪不得异口同声，一个说法。”春花被秋月一句话羞红了脸，分辩道：“谁商量过了，我不过随口说出来而已。”秋月说：“这就更奇了。我常听人说心有灵犀一点通。就想，任你怎么通，人家心里的想法，连仙家都猜不着，你怎么就知晓了？”夏生见秋月说春花，也不好意思，红了脸，不敢作声。春花在秋月身上掐了几下，骂道：“死丫头，就晓得浑说。这路上人多，我是不好骂你。”三人说着，到了娥皇寺。

娥皇寺就在乌有山脚下不远处，离子虚村大约两三里路。娥皇寺兴建于何时？因地方志不载，已不可考。住在附近的人家说法不一，抵牾又大，也理不出头绪来。只晓得是为了纪念舜帝的两位妃子——娥皇和女英建的，所以起名叫“娥皇寺”。娥皇寺建筑宏伟，宽敞秀雅，古色古香。主殿一座，名叫女英殿。殿前两根朱砂石柱粗壮雄伟，三四个人围绕才抱得住。铜色大门上雕龙镌凤，着了颜料，五彩缤纷，耀眼夺目。主殿后又有僧众住的房屋百来间，偏殿十来座，用以贮藏经书、参禅悟道、修习功课、做法事。寺里的住持方丈是位得道高僧，法号——无能。无能大师何方人氏？家住哪里？有人问他，他却说：“天涯海角，四海为家。心无旁骛，处处皆家。心里有家，家在心里。”把人说得云里雾里，也不晓得说些什么。无能大师因年事已高，寺里的一应事务俱由他大弟子慧清代理，自己终日只在禅房参悟，也不轻易接见游客。

慧清四十来岁，聪明俊秀，灵心慧性，又深得无能大师真传，大小佛经无不精熟。为人机警，深沉老练。处变不惊，临危不惧，把寺里的大小事务均打理得妥妥帖帖。寺里一百来僧众无不叹服，大有其师之风。远近游客多有慕名而来，问道解惑、谈经论佛。慧清待人宽和，言事晓畅，对来者知无不言，言无不尽。来寺里布施的虔徒更是摩肩接踵，络绎不绝。

在寺的一隅有一座塔，名叫“眺远塔”。眺远塔有七层，七八丈高，站在塔上，周围几十里远的景象可尽收眼底。住在附近的人家讲，这塔也是为纪念娥皇、女英两位妃子建的。相传舜帝外出巡游，两位妃子不忍相思之苦，追寻而来，到了乌有山，见这里山峦重叠，树木参天，障眼遮目，无法看到远处，便站在高处向四下眺望。后人有感于两位妃子跋山涉水，万般艰辛，也在寺里建了一座塔。

三人在寺里游玩了一会儿，又在各处楼阁参观一番，来到眺远塔下。秋月游兴正浓，便嚷着要一起登塔眺远。春花担心秋月身子不济，又知她历来喜欢逞强，若半途力乏也会硬撑着，以免让人笑话。春花摇摇头说：“这塔太高了，不宜攀登。”秋月再三哀求。夏生也说：“难得一起出来耍一次，今天就尽尽兴儿，登一次也不妨。”春花拗不过，只得同意。

秋月爬到五层，手脚有些乏力，气喘吁吁，脸色苍白，说不出话来，春花见了，说要下去。秋月不肯，休憩片刻，缓过气来，说：“好容易上来，还没到顶，怎么就轻易下去，没听说无限风光在顶峰？”说着不顾春花劝阻，一阶一阶往上走，春花上前来搀扶，秋月却挣脱道：“姐姐，你别扶我，这点困难还难不倒我，你们总是万般呵护，把我当作没长大的小孩子。那是多年以前的事了，今非昔比，我长大啦。”春花听了，只得放开手，跟在秋月后面。秋月扶着护栏，一步一步到了塔顶，欢天喜地地说：“姐姐，我没说错吧，我就说自己能上得来。”春花看着秋月笑了笑，没作声。

三人站在高处，视野辽阔，各自眺望，周围的村庄一簇一簇，散落在四处，子虚村最大。村里的房屋户户挨着，远远望去，屋顶的瓦片似是连着的一张黑布罩在屋上。村前大河，蜿蜒曲迂，犹似睡龙一般，日光映照，波光点点。河边树上，一群白鹭憩息其间，时而展翅飞翔。四周田野，满是油菜，花开遍地，一片金黄，耀人眼目。秋月看得出神，不觉“啧啧”叹道：“好美啊！”三人看了好一会儿，因顶上风大，又阴凉，春花担心秋月身子吹不得风，受不住凉，说要下去。秋月万般不舍，春花再三催促，只得一起下去了。他们又在其他地方玩耍了一会儿，将近晌午，才回家去。

过了几天，春花上学去了。林大叔、林大婶又有别的事要忙，秋月一个人在家也是无聊。每天只是看书写字，浇花除草，累了便在床上休息一会儿。

秋生自过了年出来，家里客人多，今天走了舅舅，明天又来了姑姑，热闹得很，也没空出去。刘三儿因家里有了客人，要忙家务事，抽不开身来陪客，张德贵又是个大忙人，过了年就没见个影子。秋生只得在家里陪着客人打牌熬夜，特别兴头。今天舅舅要走了，秋生拉着不放，说："舅舅到了外甥家里来，就由外甥陪你多耍几天，也算是外甥一番心意，横竖是正月里，就是耽搁几天日子，又有什么要紧。"明天姑姑要走，也藏了她提东西的篮子，说："姑姑，你这么急着回去做什么？出来了，就别只想着田地里那些事，事情是做不完的，苦了这一世，也没见你好好耍过一天。现在年纪大了，又是正月里，不好好耍几天，过了这时候，又没空了。你听侄儿一句好话，安下心来，就是天塌了，也由老表[①]他们去顶。"直到过了正月十五，客人才渐渐少了。

一天，张德贵有空，想到去年曾向李富财借过一笔钱，落后虽然还了，但总是欠着人家一个人情，心里不安，趁着又是正月，便备了一份厚礼，往李富财家去。

李富财六十多岁，头顶早已秃了。这几年买了两部机子在河里挖沙，生意好得不得了。又买了两部货车，帮人送货。还请了好几个人帮他打理，一应事务全交由他小舅子周四通安排，自己只顾着收钱。他婆娘周大嫂又老又丑，身子骨又不好，也管不得什么事，每天只在家里收拾些家务，闲了便到处走走，钱账方面以及李富财外面的事一概不过问。

李富财没了绊脚石，子女又早已长大，有了自己的家室，也顾不得他许多，装聋作哑起来。李富财落得消停，天天在外眠花宿柳，自在快活。哪家姐儿漂亮，没有他不清楚的。

有一次，李富财带了个女人回家来住着，周大嫂只作没看见，白天一大早就出去，到邻居家谈白，夜里吃了饭就睡。后来周大嫂与女子相处久了，

---

① 老表：表兄弟、表姐妹。

见女子不但长相标致，又识人情，通世故，谦和有加，凡事周全，心里倒有几分喜欢。与那女子说上话，才晓得女子也是穷苦人家出身，因父母老迈，不能劳作，无力自养。弟妹又小，自己体弱技乏，无钱养育，寻无门路，才被迫跟了李富财。周大嫂一听无不唏嘘感叹，生出一副菩萨心肠来，怜悯不已，与女子以姊妹相称。女子名叫姚清，周大嫂也不叫她姚清，就叫她姚妹妹。姚清也叫周大嫂为周姐姐。

这天早上，李富财吃过早饭，坐着和姚清一起吃茶，周大嫂拿着扇子出去了。李富财见姚清貌如仙子，兴致盎然，遂轻吟一曲："人生百年有几，念良辰美景，休放虚过。穷通前定，何用苦张罗。命友邀宾玩赏，对芳尊浅酌低歌。且酩酊，任他两轮日月，来往如梭。"正说着，见张德贵提了礼物进来，李富财忙放下茶瓯子，起身来接了张德贵礼物，笑吟吟说道："德贵老弟，过来坐坐，也是你我兄弟间的情分，又要费这些事干什么？"张德贵笑笑，说："现在还是正月，来给你拜年，哪里有空着手的理。"李富财请张德贵坐，又叫姚清收礼物进去，自去倒茶过来，与张德贵一起坐下，说："老弟，近来生意可好？"张德贵摇摇头说："老哥再不要说了，生意萧条，难做得很啊，比不得老哥，满地都是金子。"李富财哈哈笑道："德贵老弟，怎么打趣起我来，我们起个灶[①]横竖只是养家糊口，肚子不挨饿，赚些零用钱，怎么能跟你做大生意的人比。"张德贵叹着气说："一句话说不完。我那摊子举步维艰，也不晓得哪天门一关，就回家养老去喽。上回幸亏老哥借我那些钱，渡过难关，真是感激不尽。"李富财说："老弟可千万别这么说，你是咱子虚村的后彦才俊，老哥我是仰慕不已，你有难处，伸手帮一把也是应该的。你要是说感谢的话就是见外了。"张德贵说："老哥义薄云天我是晓得的，只是我受别人的恩，虽说不常挂在口上，也会记在心上，一有机会也要报答。"李富财说："老弟太客气了，些许小事，哪里当得起老弟这般挂怀，咱们兄弟快别说这些客套话。"张德贵吃了几口茶，说会闲话，辞了李富财，回厂里去了。

张德贵刚走，李富财便把姚清从房里叫了出来，两人坐一块吃茶。正吃

---

① 起灶：立门户、做事情。

着，一个十八九岁的后生家大踏步走进来。那后生面貌俊朗，身形魁梧，步履轻盈，面容白净，但一双小眼贼精不安，如鼠似獐。见李富财搂着姚清，咳了一声，李富财便把放在姚清身上的手松开，一看，是周四通。姚清朝着他笑笑，说："是舅舅来了，快请坐，我先去，有些事。"说着进房里去了。

周四通坐下来说道："姐夫，现在有几户人家在起房子，急着要沙子，我们存在岸上那点儿也不多，不够他们用。你看是不是再到河里去挖一些上来？"李富财嫌周四通搅了他的雅兴，满脸悻悻，窝着一肚子火，不耐烦起来，说："这一点小事也来问我，没了沙子，自然要去河里挖，难道还会从天上掉下来不成？"周四通说："现在正月里，我怕污了河里的水，别人又话闲说。"李富财说："谁说就任他说去，天塌下来我都不怕，还怕别人说。你尽管去河里挖就是。"周四通应了一声，走了。

眼看正月即将过去，刘三儿见家里该来的客人都已来了，秋生一早吃了饭也不晓得去哪儿。刘三儿一个人在家也觉得无趣，便到林二婶家去。

林二婶两个儿子也已上学，又是住在学堂里，不用每天都为他们忙累，也少费好多精力。这几天空下来，本想出去打牌，又没见刘三儿出来，去了也没多大兴头，每天只在家里待着，和林二叔谈些闲话，有时也去邻居家坐坐，和几个女人谈白。

这天一大早，林二婶叫林二叔去河里挑水。林二叔挑了水回来就骂道："李富财真缺德，一大早就把河里的水搅浑了，这水叫别人怎么用，早晚有一天，叫人砸了他那两部机子，看他还挖不挖得成。"林二婶见桶里的水浑浊浊，全是泥尘，也骂道："这砍头死的，把河里的沙子挖完了，也没见他拿一分钱出来给村里做些好事。拿着子孙后代的钱，只晓得自私图利，真该天打雷劈。你要挖河里的沙子，晚些时再挖也就算了，这大清早的，哪家不用水，把一条河里的水弄得浑浑的，谁看了不气，真是绝子绝孙，不得好死。"林二婶骂骂咧咧，只得将缸里剩下的水舀出来做早饭吃了。收拾碗筷，林二叔和林二婶正在吃茶谈白，却见刘三儿来了，一进屋便说道："大姐，给你拜晚年了。"俩人忙让她坐，林二叔去斟上茶来。林二婶说道："三妹，太客气了，正月里我们也没去你那坐会儿，说起来倒不是我们没空，只是念着你家里来的都是贵客，我们这些人去了，看脏了他们的眼，现了世，还讨个没趣，你脸上也不好看。”刘三儿呵呵笑道：“大姐说哪里话。我家那些亲戚，前些年日子不好过，每次来，我们都给好些东西让他们带回去，只是这几年，日子才好起来。就是与大姐比，也不见得好多少。”

林二婶嘻嘻笑道：“三妹，我有一件事想求你帮个忙。”刘三儿说：“大姐有什么事尽管说，我能做到的，自然尽力。”林二婶说：“是这样的，去年过年我们花了些钱，现在手头紧，俩孩子上学的钱也是借的，我答应过个把月就还人家。可眼下哪来的钱还？今年一开春，田地里也需要钱，我们又承包了一口鱼塘，让你姐夫去打理，再不能让这不争气的闲着，多少赚些钱，吃口像样的饭也好。也不晓得要多少头钱[①]，就想向你多少借些，应应急。”刘三儿说：“大姐需要多少？”林二婶说：“也不用多少，借个万把块差不多了。”刘三儿说：“万把块恐怕太少，光是一口鱼塘的头钱，就去了不少，以后还有其他七七八八的零碎，哪里算得清楚，索性你就多借点，借个五万，能用多少是多少，剩下的就存起来，备急也好。”林二婶听了感激不尽，一口说道：“真是太感谢三妹啦，三妹真是菩萨转世，来救苦救难的。”刘三儿笑着说：“大姐太客气了，些许小事，哪里用得着感谢什么。如果大姐急着用，我现在就回去取来。”林二婶说：“也不急这一时，明儿有空，我过去取就是。”刘三儿说：“也好，我在家时，大姐随时取都行。”

林二婶想了一会儿，说：“三妹，李富财那两部机子把河里的水弄脏了，你心里恼不恼？”刘三儿说：“如何不恼，我院子里那条小溪，就是河里的水，又养了许多鱼，平时水清的时候，水里的鱼草都看得见，今早我出门时，那水黄澄澄的，什么也看不清。可是恼又有什么用，还不如自己腿脚勤些，起个大早，趁着他的机子还没开动，河里的水还是清的，就把水缸挑满了，也不用去为这些事烦心。”林二婶笑笑，林二叔却在一旁愤怒地说道：“他是仗着自己的势，别人不敢惹他，才这么嚣张，若是别个，哪来这天大的胆子？

① 头钱：本钱。

总有一天，多叫些人和他理论一番才好。”刘三儿笑道：“姐夫你也看开些才是，别去为这些小事伤脑筋，消消停停地过日子不更好？若是惹出事来，让人担惊受怕，可不好耍。”林二婶说：“还是三妹有见识。这贼王八，从来不会用脑子，像头水牯[①]似的，就会横冲直撞，哪一天就是进了班房也活该。”刘三儿见林二婶骂林二叔，说道：“大姐，你不要骂姐夫了，我想姐夫也是气不过，随口说说，哪里就当真了。”林二叔笑道：“三妹说得对，我只是说着耍，又讨你大姐一顿好骂，真是冤得很。”刘三儿看着林二叔和林二婶笑了笑。林二婶白了林二叔一眼，对刘三儿说：“三妹，别理他。也快晌午了，就在我们这吃晌午饭吧。”刘三儿不肯，林二婶说：“现在还是正月里，你来了也算是客，我们家也没什么好招待你，只是一些家常而已，三妹客气什么？我去你那吃茶吃饭可从来没客气过。”刘三儿点头说道：“大姐这般说，我只好留下来。”林二婶叫林二叔快去做饭，自己陪着刘三儿吃茶谈白。

① 水牯：水牛。

聚　斗

第二天一早，林二婶在家吃过早饭，便到刘三儿家来了，没见秋生，又问道："外甥一大早出去了？"刘三儿说："那头没索子[①]的牛，这几天不晓得跑哪儿去了，我是连他影儿也没见着，横竖是管不住他，我也不想去管他了，由着他去。大姐，你先坐会儿。"

刘三儿起身去房里拿出一沓钱来，交给林二婶，说："大姐，这是五万，你先拿去用，不管什么时候，手头松了，再还过来就是。"林二婶把钱塞进衣袋里，说："多谢三妹。"刘三儿说："不用客气。大姐过年后有没有去李抽雪那里耍？"林二婶说："还没去呢，刚过年有客人要来，又有亲戚要走动，也没空，这几天亲戚都走完了，才有闲工夫。"刘三儿说："我也是昨儿才得空，去你那儿坐了一会儿。"吃了几口茶，又说，"也不晓得是怎么回事儿，自去年打上牌，这人好像变了个样似的。以前哪怕是看别人打牌就头昏脑涨，如今是自己有空，不去摸牌，手就痒，心里头也空虚得很。这牌就像鸦片，一粘上，想甩也甩不掉。"林二婶笑道："可不是嘛，我在家里做女儿的时候，家里日子不好过，每天不是上山砍柴，就是下地锄草。便是有些空儿，也是和兄弟姐妹们一起说说笑话，或是围着爹爹求他讲故事，哪里似今儿，在牌桌上一坐就是一整天，晌午饭不用吃，只吃几个饼也不觉得饿。"俩人说了一

① 索子：绳子。

会儿话，一起往李抽雪的牌馆去。

侯大头和几个女人见刘三儿和林二婶来了，便说道："三儿，你怎么这时候才来，我们在这里等你好多天了，你不来，我们牌打不成，每天只这里吃寡茶[①]，谈寡话[②]，无趣得很，本想去你家请，怕你家客人多，又是有头有脸的，我们这些人去了煞风景，不好去得，只在这里眼巴巴地盼着你早些来。想去别地方逛逛，又舍不得这里，怕你哪一天来了，我们不在，岂不可惜？"刘三儿笑笑，说："侯大哥这话倒说重了，我家里客人虽多，平时没事上门坐坐，吃口茶，或吃顿饭也不碍什么，哪里像侯大哥说的，煞风景？"侯大头笑笑，刘三儿又说，"自过这个年，前后也忙乱了一个多月，却不得空，这几天才清静下来，我这双手早忍酸了，恨不得早些来。就是夜里做梦还在这里坐着呢。"

大家各自说了些过年的事，吃了会儿茶，便拿出麻将牌打起来。几个人直打到傍晚，才散了各自回去。

林二婶每天空了只在李抽雪的牌馆里坐着，林二叔又有一池鱼塘需要料理，也不能以往一般，不是在家里待着，就是在外面闲逛。现在的他，每天要挑粪箕[③]到外面田埂上割草喂鱼，夜里又要调配鱼饲料。林二叔从没养过鱼，伺候起来不免手忙脚乱。隔些日子鱼又病了，或是又不吃草了，或是水里又长些虫子出来。林二叔只得厚着脸去请教有经验的老人。每天勤勤恳恳，早出晚归，与以前相比，俨若换了个人似的。林二婶看着，嘴上不说，心里也着实欢喜。

一天，林二叔见河里的水几个月来每天都是浑的，心里气恼，总是想找几个人去出这口恶气，只是苦于找不到志同道合的人，思来想去，突然想到平日里侯大头胆子最大，又敢逞头，便想和他一起，再聚集些人去找李富财晦气。

---

① 寡茶：没瓜果，吃闷茶。

② 寡话：水话、废话、闲话。

③ 粪箕：竹篾编织的一种器具，用以装载杂物。

夜里吃了饭，林二叔调好第二天用的鱼饲料，便到侯大头家里去，与侯大头说起河里的水被李富财所污，一个村的沙子被他挖尽，好歹让他出点血，滋润滋润他们这些人。侯大头越听越来劲，不住点头。等林二叔说完，侯大头一拍大腿，既愤慨又无不欢喜地说道："我早有这想法，只是李富财那小子势力太大，我力单势孤，怕成不得事，才没敢轻易动手。既然你也有这种想法，那再好不过。咱们一起，再多找些人，量也不怕他怎么样。"林二叔点点头说："若是李富财那小子依了咱们，拿些税钱出来，就算了。他若是胆敢强硬，舍不得钱，咱们也不认他许多，横竖跟他拼个你死我活，砸了他的机子，看他还挖不挖得成。咱们没得些什么，也不能让他再这般下去，为村里人出这口恶气也好，就是不能太便宜他了。"俩人商量好具体、细碎步骤，约好日期、地点。一切筹备妥当，林二叔才回家去。

一天，天气晴朗，又早已过了春分。天气也暖和起来。林二婶和刘三儿一早就到李抽雪的牌馆里了，左等右等却不见侯大头来，大家正在议论，平时侯大头早早就来了，怎么今天日头老高还不见来？莫不是还没睡醒，或是病了？正要去寻，忽然一个女人匆匆跑进来，嚷道："看稀奇哟，看稀奇哟，大家快到河边去看稀奇哟。"大家问道："河边不就是几蔸[①]树，平常得很，有什么好看。"那女人说道："你们还不晓得，大嘴她男人和侯大头正带着百来人要砸李富财的机子呢。李富财的小舅子周四通只带几个人拦着他们。我看周四通那几个人肯定是拦不住的，若是动起手来，他那几个人哪里够他们一帮人捶。他那两部机子肯定是要被砸。真要是砸了也好，免得我们这一村子的人都受他的苦。"林二婶听她说林二叔也在那里，忙拉了刘三儿一起到河边去。

林二婶和刘三儿站在河岸上，见林二叔和侯大头一帮人，有的拿大铁锤、有的拿铁铲、有的拿锄头、有的拿铁耙，在河中洲渚上和周四通吵吵嚷嚷。林二婶看了一会儿，晓得是他们这群人心里气不过，要找李富财出气。平时自己也是恼李富财，见林二叔、侯大头他们人多势众，量也吃不得亏，便没

---

① 蔸：棵。

去阻拦，只拉刘三儿往回走，说："三妹，这里是爷们儿的事，任他们去闹个天翻地覆，与咱们不相干。没什么好看头，咱们还是去打牌要紧。"刘三儿说："大姐，姐夫也在那里，你不去劝他回来？万一惹个什么事出来，岂不是自找不痛快？"林二婶冷笑道："不是我心里不想去劝他们，我是早就恼了李富财，只是我一个女人家不好动粗，若不然，我早就出头去砸了。今儿让他们砸了这两部机子也好，心里倒是干净，省得总是像吃了死苍蝇似的，让人难受。想那周四通几个，量也奈何不了他们一大帮人。我们用不着为这事瞎操心，还是走吧。"说着，拉刘三儿一起往牌馆里去了。

周四通见众人来势汹汹，晓得都不是善类，也不敢说硬话，生怕一不小心惹恼他们，动起手来，自己这几个人肯定敌不过那一大帮人，到时吃亏的还是自己，只得赔着笑脸说道："各位兄弟，千万别激动，咱们都是吃一条河里的水长大的，虽说不在同一个村，也离得不远。论起来非亲即故，抬头不见低见，有什么事大家可以坐下来吃杯茶，慢慢说，别为这绿豆大的小事伤和气，就是日后见面大家脸上也不好看。"众人说道："这条河不是你家的，河水却被你家搞浑了。我们都是吃这河里的水，你叫我们现在怎么吃？"周四通苦着脸说："兄弟，你们不晓得这其中缘由。就为这事我劝过我姐夫好多次，叫他别只顾自己的荷包鼓起，却把全村的人都得罪了，要是哪天他们恼了，不饶起人来，可不得了。再说，这损阴德的事，见好就收，不要等出了事，想收收不住。我姐夫就是不听，还骂我没出息。我心里跟众兄弟一样，难过得很。"众人又说："这条河是咱们村里的，不是某一个人的，你们把这河里的沙子全挖出来卖给别人，就等于把子孙后代的饭也给吃了。自己得了利，可村里的人却什么也没得到，还天天吃浑水。论理，你们得给村里交税，这才公平。"周四通说："这事我做不得主，我姐夫家里的钱账不归我管。众兄弟请在这里稍等片刻，我去叫我姐夫来，看他怎么说，众兄弟意下如何？"林二叔和侯大头等点点头。周四通抽身出来，往李富财家去了。

周四通进门便把忙把林二叔和侯大头带人去洲渚上寻衅的事和李富财说了。李富财一听，气得暴跳如雷，骂道："这帮人，见老子赚几个钱就不服气，想着法子来找碴儿，有本事你也去河里挖，哪个又没拦着你。”李富财愤愤地说着，周四通问道：“姐夫，你去还是不去？”李富财一口说道：“不去，你回去跟那帮人说，钱是不会有的，叫他们趁早死了这条心，散去，谁要是真敢动那两部机子，惹恼了我，定叫他没好结果。”周四通说：“你若是不去，恐怕难以平息那帮人心里的怒气。你晓得，那帮不怕死的穷鬼，逼急了什么事都做得出来，倘若他们一时怒气冲心，动手把机子砸了，你找谁去？那时就不好收场了，损害最大还是我们。”李富财听了点点头，觉得也有道理，便和周四通往洲渚去了。

李富财平时财大气粗惯了，虽见众人势大嚣张，但不信这伙人真敢动手，没把他们放在眼里，对众人说道：“你们这帮蠢货，趁早给老子滚回家去，老子不与你们多计较，谁要是真敢跟老子作对，老子也不认他那些，定叫他吃不完兜着走。”其中一人说：“李富财，这回也别说什么了，你若是不给村里交税，我们不会答应，真动起手来，我们认得你，可我们手上的家伙却没长眼睛。到那时，大家的体面都没了。”李富财听了，以为是在威胁、吓唬他，一时火气往上冲，直瞪眼骂道：“你们这群蠢货，老子今天就把话撂这儿，钱一分也没有。这条河虽不是老子开的，也不是你们开的。你们谁要是不想活，就上来试试，老子就给他些颜色看看。”众人听李富财先骂起来，又一口咬定不会拿钱出来，都扰扰嚷嚷要一起动手。林二叔和侯大头见势头已到，手一挥，说：“弟兄们，砸船。”一声吆喝，众人像潮水一般涌上船来，李富财见了，想去阻拦，却被几个人推倒在一边，趴在地上。周四通和几个人赶紧去扶起来，晓得拦不住，弄不好还会讨得一顿好打，眼睁睁地看着众人冲上船去，爬上机子，拿铁锤的用力砸，拿锄头的用力挖，拿耙子的用力撬。

众人还没砸上几锤，却听见一阵警笛声响起。倏尔，几辆警车在河边上停下来，从车上跳下好些警察，直往沙洲上奔来。众人还在懵头愣脑，不晓得怎么回事，那些警察已到了船边。李富财见了，晓得救星到来，眼前一亮，顿时有了精神，忙上前去，指着林二叔和侯大头，说这俩人是领头。几个警察冲上去，先把林二叔和侯大头拿下，又顺便拿了几个刁顽古怪的。众人见头儿被拿，同伴也有被拿的，早就吓得魂飞魄散，手脚发软，生怕大祸临头，自己也被拿住，哪里还敢捣乱，纷纷丢下手中的家伙，四下逃散，不一会儿，全跑光了。沙洲上只剩下李富财一帮人和那些警察以及被拿住的几个。

李富财笑嘻嘻走上前说：“多亏了各位及时赶到，若不然，这两部机子全成了废物。如今被他们砸坏了一些部件，略微修修也不碍什么事。今天大家都有事，改天再谢各位。”一个警察说道：“李老板，不用谢我们，这都是我们应该做的，也算你们报警及时，我们一接讯就赶来了。现在身上还有些公务，闲话就不说了，我们也要回去，处理后事。”说完带着被拿的几个人上车，开车走了。

李富财等警车远去了，叹道：“刚才的事好险啦，若不是这几个警察在这紧要关节及时赶到，后果真不敢想。”沉思片刻，又问周四通：“今儿是谁报的警，功劳可不小，回头得好好奖励。”周四通说：“我抽身往姐夫家去的路上，暗暗叫人报了警。”李富财看着周四通，说：“你小子办事不错，有些头脑，回头打赏你。”又吩咐周四通把砸坏的东西修一修，周四通点头应着。

还没到一杯茶工夫，林二叔和侯大头被抓走的事已传遍整个村子，大家争相谈论。林二婶在牌桌上听了，更是大惊失色，拿牌的手直打战，说话也囫囵起来。又因自己事先没去劝阻而闯下祸来，心里后悔不迭。也没心思打牌，和大家散了，拉着刘三儿直往家里走。

林二婶回到家里，心里牵挂着林二叔的安危，全身抖个不停，吃了好几瓯子茶，总算把心里的惊悸压住一些，唉声叹气地对刘三儿说道：“三妹，怪我当时不听你劝告把他们拦下，不想果然酿出这场祸事来，如今后悔也来不及。你姐夫和大头都被拿了，这下如何是好？”刘三儿说：“听他们议论，姐夫他们又没砸坏什么东西，也没伤人，只是争吵一番而已，也不是什么大不了的事，我想就是被拿去，也不过教训一通，就会被放出来。”林二婶说：“话倒是这般说，如今他们落在李富财这恶霸手里，他是吃人不吐骨头的，怎肯就此罢休？加上这回又惹了他，他在上面熟人多，要是在背后动些手脚，我看没个十天半月也出不来。”刘三儿说：“这不妨，索性我回去跟德贵说说，叫他明儿去一起赎出来。”林二婶见刘三儿这般说，心里定下神来，说：“三妹，你回去好些跟妹夫说说，叫他千万想些法子，把人赎出来，免得我早晚心里牵挂，落后我再上门谢你们。”刘三儿说：“些许小事，大姐何用那般客气。你放心好了，德贵他一定有办法。”刘三儿陪着林二婶坐着，不停地安慰，谈些没要紧的话。林二婶心里悬着，满脸悻然，也无心谈白，刘三儿说一句，林二婶便附和一句，直到傍晚，刘三儿才回家去。

到了夜里，张德贵回来，刘三儿把林二叔、侯大头被警察拿住的事说了，叫他去赎人。张德贵说道：“赎人倒不难，只是有一件事情棘手得很。”刘三儿忙问是什么事？张德贵说：“他们被拿是因捣李富财的乱，我要是这么去赎出来，不是明摆着跟他过不去吗？他就是明里不说，心里终究恼人。”刘三儿说：“若是这样，如何是好？”张德贵说：“也不是什么难事，只是解铃还须系铃人，明儿少不得去李富财家一趟，叫他好歹看我几分面子，上去说说，把他们几个放出来就是。”

第二天一早，张德贵赶往李富财家，碰巧遇见周大嫂在家，张德贵问了好，说要找李富财有事。周大嫂倒茶过来，叫张德贵先在厅里坐会，自己去叫。

李富财听说是张德贵来了，忙从房里穿衣服出来相见。张德贵站起来说：“这一大早来打扰老哥，真是过意不去。”李富财请张德贵坐下，说：“德贵老弟太客气了，有什么打扰的，老弟能常登门来耍，也是看得起我这老哥，怎么说起这些见外的话来？”张德贵说：“这次来是有一件事相求老哥。”李富财说：“老弟有什么事尽管说，只要老哥办得到，绝不皱眉头。”张德贵说：“也没别的事，只是昨天得罪老哥被拿住的几个人，有一个是我婆娘结拜姊妹的男人，姓林。昨天他婆娘跟我婆娘说，叫我好歹把人赎出来，我想到这事与老哥有些瓜葛，也不敢就此薄了老哥面子，所以这次来请老哥好歹看我几分薄面，多走一趟路，去上面说说，把他们几个一起放出来。这天大的人情，改日再相谢。”李富财听了，暗想：这帮贼人，本想让他们在里头多待几天，尝尝跟老子作对的下场，免得以后又来捣乱，不巧张德贵却来替他们说情。

张老弟不但积金如山，是子虚村大富人，哪怕到了外面，讲话也有力得很，怎么说也卖他个面子，日后就是有了什么事，也好说话。遂笑着说：“既是老弟这般说，我今儿就去求些情，让他们把人放了。至于相谢倒是不必了。我与他们原本也没什么仇恨，又是一个村的人，只是昨天他们实在太嚣张，竟仗着人多，动手要砸东西，幸好也没砸坏什么，只是捶瘪了外头的壳子，不碍事，要是里面的东西坏了，我是一定要他们赔的。老弟这般说话，我也不再追究。”张德贵说：“老哥的厚情，我谨记在心，这事已说清楚，也不便打扰老哥，我还有别的事，就先走了。”李富财送出门来，张德贵回厂去了。

作　酒

清明节又到了，子虚村历来有个规矩，同姓的人不管穷富，有仇没仇，到了这一天都要摒弃前嫌，每人捐些钱，买上祭祖物品和大伙聚餐酒食，不分老少集合起来，男的都往祖坟祭祀，女人则留在家里打理杂务。祭祀完后，回来坐在一起吃酒吃肉，猜枚划拳，谈天说地，如同亲兄弟一般，和和睦睦。

春花今年要考学堂，清明节这天也回来了，和秋月一起，随着大伙，提着篮子、酒肉、炮仗、纸钱、蜡烛、牲口等祭祀用的物品，上山到林家老祖宗坟上去。

众人忙了一整天，回到家里，见酒饭已准备好，不分男女老少，纷纷入席坐下，嬉笑饮啖，猜枚吃酒。你敬我一瓯，我敬你一碗。你帮我夹菜，我帮你舀饭。年老的劝年轻的多吃几碗酒，年轻的劝年老的多吃些菜。大家举杯动筷，觥筹交错，杯盏撞叠之声不绝于耳，嬉笑吵闹之声震得耳朵疼，比做喜事还热闹几分。

秋月素来不喜欢这种场面，草草吃几口饭就和春花回去了。年纪大一点的老人家不敢恃强逞勇，吃到差不多时候，放下碗筷，各自回家。那些后生家却有兴头，个个发狠斗勇，比拼酒力，非吃得酩酊大醉、走路跌跤才肯罢手。大家一起吵吵嚷嚷，直吃到深夜方才散去。

第二天一早，春花又和夏生匆匆赶回学堂。秋月一个人待在家里没事，每天只是看书写字。

林二叔自那次被拿去，后经张德贵与李富财说情，放出来，一直对李富财怀恨在心，总想伺机报复，要找他拼个你死我活。被林二婶知晓后，把他狠狠骂了一顿："贼王八，晓不得生死。放着正经事不做，又去想那些没头没脑的事做什么？从今儿起，你给我本分些，别到处去生事，让我省些心。上次你们被拿住，要不是妹夫去说好话，哪里这么容易就出来？吃这么一着，也该长些教训。"林二叔被训了这么一通，心里虽然窝着气，却不敢作声。心里惧怕林二婶，也没敢去找李富财，每天一早只挑着粪箕到外面割草喂鱼。林二婶等林二叔出去后，自去和刘三儿会合，一起去牌馆里打牌。

一天早上，周四通因运沙子的车坏了，要找李富财拿钱去修。刚进门，却见姚清正在厅里闲坐。忙叫声"姐姐好"，姚清笑着站起身来，说："哎哟，是舅舅来了，快请坐，我去给你倒茶。"周四通坐下，姚清倒一瓯茶过来，双手递给周四通，周四通起身接过茶，道了谢。

姚清见周四通长相风流俊秀，人又机灵，一张白脸像敷过粉似的，比起那些女孩子家还俊俏几分，早就有心于他。只是平日里碍着李富财，不敢明目张胆，只得暗地里偷睃几眼。恰这时，李富财出去了一会儿，周大嫂也不在家，厅里只有姚清和周四通。姚清有心要试探周四通是否也有心于自己。坐在周四通对面，娇声娇气地说："舅舅这大清早来，有什么事？"

周四通平时惧怕李富财惯了，在他面前倒是规规矩矩，蝇声蝇气，大话也不敢说一句，到外面却是经常走街串巷，招蜂引蝶，孟浪不堪。自见姚清花容月貌后早就失魂丧魄，把持不定。暗忖世上竟有这般妙人。只是李富财在身边，不得空儿，心里常暗自悲叹。

今儿听姚清娇声问自己，全身似有千百只纤手在抚弄一般，酥麻难当，不晓得李富财是否在家，不敢造次，只得装作正经说道："有劳姐姐，我来找姐夫拿些钱，有要紧事。"姚清说："你姐夫出去买香烟了，过一会儿才回来。"周四通听说李富财不在，一时心花怒放，天赐良机，胆子大起来，堆着笑，双眼直愣愣地看着姚清，再舍不得眨一下。姚清笑着说："舅舅没见过女人？”周四通说：“女人倒是常见，只是没见像姐姐这般漂亮的女人。我常羡慕姐夫好福气，有姐姐这么个仙家似的人儿做伴。我见着姐姐这般仙貌，这辈子也算有眼福，就是哪一天突然死了，也不觉得遗憾。”姚清娇声笑道：“舅舅过奖了，我们长得丑，没人看，也没人要，才赖在这里。舅舅却这般称赞，叫我如何当得起？”周四通说：“姐姐太谦虚了，凭姐姐这般美貌，与花儿相比，花儿也没了颜色。与人相比，更叫人自惭形秽。世上恐再难找出第二个像姐姐这般漂亮的人儿来。”姚清咯咯笑道：“看来是舅舅孤陋寡闻。子虚村的林家姊妹，被号称闭月羞花、绝世双娇，舅舅从没听说？我虽是无缘相见，一睹佳人芳容，但大家都这般说，想是不会有假。”周四通笑笑，说：“姐姐这话倒也没错，林家姊妹确实长得好看，就是清明节那天我还见过。那天大家都往自家祖坟扫墓，在路上碰到，我也是一番好心，上前去搭讪几句，那姐姐倒是很有礼貌，微笑着回礼。那妹妹横眉竖眼，张口就骂，骂得我满脸灰溜溜，落后还是她姐姐劝住了。我一个男人家，当着众人的面，又不好还口，只得硬着头，被她数骂一番，惴惴地回来了。”姚清说：“谁叫你不安好心，好好的又要去招惹人家做什么，不是自讨没趣？”周四通说：“我哪里没安好心，只是看到她们一时高兴，禁不住过去和她们说几句话，称赞一番，哪里就用得着这般骂我？”姚清嘻嘻笑道：“想来林家姊妹就是舅舅心里的人了？”周四通摇摇头说：“我想到他们，身上还打战呢，哪里还敢放在心里。”姚清说：“舅舅心里还有别个吗？”周四通说：“还没有。前些时候媒人倒是给我说了几个，不是蠢得走倒路[1]就是让人看着硌眼，再没个让人顺心的。若是有一个及得上姐姐一半这般灵巧，我也早成了家，不似现在这般，孤零零一人。”姚清笑着说：“我们这样的人儿哪里配得上舅舅，只怕是舅舅当着我的面，说些漂亮话，哄我开心，等出去这门，就戳我脊梁骨呢。”周四通说：“我哪里敢，我说的全是实话，绝不敢有半句假话欺骗姐姐。就是今世，虽与姐姐无缘，哪怕是多看上几眼，也是我今生的造化，心满意足了。”姚清听了，开心地笑了笑。

① 走倒路：形容人很蠢，倒着走路。

一会儿，李富财买烟回来，周四通又装出一副本分的样子，说："姐夫，车坏了，要拿些钱去修。"李富财去房里拿钱，周四通又不住地拿眼在姚清身上睃，姚清也不回避，坐正了，任着他看。李富财拿钱出来，给周四通，周四通接过钱，出门去了。

周四通走后，姚清往床上一躺，郁郁寡欢，似有所思。李富财见了，忙问哪里不舒服？姚清摇摇头，李富财便没再追问。

过些时候，春花已考完试，放假回来，和秋月在家闲耍。到放榜那天，春花和夏生都去看。春花榜上有名，夏生却落榜了，心里颓废不已。春花见夏生心里不好受，握着他的手安慰道："夏生，没考上学堂也不要紧。俗话说，三百六十行，行行有出路。也不是这一条路才走得通，以后的路还长，可走的路也很多，不要太耿耿于怀。我已打算好，等我读出书来，咱们就在村里办一所学堂，让咱村里的小孩都有书读，又免受长途跋涉的苦。你看现在村里的小孩多可怜，家境好的，都去城里读书，住在学堂里。家境差的，要到十来里路远的地方去读书。一个几岁的小孩，每天起早摸黑，多苦啊。"夏生听了，暗想：当初自己背着书包走那么远的路去读书，而且还是崎岖山路，坡陡路窄，极是难走。到了冬天，日短夜长，每天早上天没亮就起来，下午放学回来天早已黑了，当时那种心境，现在想来仍有余悸。遂点点头，说："你这话不错。按理说，我就是不再上学，在村里也算读书很多的。是村里的山水养育了我，以后能为村里做些事也是应该的。"春花见夏生能想开，握着他的手，相视而笑。

过些日子，录取通知书送到春花手上。这消息不到一顿饭工夫，已传遍子虚村，人人争相谈论——林大叔的女儿考上学堂啦！这消息不啻天降陨石，刹那间使整个村子都沸腾起来。人们茶余饭后、摇扇乘凉之际，或是田地间务农休憩之时，无不谈论林家大女儿晓得争气，有出息，做爹娘的再苦再累也甘心、也值得。

春花把考上学堂的消息告诉林大叔、林大婶时，老两口子更是激动得声音哽咽、全身颤抖，满心喜悦化作两行热泪从眼眶滚落下来，在脸上纵横交错。俩人喜极而泣，春花和秋月见了，也被感动得落下泪来。良久，林大婶揩干眼泪，一把抱住春花，颤声说道："儿啊，能有今天，我和你爹爹苦这大半辈子也值了。"林大叔生性木讷，站在一旁，见林大婶和春花抱着落泪，也不晓得说什么好，只是那眼眶里的泪水，揩干了又出，总也揩不完似的。秋月说道："你们别哭作一团，得挑个好日子，跟亲戚们说了，好做酒。"林大婶听秋月这么一说，缓过神来，放开春花，笑着说道："你看我真是老昏了头，怎么就把这事给忘了，先去叫你婶婶过来，商量这事该怎么办才好。"林大叔听说，忙出去叫。林大婶叫秋月拿过《玉匣记》来，随手翻看。

那天，林二婶早听说春花考上学堂的信儿，心里也高兴不已，想着林大婶早晚会请她去商量事情，也没出去打牌，吃过早饭只和林二叔说会闲话，林二叔就挑着粪箕出去了。林二婶一个人坐在家里等。没过多久，果见林大叔来。林大叔说明来意，和林二婶一起出门往家里去。

林二婶一进门，便向林大婶说道："大嫂，恭喜你，侄女这么有出息，考上学堂，以后的好日子啊，有的是，只怕到那时，你是过惯了苦日子的人，还过不惯好日子呢。"林大婶笑笑，说："我也不图什么好日子，只要儿女们长大了，有出息，就是照旧过苦日子，我这心里头也比什么都好。"稍停片刻，又说道，"二婶，春花考上学堂也算是件大事，在子虚村还是头一遭，我是想做个酒，热闹热闹，你看要不要得？"林二婶赶紧说道："要得，有什么要不得。我想不论是咱们这一房①人，还是那些亲戚们，或者是咱们整个村子的人，听了这个信儿，怕是都当成自家的事。好歹也是咱们子虚村出的第一个状元，沾亲带故的人都想来凑个热闹那是不消说，就是咱村里这几千人，也巴不得热闹一番才好呢。"

林大婶深思一会儿，说："看来这酒也是应该做，只是叫外面的亲戚和我们这一房的人过来坐坐就是，其他人我看也不必叫了。人太多，挤也挤不开。"林二婶说："大嫂，我看村里其他人你就是不叫他，到那天也会来，难不成你还赶人家走？"林大婶笑笑，说："怎么会赶人家走，不管谁来了，酒

---

① 一房：沾亲带故的同姓人。

饭总是有得吃。”林二婶点点头，说：“要不要叫个戏班子过来，唱几天戏？”林大婶说：“不必了，太费钱财。再说戏也没什么好看的，不如用那些钱多买些酒肉，让大伙多吃些更划算。”过了一会儿，又说，“我看这几天天气好，刚才又翻了会书，书上说大后天倒是个好日子，我想就定在大后天做酒。你告诉他二叔一声，咱们那些亲戚家，还得麻烦二婶去通告一声。”林二婶点点头说:“好呢，大哥大嫂就忙家里的事，外面的事交给我就是。”林大婶说:“这样也好，只是劳烦二婶了。”林二婶说道：“劳烦什么，就是动动腿儿，多走些路。”商量完，林二婶出门去了。

林二婶去后，林大婶和林大叔商量做酒要用的物件，预备多少人来，准备多少酒食等，商量定了，各自分头去办理。春花和秋月只在家里谈白说笑。

林二婶出了林大婶家，即往刘三儿家来，把春花考上学堂的事与刘三儿说了。刘三儿听了，甚是欢喜，说做酒那天一定要去。林二婶还有别的事在身，只小坐了一会儿，便出来往别处去了。

夜里张德贵回来，刘三儿又把春花考上学堂的事跟张德贵说，张德贵听了，说道：“好得很，咱们子虚村山清水秀，孕育出这么一只凤凰，也是不负神灵。做酒那天，我们也备一份礼去。虽然林家不是我们这一房，但大家同是子虚村的人，林家的荣耀也是咱们村里的荣耀，我们谁也不要薄了谁才好。”刘三儿听了，点点头，以示赞同。

林大叔和林大婶这几天在家里把做酒的事情都准备妥当，林二婶把该叫的亲戚也叫上了。林大婶心想除了沾亲带故的，其他人也不会来太多，只在自家的院子里和院子外宽敞的地方预备桌席。

做酒那天，天还没开亮口，林大叔和林大婶就早早起来，烧一灶锅[①]茶水，以备客人来了吃。日头还没出山，林二婶和林二叔就过来帮忙，林如龙兄弟俩自去找别的小孩儿玩耍。日头刚出山不久，就有近便的客人放着炮仗陆陆续续到来。见了面，都相互道喜，又说一大堆奉承话。过不多久，春花的舅舅、舅母也来了。舅舅放完炮仗，过来和众人一起吃茶谈白。舅母拉着

① 灶锅：很大的锅。

春花，只管外甥女、外甥女不停地叫，当着众人说道："春花小时候我见她相貌清奇，骨架不凡，满身灵秀，与别个不一样，就晓得将来长大了一定不同寻常人，能出人头地。那时我也是早晚督促、训导，要她好好学习，千万不可荒废学业，有负家长厚望。外甥女能有今天，自是天纵英才、文星降临，这不消多说。与我们这些做长辈的日夜督训也是分不开的。论起来，春花还得谢我呢。"

舅母的一袭话说得众人齐声叫好。春花说："舅母说得不错，我心里感激舅母不得了，等过后有空，我要专程上门拜谢舅母才是。"舅母又说道："外甥女，虽说如今出息了，也不可妄自尊大，目中无人，更不可歪了心思，从此以后就不思进取、再接再厉、一如既往。也不可与那些不三不四、没头没脑的人在一起，免得失了体统。只是家里的长辈们还是要认的，这是礼数，平时怎么待人，今后还是怎么侍人。"春花点点头说："舅母说得是，我会牢牢记在心里，舅母的大恩大德，我这一辈子也不敢忘，容日后相报。"舅母说："我也不图你什么相报，只要你今后心里还有我这个舅母就是了。"春花说："舅母说哪里话，我怎敢妄自菲薄，把舅母看轻了？"舅母说："你能有这份心，也算是好的，不像有的人，一得了势，尾巴就翘得老高，把所有人都看低了。"说着从身上掏出一个厚厚的红包塞给春花，春花不肯要，舅母假作生气说："你不要就是看不起我这个舅母。"春花只得收下。

秋月素来晓得舅母那张趋炎附势、阿谀谄媚的嘴脸，今见她无端说出这番瞎话来，心里似进了只死苍蝇似的，只想哕。又见春花一味逢迎她，不觉不停地扯春花后襟。春花假作不知，照旧聆听众长辈们的教诲。

快到晌午时候，人已经来了好多，那些不是林家这一房的村里人也来了好多，有的坐在凳子上吃茶谈白，有的站在一旁听人说笑。林大婶见桌凳不够，和林二婶商议找人四处去借，又叫人多备些酒食。正在这时，一位八九十岁秃头老人，拄着拐杖，驼着背，步履蹒跚，喘着粗气，从远处走过来。众人一见都不认得，林大婶和林二婶也不认得，以为只是个讨饭的来了。林大婶忙迎上去，说："老人家，你是肚子饿了？你先坐会，我去帮你舀碗饭来。”那老人听了，生气说道：“什么老人家，我是你舅公[①]。”

林大婶听了，一愣，心下猜疑：“我来这几十年，怎么就从没见过有这么个亲戚？想是这老人家昏了头，弄错了。”林大婶心中狐疑不定，只听老人说道：“快叫大狗、小狗出来。”林大婶听他叫林大叔和林二叔小名，转身去叫他俩出来。林大叔、林二叔仔细端详好一会儿，才认出来，叫道：“舅公，真的是您。都这么大年纪了，也不用跑这老远的路，叫表兄弟或表侄他们过来也是一样。”老人说：“你又不是不晓得，咱们这亲戚也有好多年没走动了，你那表兄弟有的不在家，在家的又不愿意来。那些孙子辈的后生家来了又不晓得什么，只好我亲自走一趟。你这俩小子，这么大事儿，也不上门说一声，幸好我这耳朵还灵便，从四面八方听了些信儿，这才赶过来，若不然，岂不失了亲戚家的礼数。”林大叔和林二叔笑笑，说：“我们是为舅公您老人家着想，担心您岁数大了，怕您受不得走这趟远路的苦，才没敢告诉您。”老人说：“谁说我岁数大了、老了、走不动，我这不是来了？告诉你们，我现在一顿饭还能吃两斤烧酒，两碗饭，就是与那些后生家比起来，也不输他们多少。哪里就像你们说的，我会让人操半点心。”说着拿拐杖在林大叔和林二叔头上轻啄几下，林大叔和林二叔抚着头，笑着说：“舅公说得是，都怪我们疏忽大意，误了事，把舅公小看了，不想舅公还这般强旺。舅公既已来了，请上坐一会儿，我们还得去忙些事情，再来陪您老人家。”说着扶着老人坐好，自己去忙别的事了。

老人坐在一边，因年纪大，口齿不清，眼耳也不灵便，林大婶和林二婶又有诸多事务缠着，分不开身来，众人又多不相识，只管自己吃茶谈白，只能自己一个人坐着。老人一人坐在那里也觉戚然。春花见状，心里多有不忍，端茶过来敬上，又不晓得怎么称呼，只得随便安个称谓，说道：“曾舅爷爷，您今年多大岁数？”老人见眼前这小丫头嘴甜乖巧，讨人喜欢，又主动来与自己攀谈，心里高兴，说道：“今年九十九，明年就满整百喽。”春花笑着说道：“曾舅爷爷这个岁数，身板却还这般硬朗，真是难得。想是有什么长寿的

① 舅公：父亲的舅舅。

秘诀，与我说说，落后我帮你传出去，也让这周围的人得些好处，他们心里还不感激您？”老人呵呵笑道：“秘诀没有，经验倒有一些。”春花说：“曾舅爷爷若不嫌弃，就是经验说一些也好。”老人笑着说：“其实也没什么，只是平时多动动手脚。我们这辈子人，从小到老都在田地里干农活，从没间断过，小病虽然也有，大病却没得过。到现在我还是自己种菜锄草，浇水施肥，肩膀上还能挑个好几十斤。今天我从家里走这老远的路，都没歇口气。”

春花听说老人偌大年纪还下地劳动，心里又不觉悲感起来，说：“曾舅爷爷，您这么大岁数还要亲自下地种菜，您那些子女都不赡养您吗？”老头呵呵笑道：“如今我还能动，不需要他们养。再说他们有自己的家，我不想增加他们负担。若叫我坐着不动，专吃现成，心里反而不自在。如今我吃自己种的菜，心里还踏实、快乐，等到哪一天自己实在不能动了再说。”

春花和老人说着话，不觉已到吃晌午饭的时候。这时，众人一阵喧哗，春花忙抬头去看，见是张德贵和刘三儿来了。大家晓得张德贵平时是个大忙人，很少见他身影，今天能抽空前来，实在感到荣幸。大家欢呼雀跃，喊道：“德贵来了，德贵来了。”大家一边喊，一边给德贵让坐。张德贵满脸笑容，一边和大家行礼招呼，一边说道：“诸位别客气，一起坐，一起坐。”张德贵、刘三儿和大家一起坐下吃茶谈白。林大婶和林二婶听说张德贵来了，也出来相见。张德贵递上贺礼，说些漂亮话。林大婶接过，道了谢，忙别的去了。林二婶坐下来陪着张德贵和刘三儿吃茶谈白。

侯大头见林二婶与刘三儿在一起，因平时相熟，说话没拘束，也过来凑趣。见林二婶满脸喜悦，身上收拾得妖妖艳艳，说道：“大嘴，今天又不是你家儿子考上学堂做酒，倒是这般开心。”林二婶说：“虽不是我家儿子考上学堂，也是我侄女儿考上了。侄女儿是我兄弟的女儿，我兄弟不是我家又是谁家？”侯大头说：“不管怎么说，你兄弟的女儿不是你女儿。”林二婶说：“兄弟的女儿虽说不是我女儿，却也算得上是我半个女儿。”侯大头嘻嘻笑道：“似你这般说，哪一天你儿子考上学堂，我也要开心才是。”林二婶说：“我儿子考上学堂又与你什么相干？”侯大头说：“论理，你儿子该叫我伯伯，岂不算是我半个儿子？”大伙一听哄堂大笑。林二婶见侯大头当着大伙的面讨了便宜去，羞得满脸通红，站起来就要朝侯大头身上打。刘三儿一把拦住，笑说道：“大姐，你俩不是冤家不对头，不管到哪里，若是少了你两个，还不热闹呢。今天是你侄女的好日子，动手动脚不好看，就饶了他这次吧。”林二婶见说才停下手来，嘴里只不停地嗔骂。张德贵在一旁见他们斗嘴，也觉好笑，只是眼里看着，默不作声。等他们消停下来，才问林二婶有没有叫唱戏的过来唱几天戏？林二婶说没有，怕浪费钱。张德贵说：“春花是村里第一个考上学堂的。几百年来，咱村里没出一个读书人，今儿好不容易有一个，也是造化，怎么能草草了事。钱的问题你们不用担心，你尽管去叫，请来热闹几天，花费多少我出。”众人听张德贵这么说，几个好热闹的村民忙去请戏班子。

一会儿摆上菜，装满酒，大家坐好，各自劝酒吃菜。林大叔和林二叔两家坐在一起，又请林大叔舅公坐上席。席间，林大叔和林二叔频频向他舅公敬酒。林大婶、林二婶、春花、秋月也各敬几杯。林如龙年小腼腆，林如虎又不知事，只顾着自己吃菜，不去理这许多。林二叔说道：“如龙、如虎，给曾舅公敬酒。”俩兄弟一听，对望着，却不知作何状。老人哈哈笑道：“外甥，算了。曾外孙年纪小，不懂事，这些礼节就免了，我们自己吃酒就是。”

春花在席上没见夏生的影子，却见他爹妈都来了，忙去问明原委。赵大妈说：“夏生这几天心里不好受，今早我们叫他一起来，他不来，说跑来也是丢人现眼。我们听了难过，只好由着他去。”春花晓得夏生禀性要强，虽是平时嘴上说得轻巧，心里却把考学堂的事看得比什么都重。前番看榜时，春花宽慰过他，今又无故发牢骚，想来心里的结不是一时半刻就能解开。如今见自己在家里大办酒席请客，热热闹闹，想必他心里更不好受。春花沉思一会儿，也觉黯然，向席上各位说声有事，退出席，往赵夏生家去。

夏生正在床上闷睡，听见有人敲门，以为是爹妈吃酒回来，忙起身开门。一看，却是春花，不觉惊讶，强作笑容说道：“你家里今天来了那么多亲戚、客人，不去陪酒，来这里做什么？”春花说：“听你爹妈说，你心里不好受，过来看看。”夏生请春花进屋里坐下，说：“这是命，怪不得谁。我想过些日子就淡忘了，也没什么。”春花说：“希望如此，我也没什么好说的，只是劝你不要就此消沉下去，糟蹋自己，辜负了自己爹妈。”夏生见春花满脸柔情，双眼噙着眼泪深望着自己，心中一恸，握着春花的手，点点头，说：“晓得了，今天客人多，你还是回去陪陪客人吧，免得他们又怪你不懂事。”春花落下几滴泪来，揩干了，点头说道：“我先回去，你也想开点。”夏生点点头，春花才回去和大家一起吃酒吃饭。

定 亲

眼看开学的日子要到了，春花的学费还没凑齐，林大婶心里甚是着急。一天夜里，林大婶收拾好家务，便往林二婶家去。见过林二婶，问了好，把春花学费还差一些的事说了，问林二婶能不能想想办法。林二婶凝神一会儿，说："大嫂，我们身上没多余的钱，明儿我帮你四处问问，看能否借些过来。"林大婶点点头说："有劳二婶。我晓得你们用钱的地方多着，本是不好开口，只是这些天我急得额头焦烂，也没想出法子，才来烦二婶。"林二婶说："大嫂太客气，这有什么烦不烦的，又不是外人。谁在世上没有个不求人的难处，兄弟之间不管谁有困难，相互帮助也是应该的，大嫂千万别说这种话，显得生分。"林大婶笑笑，说："多谢二婶，夜里我也不多坐了，这就回去。"林二婶说："好呢，大嫂事情多，我也不留你，慢走就是。一有信儿，我就去告诉你。"已走出门的林大婶，应了声"好"，便回家去了。

林大婶走后，林二婶关上门，躺在床上想了大半夜也不曾睡着。林二叔催促好几次，林二婶不耐烦起来，说道："你自个不晓得睡，没见人家在想事情。"林二叔见说，头一歪，便呼呼睡去。

第二天一大早，林二婶起床来，吃过早饭，收拾完，叮嘱两个儿子几句，便匆匆赶往刘三儿家里。刘三儿正在吃早饭，见了林二婶，说："大姐，今天起得早。"林二婶笑着说道："昨晚得了个喜信儿，高兴得一整夜也没合眼。

今早上一开亮口，我就赶来给你报信儿了。”刘三儿笑道：“大姐又有什么喜信儿，高兴成这样？”林二婶说：“论理也不是我的，倒是你的呢。”刘三儿诧异道：“我家儿子不曾考上学堂，又没讨亲，哪来的喜信儿？”林二婶眯着眼睛笑道：“天大的喜事儿，你先吃完饭，一会儿再跟你说。”

不多一会儿，刘三儿吃完饭，收拾碗筷，嗽过口，倒茶过来坐下，问道：“到底是什么事儿，大姐请说吧。”林二婶凑近刘三儿，小心翼翼说道：“外甥的终身大事有望了。”刘三儿看着林二婶，疑惑不解，忙问道：“大姐，这话怎么说？”林二婶说：“去年我们不是想把秋月那小妮子说与外甥吗？那小妮子拗得很，没答应。看今儿这光景，至少九成是有着落了。”刘三儿笑道：“你那侄女儿性子犟得很，怕是没那么容易转过意来。”林二婶冷笑道：“我是晓得她们姊妹情深，这回恐怕也由不得她了。”刘三儿还是不解，看着林二婶，林二婶继续说，“昨天夜里，我嫂嫂去我家里，跟我说大侄女上学的钱还差一些，问我能不能想办法凑？我想，咱们何不趁着这机会，答应借给她钱。不拘她借多借少，只要我小侄女答应跟外甥的亲事，咱们全依了她，不是什么事都完了？外甥有了家室，收了性，也不似现在这般，整天都在外游荡，你也早些抱上孙子，岂不两全？”刘三儿听了，摇头道：“不成，这事不成。”林二婶说：“有什么不成？”刘三儿说：“一来，你那侄女未必就肯，二来，就算勉强答应了，终究是违着自己良心，强扭在一起的藤长不直，日后若是生出什么事儿来，更难收拾。再就是，事情传出去，反说我们逼迫人家，面子上也不好看。”林二婶说：“怕什么，只要咱们把这事捂紧了，除了天知、地知、你知、我知，还会有谁知？”刘三儿苦笑道：“大姐一番好意我心领了，这种事我们断不能做。”林二婶见刘三儿这般说，心里一阵着急，说道：“三妹，你怎么还不开窍，谁去逼她了，这是两相情愿的事情，你借就借，不借就不借，难道谁还能把她吃了不成？再说，你总不能任着外甥成天在外闲荡，虚耗下去，等胡子都花白了，再来给他讨亲，就算有黄花女愿意，也不是什么好货色，不是又老又丑，就是瞎眼瘸腿，那时，只能去就那些半路亲①。”

① 半路亲：离婚或丧偶的对象。

刘三儿笑道："若真是照大姐说的去做，不是硬逼着人家也是软逼着人家。就是人家进门来，心却不在这里，终是不好。秋生现在还没有年纪，后面的路还长着呢，慢慢找就是。八字里有的，自然有，八字没有的又何必强求。"林二婶跺脚说道："三妹，话是这般说，你晓得，过了这座山，就没这条路，那时，任你悔断肠子，也于事无补。"刘三儿轻轻笑道："我岂不晓得，世上女孩子家多的是，既然人家心里不乐意，我们又何必去巴在一蔸树上蔫死，让人看笑话？"顿了一会儿又说，"讨亲嫁女也要讲究八字和缘分，他们的八字不在一块，谁又强求得来？"林二婶叹声气，笑道："三妹这般说，我也不好再说什么，只是外甥那般犟的人，要是认起真来，一世都不讨亲，岂不误了他？"刘三儿说："秋生那小子忤逆我是晓得，他若真想打一世单身，那是他八字里带来的，怨不得别人。"林二婶垂头丧气说道："说了半天，倒是我白操了这些心思。"刘三儿笑着说："大姐，可别这般么说。大姐为秋生的一番心思我晓得。前番说李抽雪的女儿时大姐没少花心思，只是秋生那小子不成器，辜负了大姐，到现在我心里还好生过意不去。这番见有了时机，又要操心秋生的事，我心里真是感激得很。我倒不是有意要辜负大姐，只是做事情也要讲个合情合理才是。"林二婶嬉笑道："三妹真是尊菩萨，哪天要塑了像，专门起座庙供着才是。"刘三儿咯咯笑道："大姐说笑了，我哪里有那份德行，别个不在后面戳我背脊，我就心满意足了。"刘三儿笑了一会儿，又说道，"大姐，你现在就去回你兄弟，问他借多少，什么时候过来拿都行。若是不方便，托你送过去也成。其他的事再也别提了。"林二婶口里应着，辞了出去。

林二婶在路上独自思忖：我妹子心地良善，不好拿这事来做交换，自己得了美名，心里安泰，却苦了儿子。自和她做姊妹以来，受她恩惠也不少，只是没机会报答，心里多有不安。这回也顾不得许多，拼着挨千刀，也要使些手段撮合他们才好，只要事先不叫我妹子晓得就是。若是这事成了，一来也算报她的恩，二来我妹子也喜欢那小妮子，就是事后明白了真相，生米已煮成熟饭，而且我也是一心为她，量也不会怪我。林二婶一边走，一边想，想到得意时，不觉笑出声来。

林二婶到了林大婶家，林大婶正在和春花姊妹一起坐在堂屋里摇着扇子乘凉谈白，见林二婶来，林大婶忙让其坐下，去斟茶来。林二婶说：“大嫂，告诉你一个好信儿。刚才我去我妹子家，跟她说你要借钱的事，我妹子一口就答应了。不拘你们借多借少、什么时候还，只要有空过去拿就是。”林大婶听了欣喜无比，满心欢笑，说道：“真的太感谢二婶、刘三儿。这刘三儿真是菩萨，看着面善，心地也好。”春花姊妹听了也惊喜异常，相视而笑。林二婶又说：“只是我妹子有些条件。”林大婶说：“我们这样穷人家有什么条件好谈，无非是把这座屋子当给她。”林二婶说：“人家的屋子宽敞着呢，哪里会看得上你这屋子。”林大婶说：“她有什么条件？”林二婶看一眼秋月，秋月脸上一沉，笑容立即僵住，隐隐有不喜之色。林二婶说：“她也没什么要求，只是想让秋月做她媳妇。”林大婶听说，不及细想，随口说道：“不成，前番已说过这事，别说秋月不答应，我也不会答应。她家儿子那些行径我晓得，就是个水佬倌。”春花也说道：“婶婶，断不可再说这话，如果这事要拿妹妹的婚姻来换取，我情愿不读这个书。”林二婶见秋月木然坐着，一声不吭，像是在想什么，说道：“大嫂，话不是这般说，他家那小子做了些不端正的事也是因年纪还小，不懂事，再加上外面又有那么些二流子调唆、怂恿，一时瞒住了心、迷了窍，才做下不好的事来，也是常情。幸喜没犯大错，有的也只是些芝麻绿豆般的小错。你说哪有后生没几个错的？若是成了家就不一样了。上有老爹、老娘时常敲打、训导，下有老婆时时管束、督促，那些恶习自然就没了，事情还不顺当？再说，我们家好不容易出只凤凰，眼看就要飞上天，难道你就这样眼巴巴地看着她最后成个燕雀？”林大婶说：“钱的事以后慢慢再想办法，若是一定要秋月嫁到他家里去，我是断不会答应。”林二婶劝道：“大嫂，你是把秋生那小子想歪了，哪里有你说的那般可怕。到如今，能借的都借了，那没钱的，你总不能叫人家把房子、锅铲卖了来兑钱给你？再说，就是凑一时，往后还有好几年呢，你又到哪里凑去？”林大婶说：“二婶，你再也别说这话，不管怎么说，这事我是坚决不会答应。两个都是我女儿，手心手背都是肉，不能因为一个而委屈另一个。”林二婶再想劝些秋月的话，却见她心事重重，蹙目冷眼，似泥人一个。想到她禀性孤傲不群，不好伺候，若惹恼她，反不好收场，只得作罢，辞了林大婶回家去。

林二婶回到家里，见林如虎兄弟俩在写作业，自己端张懒人床①在院子阴凉处展开，斟上茶，拿在手里，在懒人床上坐着。跷着腿，一边吃茶，一边细想刚才的情景：今天倒是奇了，秋月那小妮子居然一句话也没作声，不大像她往日的样子。上回跟我大嫂说，那小妮子还特地从房里出来骂我一顿，这次当着面，我是准备再让她骂上一回，却不吭声。如此说来，若是她心里没那个意思，怕是早就说出来，把我赶走，哪里还容得我这般说话？看这番光景，怕是有几分着落也难说。林二婶一边想，一边得意，不停地抖着小腿，大口吃茶。

将近傍晚时分，林二婶觉得困顿，刚一眯眼，秋月却来了。见林二婶正躺在懒人床上打盹，叫了声“婶婶”。林二婶睁眼一看，见是秋月，笑道：“哎哟，是秋月，我还当是谁。今天有点乏，正想打个盹呢。”一边说着，一边往房里去拿张凳子出来，请秋月坐，又斟茶过来，说：“侄女儿舍得一个人到婶婶这里来坐坐？”秋月轻笑道：“我有要紧事来与婶婶商量。”林二婶说：“侄女儿有什么事尽管说，别客气。”秋月说：“今天上午你说的事，我仔细想过了，只要张家愿意拿钱出来供我姐姐读书，我愿意嫁到他家去。”林二婶听了，欣喜不已，说：“侄女儿，你能这般才是个明白人，以后包管你吃好的，穿好的，那是不消说。光是他家里那份气派，你没曾去看，不晓得。我是经常去的，实话告诉你，就是比起天上仙家住的地方也不会差，好多女孩子家晚上做梦都想去住几夜呢。那些人千托我、万托我去帮他们说，又送我东西，又拿红包来，百般讨好，我都没答应。我也是常恨自己怎么就不生出个女儿，若有个女儿该多好啊，与她结成儿女亲家，坐享清福，又不强似整日里面朝黄土背朝天？幸喜还有个侄女，就想，这么块肥肉怎么能让别人啃了去，留给自家享用不是更好？所以，我把那些上门来讨好的人统统推了，最后还是留给你。这偌大的好处我也不多说了，以后你去了就晓得。”秋月默默地听

---

① 懒人床：一种可活动的椅子，可躺可坐。

着，冷冷说道："你尽早跟张家说明白，不用多久我姐姐就要上学。"林二婶说："好呢，你妈妈同意了？"秋月说："我还没告诉他们。"林二婶眉头一皱，说道："要是你妈妈阻拦怎么办？"秋月说："这些你不用担心，我自有话跟他们说。你尽管去他家说就是，我绝不失信于婶婶。"林二婶一连点头说好，本想留秋月再吃口茶，多坐会儿，秋月说家里还有事，回去了。

第二天一早，林二婶梳洗完，急忙赶往刘三儿家，见了刘三儿说道："昨天我去我兄弟家说你借钱给他们的事，我兄弟一家子听了好不感动，都说三妹是在世的菩萨，专门救苦救难，恨不得就要上门来参拜才好。我又趁机把三妹诸多好处大大演说一番，说得我嫂嫂好不感动，不住地叹息，'也不晓得谁家的女儿哪世修来的福，进她家去受用一番。'我说，'大嫂又何必羡慕别个，眼前就有一个'，我嫂嫂说，'只怕我家这丫头没这厚重的福'。我说，'若是侄女儿都没这厚重的福，世上哪个还有？只要你们应了，我过去说一声，包管他们用一顶十六人的轿子来接。'我嫂嫂笑着推问我侄女，'丫头，你心里到底是怎么想的，乐意不乐意？现成的福就摆在眼前，就看你想不想去享？'我侄女听得有这般好处，早就心猿意马，心动不已，心里是一百个愿意。见我嫂嫂这般问她，也不意思起来，只顾着笑，却不开口。落后我拉她在没人的地方，再偷偷问她，愿不愿意嫁到张家来？她也不说话，只是笑着点头。三妹，你说这天底下的好事，全让你捡了。"

刘三儿听了这番话，先是半信半疑地问道："前番我们去问她时，她却一口回绝，怎么这次又转口了？"林二婶说："小孩子家心性就像春天里的天气，时好时坏，时晴时雨，哪里有个准数？再说我们前回去说，没把话说开，大家又都不了解，诸多事还蒙在鼓里，心里不免有些抵触。如今大家来往几回，热得像一家人似的。我此时想，她是早把你当成她家婆了。"

刘三儿听了林二婶这番解说，比掉在金库蜜窖还欢喜，也不再多想，只说道："真是太好了。秋月这丫头，去年我去她家里，一见就喜欢上了。我跟她说这事时，她还没答应。当时我心里就恨自己没生这么个闺女，如今就是做我媳妇也好得很。这回多亏大姐，促成这天大的好事，不晓得怎么报答才好。”林二婶说：“三妹，你再要说报答的话就显得生疏了。俗话说得好，十个手指只有朝里缩，哪有往外放的？我顾着你，是我们姊妹间的情分。”刘三儿说：“他们有没有说要多少彩礼？”林二婶说：“这个倒没说。现今他们正急着用钱，不如先拿些钱让他们用着，彩礼的事可以以后慢慢商量，横竖不亏他就是。”刘三儿听了，点头称是，遂拿出一沓钱来要和林二婶一起送过去。

林二婶不晓得秋月是否已和她家里说明白，若这么冒失跑过去，林大婶还蒙在鼓里，如何圆场？倒不如自己先拿钱过去，探探口风，看他们怎么说，然后再作处理，岂不更好？遂林二婶阻住刘三儿说道：“我兄弟他们都还没准备好，三妹若是这会儿过去，恐怕不妥。倒不如我先帮你把钱拿过去，问问他们如何操办，我再来回你。然后大家再约个日子，正经见上一面，把聘礼下了，这亲事就算订下来了。”刘三儿说道：“还是大姐有见识，事事都想得周全。就按大姐说的去办。只是我得嘱托大姐一句，不管他们提任何要求，只要咱们能做得到，只管答应就是，别委屈了她。”林二婶应了一声，揣着一袋子钱，往林大婶家里去。

林二婶进了林大婶家，见林大婶正在伙房里熬溮，说道：“大嫂，在熬溮呢？”林大婶见是林二婶，说道：“是呢，二婶来了，先去堂屋里坐会儿，我一会儿就出来。”林二婶刚在堂屋坐下，春花姊妹俩早在房里听到林二婶说话的声音，走出来。春花去倒茶，林二婶赶紧凑近秋月，悄悄说：“侄女儿，你昨天答应的事跟你爹爹、妈妈说明没有？”秋月摇摇头。林二婶说：“既然已决定，何不趁早说，你看人家都把钱拿过来了。”说着把那一袋子钱直往秋月手里塞。秋月不接，林二婶：“傻丫头，你要是不收这些钱就表示你不愿意，你姐姐读书的钱从哪儿来？天上总不会掉下来。你先拿着，这事早晚都要说，你不好开口，待会我跟你妈妈说就是。”秋月迟疑半会儿，眼眶里的泪水早已盈满，淡淡的哀愁也已袭上脸庞，想着自己将和一个厌恶的人度过一生，心里不免漾起一股怨恨与不甘。又想到既是自己选择，何必要做出这般姿态来，惹人取笑。转过脸去，掏出手绢来揩干眼泪，伸手把钱接了。

春花端茶过来，一会儿，林大婶也从伙房里出来。林二婶说："大嫂，有件事我不得不说。"林大婶笑道："二婶这般遮遮掩掩，不像平日的样子，什么事就直说吧。"林二婶说："就是我昨天提的事情，你没答应，落后我也没在意。傍晚时分，侄女儿却跑过来跟我说她愿意。今早我过去跟我妹子一说，她一手把这些钱拿过来。"说着用手指着秋月手中的袋子，继续说道，"我妹子还叫我问你们一声还有别的要求没有，若是有，尽管提出来，只要能办得到，绝不会亏你们。"林大婶和春花听了，脸色霎时变得苍白，跺着脚说："我的儿，你怎么蠢到这步田地，这天大的事可是由得你做主？你姐姐的事，我和你爹爹自会想办法，怎么又让你操起心来？快把钱还给婶婶。这钱一分也不能要，这事我是断不会答应的。"

春花也向秋月说道："妹妹，快把钱给我，你回房里去休息，这里没你的事。"秋月却把钱攥得紧紧的，说什么也不肯松手。春花又说道，"妹妹，听话，别惹妈妈生气，你若是再这样，横竖我不读这书，跟着爹妈在家里耕田种地。"秋月咬着牙看着春花，既不说话也不松手。林大婶在一旁催促："秋月，你今天是怎么了？这是大人的事，与你又不相干。把钱拿出来，回房里看你的书去。"秋月说："你们都别说了，这是我自己愿意的，也没有谁逼我，你们就遂我这番心吧。"秋月话还没落音，林大婶板着脸说道："不成，若是别个后生像些样，也就算了。偏偏是她家那小子，说句不好听的，看着就想哕。我这么个好女儿，说什么也不能插在牛粪上。"秋月说："不管你们怎么说，我是铁了心，这钱我是不会拿出来。"林大婶见秋月这般拗犟，来了火，一时说话分不出轻重，怒斥道："你若是不听我的话，就当没养你，你现在出了这个门，咱们各走各的路，从今以后再没母女情分。"秋月听了，气得哭起来，抽泣着说："别逼我，你们都不要逼我，不然就死给你们看。"说完一头跑进房里，把门一拴，任谁叫也不开。

林大婶见秋月这般样子，也吃了一惊，后悔自己把话说重了，一时惶惑不安，没了主意，抱怨自己不该去和林二婶提借钱的事，以至生出这茬儿来。林二婶见林大婶责怪自己，也觉得没意思，讪讪说道："大嫂，有些话我是不好说，到这步田地也顾不得了。自古到今只有笑贫不笑娼，如今哪个不是削尖脑壳，想着法子往钱堆里拱。有的拱破头也未必拱得进。前番李抽雪的女儿就想进张家的门，论理他女儿长得也还标致，说话又讨人喜欢，我妹子也十分愿意，李抽雪两公婆更没话说，就是我也以为这场喜酒吃定了。哪晓得我外甥却眼尖得很，不是嫌人家脸太大，就是嫌人家鼻子不够高，挑三拣四，硬生生把李抽雪就要到嘴里的肉取了出来，害得李抽雪悔恨不已，直怪他婆娘没把女儿生好，眼睁睁把这一场大好的富贵给丢了。如今这块肥肉又落在咱们家头上来，若不好好抓住，失了这次机会，落后又往哪里找去？”林大婶说：“二婶，你再别说这话，什么富贵不富贵，我从来就没想过。我只想她姊妹俩能平平安安，快快乐乐，就是我最大的愿望。人生一世，若不能自由、快乐，就是进了金窖银窟，也会憋屈得像只鸟儿进了笼子似的，活着又有多大劲儿？”林二婶说：“大嫂说得没错，可是天下熙熙，皆为利来，天下攘攘，皆为利往。哪个人活着又不是为了一个利字？就是穿衣吃饭，住房看病等等，哪一样离得开钱？大嫂的想法未免太过老套、迂腐了。”林大婶叹口气说：“老套也罢，迂腐也好，人各有志。别人有那份心思去追名逐利，我哪里管得了许多？也不过尽自己的力，把自己做好，问心无愧，哪一天见了阎王老子，不让他审出个差错来，就安心了。”林二婶说：“大嫂，这会儿我也不多劝你，还是希望你在睡觉前多想想，掂量轻重、权衡利弊。”林大婶微笑道：“有劳二婶这番心思，我自晓得安顿这事。”林二婶见林大婶还是那般顽固不化，叹了几声气，辞了出去。

吃过晌午饭的林二婶，又往刘三儿家去。一路上边走边想：我大嫂的话说得硬，终究是拗不过秋月那小妮子。那小妮子的禀性我清楚得很，真把她逼急了，她一瓶药往嘴边上一放，还不怕你不搂着她心肝肉儿的答应？林二婶想着，到了刘三儿家。见了刘三儿，欢呼雀跃说道：“三妹，我上午拿那些钱过去，他们见了，笑得眼睛都眯成一团，嘴也合不拢，直说三妹的好。现在正和亲戚们商量要怎么把喜事办得风风光光、热热闹闹，让大家脸上都好看。”刘三儿听了，喜之不尽，高兴说道：“好得很，应该的。你跟你兄弟说，别只顾着省钱，只要热闹好看，他们想怎么办，我们都照做。横竖这些钱也不让他们出一分，我们全出了就是。”林二婶说：“那是，这不消说。”凝思片刻，又说道，“外甥这些天又去了哪儿，怎么没见人？”刘三儿说：“谁晓得那小子又去了哪儿，他是在外头惯了，回来也是落落脚又出去，说又说不听，说多了反讨他嫌。他爹爹也难得回来，就是回来也是在夜里，歇上一夜，第二天一早又走了，也没空管他。我想他现在这个样子，也是因为没牵绊，才任着性子在外头疯。”林二婶说：“这下好了，三妹心里的石头总算落了地。”刘三儿笑着说：“可不是嘛。说起那丫头，我也很喜欢。不但模样儿长得俊俏，而且心灵手巧，这周围几十里的姑娘怕是没人及得上。”林二婶与刘三儿闲谈着，不觉到了傍晚，方才回去。

一天夜里，林二婶吃了夜饭，一家人正在院里乘凉，林大婶突然进来，说道：“二婶，那丫头强得很，这几天在家里又哭又闹，我也没法子，由不得心里软了。既然她的八字就是这样，也只好由着她。明天你去约刘三儿来，跟她谈谈这事怎么办。”林二婶笑着说：“大嫂，你也不用想太多，这是上天堂，又不是去阴间地府，犯不着这般愁苦。往后大嫂享福的日子还长着呢。”林大婶苦笑道：“有劳二婶了。”便辞了回家去。

林二叔见林大婶走了，问道：“大嫂碰到了什么好事，怎么又享起福来了？”林二婶说：“说了你也不信。过几天，秋月那丫头就要进三妹家的门了。”林二叔简单听完事情大概后，说道：“你这不是害了秋月？她家那小子鬼见了也愁，秋月怎么能嫁他。”林二婶白林二叔一眼，说：“亏你还是个大男人，眼光却是寸把长。秋月长得好看，嫁个有钱的有什么不好，那些长得丑的，就是想嫁，还没这个能耐。难道要叫秋月像我一样，守着个穷光蛋过一世？”林二叔自讨没趣，说道：“我只是随口说说，你的事我管不得许多。”林二婶说：“你晓得就好，别到处嚷嚷，做你自己的事就成了。”林二叔说：“晓得。”林如龙说：“妈妈，秋月姐姐是不是要嫁刘姨家的儿子？听说刘姨家儿子做事好不像话，整天在城里闲荡，什么事都做得出来。姐姐倒是个好人儿，不怕误了姐姐一世？”林二婶喝道：“小孩子懂什么，别乱讲话，当心在外头，别个撕烂你的嘴。”林如虎说：“妈妈，哥哥没乱讲话。我还见过刘姨家儿子教村里那些小孩乱耍呢。”林二叔一听，微笑道：“小子，就爱学些坏样。”林二婶怒道：“小短命的，小小年纪就爱胡说八道，长大了如何得了。以后要把你锁在家里哪儿也不许去才是。”林如虎说：“我哪里胡说八道了，是我亲眼看见，还道我哄你……”林二婶在林如虎脸上掐了一下，怒喝道：“小短命的，还再乱讲，给我滚回床上睡觉去。”林如虎嘻嘻地拉着林如龙回房睡觉去了。林二叔和林二婶俩人说了一会儿话，见天色晚了，才回房里去睡。

第二天一早，林二婶梳洗完，吃了早饭，往刘三儿家去。见了刘三儿，把昨天夜里林大婶去她家里的事添油加醋演说了一遍。说得刘三儿心花怒放，只胡乱吃了几口饭，便和林二婶一起往林大婶家里去。

见了林大婶，刘三儿问了好，大家一起坐下吃茶。春花和秋月晓得是来谈论亲事，也不好坐在一起，相互问候一声回房里去了。刘三儿没见林大叔，问道：“嫂子，大哥没在家？”林大婶微笑道：“他一早就出去了。”刘三儿说：“不晓得你们商量好没有，这亲事该怎么办，我想听听大嫂的意见。”林大婶说：“我们是没见过世面的人，不懂得什么规矩，三儿看怎么办合适就怎么办，横竖我们也没那么多讲究。”刘三儿说：“我倒是想去城里请人来，交由他们去操办，我们只拿钱出来就是。那些人会办事，把事情办得漂亮，看上去大家也体面些，大嫂你看如何？”

不等林大婶回话，林二婶插口说道：“你们先别急着谈办酒席的事，还是先拿他们的八字去合一合，看日子是在哪一天。若是日子近，咱们少不得要忙乱起来。若是日子远着，咱们再从长计议，不可冒冒失失。”刘三儿和林大婶听了都点头赞道：“还是大姐有主见，我差点把这事给忘了。”于是刘三儿向林大婶要了秋月的生辰八字，辞了林大婶，和林二婶往侯瞎子家去。

侯瞎子七十多岁，鳏夫一个，无儿无女，少有人特地去看望。只是每逢赶闹子[①]时，便一个人背上胡琴，拿根探路杖，来到集市，给人看八字、看日子，赚些钱糊口。没事只一个人在家拉胡琴、哼小曲儿，自娱自乐，聊以消

① 赶闹子：赶集。

磨时光。那天正在家里拉琴唱曲，突听有人在敲门，忙停下手中的活，去开门，问道："是哪个？"刘三儿见侯瞎子，说道："侯伯伯，我是刘三儿，德贵婆娘。"侯瞎子耳朵似乎不大灵便，一时没听清楚，嚷道："你是求贵婆娘？叫求贵的人多着呢，你说的是哪一个？"刘三儿又对着瞎子的耳朵大声说道："不是求贵，是张家的德贵。"侯瞎子"哦"了一声，点点头说："你是德贵婆娘？"刘三儿说："是了。"侯瞎子说："真是对不住，我这耳朵又聋，眼睛又瞎，别见怪，进来坐吧。"刘三儿和林二婶进去。屋里又黑又湿，地上到处是坑坑洼洼，屋顶的瓦片也缺了好几爿，透着光进来，射在地上。那些桌凳更是陈旧不堪，横七竖八地摆放着，有几张残破的小凳子凌乱地朽在角落，碗柜上尽是灰尘，水缸底下还有一大摊水未干，满屋子里的霉味更是刺鼻发呛。刘三儿和林二婶见了这般光景，心里一阵凄凉。

侯瞎子手里拿着棍子四处敲打，要找凳子来与刘三儿坐。林二婶见状，忙说道："伯伯，你不方便就别劳烦了，我们自己拿就是。"侯瞎子听着声音，似乎不是刘三儿在说话，惊问道："你又是哪个？"林二婶说："我是林家二狗的婆娘。"侯瞎子点点头说："林二狗，晓得。当年他结婚还是我给他看的八字呢。那会村里人都说二狗婆娘漂亮得像花朵似的，可惜我这双眼睛瞎了，无缘得见。但是大家都这么说，想来也不会假。"林二婶抿嘴笑了笑，没作声。侯瞎子又说："你们是一起来的？"林二婶说："是的，刘三儿是我干妹子，如今他儿子相了一门亲，要请你给看看八字合不合，顺便选个好日子。"

侯瞎子找到两张凳，左手抓紧住袖口，用袖子在凳子面上用力揩抹几下，端给刘三儿与林二婶坐。林二婶和刘三儿见侯瞎子虽然看不见，有了手中那根棍子使探起来，动作却很麻利，竟跟明眼人似的，心里不禁暗暗称奇。

几个人坐下，刘三儿报上秋月和秋生的生辰日期。侯瞎子右手大拇指在四指的指节上掐算一阵，说："俩人的八字倒是很合，只是要过了这个年，到明年结婚才合适。"刘三儿说："怎么要等到明年，太久了。"侯瞎子说："命宫里的事奇妙得很，说了你们也不明白。"刘三儿和林二婶相互看一眼，无奈笑笑，作声不得。又叫侯瞎子定个日子。刘三儿掏出两张百元大钞递给侯瞎子，侯瞎子接在手上，在钞票上比画几下，又摸几摸，惊叫道："你们给的钱跟别个给的不一样，是多少？"刘三儿说："两百块，伯伯。"侯瞎子笑道："不要这么多，给六块钱就够了。"刘三儿说："伯伯，你若是不嫌少，就拿着吧，买些空东西[①]吃也好，权当我儿子结婚，你又出过力，孝敬你的。"侯瞎子笑道："不消、不消，你们来我这儿，也算是客人，都没请你们吃口茶，反倒要你请我吃空东西，心里实在过意不去。我与人看八字，从来没多收别人的钱，遇着钱少的，就是给个一块、两块我也不说什么，怎么能多收你的钱，你还是把这两张大票子收回去，给张小的就好。"刘三儿没法，只得从侯瞎子手上接过钱来，在身上拿出六块钱给侯瞎子，和林二婶回去了。

① 空东西：零食。

送　礼

一天，秋生从外面回来，刘三儿把秋月要嫁他做老婆的事说了。秋生听了手舞足蹈起来，急着问道："妈，什么时候过门？"刘三儿说："前儿去侯瞎子那里替你俩合八字，侯瞎子说今年是不行的，定要过了这个年，等明年结婚才合适。"秋生一听，骂道："那侯瞎子又聋又瞎，晓得什么，不过哄几个钱罢了。索性咱们就不信它什么邪，问问她家里要多少彩礼，咱们准备钱，去她家里一手交钱，一手交人。请几个人一顶轿子抬来家就成了，哪个耐烦那许多缠得死人的过场礼。"刘三儿骂道："砍头的，又在乱讲什么，上回就是因为没看八字，才落得不好收场。这次叫八字先生看了，他说在哪一天就定在哪一天，少一天，多一天都不行。再说人家秋月也是个姑娘家，又不是货物，岂能像是做生意似的，一手交钱一手交货？子虚村祖祖辈辈，哪一家讨亲嫁女，不是把那些路数都走完了，单是你就另外搞一套？"秋生被刘三儿骂了一通，才不敢作声，悒悒回房里去。

过了几天，张德贵夜里回来，刘三儿把秋生和秋月定亲的事说了。张德贵听着，心里也是欢喜，高兴地说："好得很。我没空操心这事，一应事儿你只酌情办理就是，不必问我。"刘三儿听了，点点头。

那天林二婶和刘三儿从侯瞎子家里出来，已近晌午，各自回家去。林二婶吃过饭便往林大婶家里去，告诉林大婶，已去侯瞎子那里合过八字，要到明年才能结婚。林大婶听了，说道："明年就明年，这也不是火烧眉毛的事，多空些工夫出来也好。若是匆匆忙忙，像赶杀似的，也不像个样。"林二婶没别的事，就辞了回去。

林大婶进房里来，见秋月眼眶浮肿，晓得是这几天哭的，心里隐隐一恸，一把将秋月搂在怀里，泪水盈盈而出，泣声说道："儿啊，你有这般模样，本应生在富贵人家，享受锦衣玉食、绫罗绸缎，可惜你投错了胎，投到我们这穷苦人家里来，好衣裳没穿一件，金银首饰没戴一条，好日子也没过上一天，如今还要用你的婚姻来换取你姐姐读书的钱，我们做爹娘的实在惭愧，对不住你。"秋月也哭着说："妈妈，你这么说，女儿哪当得起。女儿这身体是爹娘给的，又养育女儿十几年，女儿就是粉身碎骨、肝脑涂地，也难报万一。况且女儿自出生以来，妈妈便对女儿呵护有加，知疼知暖，从不曾打骂。哪怕是女儿幼时，任性顽劣，妈妈也从不曾大声训斥，宁肯自己饮恨含泪，也不多加苛责。如今细想起来，女儿多有不肖。女儿生下以来，就体弱多病，身上稍有不安，妈妈无不心碎。女儿所想，妈妈已想，女儿所思，妈妈已思。妈妈整个身心都在女儿，舐犊之情，十几年来，视女儿如赤子。女儿每常想起来，只觉亏欠妈妈许多，妈妈何曾有负女儿。"

春花见秋月说得这般戚戚婉婉，又是全因自己而起，心下悲凉，泪水不觉从眼眶滚落下来，噎声说："你们别说了，都怪我不好，全是我惹的，好好地读什么书，害得一家人骨肉分离。花光家里的钱不说，如今还把好好的一个妹妹赔上，这书我就是不读它，又有什么了不得，那些不认字的，还不是照常吃饭干活。多读几年书，就能高洁到哪里去？"说着翻出那张录取通知书就要撕，秋月见了，急忙一把抢过来，双手抚在胸前护着，说道："姐姐何必做傻事？姐姐千辛万苦，含辱忍垢，只为今朝。姐姐就忍心弃之如草芥，以至前功尽弃？妹妹常恨不得像姐姐那般遂愿展志，暗自嗟叹。今姐姐历经砥砺，如愿以偿。你我手足之情，姐姐的愿望又何尝不是妹妹夙愿？姐姐得遂平生之志，又何曾不是妹妹得遂平生之志？姐姐一片赤诚，爱我之心日月可鉴，天地可知，又何可欺。妹妹只恨身单力薄，无以为报，姐姐却这般折杀妹妹，真叫妹妹无以自容。”

母女三人哭作一团，个个都似泪人一般。哭了一会儿，林大婶揩干眼泪，强作欢笑，说道：“好了，都别哭了，大家本应该高兴才是，却哭成什么样子，若是别个晓得，岂不笑话咱们。”春花姊妹也揩干眼泪，相互微笑。林大婶见姊妹俩不哭了，才出去。姊妹俩也尽找些高兴的话来说。

烈日如火，蝉鸣如歌。转眼工夫，到了春花开学的日子。那天来村头送行的人挤得黑乌乌一片，乡邻们把煮熟的鸡蛋染成红色，尽往春花包里塞，挤得包里鼓鼓的，却还是有很多装不下。春花正在着急，只见林大婶拿了两个大袋子过来，把各人手上的鸡蛋全装了，悄悄对春花说：“先装起来，怎么说也是人家一番心，别拂人家的意才好。带在路上能吃多少是多少，吃不完分给别人吃也成。”春花点点头。众人又嘱咐一些“好好学习”“更上一层楼”的话，才渐渐散去。只有夏生和秋月依依不舍，眼眶里噙着泪，春花笑着对秋月说：“妹妹，又不是生死离别，做出这番样子来做什么，让人看见怪难看的。”春花这么一说，秋月眼中的泪水早流下来，春花忙帮她揩了，说道：“我不在家里，你要好好听妈妈的话，不要惹她生气，我读书的地方远，要到放假才能回来看你，你也不要太牵挂。”秋月点点头说：“晓得，姐姐一个人在外头也要好好照顾自己。”春花点点头，转过身来，温情脉脉地看了一眼夏生，彼此心灵相知，也不消多说什么，只相互道声“珍重”，春花提着东西去了。秋月和夏生站在村头，目送春花渐渐远去，才转身各自回家。

秋月回到家里，林大婶、林大叔有事已出去，一个人冷冷清清在院子里转了几圈，看了一会儿菊花，觉得无聊，索性出了门，到夏生家里去。

夏生父母也已出去，只夏生一人在家，正在看书，见秋月来了，忙斟茶。秋月坐下，随手拿起夏生放在桌上的一本书，一看，是《平山冷艳》。笑问道：“夏生哥，这书是讲什么的？”夏生端过茶来，笑着说道：“古代的才子佳人小说，闲着没事，拿来看看，权当解闷。”秋月说：“好看吗？”夏生说：“文章很漂亮，故事也奇美，只是不喜里面诗太多。若要看诗，大可看唐诗，唐诗不止比它好上百倍千倍呢。不过，小说本身，在同类中也算是好的了。”

秋月说："古代的才子佳人小说，我也看过一些，怎么就不曾见有这本？"夏生说："它还有另一个名字，又叫《四才子书》。"秋月说："说起这《四才子书》，我倒是想起来了，就是讲平如衡、山黛、冷绛雪、燕白颔四人成双成对的故事？"夏生说："是了。"秋月说："这本书我早看过了，初次看时，倒觉得它是锦绣文章，旖旎华美。再看时却没了味儿。说起来，我也不喜欢小说里的诗词歌赋，有的诗词更是硬生生塞进去，整章整回地谈诗论词，作诗作赋，又无关宏旨，只是作者卖乖弄巧，徒增篇幅而已。就是把那些无关紧要的诗词统统砍削了，甚至把那些章回也删除，对小说也没丝毫影响，反倒清爽干净，读起来也不会让人觉得有疙瘩。"夏生点点头，说："你在家里都看些什么书？"秋月说："多是小说稗史、杂闻趣事，偶尔也会看唐诗宋词，《诗经》之类。"夏生说："唐代诗人你最喜欢哪一个？"

秋月稍想片刻，说道："我最喜欢白居易。他主张'文章合为时而著，歌诗合为事而作'，可是一大创见。他作的诗质朴平实，少有无病呻吟。"夏生点点头，说："宋代词人你最喜欢哪一个？"秋月又深思片刻，才说："喜欢李清照和柳永。说起来还是喜欢柳永多一点，他的词清新自然，雅俗并陈。雅不晦，俗不庸，自成一家。又多俚词鄙语，读来声势并茂，肖俏可然。"夏生点点头，笑说道："看来你快要成为大方家了。可惜，他们的诗词我读得少，只是在课堂上学过一些，惭愧得很。"秋月笑说道："方家不敢当。只是闲来无事，消磨光阴，怡情而已。夏生哥，你在家里又读了哪些书？"夏生说："近时在家里只读了金圣叹批评的《水浒传》。"

秋月听夏生说起了金圣叹，立即神色盎然，亢奋无比，说："说起金圣叹，我真是佩服得不得了。他批评的《西厢记》《水浒传》我看过，真是心似锦，舌如蝎，才气如虹，作文如神，全没半点酸腐气。在那些文家里，再难找出第二个来。"夏生笑道："我深有同感，初读他的文字，惊骇世上竟有这等妙文，与《水浒》里的文字比起来，也毫不逊色。读完以后才晓得，若是只读《水浒》，不读金圣叹的文章，真是遗憾。"

秋月笑笑，说："夏生哥，你以后有什么打算？"夏生说："过几天我要去城里做事，挣点钱，替家里分担些。你姐姐说，等她出了学堂，要在村里办一所学校，那时我再帮她。”秋月笑笑，说:“你不打算再考？”夏生说:“不考了，家里拮据，再考下去，就要砸锅卖铁，到时一家人只能去河里吃水。”秋月笑着说：“你不后悔？”夏生说：“不后悔。”秋月说：“我怕不是真的吧？姐姐做酒那天，你还赌气不来呢！”夏生轻轻地笑了笑，说：“当时得知自己落榜，心里是很失落。落后又见你姐姐在家里大摆筵席，风风光光，也不免有些嫉妒。落后仔细想想，实在不该。好在你姐姐气量大，没怪我，还过来宽慰我，现今想起，心里真是惭愧。”秋月听了只是笑笑，没作声。过了一会儿，夏生突然说道，“听说你与张家的秋生定亲了，是不是真的？”秋月默默地点点头。

夏生对秋生的劣迹也是素有耳闻，晓得秋月要嫁秋生绝非本意，定有隐情，只是不好询问，怕引起她心里不快，只漫不经心地说道：“张德贵俩公婆倒是良善人家，心地却好。”秋月听夏生这般说，想起张家定要自己嫁入他家才肯借钱给姐姐读书，心里又恨又怒，冷笑一声，说：“知人知面不知心啊。有的人看起来面慈目善，道德高尚，又会做人，像尊菩萨似的，暗地里却是蛇蝎心肠，阴险得很。当初我何尝不是照你这般想，落后才晓得，那些人都是沽名钓誉、口蜜腹剑，吃人不吐骨头。”夏生听了，心里一怔，猜不透秋月说的是什么意思，尴尬地笑了笑，不好作声，只管拿着茶瓯子不停地吃茶。秋月见状，晓得自己太冒失，后悔不迭，一时也不晓得说什么才好，遂辞了辞夏生，回家去。

一天，秋生在家里吃完早饭，出门来。阿飞、小三子早在门外候着。见了秋生忙问道:“生哥，今天又到哪里找乐子去？”秋生想了一会儿，说:“我一时也没想到有什么好地方可去，倒是你们说说看，有什么地方好耍？”俩人都摇了摇头。一会儿，小三子说：“既没地方去，何不去嫂子家里坐坐？”阿飞说：“哪个嫂子？”小三子说：“还有哪个嫂子，自然是咱们的嫂子。”秋生、阿飞一时都没明白，不知小三子说的是谁，面面相觑。小三子见了，不觉哑然失笑，说，“林家的秋月不是咱们的嫂子？”秋生和阿飞听这么一说，才回过神，欢呼起来。阿飞怂恿道：“生哥，你就带我们去看一眼嫂子也好。我时常听人说，嫂子如何花容月貌，只是家离得远，好多年都无缘一见，若真像别个说的，我们能看上一眼，就是死了也甘心。”不等秋生说话，小三子抢先说道：“阿飞，你真是没心性，生哥看上的姑娘还会有错，难道还不如你的眼光？别个说嫂子花容月貌，自然不假。”小三子话刚落音，阿飞已在自己脸上扇了几耳光，说：“生哥，你看我这该死的，怎么连这事都没想到，真该打。”说着又在自己脸上扇了几巴掌。秋生说：“我也好久没见她了，小三子这么一说，心里还真有些想念。”顿一会儿又说，“别个说她长得美若天仙，我也不怕跟你们说实话，那是绝对假不了的，待会儿你们见了可别胡思乱想，动歪心思，臭嘴都给我放干净了，不要让我丢脸。”阿飞和小三子说：“生哥放心，这些都不消多吩咐。生哥叫我们站我们就站，叫我们坐我们就坐，一切遵照生哥指示就是。保证不多讲一句话，横竖只跟着生哥后面，给你壮胆。”秋生说：“我又不是三岁的毛孩，没经过风雨，认不得路，还要你们壮胆？”阿飞和小三子齐说道：“是、是、是，生哥教训得很是，都是我们烂了嘴，说话太多。我们去了不作声就是。”秋生唬道：“你们又不是哑巴，谁又不许你们说话了。只要别说那些没头没脑的话就是。”阿飞和小三子又齐说道：“是，还是生哥明智，有见识，我们以后多跟着生哥学习。”

三人商量好，就要往秋月家里去。小三子却突然想起一件事来，说：“我们就这么空着手去也不太像话，就是平常过人家，也得带些糖果，更何况生哥是去看婆娘。”秋生听了一愣，心想也有道理，说：“不错，只是不晓得拿什么东西去才好，这可让人为难。”阿飞说：“生哥，索性花点钱买条金项链或金手镯什么的就成了。这么贵重的东西，嫂子见了一定喜欢。”秋生点点头，小三子却说：“不妥。”秋生问道：“有什么不妥？”小三子说：“若是平常人家，你送她金银财宝，心里自然高兴。人之爱财，本是天性，也没什么好说。嫂子可不一样，这些年我虽然无缘得见嫂子，却常听别人谈论起她，晓得她品性高洁，清丽脱俗。若是送金器银器这些俗物，怕是亵渎了她。再说，嫂子还没过门，我们又不是托中间人[①]送的，若是收了，显得自己贪财，传出去，别个谈论起来不好听。不收嘛，生哥这张好脸岂不失白[②]？”秋生听了，点头称是，拍着小三子肩膀说：“还是你有些见识，若不是你提醒，险些把事情弄坏了。你倒是说说，到底送什么东西给她才好？”小三子说：“我晓得城里有一家花店——‘百汇花坊’。那花店大得很，有三四层，每一层长宽都有几十丈。里面摆放着各色各样的花，只要你叫得上名字，包管那里都有。什么牡丹、海棠、杜鹃、月季、米兰、木棉、紫罗兰、百合、蜡梅、一品红等等，稀松平常得很。还有好多我们从不曾见过，叫不出名字的外国花呢。要说只有这些也说不上稀奇，稀奇的是那里还有金花、银花、翡翠花、玛瑙花、水晶花、玉石花等等，琳琅满目。最稀奇的要数那株镶有宝石、夜明珠的牡丹。那牡丹有一尺多高，花苞有碗口那么大，是用一块上好的天然玛瑙手工雕刻而成，花心还嵌有一颗鹌鹑蛋大小的夜明珠。那珠子奇妙得很，听人说，到了夜里就是不点灯，也能看清人的头发。夜明珠周围又簇拥着一株株火柴似的芯子，芯子头上全是一粒粒绿豆大的宝石，金光闪闪。那花瓣晶莹细润，色泽丰韵，整个精工细作，真是美妙绝伦。外用一个三尺来高的玻璃罩子罩着，那些去买花的人见了，无不啧啧称奇，惊叹人间竟有这般巧手，做出这般天上有，世上无的物件。想来那花当是镇店之宝了。”不等小三子说完，阿飞却说道：“城里有这么一家花店，我却不晓得？”小三子说：“你哪里会晓得这些，你长得这副好身骨，除了出门进户，像进出自家门一样，哪家姐儿长得漂亮你倒是比别个清楚。”秋生说：“阿飞，你别打岔了，让小三子说完，我们好去买东西。”小三子又说道：“我见里面有一株水晶做的水仙，样子又不大，价格也不贵，买来送给嫂子最合适。”商议好，几个人飞奔城里去。

到了“百汇花坊”，秋生几个想去楼顶看看那株牡丹。上了楼，见那花旁围满了人，在指指点点。秋生几个也凑过去，挤进人群，观看了一会儿，赞

---

① 中间人：指媒人。

② 失白：尴尬、丢丑、失面子。

道："美，真是太美了，这般造价，也不晓得哪个买得起。"小三子说："想是这花店老板也不会卖，用以招徕客人。"秋生点头称是，看了一会儿，下楼来，买了一株水晶做的水仙，包装好，出店往回走。

进了村子，离秋月家还有几百步远，秋生怕小三子和阿飞生事，叫他们先在外面等，自己提东西往秋月家去。到了大门口，见门关着，轻敲几下，在门外候着。此刻林大婶、林大叔有事出去了，只秋月一个人在家看书，听见有人敲门，只当是林大婶回来，忙跑去开门，见是秋生，先是一愣，随后冷笑几声，说："你来做什么？"秋生见秋月大眼圆睁，面带微怒，娇俏嫣然，直瞪着自己，心里不但不恼，反是爱煞极了，嬉笑着说："没什么，心里想自家婆娘想得慌，过来看看。"秋月本来讨厌秋生，又见他这般涎皮赖脸，更没好气色，蔑屑着说："没正经，胡说八道，哪个是你婆娘？"秋生说："等你过了门不就是我婆娘？"秋月说："那是以后的事。"秋生说："我这番好心来看你，你不让我进屋里坐一坐？"秋月说："这屋里不是你来的，你到别个家坐去。"说着把门狠狠一关，上了栓。秋生在外面敲门，说："秋月妹妹，你快开门，让我把话说完。"秋月在院子里紧绷着脸，说："你有屁就早些放，我可没闲工夫在这陪你。"秋生说："你好歹看在我一番心思在你身上，把门打开，我有一份礼物要送你。"秋月说："你的厚礼我受不起，也不需要，你爱送哪个就送哪个去吧。"说完进房去了，任着秋生在外叫喊，只作没听见。

秋生提着东西，沮丧地退回来，垂着脸，悒悒不乐。小三子见了，晓得秋生心里赌着气，不作声。阿飞平日里长舌头惯了，见秋生心里不畅，一心想为他出这口气，说："生哥，你让我去，量那垛墙也难不住我，索性翻进去，开了栓，恭迎生哥进门，岂不省事？"秋生一听，瞪着阿飞，在他头上狠狠地凿了几个雷暴，说："你就不能多动动脑子，又不是叫你去当强盗，翻墙入院做什么？我看你迟早还要做班房。"阿飞头上挨了几雷暴，忍着疼，嘻嘻说道："生哥教训得是，我也是一时心急，说话没规矩，可是我对生哥的一番心还是尽情尽义，没掺半点假。"

秋生看着阿飞，想着他往日的一副忠义心肠，自己一时失错反凿了他几雷暴，后悔起来，怜惜说道："我一时气盛，刚才忍不住打了你两下，别往心里去。"阿飞说："生哥说哪里话，生哥教训小弟是对小弟的爱护。小弟往心里去的，只是生哥平日里的恩情，哪里还会有别的。"秋生笑着在阿飞身上拍几下，说："这才像兄弟。"阿飞激动不已，说："生哥有什么吩咐，尽管交由小弟去办理就是。"秋生叹口气，说："刚才我只跟她说了几句话，她就把门关了，礼物也没送出去。既然已经买了，也没有搁着或扔掉的理，如此，这番心思岂不白费了。你现在就提礼物去，叫她开门，收下礼物就成，别的也不用多说，省得又生出事来，把她惹恼了。"

阿飞提着礼物，大步迈向秋月家。到了秋月家门口，握紧拳头，在门上重重地捶几捶。秋月在房里听见又有人在敲门，以为秋生又回来了，没好气儿地走出院子，说："晓不得丑，又来干什么？"阿飞在外大声说道："嫂子，是我，我是阿飞。"秋月一听是阿飞，晓得就是跟在秋生身边的人，平日里也是专干些偷鸡摸狗，打架赌博的事儿，和秋生在一起也算是臭味相投。在院子里说道："你来干什么？"阿飞说："嫂子，生哥特地买了一份礼物，好看得很，要送嫂子，请嫂子开门，出来收下，生哥的脸面也好看，我回去向生哥也有交代。"秋月说："你现在就回去跟他说，他的礼物任它是金是银，我是不会要的，你也别在这里聒噪了，惹恼了我，没好果子吃。"阿飞见秋月这般说，只说道："礼物不收也成，我常听人家说嫂子漂亮如花，像仙家一般，可惜好多年都无缘一见，嫂子若能可怜我，请开了门，让我看上一眼，立马就走。"秋月说："你想看我是吧？这有什么难。都是一个村里头的人，又不是外人，也用不着这般客气。只是我身上衣服散乱得很，你只需在外面稍等，我回房去整理片刻就来开门。"阿飞见秋月这般大方，心里乐滋滋的，不住偷着笑。过了一会儿，听见门"吱"的一声响，开了，只见秋月满脸怒容，举着手中拨火棍照着阿飞身上就是一阵乱打。

阿飞正在得意时，听见开门声响，只当是秋月盛装出来，本想说几句好听的漂亮话，还没来得及张口，身上早已挨了好几下。阿飞被这突然间的变故惊得手足无措，回过神来，忙用一只手护住头脸，一只手提着东西，转身就跑，也不敢回头看，秋月是否追来。只听秋月站在门口狠狠说道："不怕丑的东西，看你们还敢不敢在这里撒野。"

阿飞逃到秋生那，嘴里直说晦气，今儿不晓得撞了哪路子邪，好好的却挨了她这几棍子。说着捋起袖子，只见手臂上有几条微红，不曾肿起。秋生和小三子晓得是秋月手下留情，并没用力往死里打，只是胡乱吓唬他。秋生笑问道："好好的，她怎么就打你？是不是你自己惹恼了她？"阿飞说："我敢对天发誓，绝没这事。起先我只是想叫嫂子开门，把礼物交给她就走，嫂子死活不肯开。我想到身上负有生哥使命，又不甘心就这么回来，情急之下，也顾不得多想，索性跪在大门口哀求。可能是嫂子心烦了，开门出来就在我身上一阵乱打。"秋生听了，笑道："谁又叫你去跪着求人家了？"阿飞说："我还不是为了生哥，想着生哥交给的差事办不好，我心里比谁都急，一时也顾不得许多，就跪下去了。"秋生看着阿飞说："好兄弟，难为你了，这棍子本是我受的，却被你代受了，真让我过意不去。"阿飞说："生哥快别这么说，我们平日里受你的恩惠还少？今天就是代生哥受了几棍子，也难报万一。只是事情没办好，心里好生惭愧。"秋生说："这事也怪不得你，先别提它了。只是这礼物总得想办法送给她才好。"说着眼光不觉落到小三子身上。小三子见这般光景，晓得是轮到自己了，心里虽然十分不愿意，却也推脱不得，只能硬着头皮从阿飞手上接过东西，说："平日里多受恩泽，今生哥有命所负，自当义不容辞。哪怕是刀山火海，今儿也免不得豁出去。"秋生说："我们几个数你最机灵，你也是最后一着了，希望你不辱使命才好。"小三子点点头，提着东西往秋月家去。

小三子来到秋月家院子门前，见门掩着，踌躇一会儿，鼓起勇气，轻轻地敲了几声。过了会儿，听到院子里有脚步声响，晓得是秋月出来了，遂低声说道："秋月姐姐，我是小三子。"秋月在院子里说："哪个小三子？"小三子说："就是李家那个。"秋月思索片刻，说道："你爹爹就是叫李家旺的是不是？"小三子说："是了，秋月姐姐。"秋月说："我倒想起来了，好多年前我还去你家，见过你，若没记错，你今年也该有十五六岁了吧？"小三子说：

“姐姐记性真好，我今年吃十六岁的饭[1]。”秋月说：“这会儿又没放假，怎么没去读书？”小三子说：“家里没钱让我读书，所以闲着。”秋月说：“没读书了，不到别地方去耍，却来这里干什么？”小三子说：“我从小就跟生哥耍得好，这会儿没读书了，也是经常跟他在一起。”秋月听了，立即明白。心下忖道：“常听说秋生身边有几个跟屁虫，想来这小三子便是其中一个。”冷笑几声，说，“想是阿飞的下场你也晓得，还不怕？敢来聒噪。这会儿我也不想让你难堪，你从哪里来，就从哪里回去好了。”说完就往屋里走。小三子在外听到脚步声响，想是秋月要进屋里去，急忙说道：“秋月姐姐请别走，救我一救。”秋月停住脚步，说：“还有什么事？”小三子说：“请姐姐可怜可怜我，开门把礼物收了，不然就这么回去，生哥定会骂死我。要不姐姐就打我几棍子，生哥见了也少些责怪。”秋月冷笑道：“我可救不了你，他打你也好，骂你也好，又与我何干？好好的我去打你做什么？”小三子说：“常听人说姐姐心地纯良，乐施好善，救人于危难，今儿见我有难，姐姐却不肯援手？”秋月笑道：“这话我可没听别个说起，就是有，想来也不见得就是真话。”小三子说：“姐姐还晓得别个说姐姐什么吗？”秋月说：“还说了些什么？”小三子说：“别个还说，姐姐面貌，古来稀有，千百年来也难得一见，就是嫦娥仙子下凡，也难及得姐姐万一。”秋月呵呵笑道：“这些话多半是虚假的奉承，哪里当得真。”小三子说：“我是亲口听别个这般说的，自己也多年没见姐姐金面，不晓得是真是假，姐姐开门，让我见见，也好释我心中疑惑。”秋月说：“我看不必了，至于我身上这张皮是美是丑无关紧要，别个爱怎么说由他说去。你还是请回吧。”小三子接着又说：“别个也都是有耳朵有眼睛的人，既是这般说，自然不会有假。只是我平生有一夙愿，姐姐可晓得？”秋月说：“你有什么夙愿？”小三子说：“我最大的夙愿就是将来要去学问。”秋月说：“这个夙愿也好得很啊。”小三子说：“我做学问倒不是为别的，就是想考证古代美女西施不是姓施而是姓林，出生地不在越而在楚。”秋月说：“这是为何？”小三子说：“若是西施姓林，又是生在楚地，那么姐姐必是西施的

---

① 吃十六岁的饭：虚岁十六岁。

后人。”秋月听了，咯咯笑个不住，好一会儿才停住笑，说：“你这爿小篾片[①]说话倒是让人喜欢得很。”走过来开了门，说，“进来坐一会儿吧。”小三说声“谢谢姐姐”，便进院子去了。

秋月把门拴好，领着小三子进屋里坐下，又去倒茶，拿瓜果与小三子吃，说道：“最近秋生在外头干些什么？”小三子说：“没干什么，只是在家里闷得慌，到处走走。”秋月说：“有没有去做那些不三不四、没头没脑的事？”小三子说：“我敢指天发誓，绝对没有。”秋月听了没作声，小三子又说，“生哥心里只有姐姐。他因心里对姐姐思念得紧，今早特地去城里买礼物送给姐姐。”秋月说：“哪个要那现世宝[②]想念了，又要他送东西了？”小三子说：“姐姐千万别误会生哥，生哥对姐姐的情深得很呢。自和姐姐定亲以来，生哥无不谨言慎行，凡事三思，生怕被姐姐看扁，那些没头没脑的事再没去做。”秋月听了，点点头，说：“你经常和他在一起，他若是有什么不对的地方，你多规劝他一些，再不能像以前那般孟浪，免得招人笑话。”小三子说：“这个不消姐姐吩咐，生哥只要稍有不肖，我都竭力相劝。”秋月说：“你回去后对他说，以后没事别来了，免得惹人说闲话，我早晚是要进张家的门，是张家的人。”小三子说：“晓得了，我一定帮姐姐的话带给生哥。”秋月指着桌上的盒子说：“这里面装的是什么东西？”小三子说：“这是生哥送给姐姐的一株水仙花，是水晶做的。”秋月思索了一会儿，说：“东西我收下，也不留你了。你回去以后好好记着我嘱咐你的话，凡事周全些，大家脸上也好看。”秋月一边说，一边往小三子荷包里塞瓜子。小三子点头应着，荷包已被秋月塞得满满的。

小三子出门来，与秋月道别，去和秋生、阿飞会合。

---

① 篾片：帮闲。

② 现世宝：丢人现眼的东西。

行　善

秋生见小三子去了很久，又是空着手回来，想是礼物已送出去。问道：“小三子，挨打没有？”小三子说：“没有。”秋生又问：“挨骂没有？”小三子说：“没有。”秋生说：“这倒奇了，你说说，是怎么把东西交给她的？”小三子把事情略叙一回，秋生和阿飞听了，都不住称妙。小三子说：“嫂子临走时还给了我好多瓜子吃呢。”指着鼓鼓的荷包与他们看，秋生看了，说道：“她还对你说了什么没有？”小三子说：“嫂子说她已和生哥订婚，迟早要进张家的门，是张家的人，生哥若没要紧事就别去她家，人多嘴杂，被人说闲话可不好。”秋生点点头说：“有道理，她这般注重名节也好，不像一般的女孩子家随便，免得以后与别个勾三搭四，做出姘头来，我也省得做龟公。”小三子说：“嫂子还说，生哥以后行为要检点些，不能再像以前那般孟浪，凡事周全，被人说个好字，大家脸上也有光。”秋生听了，心里暗喜，说：“还没过门，就这般良言相训，真是贤妻。她这般爱我，我岂能负她？”遂对着阿飞和小三子说：“你们俩也听好了，从今儿起，那些歪风邪气再也不能在我耳边吹了，我立志要做一个堂堂男子汉，收奸敛秽，兴礼行善，不能让人看不起。以后让我那婆娘多说几句好话，她心里快活了，我心里自然快活。不论她要我做什么，只要我能做到，绝不让她失望。”小三子和阿飞说：“好得很，好得很。以后生哥就是我们的旗帜，生哥指到哪，我们就走到哪。只要是生哥交代的，我们全部照办。只要是生哥的心愿，我们一定努力帮忙完成。我们都听生哥的话，做生哥要我们做的事，做生哥的好兄弟。”秋生笑了笑，说：“太好了，兄弟们，以后我们有福同享，有难共当，谁也不要薄了谁。”不等秋生说完，几个人各自伸出一只手来，紧紧握在一起。

秋生说：“你们哪个晓得村里头谁家最困难，最需要帮助？”小三子说：“听说侯瞎子寡老单[①]，没儿女，又没人照看，屋里全是霉味，进不得人，日子凄惨得很。不如我们先到他家里去看看？”秋生点点头。三人一齐到侯瞎子家里去。

到了瞎子屋前，见门掩着，小三子先去敲门。过了会儿，侯瞎子拄着拐杖出来开门。小三子说：“侯公公[②]，你在家里啊？”侯瞎子说：“今天不是赶闹子，没出去。”侯瞎子听小三子声音稚嫩，与大人有些不同，晓得是个仔后生[③]，问道，“你是哪家的后生？”小三子说：“我是李家旺的儿子，叫小三子。”侯瞎子点点头，说：“李家旺的儿子，晓得了。有什么事吗？是不是要看八字？”

侯瞎子与小三子搭着话，秋生在一边打量他的屋子，听侯瞎问小三子是不是来看八字？不等小三子回答，忙走过来，说：“侯公公，我们见你这屋子瓦爿不齐，不是少了就是烂了，你行动又不方便，我们来帮你打理打理。”侯瞎子笑了笑说：“难得你们后生家有这副心肠，只是我在这屋子里住惯了，不消劳烦。再说，我都这些年纪，还能在世上捱得几天，过一天是一天，你们还是去忙别的事吧。”秋生说：“侯公公，你说这话就差了。以前我们品性不够端正，行为有失检点，做出不少没头脑的事来，让人看扁。如今后悔得很，所以决定洗心革面，重新做人，想做些好事来弥罪补过，消除心中不安，也让村里人另眼相看。你却这般拦着，不让我们改过自新，岂不寒了我们的心？”

侯瞎子听秋生说话，问道：“你又是哪家的后生？”秋生说：“我是张家德贵的儿子。”侯瞎子想到前不久林二婶与刘三儿相烦他看八字的事，呵呵笑

---

① 寡老单：无配偶无子女的单身老人。

② 公公：本书中公公指爷爷。

③ 仔后生：未成年或成年不久的小伙子。

道："你就是德贵的儿子？"秋生说："是的，公公。"侯瞎子又笑着说："好得很，好得很。后生家血性太强，刚气又盛，一时失错，做出些要不得的事来，也是常理，只要不犯大错，又能及时改正，今后不要再犯，也是可喜的事。"顿了一会儿，侯瞎子又说，"你们这般至诚，我也不好再拂你们的意，只是我这屋子多年失修，残梁断檩，缺椽少瓦，修缮起来可大费力气。而且我也没有钱买这些东西，更别说开你们工钱了。"秋生说："若是让公公动一手一脚，出一分一厘，也算不得是我们做好事。"侯瞎子说："好，有你爹爹的样。你爹爹当年可是一言九鼎，一诺千金啊。我也是七八十岁的人，活够了，如今多活一天赚一天，你们能为我这老头操这番心，让我过上几天舒坦日子，真是感谢。"秋生说："公公，不用客气，我们这就去筹办。"

秋生他们出了侯瞎子屋，商议了一会儿，最后决定，小三子去买瓦爿、椽板，阿飞去买砖和石灰，秋生去买其他细碎物件和日常用品。

没过几天，东西买齐了。秋生在外头搭了个草棚，叫侯瞎子暂且住下。几个人把屋里的东西全搬出来。阿飞人高力大，架了梯子爬上屋顶，把旧瓦全部掀翻，放在一边，又把那朽坏的檩子和椽板换成新的，用钉子钉紧。好了后，再把瓦爿一块块重新垒好，又装几块亮瓦[1]。秋生在下面拌好石灰浆，打在桶里，小三子提在墙脚下，阿飞在屋顶放下索子吊上去，在屋脊上用砖砌好。上面整理好，几个人又忙手忙脚整理屋里，用粪箕在别的地方挑来几担泥土，将屋里坑洼不平的地方填平，再拌石灰浆盖上一层，过了几天，地上干了，把原先搬出去的那些东西，能用的再搬回去，那些不能用的烂缸漏桶、坏桌破凳也换成新的。墙上年久积下的狗毛硝[2]也打扫了。经过一番添砖加瓦，白天日头一照，屋里亮铮铮的。侯瞎子进屋后，无不欣喜，说："我虽是看不到，但鼻子还是灵得很，屋里的霉臭味没了，感觉与前大不一样。以前在屋里走路，一失错，就要跌跤，现在这地也平了，就是不用这根拐杖，也没什么大碍，真是太感谢你们几个后生家了。"

---

① 亮瓦：透明的玻璃瓦。

② 狗毛硝：一种似霉样的白色物，从墙上刮下来，能像硝一样燃烧。

秋生几个忙乱了几天，见侯瞎子由衷称赞，心里也欢喜，说："公公别客气，你以后有什么困难，或有什么需要帮忙的，托人告诉我们一声，我们就过来。"侯瞎子说："好的，好的，只是你们这次帮了大忙，却没东西打赏，真是过意不去。"秋生几个笑笑，别了侯瞎子。

秋生心里畅快，请小三子和阿飞去城里大吃了一顿，犒赏他们。回来的路上，见一条丈把宽的小溪上，一根不足一尺的独木桥已朽得不成样子，落雨天在上面行走，一失错就会滑倒，极不方便。若是牵着牲口，或挑着担子，就更加危险。秋生说："你们看这桥随时都会断，若是大人，掉下溪里也不妨事，要是个小孩单独在上面走，左右又没人，桥突然断了，岂不坏事？索性我们把这桥也修一修。"阿飞和小三子马上附和，直说秋生见识英明，高瞻远瞩。秋生立即拿钱出来，叫阿飞和小三去买些粗壮结实的木材，不拘价钱多少，只看木材好坏。小三子和阿飞应声，分头去办。

过了几天，阿飞和小三子买来十来条又粗又长的方形木材和蚂蟥钉①，一齐搬到溪边，用桐油先揩抹一遍，以免雨水一泡便腐烂。过了几天，油干了，秋生拿锯、锄头、锤子等物来到溪边，几个人一起动手，把旧桥搊②了，将新木材一根一根架上、镶紧，用蚂蟥钉固定好，再用锯子锯出若干小木条，在桥上每隔一尺来远，拿根小木条用钉子钉紧。钉好后，几个人在四五尺宽的桥上跳了几跳，那桥居然不摇不颤了。秋生欣喜说道："这下好了，就是落雨也不怕滑，挑担子也不晃，撞着两个人一齐过桥，也不似以前那般，你让我，我让你。"三人欣喜谈论一阵，欢笑离去。

那些过桥的人晓得是秋生几个架的桥，无不赞许，都说秋生几个积功聚德，方便乡亲，乡亲们无不感恩。

秋生几个架桥和帮助侯瞎子修房子的事没几天就在村子里传开。没过多久，林二婶和刘三儿也晓得了。一天夜里，张德贵回来，刘三儿对他说知此事，张德贵也不住点头，说："很好，这小子终于想些事了，只要他以后不在

---

① 蚂蟥钉：两头弯曲九十度的大铁钉。

② 搊（chōu）：用手将物搬起。

外面惹事，我心里就高兴得很。”深思一会儿，又说，“只是不晓得这小子是一时兴起才这么做的，还是真的心里想明白了。若是心里真的想明白了，哪天我得跟祖宗多烧些香才是。”刘三儿听了，满脸不悦，很不屑地说：“你也别看不起咱们儿子，我看他身上哪一点也不比别个差多少。单说他长得那副相貌，村里头就没几个后生有这般英俊。他以前年纪小，不知事，有些吊儿郎当，也可谅解，如今长大了，转过心来，明白事理，又定了亲，等明年结了婚，媳妇贤良，少不得早晚训督，到那时，咱们家儿子晓不得有多肖呢，你可别只睁大了眼，把眼珠子给跑出来。”张德贵笑了笑，说：“他若能如此，我就是眼珠子跑出来也甘心。”刘三儿说：“你不晓得，咱们儿子这些天不知有多乖巧，我没说他半句，他却自觉得很，每天到外头和几个人也不到处乱跑，过去那些去不得的地方再没去了，只在村子里转，见谁家有困难就去帮谁。他这番懂事，想来也不光是做给我们看的，定是长大了，回心转意，把那些不好的念头都去了。你看他这会儿，早早就进房里睡了。若是平时，哪里有他影儿？”张德贵想了想，也不说什么，只是笑笑。

第二天早上，张德贵早早出门去了。林二婶一早便往刘三儿家去，进门就说：“三妹，以前我就说外甥不是一般的人，做的事自然不是一般的事，必是惊天动地，让人另眼相看。虽说以前做了些不好的事，那是一时瞒住了心，今儿一开窍，就做了好些人人称道的事。如今外甥的好处还有哪个不晓得？我想，就是传到我侄女耳边上，那小妮子也不晓得有多开心呢。还是俗话说得好，浪子回头金不换，我看外甥就是应了这一句。以后改邪归正，学了乖，一家人和和睦睦，三妹就坐等着抱孙子喽！”

一席话说得刘三儿像飞上了天，高兴得笑个不停，嘴巴张了好一会儿才合拢，说道：“我也是大姐这般想，昨天夜里我跟德贵讲，他还不肯信，直说秋生只是一时兴起而已，哪里会转变得这般快？我说人怎么可以貌相，咱们秋生骨子里全是好的，只是平日里行事略有不端，也不伤大雅。好在如今统统都改过来了，没什么大碍。我是跟他说了好大一番话，最后他才没话说。”林二婶说：“今天大清早，我在来的路上，碰到好多人都在说外甥有出息。那侯瞎子更是不得了，一见人就说外甥的好处，说外甥如何孝顺，如何乐于助人，如何豪壮，如何类父，那好话说得几口鱼塘也装不下。”刘三儿听了，不说话，心里乐得只顾笑。林二婶说：“外甥这会儿又出去了？”刘三儿说：“不晓得他又去了哪里。”林二婶说：“不消说，准是帮人家去了。”

刘三儿问林二婶吃早饭没有？林二婶说：“昨天打牌散了场，回去的路上，一路来都在说外甥的好，我听在耳朵里，却乐在心里头，为三妹高兴得一夜都没睡好。今天一大早就起来，要来告诉三妹，走得急，还没吃早饭呢。”刘三儿说：“大姐，不妨，你稍坐会儿，我这会儿也没吃早饭，马上去煮。”林二婶坐了片刻，刘三儿便端了两碗面条上来，里面有好些个荷包蛋。林二婶和刘三儿一起吃了，又各自吃了几瓯茶，打牌去了。

秋月在家里虽然不大出门，但谈论秋生的话多了，不免传了一些在耳朵里，心下窃喜，暗自思忖：“平日里只听人说那小子不三不四，如何现世，如何邪恶，现在看来，那小子也未必一无是处，至少从头到脚还没全烂，有几处好的，只要假以时日，延医用药，慢慢调治，未必不会好起来。日后自己进了门，行端品正，以身作则，做出表率来，又循循善诱，悉心劝诫，勤加训导，那小子若还有良知，晓我这般用心，定会感我恩德，一心向善。若能如此，虽不能如梁山伯、祝英台那般化蝶齐飞，但能相濡以沫，嘘寒问暖，不枉此生。”秋月想了一会儿，心里畅快，移步到书桌前，想提笔赋诗，以怀旧念，钤记今情。抬头见窗外，碧空晴朗，微风轻拂，正午烈日，寂静无声。低下头来，沉思片刻，思绪却在春花身上。想到过完年，就要进张家的门，那时虽然还是姊妹，各人身份却已不同，一时愁绪潮涌，略一思索，提笔蘸墨，挥笔写下一首《忆往昔·怀旧》：

“茕茕孑立，炎日如火，树上知了噤无声。忆往昔，山涧汲水，田野风筝，儿时笑逐犹如昨。

寄情千里，以梦相送，夜半惊醒泪湿巾。俟明年，红妆在身，咫尺天涯，姊妹之情何时叙？”

写完，搁下笔，拿在手上小声念了几遍，心里愁苦无比，刚才那一瞬息喜悦如风飘散，一时无法消遣，只顾躺在床上发呆。

过些时日，已是八月半[①]，刘三儿一早提着礼品来林大婶家探视。见院子门开着，直往屋里走。进屋来，见林大叔和秋月都围在桌旁，林大婶坐在凳子上，手里拿着一根尺来长、碗口粗的大粽子，剥了一大半叶子下来，只留一小头在手中拿着。一只手拿一根麻线，麻线另一头咬在嘴里，在剥开的粽子上绕一个圈，稍一用力，绞下一爿半寸厚的粽子来。刘三儿见了，说道："大嫂，在吃粽子呢？"林大婶回头见是刘三儿，忙笑说道："是三儿，快过来坐，一起吃粽子。"林大叔去刘三儿手上接过礼品去房里收好。刘三儿坐下来，说："大嫂真是劳神，过八月半还包粽子吃？"林大婶笑道："都是我这嘴儿花，别的东西不想吃，就想吃几口粽子，少不得要劳些神。"林大婶一边说着，一边拿起一双筷子来，叉起一爿粽子，在装有砂糖水的碗里蘸上几蘸，递给刘三儿，刘三儿接过，咬一口，嚼几嚼，称赞道："大嫂好手艺，嚼起来真有味道。我以前自己也包过，但熬出来不是饧[②]就是半生不熟，有时筷子也夹不起来，只能拿调羹舀。"说着兀自笑了笑，秋月和林大婶听了也暗笑。秋月说："想是婶婶包的时候没把米拍紧，包好以后又扎得松，熬出来就像浓浓的粥。"刘三儿看着秋月，笑道："还真给你说中了，就是那个样，落后我再也没敢出丑了。今儿长了见识，下回再包时，倒是要请你多教教我。"秋月一听，羞得满脸通红，低下头去，再也不作声。刘三儿一时没在意秋月，只管问林大婶："大嫂，你这粽子是烧稻草灰，浸水出来发的米吧？"林大婶说："是的。"刘三儿说："难怪颜色这般好看，味道也甘美。"

林大婶和林大叔不停地劝刘三儿多吃些，不要客气。刘三儿吃得饱饱的，实在吃不下去了，林大叔和林大婶还在劝。刘三儿说："大哥、大嫂，别劝我了，你们自己吃些，我实在吃不下去了。"林大叔和林大婶这才顾着自己吃起来。

一会儿吃完，林大婶收拾碗筷，摆出茶来。刘三儿吃着茶，想和秋月谈几句白话，秋月想着刘三儿借钱的事，一直以为她就是一个善于伪装的大奸

---

① 八月半：中秋节。

② 饧：某些食物因蒸煮时间过长而失去原有韧性，变得很软。

人，心里厌恶不已，脸上做出一副冷面孔来，不爱搭理。刘三儿见了，以为又是性情发作，也没放在心上，不去理她，只和林大叔、林大婶说家常。直到晌午时，林大婶去做饭，大家一起吃了，又吃过茶，刘三儿要回去。林大婶留她多坐一会儿，吃了早夜饭再回。刘三儿说：“不吃了，太麻烦你们，我们离得又近，随时都可以过来坐坐，你们哪天有空，也一起到我们那边去坐坐。”林大婶见留不住，只得应了声，拿出两根大粽子来叫刘三儿带回去吃。刘三儿笑着说：“真不好意思，吃了大嫂这么多，还带两根走。”林大婶说：“三儿，别客气，都是自己亲手做的，又不是买的，不值什么，只是劳会儿神儿而已。”刘三儿笑着拎着粽子回去了。

刘三儿走后，林大婶又给林二婶送了两根大粽子，林二婶接着也欢喜不已，叫林大婶坐下，摆上茶，和林大婶谈起家常话。不多时，林大婶说家里还有事，辞了回去。

秋去冬来，寒气侵人。下过几场雪，转眼又是腊月底，春花也从学堂放假回家。夏生在城里做事，挣了些钱回来，给家里买了好些年货，又给自己置了一身漂亮衣服。第二天早上，夏生穿上新衣服，到林大婶家里。走进院子，见春花和秋月蹲在地上在盆里拔鸭毛，走近来说道：“好肥的鸭子，是自己养的？”春花听出是夏生的声音，站起来，转过身看他一眼，见他穿着一身崭新的衣服，戴着眼镜，还是以前那般清瘦，只是肤色比以前黑了许多，忙说道：“是自己养的鸭。你在城里做事，什么时候回来的？”夏生说：“昨天夜里才回来。”春花擦干手上水渍，和夏生一起进屋。林大婶在伙房听见有人在说话，出来一看，见是夏生，笑着说：“夏生回来啦。”夏生说：“是的，婶婶。昨天夜里才回来。”林大婶叫秋月也进屋去坐一会儿，自己来拔毛。

秋月洗净手，坐下来，说：“夏生哥，在城里做事辛苦吗？”夏生说：“倒不是很辛苦，只是伙食不好，菜里没多少油水。”秋月说：“习惯吗？”夏生说：“开始不习惯，日子长了也习惯了，跟在家里差不多。倒是你姐姐在那远地方是否习惯？”说着看了一眼春花。春花说：“刚去时，那里的人都不认得，又有些想家，心里空落落的，总是很失落。后来日子长了，大家就像亲姊妹一样，整天说说笑笑，慢慢就惯了。”夏生说：“吃得惯吗？”春花说：“跟家里差不多。”夏生说：“伙食好不好？”春花说：“不是很好，不过也吃得下。”夏生说：“那里的天气要比家里冷一些吧？”春花说：“比家里冷得多，回家前都穿了厚厚的棉衣。”夏生说：“看你比以前瘦了些，想是学习很辛苦？”春花说：“课程是多了些，要把每一门都学好，少不得要多下功夫。”夏生还想说什么，刚一张口，突然又停住，低着头，看着桌面。秋月见了，忙说道：“你们先聊一会儿，我去伙房帮妈妈烧火。”说着出去了。

夏生说：“我给你寄的钱收到没有？”春花点点头，说：“收到了，我本来打算写信给你，落后一想，快要放假了，说不定信还没到你手上，我倒先回家，才没写。”夏生说：“以后在学堂里要多注意营养才是，别太苦了自己，我会定期寄些钱给你的。”春花说：“晓得了，你也要多注意自己的身体，都瘦成什么样子了。钱少寄些也不妨，多留些在自己身边，若有什么事，也好应急。”夏生笑着说：“不碍事，我身体强壮得很。”春花想了一会儿，说道：“外头风气不好，多注意些，别染上坏毛病。”夏生笑笑，说：“晓得，我们也不是那种人，一有空，只是看书打发日子。”春花说：“我晓得你不是那种人，只是有些时候由不得自己，要常给自己多敲警钟才是。”夏生说：“晓得。”左右看看没人，从兜里掏出一个精致的小盒，继续说，“送给你的。”春花左右睃了一眼，赶紧从夏生手中接过来，兜进兜里，脸上红红的。夏生说：“我先回去了。”春花点点头，站起身，送夏生出门。见林大婶和秋月还在拔鸭毛，夏生说：“婶婶，你们忙，我先回去。”林大婶说：“好，有空过来坐。”夏生应了一声，出门去了。

春花进房来，打开盒子，见是一个小小的玉坠子，拿在手上一阵发呆。不知何时，秋月已悄悄进房里，春花也不曾察觉。秋月轻手轻脚，走到春花背后，见春花手里拿着一个小小的东西呆看，心想定是夏生送的，冷不防一把抢在手里。春花猝不及防，吓了一跳，急转过身，见是秋月，骂道：“死丫头，又在扮鬼，差点被你吓死。”秋月嬉笑着细细打量着手中玉坠，说：“我就晓得姐夫不会空着手来，定有东西相送，还果然不假。看这块玉色泽光润，晶莹无瑕，又精雕细琢，能寸许之内显鳞爪，足见是个上品货色，想来价格不菲。定情信物嘛，哪能随便。虽然及不上那些金银珠宝贵重，想必姐夫也花了一番心思，真让人羡慕。”

春花被秋月姐夫上、姐夫下的说得满脸通红，骂道：“死丫头，又在乱讲什么，也不怕舌头长疔。等过完年，进了张家的门，上有公婆，下有姑丈管着你，看你还敢不敢随便乱讲话。”秋月顿时煞住笑，脸上黯淡下来，悒悒不乐。春花自知失言，后悔不迭，忙过来劝慰：“听说秋生近来学好了很多，再不像以前那般胡行妄为，想必是妹妹的召感。”秋月阴着脸，吁声说道：“鬼晓得那小子是真心改过，还是只做个样儿出来给人看。骨子里的东西哪个看得清。我前儿也是和姐姐这般想，落后一细想，一个平日里浪惯的人，哪是一时说改就能改得正。若是他存了那份向善的心还好，日后多费些时日、费些心思，怕还纠得过来。若是只装装样，那份恶劣的心思还在，只是暂时隐藏起来，日后稍有不顺，翻天覆地起来，谁收得住他？”春花见秋月说得有理，也不好再说什么，只和秋月一起唉声叹气。

林二婶在李抽雪那一连好些天都没有见到侯大头，虽说平时俩人爱斗嘴，但这一连几天都没有见到，林二婶还是有些牵挂这个牌友的。于是这天，林二婶摸着黑夜，来到侯大头家门口，见屋里有亮光，定是有人。轻敲几声门。一会儿门开了，只见眼前站着一个二十来岁的后生家，高大雄壮，面容白净，嘴唇鲜红，浓眉大眼，俊美异常。又文质彬彬，相貌神似侯大头，一时看呆了。暗想：早晓得侯大头有个儿子，只是那时年纪小，没多在意。几年没见，这小子就长成这般模样，不晓得会馋死多少姑娘家。那后生认得林二婶，见她这般看着自己，有些不好意思起来，轻轻说道：“婶婶，请到屋里坐。”林二婶回过神来，嫣然一笑，说：“你是大头的儿子吧？”那后生说道：“是的。”侯大头在屋里听到外面有人说话，出门来一看，见是林二婶，急忙快步走过来，欢喜说道：“是大嘴，快请屋里坐。”一边往屋里走，一边指着那后生说：“这是我儿子，亭花，前几天才从福建回来。”进了屋，林二婶坐下，说：“这几天我一直没有看到你，想看看你家是不是出什么事情了，原来是儿子回来了呀。你们爷俩像是一个模子浇出来似的，谁一看都晓得是俩父子。前些年，我见他还是个毛孩，不想一转眼就变成了个大后生。日子过得真快。”侯大头笑笑，说：“这小子娘走得早，没读几年书，人倒是很机灵。这几年跟着福建那边一个做生意的亲戚打理杂务，现在大了，也不晓得在外头搞些什么，我是没工夫去管他。”正说着，侯亭花端茶过来，说：“这是福建产的铁观音，婶婶尝尝看，味道好不好？”

侯亭花坐下来，林大婶又将他细细打量一番，见侯亭花一双眼正在盯着自己，似是要她品茶。林二婶端起瓯子，抿一口，说道：“好香醇的茶。”侯亭花笑笑，说：“这可是正宗的上品铁观音，贵得很，一般人家哪里买得起。我花了好大力气，从熟人那里要些回来。”林二婶看着侯亭花，笑笑，心里想：大头的儿子生得这般俊美，与我侄女倒是天造地设，只可惜这小子没福，失了缘分。若早些时候相见，撮合他们俩，做一双小鸳鸯，也是功德一件。一边想，一边在心里叹息。

林二婶一边吃茶，一边和侯大头说着闲话。侯大头说：“我有一件事要托你帮个忙才行。”林二婶说：“什么事？”侯大头说：“你看我儿子大了，还没讨亲，我问他在外头有没有女的？他说没有。我正在着急这事，你有空帮我留意，如有合适的，跟我说一声。”林二婶说：“晓得，我会留意的。”想到出来已有好一会儿，又是在夜里，说道：“晚了，你们早些休息，我这就回去。”侯大头送到门口，才回家去。

第二天，林二婶想到年初借刘三儿的钱，到年尾本该全部还上。只因一年来，没赚多少，一时难以凑齐，只得将家里剩下的一点儿钱拿出来还，欠下的只能再往后拖延些时日。到了刘三儿家，林二婶见张德贵和秋生都在，寒暄一阵，拿出钱来。刘三儿推说道：“大姐，你帮了我们天大的忙，我们也没什么报答你。这些钱你不用还了，就当是孝敬你的。”林二婶笑着说：“三妹，这怎么好意思。”刘三儿说：“这有什么不好意思，你是媒人，应该的。”张德贵和秋生也一边推着，叫林二婶把钱收回。林二婶推让一回，见刘三儿执意不肯收，只得自己收回，说了一大番客气话，回去了。

结 婚

过完年，转眼又到了阳春三月。眼看就是秋月和秋生结婚的日子，刘三儿早已把万事准备得整整齐齐，只掰着手指数日子。

一天，刘三儿与林大婶商量婚事，告诉林大婶在城里的酒店预订多少张桌子，请了地方上哪些有头脸的人来证婚、撑场，还请了专为人办喜事的人来办这场酒席等。又告诉秋月在婚礼上要走哪些过场，要注意哪些礼节，千万不可失了体统，招人笑话等。秋月听了，不等林大婶说话，冷笑几声道："婶婶，真是让你费心了，我看那些还是全免了吧。我不喜欢在那人多的地方又挤又闹，倒是喜欢消消停停，身上自在。我家里穷，没多余的钱买嫁妆，所以一件嫁妆也没置办。到那天，你们也不用带任何东西过来，只需叫几个人过来就是。我们这边也跟几个人过去，算是一接一送。也不用车子、轿子，我自己有脚。"

刘三儿听了，惊诧不已，愕然说道："那怎么成，再怎么说我们也是有头有脸的人家，别说办婚酒，就是平日里办个生日酒，也是热热闹闹，高朋满座，没有五十桌也有三十桌。结婚是一生中最大的喜事，更应该风风光光，让人看了才有脸面，怎么能随随便便？你说的这些小孩子话要是传出去都会被别个笑。"秋月说："别人的舌头长在别人嘴里，别人的嘴长在别人身上，别人怎么笑也好，怎么说也好，由不得我，我也管不着。自己结婚却是自己的事，我想怎么办理自然也是自己的事，由不得别人。”刘三儿听了，说：“秋月，你别拗了。去年秋生说要把婚礼办得简单一些还被我大骂了一通。虽然说结婚是自己的事，但你总得想想，有多少人跟这事相干。人情世故，你若不做好，那些闲人嘴里口水多，精神又足，有了闲工夫专喜欢拣这些事指三道四。好事他不帮你到处宣扬，你若是稍有偏差，他们说的话像长脚似的，到处乱跑，到时还不是统统都跑到自己耳朵里来，难受的还是自己。不如我们现在就把这些人情做足，堵住那些人的嘴，看他们还说不说。”秋月说：“婶婶说的这些我也晓得，我就是要让那些人说去，我只作听不见，看不见，自己也不损失什么。哪天他们的口水讲干了，舌头起了泡，烂了，又与我何干？”刘三儿急着说：“你说的这些都是没体统的话，哪一家嫁女讨亲，断没你说的这个理。我也不和你争，问问你妈妈怎么说。”

不等刘三儿问林大婶，秋月抢先说道：“我是铁定了要这么做，婶婶若是强着要按自己想的去办，那也好，这事以后再与我没关系，你走你的阳关道，我过我的独木桥，你爱找哪个就找哪个。”说着站起身来，头也不回，直去房里了。

刘三儿和林大婶面面相觑，苦笑几声，说：“大嫂，你看这事如何办理才好？”林大婶叹几声气，说：“这丫头的禀性想来你也晓得一些，她认定的事，牛也拉不回。去年我跟她说，我们虽穷，照规矩，也得置办些嫁妆才是，尽着我们的力，不管置多置少，也不管它好坏，只要有一些，到那天，抬过去，别个见了，也不会说什么，两家人的脸上也好看。她不依，拉着我不让买，还说就是买回来也要把它砸了。她是说得出做得到，我们没敢买。也不让我们做酒，只叫几个近亲过来坐坐，吃顿饭就是。刚才你跟她说，我只在一边听着，不晓怎么跟你说才能好，她那些话我是说不出口。她既然决定这么做，三儿，你量大一些，别跟她计较许多，横竖也只是些虚礼，做给别人看而已。做得好，别人说几句好听的，也得不到什么。做得不好，别人说几句难听的，也不少什么。不管别人说好说坏，终究不关痛痒。”

刘三儿见林大婶脸色凝重，想是心里不痛快，说这些话来宽慰自己，显得很无奈。又想到秋月禀性要强，年纪还小，不太知事，跟她歪缠也是无益，不如依了她，横竖以后就是一家人，大家心里顺畅，相处起来也少些疙瘩，遂笑着说："大嫂说得是，兴许是我一时糊涂了。大嫂一番话倒是让我开了窍。细想起来，秋月的话也不是没道理。我们自己的事，只要自己开心就是，又去理别人做什么？别人怎么说、怎么想，由它去。再说，我们做大人的，也要尊重孩子的意见，他们心里畅快，我们才踏实。若是他们心里不欢乐，我们要那些漂亮话来做什么？"林大婶赔着笑，说："三儿这话说得好。三儿是个量大福大的人，只是那丫头性子怪，到了你家里，少不得有些冲撞。若有过不去的地方，还请三儿好坏看她年纪小，一时过不惯生疏人家里的日子，多谅解她。我想日子一长，她自然就习惯了。"刘三儿说："这些何消大嫂吩咐，我对秋月那丫头也是喜欢得很，常恨自己没生这么个女儿，如今她进我家的门，虽然说是媳妇，我也会把她当作自己女儿看待，大嫂只管放心。"林大婶说："多谢三儿。"刘三儿说："大嫂不用客气，以后我们就是一家人，凡事相互照看，也是亲戚家的本分，我不多打扰你，得去把预先订好的酒席退了，那些亲戚朋友也告诉他们不用来。"说着辞了林大婶回去了。

林大婶送走刘三儿，进房里来看秋月。见秋月蜷缩着身子躺在床上，佯装睡着，笑说道："刚才她说的话你都听见了？别气了，她什么都依你，人家肚量大着呢。你这般抢白[①]她，也没见她就要生你的气。人家也是有头脸的人，却要拉下脸来就你。经你这一闹，日后还不晓得落下别个多少笑话？你进了她家门，可别再这般胡闹。人家心地好，不计较你这些，你自己也要收敛些才是。"秋月冷笑道："我不是胡闹，我就是看不惯那些礼尚往来，说白了还不是些虚情假意。今天得了势，有人来拍马屁，奉承你，与你套近，无非是想揩些油水，捞点好处。哪天失了势，你看还会有谁来看你一眼。与其大家都是在敷衍，不如不来往的好，不用装模作样，也省些心。"林大婶听了，睃秋月一眼，笑骂道："你这丫头，说这话真该打。难道我养你这些年，也是要图在你身上捞些好处不成？"秋月起身来，一把抱住林大婶，娇笑道：

① 抢白：奚落，使人难堪。

“妈妈自然不是那种人，妈妈是最好的人。妈妈对女儿的恩情可映日月，女儿无以为报。”林大婶笑道：“好了，好了，你刚才还在说别个拍马屁，自己倒先拍起来。我这会儿没闲工夫跟你歪缠，我进来是看看你心里还有气没有，既然没事，我还有别的事，你自己玩吧。”说着出门去了。秋月见林大婶去了，心里无聊，只管胡思乱想些自己进张家门以后的事情。

过几天，便是秋月结婚的日子。林二叔和林二婶一大早就过来帮忙收拾。秋月穿上一身新衣服，把头发梳好，也不施朱敷粉，吃了早饭坐等着秋生过来接。不多一会儿，秋生领着阿飞、小三子几个过来。林大婶和林二婶忙出来迎进屋，摆上茶，大家坐在一起吃茶谈白。秋生和阿飞无心吃茶，只顾不停地拿眼睛往秋月身上睃，都暗自惊叹秋月容貌清丽脱俗，美人如画。

秋生不时和秋月搭讪几句，秋月本不想搭理，当着大家的面又不好，就是日后相处也躲不掉，只得胡乱敷衍几句。小三子见秋月脸色不好，忙说道：“秋月姐姐，过了今天我就得改口叫你嫂嫂了，叫了嫂嫂，少不得要为我担待一些。”秋月说：“小三子，你要我为你担待些什么？”小三子说：“也不为别的，只是我现在大了，又没讨亲，姐姐给我撮合一门亲事，我就很感谢了。”又说，“似姐姐这般锦心绣口，能入得姐姐眼的女孩子家自然不会差。那时姐姐有个做伴的人，也不寂寞，不是两全其美？”秋月说：“小鬼头，才多大点儿，就想讨婆娘了。”小三子说：“嫂嫂，我不小了。要是往前推几百年，我这个年纪早当爹了。”

林二婶接口说道：“小三子，你这么想讨婆娘，有没有相中的？你告诉我，我帮你去说说看？”小三子说：“有是有，只是不晓得人家心里愿不愿意。”林二婶说：“是谁家的女？”小三子说：“就是张栋梁的女儿如兰。”林二婶思索了一会儿，点点头，哑然失笑道：“哦，想起来了，你不说我倒没留意，经你这一说，那张家小妮子就像在眼前似的。早些年见过她，模样儿长得俊秀，那皮肤水嫩得像根春葱儿似的。那张嘴随时一张，露出的两排牙像是剥开皮的石榴，又整齐又透亮。人又娴雅，又规矩，见了生人就脸红，这么个玉人儿，没有人见了不爱。小三子这猴儿倒是眼尖，你相中了，哪天我有空，帮你去说说看。不过，我若是帮你做成这门亲，你怎么谢我？”小三子说：“我就是到婶婶家去做牛做马也愿意。”林二婶啐一口，说：“谁要你来做牛做马，你爹娘晓得肯放过我？”小三子笑笑，说：“我就天天给婶婶烧香许愿，保佑婶婶长命百岁。”林二婶说：“烧个香、许个愿就能活百岁，世上还有短命的？”小三子不好意思地笑笑，说：“等我有钱了，再给你一个大红包就是。”林二婶笑道：“不消了，逗你耍呢，你就当真了。你还小，等再过些年，给你去说。”

小三子点点头，叹息几声，贼笑道：“本来是不用劳烦婶婶，几年前差点就水到渠成了。”林二婶说：“是什么缘故落后又没成？”小三子说：“那时我们都还小，在一起读书。有一天，玩讨亲的游戏，我扮新郎，她扮新娘，也有人扮各自的父母、媒人、宾客之类……一番敲锣打鼓，拜了天地，拜了父母高堂，夫妻对拜，眼看就要洞房，不想老师却来了，硬生生把一对好好的鸳鸯拆散，缺不缺德？”众人听了大笑不已，问道：“再后来呢？”小三子说：“再后来大家都大了，她又很少出门，偶尔碰见，脸总是红红的，一句话也没有。”

众人说笑一回，秋生几个便要回去。林大婶送秋月出门来，噙着泪，说：“儿……”一句话没说完，眼泪早已滚落出来，只抱着秋月不停地哭。秋月也哭着说：“妈妈，别哭了。俗话说，女大不中留。不管我在这家里待多久，这一天迟早是要来的，断没有在家里做一世的女儿。好在离家不远，来去也方便，一有空我会回来看你。”林大婶点点头，哽咽着说：“你出了这个家的门，还是我女儿。进了别个家的门，不管再好，也比不得自家，千万别任着自己的性子胡来，凡事要小心谨慎些好。那边的爹妈也是长辈，他们说话就是不中听，也不可太犟，在小节上吃点亏，算不得什么。要顾全一家人的面子，不要为一点小事就吵吵闹闹……我叮嘱你的这些话，要好好记住，不要落得让人看笑话。”秋月心里一恸，却强作欢笑道：“晓得了，妈妈，你进去吧。”林二婶也在一旁催促道：“大嫂，你放心，我妹子、妹夫都是菩萨样的心肠，为人宽容谦厚，侄女儿进了他们家的门，不会吃亏。”林大婶点点头。林二婶和林二叔等几个送着秋月和秋生几个直往刘三儿家走。林大婶和林大叔站在门口，见秋月一行人走远了，还舍不得进门，直在那里掉眼泪。

林二婶一行人在村里走着，人见了，觉得奇怪。怎么秋月穿得整整齐齐，和秋生走在一起，后面又跟着阿飞、小三子和林二叔、林二婶等几个？既不像过人家，也不像什么大事，忙向林二婶打听，才晓得今天是秋月出嫁的日子。那些人说道："这么大的事，也不放个炮仗，好歹请我们吃杯喜酒热闹热闹。"一个人说："你们不晓得，越是有钱的人，就越小气。你看，炮仗舍不得放一个，打鼓的人也没有，迎亲送亲的就这么几个，看着都寒碜，再穷的人家讨亲嫁女也不似这般。"一个人说："可不是嘛，以前都说张德贵和他婆娘有多大方，都是装的，你看自家儿子结婚这么大的事，一分钱也舍不得拿出来，宁肯让它放在那里起霉、烂掉，都不花。"一个人说："肯定是张德贵舍不得给女的家里钱，女的家里不高兴，故意奚落他，出他的丑。你看，一件陪嫁品也没有。想来是女的家里很生气，只叫这么几个人来送亲。看新娘子脸上冷冰冰的也晓得。"一个人说："若换作是我，就是几年不吃肉，每顿饭再少吃几口，也要省出钱来，把面子撑起才是。这些礼节是断少不得，你看这么两手空空，像什么话。"一个人说："肯定是两家不和气，本来是不想结婚的，但不知为何，又非结不可，这下那女的进了男的家门，可有得气受喽。"一个人接着说："听说张德贵家里的钱堆得像山一样，想是那女的家里借了他的钱，落后又还不上，拿女儿进他家做媳妇抵债。你看那女的多漂亮，张德贵两公婆见了，哪里还有话说。"一个人说道："这哪像结婚？过人家都不像，这么多人一起过人家，也该有说有笑才是。你看他们几个人，苦着那张脸，比出丧还惨。"

秋月任着别人议论纷纷，只作没听见。秋生从秋月家出来，本是心情愉悦，一路上不停地听见有人在讥讽，哪里还忍得住，几次都想和阿飞冲上去与他们理论，只是被秋月和小三子死死拽住，才得罢休。林二婶平日里也是一张快嘴，说起话来也是像放炮仗一般，即便有一句稍不顺耳的话，也像眼里进了沙子，非得抠出来才舒服。这会儿听这么多人一路嘲笑，肺早就气炸了，若在平时，哪会这般忍让。想着今天是自家侄女和外甥的好日子，才竭力压住心中的怒火，嘴上一句话也没有。林二叔听了那些闲言碎语也是气得不得了，几次想去争辩，都被林二婶死瞪几眼，退缩回去。

不多一会儿，秋生一行人已到家门口。张德贵和刘三儿早开了大门，站在门口迎接，见了秋月忙迎上去。刘三儿一只手拉着秋月的手，一只手抚着秋月的背，一边往屋里走，一边高兴地说："秋月，你进了这门，虽说我们以后是婆媳，但我会把你当作女儿看待，你有什么话别压在心里，尽管跟我说，别把我当外人。"秋月说："多谢婶婶厚爱。"林二婶在后面听见，笑着说："秋月这会儿怎么还在叫婶婶，总得叫一声妈妈才是。"刘三儿笑着回过头来，对林二婶说："不妨，'婶婶'叫惯了，一下子哪里就改得过口来，大姐别难为她了。"秋月红着脸说："我婶婶说得对，我是得改口叫你'妈妈'。"说着叫了声"妈妈"，刘三儿应了一声，嬉笑得前仰后倒，站也站不稳，幸亏有张德贵在一旁扶着，才没跌倒。林二婶见刘三儿这般样子，笑着说："媳妇如今只叫声'妈妈'就把三妹高兴成这个样子，要是哪天媳妇生个孙子，三妹就要成仙成佛喽。"秋月听了，脸倏地红到脖子上，把头勾得低低的，再不敢作声。刘三儿见秋月不好意思，对林二婶笑道："大姐，快别说了，我这媳妇脸皮薄得很，可不像大姐城墙般厚的脸皮，任它刀枪剑雨也射不进去，还是说点别的吧。"林二婶只得煞住话头，找些别的话来说。

林二叔还是第一次到张德贵家来，进了他家院子，见满院子种的奇花异树，假山林立，有的花早已开了，散发一阵阵扑鼻的香气。假山上的落叶树也已发出新芽，含苞待放，一副欣欣向荣景象，悄悄向林二婶说："妹夫家里这么漂亮，像仙家住的地方一样。要不是有这么多人说话，我还当自己是在做梦呢。"林二婶低声骂道："没见识，哪天你见一堆烂铜还当是金子呢。"林二叔嘿嘿笑几声，说："这回长见识了。"林二婶叮嘱道："一会儿进了屋别乱说话，免得出丑。"林二叔连声说："晓得，晓得。"

刘三儿领着大家进屋来，桌上早摆好瓜果。刘三儿叫大家先坐下，自己去倒热茶。林二叔、林二婶和张德贵坐在一起谈白，秋月和秋生、小三子几个坐在一起。秋月见小三子乖巧，心里很是喜欢，不停地和他说这说那，秋生在一旁也不时地插些话，秋月也不冷落他，都一一应了，只是不像和小三子说得这般起劲。

一会儿，刘三儿端热茶上来，也和大家坐在一起吃茶谈白。刘三儿对秋生说："如今你的身份与前不一样，是真长大了。虽说之前有许多不是，都已过去，不去管它，幸喜你近来改变许多，我和你爹爹心里很高兴，你要时刻警惕自己，不要再回到以前那条老路上去，让大家失望。"秋生看了一眼秋月，见她用满是期许的目光看着自己，一股敢于担当的豪情油然而生，铿锵有力地说："妈妈请放心，我今天当着这许多人的面立个誓，今后只做个光明磊落的男子汉，绝不重蹈覆辙，做损人苟且、龌龊肮脏的事，也绝不让大家把我看扁了。"

刘三儿和秋月听了，都欣慰地点点头，说："这才像话。"又对小三子和阿飞说："小三子，你们几个整天在一起，你也是个乖巧懂事的孩子，以后秋生有什么不是，你要多劝导他，他若是不听，你就回来告诉我，你若是瞒着我，落后我晓得了，再不许你进这个门。"小三子笑着说："婶婶放心，生哥早已金盆洗手，改邪归正。如今又讨了个这么贤良的嫂子，早晚在枕边吹些风，哪里还有什么不是。"林二婶说："我看那些小事外甥也不必去管它了，还是趁早跟着妹夫学些生意上的事才是正经。外甥迟早都是要接手的，现在年纪还小，再打磨十年八年，什么事情还不落得精明老练？到那时，外甥还是个后生，妹夫脱手也放心。就是有什么还不稳妥的地方，妹夫还不老，再从旁指点一二，也不是难事。若是到了六十岁才去学鼓手[①]，岂不误事？"张德贵点点头，说："大姐这话不错，我早有这个意思。只是以前见他那副现世相，看着都叫人心寒，哪里还会有这份心思。据今看来，也是时候了。不过，我还得再看些时日，确实都已改正了，再做定夺。"秋生历来怕他老子，见张德贵这般说，也不敢多说什么，只是虚心听着。

大家说了会儿话，刘三儿便起身去伙房忙碌了。不一会儿，便端上饭菜

① 六十岁学鼓手：比喻入行太晚。

叫大家吃。张德贵打开两瓶好酒，斟出来叫大家吃。秋生连说“已戒酒，请姨妈、姨父吃吧。”阿飞和小三子见秋生没吃酒，也跟着说：“我们都不会吃酒，吃茶就行，还是你们吃吧。”张德贵见几个小后生推辞，也不勉强，只和林二叔、林二婶吃。

大家吃过晌午饭后，林二婶、林二叔及小三子几个散去。张德贵因多吃了几瓯子酒，身上困乏，睡觉去了。厅里只有刘三儿、秋月和秋生。秋月和秋生也没什么话说，倒是刘三儿和秋月有说不完的话，拉着她的手问长问短，说这说那，像是多年未见的老朋友相逢似的。秋月见刘三儿这般热情，也感动不已，只觉与自己亲生母亲也没这些话说。直说到傍晚，中间不晓得吃了多少壶茶，喉咙都沙哑了，刘三儿才起身去做饭。

刘三儿一走，秋生挨过身来，坐在秋月旁边，说：“去年我送你的东西还在？”秋月点点头，秋生又说，“喜欢吗？”秋月又点点头。秋生说，“其实是小三子叫我送的，我当时没想那么多，只想送个金银首饰就是了。”秋月说：“你送什么东西倒不重要，要紧的是你以后能正正经经过日子，不做歪门邪道的事，不惹爹妈他们生气，我就很喜欢了。”秋生说：“以前我确实有许多不是，也怪不得别个对我有成见。如今我统统都改了，你我又是夫妻，今后我哪里有什么不是的地方，你尽管指出来，也不用顾着我脸面，你要我怎么做，都依你。”说着便动情地握着秋月的手，秋月任他握着，说道：“你存有这番心思也是上苍有眼，不枉我跟了你。我也不是那种晓不得分寸的人，以后凡事你自己掂量轻重就好。”秋生笑了笑，还想再说些什么，刘三儿已把饭菜端上来，叫张德贵，一起吃夜饭。

吃过夜饭，一家四人坐在一起吃茶谈白，将至夜晚，秋生和秋月携手进房里，掩上门。秋生点上早已准备好的蜡烛，房屋里一片灯火阑珊，朦朦胧胧，如在月下。秋月端坐在床沿，低垂着头，满脸云霞，羞怯不已。秋生走过来，见秋月面如芙蓉眉如柳，烛光映照下，如桃之夭夭，灼灼其华，满心爱慕，一把搂过秋月，亲吻她的双唇，一边宽衣解裤，上床翻云覆雨，百般盘桓，淋漓酣畅，力尽而眠。

第二天一早醒来，日头已经出山，柔柔地射进几缕光来。秋月见秋生正凝目注视自己，见自己睁眼醒来，脸上一红，急忙背过身去，秋生侧身搂着秋月又想云雨，突然想到什么似的，爬起身来，掀开被子，只见洁白的床单上，半点印迹也没有。惊得秋生呆了半晌，说不出话来，只是疑惑地看着秋月。

秋月一早醒来，回想夜里一番恩爱，虽有痛楚，却是人间常事。自己已是他的人，自当相敬，不可再有三心二意，对秋生不免生出几分爱意，正在凝神看着他，突见醒来，佯背过身去，随后秋生又搂着自己，以为还会有一阵狂风骤雨，秋生却突然放开自己，坐起来，掀开被子，起身查看床单。秋月望着洁白的床单也是惊诧不已，不知如何是好，只是怔怔地看着秋生，一句话也说不出来。秋生阴沉着脸，狠狠地盯着秋月，秋月只感到全身一阵阵战栗，不敢看秋生，只得低下头去。秋生愤愤地下床，穿好衣服，趿着鞋，开门时，骂了一句"婊子"，甩门出去。

刘三儿和张德贵早已起床来，坐在上等着小两口起来一起吃早饭。见秋生怒气冲冲地甩门出来，刘三儿和张德贵心里都咯噔一下，对望一眼，心想事情不妙，忙问道："是什么事情过不去，结婚第一天就吵？"秋生说："这话我是不好说，你们问她自己去，背地里都做了些什么见不得人的事。"刘三儿赶紧推门进去，见秋月坐在床上哭泣，周围的床单却是洁白一片，顿时明白了大半，过来抱着秋月，安慰道："我的儿，别哭了，没什么大不了的。想是那小子一时气极，冲撞你，你现在跟我出去，我让他给你赔礼。"刘三儿说着帮秋月穿好衣服，牵着手出来。

刘三儿指着秋生说："还不快过来认错。进门第一天就欺负人家，往后还得了？我今天把话撂出来，别以为人家是个弱女子就任着你欺负，只要有我在一天，就绝不让你乱来，也绝不让她受半点委屈，快些过来赔个礼。"秋生说："我哪里错了？认什么错？"张德贵说："你没错？倒是人家错了？是人家欺负你，要来给你赔罪不成？"秋生说："明明是她欺骗我们，表面上装得清高孤傲，冰清玉洁，暗地里不晓得偷了多少回汉子。骂她几句，又装出这副楚楚可怜的样子来博取人的同情，这种人我总算识破了。”张德贵大声喝道：“混账东西，乱说什么，你去不去认错？”秋生说：“你就是打死我，我也不会向一个婊子磕头赔罪。”张德贵一怒，重重的一掌扇在秋生脸上，秋生疼痛难忍，捂住脸，带着哭声说：“你们竟然为一个婊子打我，我在你们眼里算什么东西，连一个婊子都不如？横竖你们看着我胀眼睛，我现在就出去，永远也不要回来，省得你们看见。”说着发疯似的跑出去。

张德贵看着秋生跑出去，也不去阻拦，走到秋月跟前，说：“秋月，你别跟那小子一般见识，那小子失于教养，全是我的错。这个错我替他认了，你好坏看我这张老脸，别跟他计较，也别往心里去。”秋月只是伏在刘三儿肩头，一边抹着眼泪，一边哭，却发不出一声来。张德贵见了，也不是滋味，对刘三儿说：“任由那小子去，你们别去找他，就是死在外头，横竖当我没养这个畜生。”刘三儿心里不好受，没搭话，只是一边叹气，一边安慰秋月。张德贵又说了几句，出门去了。刘三儿劝慰好一会儿，秋月才止住哭，梳洗了，草草吃几口饭，神情恍惚，只在床上躺着，唏嘘喟叹命运不公，时运不济，八字不好，卖货的遇不着个识货的，有心人却逢了个薄幸郎。

几天下来，也没见秋生回家，秋月每天只以泪洗面。刘三儿见秋月从早到晚都在伤心痛哭，自己也悲恸不已。想着混账儿子实在不像话，那般糟蹋人家，心里又是气愤，又是恼，却又无可奈何，偶尔一时因情生恸，也陪着秋月哭上一阵，俩人你安慰我，我安慰你，也傻笑一番。

过了几天，林二婶过来探视，见秋月郁郁寡欢躺在床上不肯出来，忙向刘三儿问明原委，刘三儿把事情说了。林二婶拍着大腿说：“我侄女性情古怪不假，若说她在家里背地里去偷人，打死我也不信，我侄女绝不是那种人。”刘三儿说：“这事我也不信，可秋生那小子就是认死理，前几天还被他老子狠狠地凿了一巴掌，气得他跑出去，这几天都没回来，把好好的一个女孩子家冷落成这般模样。又受了这天大的委屈，你说她能不伤心吗？”林二婶说：“外甥去哪儿了？得把他找回来才是，解铃还须系铃人，只有外甥才能解开这个结。秋月心里堵着有气，这样下去怎么得了，再好的人也要憋坏。”刘三儿说："谁晓得那小子又到哪里去了。他在外头东一天，西一天，又没个定所，他身边那几个人也没见个人影儿。"

林二婶听了也只是跟着悲叹一番，和刘三儿说些不要紧的话，以解愁闷。又进房里来开解劝导秋月："后生家心性未定，调皮顽劣也是常有的事。如今刚结婚，好比两个生疏人在一起，你不了解我，我不了解你，你不晓得我喜欢什么，我不晓得你喜欢什么，就像瞎子扶着栏杆过桥，只要多摸索，总会走到桥头。以后大家多相互体量，自己有什么不是收敛些，凡事不要尽想着自己，也要多想些别人。人心都是肉长的，人家一感恩，日子就好过了。我们都是过来人，我和你叔叔结婚之前哪里认得，就是由媒人领着会几次面，话也没说上几句，稀里糊涂就结婚了，这几十年也过来了。"秋月说："晓得，婶婶，劳你费心了。你回去千万别告诉我妈妈这里的事，免得她为我担心。只说我在这里很好，很开心就是了。"林二婶点点头，又说些其他的话，出房来，辞了刘三儿回家去了。

真 相

过了几天，秋月还没见秋生回来，想着这事因自己而起，如今结为夫妻，一时误会，让男人挨了打，赌气跑出去，至今不回，纵有千错万错，也没个仇对起来的理。想到这些，气也消去大半。又想小三子或许晓得秋生在哪儿，何不叫他帮忙相劝，让他尽早回来，把话说清楚，一家人和和睦睦，也免得别个看笑话。吃过早饭，秋月和刘三儿说声要出去，出了门。

子虚村是大村子，住着千把户人家，秋月又少出门，虽然以前去过小三子家里，只是事隔多年，一时也想不起在哪一条巷子，问了几户人家才找到。秋月敲几声院子门，等了一会儿，门开了，一个四十来岁的中年女人闪出头来，凝神看了一会儿秋月，笑道："你是林秋月？"秋月说："是的，李大婶。"李大婶说："哎哟，稀客，快请屋里坐。"秋月跟着李大婶进屋来，坐在桌前，扫一眼家里的陈设，全是一些不太像样的旧货，只是揩抹得干净整齐。一会儿，李大婶端上一瓯茶来，说："秋月，吃杯茶。"秋月接过手，说："多谢大婶，大叔不在家？"李大婶说："早出去干活了。我理清家里这些事情，正准备出去，幸好你来得巧，若晚来几步，我就不在家了。"秋月笑笑，说："真不好意思，打扰你了。"李大婶微嗔道："看你这丫头，怎么说起这话来，过来坐坐要什么紧。"秋月说："婶婶，小三子在家吗？"李大婶说："那小子平日里魂儿也见不着他一个，今天一早，还没来得及吃饭，早早就出去，不晓得去哪儿。我和他爹爹事情多，没空管他。”秋月说：“小三子懂事得很，用不着叔、婶多费心思。”

李大婶笑笑，说：“听说前些日子你和张德贵家的儿子结婚，怎么连酒席都不办一个？落得好多人笑话呢。”秋月说：“做什么酒。你请别个吃一次酒，别个不好空着手来，得备一份礼。礼轻了，让人看着不像话，礼重了，自己又心痛，有些舍不得，左右为难。下回还礼时，上回收人家多少，自己断少不得这个数，多一点，比割肉还难受。这般计算来计算去，哪像是贺喜，倒像是在做生意，都没个诚心。我想到这些虚情假意，心里就不痛快，哪里还想做酒，不如不来往，大家落得干净。”李大婶说：“你说的这些倒是实情，只是别个不这般想。如今闲人多，手段又厉害，光是一根舌头就戳得死人。跟你讲件旧事：那些年，一个有妇之夫跟一个有夫之妇，彼此有些爱慕，背着人偷偷地会了几次面，其实什么事也没做，落后被人晓得，流言蜚语像长脚似的，到处跑，女的受不住、想不开，一根索子就吊死了，男的也因这事蹲了好些年班房。”秋月说：“真是人言可畏。我恨死那些舌头上长疔的人了。”李大婶笑了笑，说：“这些都过去了。以前那些对你说三道四的，如今又转了口，羡慕你嫁了个有钱的好人家呢。”秋月苦笑一声，说：“我嫁入他家也是由不得自己，若是有得选择，我断不会进他家的门。”李大婶笑笑，说：“丫头，这种话说不得。不要只图自己一时口快，若让别个听去，宣扬起来，又要生事。”秋月笑笑，说：“多谢婶婶提醒，有时我也管不住自己这张嘴，一失错就把话说出来了。”李大婶说：“丫头，别说这些了。你找小三子有什么事？”秋月说：“也没什么事。他说话讨人喜欢，想找他谈谈白。大婶若是见他回来，跟他说一声，我在找他。”李大婶说：“好的，等他回来，我一定帮你转告。”秋月说：“多谢大婶，你们身上有事，我也不多打扰，这就回去。”说着辞过李大婶，回去了。

第二天一早，秋月吃了早饭，正在和刘三儿谈白解闷。听见门铃声响，刘三儿正要起身去开门，秋月站起身来，说：“妈，我出去开门吧。”刘三儿看了秋月一眼，点点头。秋月跑出去，把门打开，见是小三子，笑着说：“是小三子来了，快请进。”小三子说声“嫂嫂早”，跟着秋月进屋来。见了刘三儿，又叫声“婶婶早”。刘三儿请小三子坐下，自己去倒茶来。秋月说：“小三子，你晓不晓得秋生这些天在哪儿？”小三子说：“晓得。”秋月说：“他在外头做什么，怎么不回家？”小三子说：“生哥心里不好受，每天只是拼命吃酒，我们拦也拦不住，还说了好些嫂嫂不是的话。我劝生哥少说没头脑的话，生哥不听，还说我们不懂事，少管他，我们也不敢多说什么。”

秋月听了，眼泪不住往外滚。刘三儿见了，抱着秋月不住地安慰：“我儿，别哭，都是那小子不像话，等他回来，我一定好好教训他，为你出口气。”秋月揩干眼泪说：“妈妈，打骂不得，到头来又以为是我在你耳边吹了什么风，离间你们母子，让他多生嫌隙，那时家里更不得安宁。妈妈还是什么都别说，就当什么事也没有。我想，再过些日子，等他气消了，就没事了。”刘三儿叹口气说：“我儿，难得你有这番心思，这番肚量，顾全大家脸面。只是太委屈你，我心里都忍不下这口气。”秋月说：“妈妈，我们是一家人。你是我妈妈，秋生是我男人，大家有什么不是的地方，应该多体谅。”转过头来又对小三子说：“你等会儿去跟秋生说，叫他快些回来，这么多天在外头，家人都替他担心。”小三子点点头说：“晓得，嫂嫂，我一定帮你劝生哥回来。你也不要太伤心，要紧身子才是。”秋月点头说道：“好了，我晓得，你去吧。”小三子点头应声，出门去了。刘三儿见秋月心里不好受，哪里也不去，每天只在家里陪着她说话解闷。

夜深了，刘三儿觉得身上困顿，早已去房里睡觉。秋月睡不着，直坐在椅子上发呆。突然，秋生吹着哨子，摇头晃脑地回来了，秋月迎上去，柔声说道：“这些天你都去哪儿了，也不回家。我就是有什么不是，你不顾我脸面，好歹也顾着些爹妈，他们心里担心你。”秋生往椅子上一坐，说道：“我去哪里要你来管？天底下这么大，哪里去不得？我想去哪儿就去哪儿。”秋月低声说：“你想去哪里我管不着，只是劝你少在外头过夜。有家室的人，传出去被别个说起来不好听。”秋生瞟秋月一眼，轻蔑地说：“你叫我不在外头过夜，我偏要在外头过夜。我还要在外头养几个野老婆呢。”秋月被气哭了，抽泣着说："我又没得罪你，就算不是你女人，是个陌生人，你就不能说句好听的？何必要拿这些话来气我？"秋生说："晓不得丑，做了婊子还要立贞节坊，不趁早滚出去，还好厚着脸赖在这屋里。要不是看我爹妈面上，早把你赶出去了。"秋月听了，满腹委屈，却发泄不得，生气道："好，既然你容不下我，我走就是，犯不着厚着脸皮赖在这里。"秋月哭着就往外跑。

刘三儿睡在床上，惺忪之际，听得外面有窸窣声音，以为是秋月又在哭泣，侧耳细听，才晓得是秋生回来了，俩人在吵闹。忙起身穿衣出来，见秋月哭着，捂住嘴往外跑。刘三儿大声骂道："浑小子，你就不能少说几句，你这样气人家还嫌不够，非得把人家气走才甘心？"一边跑出去追秋月。秋生在背后大声说道："她想走就让她走，拦什么，最好是出去，再别进这个门，眼不见心不烦。"刘三儿跑到院子里，追上秋月，一把拉住，说："我儿，这么晚，你还要去哪儿？"秋月说："这屋里容不下我，我走，现在就回家去。"刘三儿说："我儿，你好糊涂，怎么去跟那浑小子一般见识。你要是这么一出去，传开来，左左右右的人都等着看笑话，大家脸上也挂不住。你好坏看我面上，跟我回去，别理他就是。"秋月默然，良久，跟刘三儿进屋来。刘三儿见秋生满脸凶相，又怕生出别的事来，先叫秋月进自己房里去。

刘三儿坐在椅子上，对秋生说："当初是你死活要讨秋月做老婆，现在讨进门来，又这样羞辱人家，你说，人家有哪里对不住你？"秋生说："当初我喜欢她，以为她是个良家女子，洁身自爱，谁晓得全是装的，背地里却不晓得与别个偷了多少回。"刘三儿骂道："混账小子，把你那张臭嘴放干净些。你口口声声说人家怎样怎样，你有凭证吗？"秋生说："凭证自然是有，这几天我都打听清楚了，没有凭证我还敢赖她？"刘三儿说："你说，那是谁？"秋生说："就是赵家赵夏生那小子。我听说他们早就关系密切，落后那小子没考上学堂，闲在家里，他们两个也是时常来往。赵家那小子人长得漂亮，嘴巴又甜，会说话哄女孩子家开心。那婊子本来就心性不定，又骚又浪，你来我往，如此这般，大家彼此喜欢，又都是后生家心性，哪有不动心的？把持不住时，趁着没人注意，难道还做不出那些丑事来？"

刘三儿听了，骂道："挨千刀的，你只是听说，又没真凭实据，怎么能在人头上乱安罪名？"秋生说："这种事情难道还要做出来让人看到不成，被别个晓得传出去都丢死人。那婊子答应嫁我时，我早就该想到这些，只是当时心里高兴，没往细里想。如今细想起来，以前那婊子哪里看得上我，落后又是那么干脆就答应了，现在才明白，要么是赵家那小子将她耍腻烦了，不要她。那婊子怕事情败露，脸上不好看，横竖是被人家穿过的破鞋，自己抱着破罐破摔的心，急忙想找个人来遮丑，哪里还去管他是瞎子还是聋子。偏是我倒运，恰好就找到我头上来，害得我好端端一个人，却捡了别人穿过的破鞋，不明就里的还当我捡了个宝。再就是那婊子嫌贫爱富，赵家那小子虽然长得漂亮，家里却穷得叮当响，除了那几间茅房和屋里一些破桌烂椅，哪里有一件值钱的东西。光是自己那张脸长得好看有什么用，就是比花还漂亮，也当不得饭吃，日子长了也看得厌，没了新鲜。而咱们家的金子、银子堆得像山似的，哪个女孩家看了不喜欢，更何况是那婊子。妈妈，你说我这话有没有道理？"

刘三儿听了，回想以前的事，先是大姐去说，她没答应，落后自己又去说，也没答应。倒是没人去说，她反而自己找上门来，这事倒是蹊跷得很。论理，以她的性格断不会做出什么丑事来，前几天大姐也这般说，可新婚之夜，怎么不见红？秋生那小子说的这些话，也有些道理，不知是真是假。刘三儿越想越疑惑，越想越不明白，将信将疑地点点头，又摇摇头，喃喃说道："不可能，不可能是真的，秋月这丫头绝不是那种人，一定是弄错了，秋月一定是清白的。"秋生说："妈，别蠢了，事实已经很清楚，我们不能再被那婊子欺骗。俗话说知人知面不知心，留她在家里终是祸害，横竖叫她出了这门，一了百了。以后再讨婆娘，我也不挑三拣四，都顺着你就是。只要你喜欢，身子又干净，找一个回来，我没话说。"

刘三儿说："好了，什么都别说了，婚姻大事岂同儿戏。还不是当初你死活要讨她做老婆，我才什么都由着她，酒席没摆一桌，害得我让多少人笑话，现在连门都不敢出，这一切不都是你惹的？现在后悔了，又不要人家，哪有这个理？”秋生说：“似你这般说，就由着那婊子在这屋里？”刘三儿说：“你这张臭嘴给我放干净些，别婊子上婊子下的，让人听见不好。再说，你先撒脬尿照照自己这副德行，别只光顾着说别人不是。你自己有多好，我还不清楚？”秋生嬉笑脸说：“我又没说自己有多好。”刘三儿说：“你还说别人？”秋生说：“妈妈，不是这般说话。我们不是一般人家，随随便便找个女孩子家就算了。像我们这般有头有脸的人家，总得找个好女孩子家才是。”刘三儿说：“别说那么多了，深夜里了，自己去睡。”秋生笑笑，进自己房里去了。

刘三儿进房里来，见秋月佯卧着，想是没睡着，轻轻叫声“秋月”。秋月转过身来，叫声“妈妈”。刘三儿说：“怎么还没睡着？”秋月说：“心里总是不消停，睡不着。”刘三儿说：“是那小子不好，等他老子回来，我叫他老子好好捶他一顿。”秋月说：“妈，这是何苦，些许小事，要落得爸爸分心，我心里过意不去，还是由他去吧。”刘三叹声气，没作声，自己睡了。

几天下来，秋月找秋生说话，秋生也不搭理，还不时冷嘲热讽，出言相讥，让秋月难堪。秋月被羞辱几次以后，凉了心，心想秋生这浑小子禀性难移，自己以后还是识趣点好，免得自取其辱。至此，也不主动和他说话，俩人碰在一起像生疏人似的，都装作没看见。

秋生有时一大早跑出去，也不说去哪儿，出去就是几天不回来，进门便阴沉着脸，说些没头没脑刺耳的话。刘三儿若是在身边还会呵斥他几句，若没在身边，便说个没完。秋月也不理他，只作没听见，有时索性走开，去房里蒙头睡觉。秋生虽和秋月同睡一张床，却各睡一头，各盖自己的被子，泾渭不分，井水不犯河水。

刘三儿的热情似也减淡了很多，不像最初那般嘘寒问暖，知疼知痒，“儿啊、肉啊”地叫，只是偶尔和秋月说上几句话。有时索性丢下秋月一人在家，自己去打牌。起初，秋月也觉得不习惯，一个人坐在空荡荡的屋子里，没一个人说话，心里像是有一种辞世般的落寞，似是活在另一番天地。日子久了，也习以为常，且乐得眼耳清静，心里自在。后来，她叫小三子帮忙弄些书过来，每天只看书消磨日子。

过了几个月，大家相安无事。一天，秋月回外家[1]来，林大婶见秋月气色不好，又清瘦了好多，忙问道："我的儿，你在他家里过得不开心？"秋月笑着说："妈妈说哪里话，我在他家里吃得好，穿得好，又不愁什么，怎么会不开心？"林大婶见秋月笑得不自在，沉着脸说："别哄我，快对妈说实话。"秋月忍不住，心中一酸，不觉流下泪来，吞吞吐吐地把事情说了。

林大婶听了，气得全身发抖，破口大骂："我就晓得他家那砍头的小子不是个好东西，把我一个好好的女儿给糟蹋了，还这般羞辱。刘三儿那瞎了眼的，也是个人面兽心，假仁假义，自家儿子不中用，还诬赖我女儿。她也不打听打听，我女儿什么时候有过半点差错。自家儿子没管教好，沾得一身臭屎，却反过来说别个。没进她家门时，还把话说得好好的，一进她家门就露出狼心狗肺来。我看你别回去了，在她家借的那些钱，我们一分不少还给她就是，以后谁也别欠谁的。"秋月说："妈妈，不成。别说我们一时半会儿凑不齐这些钱，就是凑够了，也要别人同意才行。再说，我进了张家的门，这一生一世就是张家的人，死了也是张家的鬼。"

林大婶见她这样，心下怆然，说道："女儿，看着你在别个家里受这般苦，被人欺负，我心里痛。我和你爹爹在一起几十年，虽然穷了点，却从未吵过架，红过脸，日子过得平淡，却也实在。你去他家才多少日子，就这般待你，往后的日子怎么熬？想起这些，我就后悔不该让春花去城里读书，让她在家里跟你一样，过得几年，找个自己喜欢的后生嫁了，平平淡淡地过日子，多好。这一读书却生出许多烦心事来。"秋月说："妈妈别为我担心。如果哪天让人活不下去了，我寻个短见，一了百了就是，妈妈只当没生我。"林大婶骂道："傻丫头，快闭嘴。别乱说要死要活的话，也别存这个念头，你姊妹俩都是我的命根子，要是哪一个没了，我这条命还不去了一半？"思忖半会，又说，"不行，哪天我要找刘三儿评评理去，为你讨回个公道。难不成就任着他们这般下去，把你欺负？"秋月说："妈妈你别去了，那一家子人都是不讲理的，你就是去了，也济不得事，传开来反是不好听。"林大婶叹口气说："当

[1] 外家：妻子的娘家。

初我叫你别耍小性子，你就是不听，拦都拦不住，硬是要依着自己的性子来，这下好了，自己吃亏了。”林大婶停了一会儿，又自己抱怨起来，“唉，也怪我和你爹爹没本事，那么点儿钱都想不出办法……”秋月说：“妈妈，别自责了，这都是命。”

林大婶一边和秋月说着话，一边唉声叹气，不觉已到晌午，忙着帮秋月煨鸡汤去了。

过了多会儿，林大婶煨好鸡汤，林大叔也回来了。见秋月气色比在家时差了些，心里无不怜悯，却不晓得如何开口说才好，只是一个人坐在一旁低着头抽闷烟。秋月过来说道：“爹爹，你都这些年纪了，还每天做事这般辛苦，做女儿的减轻不了你的负担，真是没用。”林大叔说：“我们做事习惯了，哪里苦。我倒是担心你在别个家里日子过得不习惯，那才叫苦。”秋月微笑道：“哪有的事，还不是跟家里一样，开心得很。”林大叔说：“你当爹爹傻呢。你开心不开心爹爹还看不出来？”

林大婶端上饭菜来，说：“别说了，吃饭吧。”林大婶帮秋月舀碗鸡汤，秋月吃了几口，便吃不下去了。林大婶说：“这是你平时最喜欢吃的鸡汤，怎么不吃了？”秋月说：“妈妈，我吃不下。”林大婶说：“你捡几块鸡肉吃吧。”说着夹几块大大的鸡胸肉放在秋月碗里，秋月吃了几块，把碗筷放在一边，无精打采地坐着。任林大婶和林大叔好说歹说，秋月只是没胃口。林大婶叹道：“怎么得了，怎么得了。你看自己都瘦成什么样子了，再不多吃些，再好的人也会饿坏。”秋月说：“妈妈，我实在吃不下去。”林大婶和林大叔只得自己吃些。吃完了，大家谈会儿白，秋月回去了。

一天早上，秋生起床来，也不晓得发什么疯，平白无故指着秋月大声斥骂，刘三儿怎么劝也劝不住，秋月满肚子委屈，一腔怒火，也对骂起来：“你算哪门好汉子，只会在家里耍威风，欺负我一个弱女子，有本事到外头逞能去。我怕到了外头，装出来的孙子比真的还像，给别人磕头还来不及。这一家子人，就没一个是正经的，全都发疯了。”

刘三儿在一旁听见，来了气，说道：“秋月，你这样说话就不对，我什么时候得罪你了，怎么连我也骂起来？”秋月说：“话既然说到这头上，我也顾不得什么脸面了。横竖拼了这条命也要把心里的话说出来。你也别揣着明白装糊涂，假正经，假仁义。难道你的心还不够狠毒，害人害得还不嫌够？”

刘三儿见秋月这般说她，心里更气，说：“秋月，你把话说清楚、讲明白，我害了谁？”秋月说：“自然要讲明白，难道还冤枉你不成。去年我姐姐考上学堂，家里没那么多钱，后来我妈妈找我婶婶，看她能不能想些办法。我婶婶就来你这里一趟，回去到我家里说，你愿意借钱给我姐姐读书，但必须要我嫁给秋生才行。我当时很痛苦，若是我不答应，我姐姐可能会终生遗憾。姐姐对我恩重如山，她一生最大的愿望就是考上学堂，如今已有机会，说什么我也要帮她圆了心中的梦。想是你也晓得，我本来就不喜欢秋生，实在是迫不得已，才答应这门亲事。”刘三儿说：“我敢对天发誓，绝没要挟过谁。我若起了这份心，这一世不用为人。当时你婶婶过来说，你姐姐读书还差些钱，要借些钱用。我跟你婶婶说，不拘借多借少，过来拿就是。我从没有要求你家任何条件。落后你答应嫁给秋生，我还疑惑，只因心里欢喜，也没往细处想，只想着你只要进了这门就好。”秋月说：“是不是事实，只叫我婶婶过来一对质就明白了。”刘三儿说：“自然要去叫的，不然我这身冤一辈子也洗不掉。”说完，出门去了。

秋生看着秋月嘀咕了几句，也出去了。

没过多久工夫，刘三儿和林二婶已回到家里。刘三儿询问明白，林二婶笑着说：“这是我自己帮你拿的主意。只因外甥别的女孩子家看不上，只喜欢秋月一个，怕他认起真来，一世不讨亲，岂不误了他一生？索性狠下心来，两家都瞒了，以促成这事。”刘三儿听了，垂头丧气，直跺脚说：“大姐，你不只是害了秋月，还害苦了我。前些日子，我误信秋生那浑小子的话，对秋月生出成见来。现在想起，倒是我一时昏了头，失了主意，没往深处想。那浑小子的话哪里信得？唉，是我错怪她了。”沉吟一阵，又说，“如今让秋月上不是，下不是，怎生是好？别个骂我倒算了，横竖有把年纪，厚着脸皮受了就是，只是苦了秋月。”林二婶说：“我一番心思也是为大家好。若事先让你晓得，你断不会同意。当时我就狠下心来，索性做回贼人，让你们骂我一世，恨我一世。只是没想到事情会坏成这般模样。”

秋月听了，原来是自家婶婶暗中捣的鬼，心里又气又恨，大声骂道：“又是你这老虔婆做出来的好事。你自己想想，这些年来，走东窜西，昧着良心赚了多少黑心钱，害了多少人家好儿女？这么大年纪，真是不怕丑、不知羞耻。”林二婶听秋月这么说，立即被气得脸色发青，全身颤抖，大声说道：“秋月，我还不是为了你好，你这个不知好歹的东西，枉我一番好心。”

刘三儿见两个吵骂得不像话，忙拉住林二婶说：“大姐，快别说了，都是一家人，何必伤了和气。再说，你又是长辈，少说几句，让着些。你先回去吧，改天我去你那里坐。”秋月和林二婶都骂红了眼，还想再骂，刘三儿已推着林二婶出门。林二婶还不解恨，在门外又狠狠地骂了好些难听的话，才回去。

刘三儿回到屋里，拉着秋月坐下来，说：“秋月，是妈妈不好，妈妈错了，对不住你，这些日子让你受了好些委屈，你打我也好，骂我也好，你心里有气，就出在我身上，别憋在肚子里，难受。”秋月只是呆坐着，一言不发。刘三儿见了，以为是秋月心里积怨太深，不肯轻易宽宥自己，又说道，“我的儿，你是不是不肯原谅妈妈？”秋月摇摇头，轻轻地说：“都过去了，算了吧。”刘三儿说：“都怪秋生那浑小子。那天他在我耳边摇唇鼓舌，我一时蒙了心，被他蛊惑，就信以为真。我现在向你保证，以后再不信他的话。你要是看他不顺眼，我索性赶他出去，不让他进这个屋里，横竖我心里也看不惯他。”秋月说：“不用了，他始终是你儿子，你今天一生气，把他赶出去，哪天想念起，还是会找回来。自己的孩子，不管是好是坏，终究是心头上的肉。我也别无苛求，只希望他以后能多体谅一点，我就感恩戴德了。”刘三儿说：“你说得是，那浑小子回来，我好好教训他。他若是不听话，还敢跟你怄气，就告诉他老子，叫他老子捶他。”秋月说：“秋生禀性如此，怕是难改。前些日子收敛一时，我还当他慢慢转变过来了，见他现在这般样子，才晓得天道有常，日头不会西边出，原是我想痴了。”

刘三儿听了，叹气说道："我和那浑小子枉自在一起十几年，还不如你了解他。这一切只因他是我儿子，无论他犯什么过错，我都包容他。我时常自个儿想，我这般爱他，等他大了，懂了事，定会感我恩德，做个孝子。今天才明白过来，我错了。我平日纵容，倒养成了他的势，他根本没把我放在眼里。现在连他老子唬他几句，也只是震慑一时，我真担心那小子以后还会做出什么法理难容的事情来。我就是这么一个儿子，他若有什么不测，我这条命断活不成。"刘三儿话还没说完，眼泪早已落下来。秋月见刘三儿两行清泪，心里又气又悲，气秋生那小子没心没肺，连自己的老娘也不顾，一任胡来；悲刘三儿也是个良善人家，却养了个这么糊涂儿子，一生心血白费了。同时又悲愤起自己命运多舛，月老弄人，什么人不好嫁，偏偏遇上这么个冤家，一生全毁在他手里。

秋月思索了一会儿，掏出手绢，替刘三儿揩干眼泪，轻轻说道："妈妈，也不用想那许多，凡事想开些，你就是日想夜想，也只是瞎子点灯，白费蜡烛。徒花了精神，却济不得半点事。我们都是女人，也许生来注定要受这些苦难，逃不了的。"刘三握着秋月的手，说："我儿，你今天这些话全说在我心里头去了。你母亲好造化，生了你这么个灵巧的女儿，我家那浑小子若是及得上你一半，我也不用每天都愁。"刘三儿叹了几声气，又说道，"你进门来这些日子真是难为你了，我去跟你母亲商量，叫她过来接你回去，省得在这里误你一世。那浑小子我也不想管他了，由着他去。"秋月说："妈妈别作这般想，我岂是那种朝三暮四的人。我既然进门，跟了秋生，我这一生一世就是这家里的人，也是秋生的女人。就是哪一天我死了，也是这家里的鬼。再说，我现在回去了，村里那些人的口水星子也够把人淹死。"刘三儿说："我实在不忍见你这花朵般的人儿就毁在那浑小子身上，往后还有那么长的路，你怎么过？"秋月说："我八字就是这样，也只有认命。只当自己是进了庵堂，心已经死了，守一世寡。"刘三儿抱着秋月，两行热泪又已滚落出来，泣声道："我儿……"一句未完，却说不下去。秋月心里也是一阵悲恸，滚出泪来，与刘三儿相抱而哭。

请　客

炎日似火，蝉鸣如歌，不觉已是夏天，天气转暖。秋生依然禀性未改，外甥打灯笼——照旧，还不时对秋月冷嘲热讽，恶语相讥。秋月为顾及一家人脸面，一味忍让，只作不知。

刘三儿明白真相后，也站在秋月一边。秋生稍有不逊，便将他唾骂，宽慰秋月，秋生一时也不敢起大风大浪，倒是相安无事。每天秋生出去，刘三儿便与秋月在家里乐得耳根清净。婆媳俩每天只说说话，做些针指之类，以解闷破愁。林二婶晓得刘三儿脱不开身，因秋月在，也不好往她家里去，每天空了，自个往李抽雪的铺子去打牌。

一天傍晚，张德贵回家来与刘三儿商议："往年李富财帮了我们不少忙，总觉得欠他个人情，一直没空还，心里过意不去，趁着这几天有空，我想在家里置桌酒席，请他过来吃几杯，也算是答谢他。"刘三儿点点头，说："这话倒是。我一直没想到这上头来，幸亏你提醒，没准儿人家还以为咱们薄了他。"张德贵笑道："李富财对别人虽然小气，对朋友还是慷慨大方，够义气，我想他断不会这般想。无论如何，请他过来吃杯酒，也是朋友之间的情分。"刘三儿点头称是，俩人商定好日子，又说会儿闲话，吃过夜饭，睡觉去了。

到了那天，张德贵领着李富财及姚清进家门来。刘三儿见了，忙迎上去和李富财问好。张德贵指着姚清说："这是姚清妹妹。"又指着刘三儿说，"这是我家女人。”姚清伸出手来，握着刘三儿的手，朗声说道：“嫂嫂好。”刘三儿笑着说道：“妹妹好，快请坐。”几个人一起往茶几这边走来。

秋月坐在椅子上，早听得有人进来，转眼看去，见张德贵和李富财及一个年轻女人一起进屋来。李富财是本村里的人，以前见过，认识。他身边那女人却从不曾见过，心里正在疑惑，张德贵和刘三儿说了什么全没注意，眼光只落在那女人身上。见那女人二十岁出头，挽着李富财手臂，明眸皓齿，粉脸如云霞，秀色映日月。严妆素裹，如描似削身材，情绪萧索，凝神处，双目紧锁，似有无限幽恨。适才听她和刘三儿说话，言语似娇莺，举措多妖媚，无数风流难以言述，只是平生从未见过，却不认得是谁，见她和李富财亲近，想是……未及多想，见她望着自己盈盈微笑，秋月也看着姚清笑了笑。

姚清进屋来，一眼早已看见秋月坐在椅子上，和刘三儿打过招呼，看着秋月笑了笑，快步走过来，笑道：“这位想来就是秋月妹妹了？”秋月站起身来说道：“有劳姐姐，妹妹正是秋月。”姚清仔细在秋月身上端详片刻，咯咯笑道：“妹妹好标致的模样儿，像画里走出来似的。早听说妹妹花容月貌，如锦似玉，只恨无缘相见，常常自叹自怜，今日得见，真是三生有幸，足慰平日里思慕渴想。”秋月笑道：“妹妹相貌丑陋，让姐姐见笑了。”姚清笑道：“妹妹太谦虚了，像妹妹这般人儿，怕是世上少有。”说着从手上捋下一个玉镯子，递给秋月，说，“姐姐出门匆忙，未及准备，妹妹若不嫌它轻薄，就请收下它吧。”秋月说：“妹妹无恩于姐姐，怎好收姐姐的礼物？还请姐姐收回才是。”

刘三儿端过茶来，在一旁见姚清娇媚无比，说话又得体，心里暗忖：早听说李富财有个影子[①]在身，却不曾见过。眼前这女子千娇百媚，风流绝伦，窈窕多姿，想必就是她了，遂笑道：“这是姚清姐姐一番心意，若是不收岂不是薄了姐姐？姐姐既是有心相送，你就收下吧。”姚清也笑道：“嫂嫂说得对，妹妹，你就收下它吧，免得让姐姐为难。”秋月接过来，说道：“多谢姐姐。”姚清对刘三儿笑道：“嫂嫂多有福气，儿子都这般大了，也不显老，看起来比

---

① 影子：隐指情人。

我还年轻几岁。又讨了个这么好的媳妇，温柔贤达，知书识礼，人长得又漂亮，要是在外头走在一起，不知情的还以为你们是对姊妹呢，哪像婆媳。我若是个后生，像今天这般见了妹妹，回去保管个把月也睡不好觉。”秋月被姚清一席话说得满脸绯红，不敢搭话。

李富财在一旁骂道：“蠢货，看你这张臭嘴，把人家说得怪不好意思，若不是人家年纪小，怕丑，不好与你挣执，还不撕烂你这张嘴？”姚清笑道：“我和妹妹虽是初次见面，却投缘得很，自然晓得妹妹不是那种人。”张德贵说道：“李大哥不必当真，姚清妹妹只是说笑而已。”刘三儿说：“姚清妹妹倒是个爽快人，有一句说一句，不会藏着掖着，李大哥别怪她。”

姚清笑道：“虽是第一次来哥哥嫂嫂家，便觉得哥哥嫂嫂是好人，把我宠得像个亲妹妹似的，倒让人受惊不已。”李富财笑道：“你既然这般喜欢德贵老弟家里，又有个好伴相陪，横竖你来他家过日子好了。”姚清笑道：“我是想，只怕哥哥嫂嫂不许。”刘三儿说：“只要妹妹肯来，我们哪有不许。我巴不得多个伴，多个人说话。”姚清笑着对李富财说：“你看嫂嫂都许了，哪天我就过来住下，陪妹妹几天，多说说话也好。”李富财说：“随你。”

几个人一起吃着茶，说了会儿话，刘三儿去伙房了。

快晌午时，刘三儿过来叫大家起身吃饭。姚清拉着秋月的手说：“我今儿见了秋月妹妹心里欢喜得很，要和妹妹坐在一起。”遂拉着秋月的手入座。

李富财没见秋生，问道：“德贵老弟，怎么没见秋生侄儿？”张德贵说：“那小子野起来没完没了，整天不拢屋[①]，别管他，我们吃酒。”说着提起酒壶，倒满一瓯子，递给李富财。又要给姚清倒酒，姚清连说自己不吃酒，张德贵也不勉强，晓得秋月和刘三儿不吃酒，放下酒壶，举起瓯子说道：“李大哥，这是自酿的拖缸酒，咱俩先干一杯，尝尝味道如何？”李富财举起瓯子，和张德贵相碰，送在唇边，脖子一仰，一口吃干，舌头舔舔嘴唇，大声赞道：“好酒，好酒。好多年没吃拖缸酒了。老弟也不怕劳神，舍得费工夫来酿。”张德贵生说：“我哪有这些空闲，都是我家女人酿的。”

---

① 拢屋：着屋，回家。

张德贵接着指着海碗里的肉丸子对李富财和姚清说：“你们尝尝这肉丸子吧。”李富财率先举起筷子，夹起一个鸡蛋黄大小的肉丸送进嘴里，嚼几嚼，一口咽下去，皱着眉头问张德贵：“老弟，这肉丸子可是‘五味丸’？”张德贵笑道：“李大哥说得一点儿不错，正是‘五味丸’。”李富财叹几声气，说：“说起这‘五味丸’，也有一二十年没尝过鲜了，今天有幸。不过跟当年比起来，吃在嘴里，也清甜细嫩，味道却不大一样。”张德贵笑道：“不瞒李大哥说，这团鱼、线鱼、草鱼蛇、田鸡、母鸡五样东西，除了那只母鸡是村里一户人家自养的，其余四样都是人工饲养的。如今你要是到河里抓一只团鱼上来，怕是比登天还难。”李富财说：“是啊，那几年村里有个抓团鱼的，随便出去转一圈，手里就会提几只团鱼回来，这些年，哪里还有团鱼的影子？”

姚清举起筷子来说道：“这小肉丸到底是什么龙肝凤髓，这般珍稀，我倒要尝尝。”说着夹起一个吃起来，一边吃一边赞不绝口，“绝味、绝味。怎么这般清香滑腻、回味悠长。长这么大，还是第一次吃这般美味的菜。”刘三儿说：“姚清妹妹喜欢吃，就多吃些，想必你们家乡是没这道菜。这是我们村里祖传秘菜，是一位祖先传下来的。据说，那位祖先在宫里当差，落后就把方子带出来了。”姚清嬉嬉笑道：“难怪，平常人家哪有这般口福。真是上品绝味。”说着只顾不停地往碗里夹了来吃。

秋月在一旁见姚清一副狼吞虎咽的馋嘴相，劝道：“姐姐慢着吃，小心噎着。”姚清说：“妹妹你不晓得，我想慢些吃，只是这手不听使唤。”刘三儿在一旁笑着说：“姚清妹妹说得对，来了就是自家人，客气什么。”李富财在旁边见了，笑道：“你们看这饿痨鬼，像是几世没吃过东西，生怕被别个抢去。改天我把这些东西都买回来，叫人给你做就是，胀破你的肚皮都有。”姚清白了李富财一眼，也不去理他，只顾自己吃。

张德贵端起瓯子，说：“李大哥，别管她们，我们吃酒。”李富财应一声，也端起瓯子。张德贵说，“去年一时不顺，多亏李大哥鼎力相助，才使我得以脱困，渡过难关。李大哥此番恩情，老弟铭感在心，不敢相忘，再敬李大哥一杯。”说完一仰脖子，又是一口吃干。李富财也一口吃干，说：“老弟，哥先把话撂出来，哥今天吃你这顿酒，那是我们交情在，可不是专来讨你的赏，你要是这般想，那就是太看不起我这个做哥哥的啦。”张德贵又都斟上酒，拿在手上，说：“大哥说哪里话，老弟一向敬重大哥豪爽，今天置酒请大哥只是略表心意。好些日子没在一起吃酒谈白，坐在一起叙叙旧也好。来，我们干了它。”张德贵又是一口气吃干，李富财也是一口吃干，说道：“老弟说得一点不错，大家是兄弟，有困难自是竭力相助，哪里用得着谢不谢。难得像今天这般，我们兄弟俩坐在一起吃酒，我们都要一醉方休。”

张德贵和李富财只顾吃酒，秋月、刘三儿和姚清却早已吃饱了。姚清拉着秋月的手离开饭桌，坐在茶几旁的椅子上。刘三儿倒茶过来，见姚清和秋月惺惺相惜，亲密无比，说：“你们在这儿坐，他两个吃酒的，光顾着说话，却忘了斟酒，我给他们斟酒去。”秋月和姚清点点头，刘三儿去了。

姚清抚着秋月后背，说：“妹妹今年多少岁？”秋月说：“吃十八岁的饭。”姚清说：“我今年二十一岁，大妹妹三岁。妹妹家里还有哪些人？”秋月说：“爹爹、妈妈和我姐姐。”姚清说：“你姐姐有了人家没有？”秋月说：“没有，还在学堂里读书呢。”姚清看了一眼饭桌，见刘三儿正在为两个男人家不停地斟酒，遂悄声说道：“听人说秋生这后生孟浪得很，妹妹好个人儿，怎么就嫁了他？真是委屈了妹妹。”秋月长吁一口气，把事情原委对姚清说了，姚清听了，低声骂道：“你婶婶真是猪狗不如，怎么这般狠心，把自己侄女往火坑里送。幸喜德贵大哥他两公婆都是良善人家，若不然，妹妹往后的日子可不好过。”秋月听了，心里一阵酸楚，也不晓得说什么，脸上一片凄然。

姚清进屋以来，见秋月满脸愁苦，言语低沉，全没一丝欢笑，哪有一点女儿心态，想是心中不如意，苦不尽言，说道：“妹妹，依我看，你索性找个空儿，偷偷溜出去，横竖谁又没绑你手脚，躲在天涯海角一个旮旯里，也比在这里活受罪要强。茫茫人海，难不成还怕他派人四处找你？”秋月说：“姐姐说的自是有理，姐姐却不晓得我心里的苦处，我是从没这般想过，是我自己背时，我只当自己心已死，是个活死人，过一天是一天，倘若哪天实在过不下去了，去阎王爷那里录了簿，从此也就安心了。”姚清说：“我的好妹妹，你千万别这般轻生，做出傻事来。你就是不为自己想，也得为你爹娘想，哪个儿女不是爹娘心头的肉，俗话说，好死不如赖活。又有说，宁在世上捱，不愿土里埋。妹妹若是做一时轻率之举，岂不伤了关爱妹妹的人的心？”

姚清看了一眼秋月，见秋月低头不语，又说道：“妹妹，我和你一样，也是苦命人。我家在北边，父母年纪大了，干不了活，挣不到钱，我下面又有两个弟弟在读书，需要钱。我是家里老大，养家的责任自然落在我头上。可我一个弱女子，除了这副好身骨，又无技能，哪里挣得多少钱来养那一大家子人？还要供两个弟弟读书？没有法子，我也顾不得什么下流羞耻，什么贞节牌坊，什么做大做小，狠狠心，就跟了他。”

秋月说：“你爹妈晓得吗？”姚清笑着说：“这个自然不能告诉他们。索性跟他们浑说，在外头有个好工作，为了省钱，过年也不回家，把钱全省下来给他们。”秋月说：“他们信了？”姚清说：“信，怎么不信？我在家时听话得很，从不说谎哄人。再说，他们有钱花，哪里还会去想这些。我那混账老子，一世从没干过一件正经事。年轻时游手好闲，每天只晓得走街串巷。偌大年纪才娶了我娘，生了我三姐弟，也还是恶性不改，每天只会酗酒，有时耍起酒疯来，我娘不是头青就是脸肿。我娘又是那种胆小的女人，就是挨了打，也是怒在心里，嘴上却不敢作声，更不敢张扬出去。我爹爹也就越发得意，有时发起疯来，恨不得将一座房屋都掀翻心里才痛快。我小时候，见我爹爹，就像见阎王爷似的，大气也不敢出一声，生怕他不顺眼，便遭他一顿好打。我出来以后，这么多年，一次也没回去。”

秋月说：“你不想他们？”姚清说：“有什么想的，我长这么大，他们从没把我当女儿看待，如今还是我供着他们，也算是尽我一个女儿的本分了。”秋月说：“他们怎么又不把你当女儿看待了？”姚清说：“你不晓得，我们那把男孩子家看得比命还重。在他们眼里，家里就是有十个漂亮的姑娘，也不如一个跛脚儿。姑娘迟早是别个家的人，儿子却不同，既可讨人家的姑娘来家，又可延续香火。我小时候也不晓得遭我娘白过多少次眼儿，有好吃好穿的轮不到我头上，只有我两个弟弟吃剩的残渣，才给我润些口。有一次我弟弟见我脖子上戴着个坠子好玩，便抢着要。那是我奶奶临死前留给我的，我不给，我弟弟就去告诉我娘。我娘一过来，从我脖子上硬扯下来，给了我弟弟，还说‘你一个女孩子家，本来就不值什么钱，弟弟想要的东西你怎么不给？’当时我真是气愤之极，真想一头撞死在墙上算了。从那以后，我就对我爹娘恨到骨子里去。”

秋月听了，无不潸然，唏嘘叹道：“不想姐姐也是这般苦命，姐姐今后有何打算？”姚清说：“鬼才晓得，我一个女人能做什么？就是离了他，最多也就是不饿死，又能怎样？自己连一个归宿都没有。这些年我含辱忍垢跟着他，小心翼翼，百般讨好。虽然他对我不错，但终究不是长久打算。如今对以后的路也是一片迷惘。”秋月说：“姐姐性情豪爽，有须眉之风。不比我们柔柔弱弱，成不得事。总有一天，姐姐会遇上自己的如意郎君，像西施和范蠡一般，携手泛游四海。”姚清笑道：“多谢妹妹金言，若真能天遂人愿，也算上天待我不薄。”

俩人正说得起劲，李富财吃得醉醺醺走过来，抱着姚清，一边打着饱嗝，一边往姚清脸上蹭，饧着眼说：“我的心肝，你坐在这倒是自在，我吃酒吃得快从喉咙里倒出来，也不过来看我一眼，替我挡一挡。我现在难受得很。”姚清说：“哪个叫你贪吃又贪多，我又不是不晓得你。你曾经还说，只要有酒吃，哪怕是阎王老子请客也推脱不得。别说我不会吃酒，就是会吃，也不想去挡你的兴头。”张德贵、刘三儿和秋月听了都笑起来。刘三儿说：“李大哥先坐一会儿，我去帮你斟瓯茶来醒醒酒，休息一会儿就没事了。”

刘三儿倒了两瓯茶过来，给张德贵一瓯，另一瓯给李富财。吃了一会儿茶，李富财要和姚清告辞回家，张德贵说：“李大哥别急着回去，躺在这里休息一会儿再走不迟。”姚清说：“看他这模样，过不了多时就要哕，到时哕得满地都是，没得脏了这屋里的地。还是先回去吧，下次有空再过来坐。”刘三儿说：“姚清妹妹说的哪里话，李大哥醉了，你就让他在这歇会儿也不妨，想哕就哕出来。”李富财说：“老弟嫂[1]，不用劳烦你们，我们还是先回去，横

① 老弟嫂：称比自己小的兄弟的妻子。

竖路不远，不用多少工夫。我这会儿困得很。”说着巴在姚清身上就往外走。秋月追上去对姚清说：“姐姐有空常过来坐。”姚清应了一声，扶着李富财往外走。

张德贵和刘三儿笑着送出门来，站在门口，和姚清与李富财说些有空过来坐的话，挥手道别，看着姚清扶着李富跟跟跄跄地离去。

而秋月怎么也不会想到，与自己一见如故的姚清姐姐，和自己只有这一面之缘。

凄　凉

第二天，刘三儿一早吃过饭，出门去了。秋生刚吃完饭，未及出门，正在吃茶，突听得门铃声响，看秋月一眼，也不理会，只顾自己吃茶。秋月去开门，见是小三子。小三子道声“嫂嫂早”。秋月也回礼，说道：“小三子，这么早来有什么事？”小三子说：“生哥可在家？”秋月说：“在家。”小三子说：“进屋说吧。”秋月和小三子一起进屋来。

小三子见秋生在吃茶，坐下来说道：“生哥，你晓得侯公公昨天夜里死了？”秋生看了小三子一眼，说：“哪个侯公公？”小三子说：“就是去年我们一起给他修房屋的那个公公。”秋生满脸不屑地说道：“那个侯瞎子？死了就死了，七八十岁的年纪，难道还死不过①？有什么稀奇古怪，用得着这般慌慌张张，嚷来嚷去。”小三子说：“我来的时候经过祠堂，见里面放着一口棺材，有几个人在那里烧纸，想是已装进棺材，钉好了。我想叫生哥一起去烧些纸，上把香。虽然与他没亲，但去年咱们帮他修房子，到现在心里还记得他。”秋生说：“侯瞎子他死与不死跟我有什么相干？我是我，他是他，八竿子打不着，我没空去管那份闲事，也没工夫去烧纸、上香，要去你们自己去就是。待会儿我还要叫些人一起出去吃酒快活。”小三子说：“生哥不去也不要紧，横竖我去多烧些就是，也算生哥一份在里头。”秋生笑道：“小猴儿，

① 死不过：也作死不得，意思是年纪大，活够了，可以死。

你烧你的，扯上我做什么？”小三子笑道：“生哥去哪里吃酒耍？待会儿我烧完纸去找你。”秋生说：“就是那几个老地方，不是东家就是西家，你去了多找找就是。”小三子应了声，出门去。没走上几步，秋月追出来，拉着小三子，拿些钱给他，说：“小三子，你拿这些钱去买些香烛纸钱，给他烧，也算是我一番心意。”小三子说：“晓得，嫂嫂。”秋月送小三子出门去，才回屋里来。恰好秋生要出去，与秋月打个照面，没说一句话，径自去了。

秋月一个人坐在偌大厅里也觉无趣。刘三儿又没那么快回来，心里突然想起昨天来家里的姚清，觉得此人心直口快，两人虽只有一面之缘，但给她的感觉竟像多年姊妹似的，相互喜爱，相见太晚，恨不能促膝相谈，只希望她能有一个好归宿。

吃过午饭后的秋月，在厅里坐了一会儿，又觉全身困顿，正想睡午觉，刘三儿回来了。秋月迎上去，问道：“妈妈怎么这会儿才回来，吃过晌午饭没有？”刘三儿说：“吃过了。”自己去倒了一瓯子茶来，吃了几口。秋月继续问道：“妈妈去哪儿了？怎么也没回来吃晌午饭？”刘三儿说：“你不知道，昨天，李富财和姚清回去后，大发酒疯，把姚清狠狠地打了一顿。姚清早就和李富财的小舅子周四通看对眼儿，周四通见姚清被打成那样，心疼不已，遂和自己的姐姐周大嫂说了实话，想要带姚清离开这里，不要再让她受这个苦。周大嫂见弟弟找到了心上人，又这般疼爱，而姚清也是一个苦命女子，很心疼、可怜她，便帮助他们偷跑出去了。”秋月大吃一惊：“那李富财知道这事儿了吗？妈妈您又是怎么知道这事的？”刘三儿继续说道：“今天周大嫂把一切都和李富财讲了，李富财大发雷霆，狠狠地打了周大嫂一通，我是听你爹说的，他让我过去劝劝，这不李富财也算给我面子，说事已至此，也没有办法，便不再把气撒在周大嫂身上。周大嫂非得留我在她家吃饭，我见情况也不太好，便想着多陪她一会儿，所以就在他家吃了饭。”秋月听到后，说：“周大嫂心真好，姚清姐姐也挺幸运的，遇到一个心仪的人，又这么保护她。”刘三儿也说：“是呀，都算是苦命人。”秋月像想到什么似的，说道：“妈妈可听说昨天夜里侯瞎子死了。”刘三儿说：“我上午出去时听说了，想下午去烧些香烛纸钱。”秋月说：“妈妈上午刚出去不久，小三子就跑来告诉我侯瞎子死了。我拿了些钱给他，叫他多买些香烛纸钱去烧。”刘三儿点点头，自去了。

过不多久，刘三儿烧纸回来，见了秋月，一脸凄惨，哀伤道：“刚才去烧纸，那场面不晓得多悲凉，我都不忍看，只烧几爿纸，叩几个头，赶紧就出来了。”秋月看刘三儿的眼睛，红红的，想是刚哭过。刘三儿喃喃自语说道：“没儿没女的人真是可怜。年轻时能吃能动，倒不觉得。一到年老了，动弹不得，孤苦伶仃，又没人照看，没人关心，就像生长在墙角的一株野草，任生任灭，任枯任荣，死了就死了，烂了也就烂了，谁也不会多去过问一声，真是凄凉。侯瞎子这些年来，生活困苦艰难，大家都晓得，也不消说。如今死了还不到一天就要出丧[①]，又没亲人主张停放几天做个道场[②]，这会儿连个跪拜哭丧[③]的人也没有，我看地上炮仗也没多放几个，更别说有花圈、仙鹤[④]。”秋月说：“这么快就要出丧？”刘三儿说：“哪个晓得，刚才我去烧纸时，见八大金刚[⑤]在棺材上绑索子、扎架子，还有几个人在帮忙打理后事，看样子，今天下午就要抬出去。”秋月说：“没请风水先生看日子、看地？”刘三儿说：“想是没有，只是胡乱挖个坑，草草下葬就了事，哪个还想多些事出来。”秋月说：“他的丧事又是哪些人打理？”刘三儿说：“我看村里几个头头都在那里，想是他们在打理。”秋月说：“这些钱又谁来出，总不成也叫他们出？”刘三儿说：“哪里全由他们出，咱子虚村人多，一人凑些就够了。”秋月点点头，不再说话，叹几声气，一连悲伤好几天。刘三儿晓得秋月心性，也不多问，每天只说些无关痛痒的话来消磨日子。

---

① 出丧：抬棺材出去掩埋。

② 做道场：追悼、超度亡魂的一种仪式。

③ 哭丧：将死者生前的苦难和经历苦诉出来。

④ 仙鹤：某些地方习俗，用纸扎一只鹤，有驾鹤仙去的意思。

⑤ 八大金刚：抬棺材的八个人。

厄　运

过了几天，秋月心里畅快。吃过早饭，刘三儿进伙房里忙。秋月和秋生坐在桌子旁各自吃茶，像生疏人一般，都不说话。秋月哼着小曲：

“无情杜宇闲淘气，头直上耳根底，声声聒得人心碎。你怎知、我就里，愁无际？帘幕低垂，重门深闭。曲阑边，雕檐外，画楼西。把春酲唤起，将晓梦惊回。无明夜，闲聒噪，厮禁持。我几曾离这绣罗帏？没来劝我道‘不如归’！狂客江南正着迷，这声儿好去对俺那人啼……”

秋生在一旁听了，不耐烦起来，讥讽道：“你嘴里哼哼叽叽在嚼什么蛆，听得让人想吵。”秋月看秋生一眼，不理他，只顾哼自己的曲儿。秋生见秋月一副不屑的样子，依然故我，心里一怒，来了火，大声呵道：“你别在嚼蛆好不好，非得让人恼火才罢休？”秋月睨着秋生，淡淡地说：“我是在嚼蛆。我嚼我的蛆，又与你有什么相干？你吵不吵又与我有什么相干？你想吵自己吵去，不想吵就捂了耳朵或者去外头找你那些兄弟去。”说完又顾自己哼起来。秋生站起身来，狠狠说道：“真是见多了的婊子不怕丑，不可理喻。”秋月听秋生骂起来，说道：“我唱个曲子哪里又得罪你了，还是惹你了？平白无故又骂这等难听的话。”秋生说：“你是没惹我，也没得罪我。你‘哼哼’的声音脏了我耳朵，你在跟前污了我的眼睛。”

刘三儿听见外头在吵闹，忙跑出来，见秋生横眉竖眼，想是又在发疯，说道：“臭小子，你吃饱了不给我滚出去，又在家里撒什么野？”秋生说：“我本来是要出去，你叫我出去我偏不出。凭什么要我出去，要出也是这婊子出去，免得我在屋里做一世王八。”

秋月听了，身子一凛，浑身颤抖，悲上心来，蹙眉思忖道：“不知死活的浑小子，我林秋月死心塌地跟了你，从没生过二心，也不有愧于你，你却千般刁难，万般羞辱，极力损毁，让我含恨忍垢，百喙难辨。士可杀不可辱，是可忍，孰不可忍。既然你千方百计要戴这顶绿帽子，我今天也不拂你的意，就是拼着背上千古淫妇的骂名，好歹也要成全你这只王八。”秋月心里想着，嘴角却露出一丝笑意，冷冷说道：“张秋生，今天跟你实说了吧。在进你家门之前，我是做过婊子，偷过汉子，是没人要才赖在你家的。我处心积虑就是要让你戴上绿帽子，背着乌龟壳，一世也抬不起头来，这样我心里才舒畅。”

秋生听了不但不恼，反而欣喜若狂，哈哈笑道：“臭婊子，你终于肯承认了。你装贞女节妇这些日子，想是心里虚得发狂，坐立不安，夜不能寐，还是忍不住，吐真话出来。做婊子要什么紧，婊子就婊子嘛，自己做得出来，又何必装正经人，怕人说。我最讨厌做了婊子还要给自己立牌坊的人——假正经。”

刘三儿大声骂道：“砍头的，你少说几句行不行，别只顾自己称了心，如了意，就不顾别个死活。”秋生一副洋洋得意的样子，仰首说道：“妈，这回你听清楚了，是她自己承认的，没有哪个逼她。”刘三儿拉着秋月，急得跺脚，抱怨着说：“丫头，怎么傻成这般样，你没做的事，又去胡乱认它做什么？你这么一说，就是跳进海里也洗不清。那浑小子无论他说什么，你只管装作没听见就是，要去跟他怄什么气。”秋月轻轻地说道：“我不是胡说，我说的都是事实。我不想再瞒你们，那天早上白白的床单不就是最好的证明？我又何必抵赖。”刘三儿一愣，一时不知说什么。秋生却说道：“妈，你听听，把耳朵挖干净了再听，这哪是正经人家说的话，分明是一个娼妓声口。”刘三儿怒不可遏，不及细想，一巴掌朝秋生脸上掮过来。

秋生猝不及防，只觉眼前一闪，脸上已挨了重重一记耳光。顿时觉得脸上热辣辣的，惊愕地盯着刘三儿，半晌才说道："你也跟爹爹一样，为一个婊子打我？好，我走就是，以后再也不回来，你们就守着这个婊子过一世好了。"说着拔腿就往外跑。

刘三儿一时心急气盛，压制不住，生平第一次打儿子，见他又生气跑出去，不晓得又要闹出什么乱子来，心下无不惊骇，不禁后悔失手，追出来，秋生却跑得无影无踪。只得叹几声气，回屋里来。见秋月神情惊异，犹似受惊小鸟一般，呆立不动，走过来拉着秋月坐下，柔声说道："咱们别管那小子，让他去，没那小子在家里，咱娘儿俩还消停。"秋月见惹出这端祸事，也感愧疚，低声说道："妈妈，对不住，都是我不好，惹得你们母子反目。"刘三儿说："不能怪你，你也受了不少委屈，反要你来说这些愧疚的话，我怎过意得去？要怪只怪那没用的杀才[①]，差点没把人气死。我现在留着一口气没死，只是没到那一天。我晓得，迟早有一天会被他活活气死。如今他老子也奈何不了他，哪天若是再进班房，蹲个三五年，才晓得好坏。"秋月说："妈妈，我去给你倒瓯茶来消消气。"刘三儿点点头。

秋月倒茶过来，说道："妈妈，这事因我而起。我晓得他的性子，却没顾及，还冲撞他，才使他说话没轻重。这是我的错，我去找他，给他认个错。他虽然在气头上恼我，过些日子气一消，自然会回来。"刘三儿说："你又没错，要去给他认什么错？他那副不三不四的样子，哪里当得起你这般去讨好他。我看别管他了，由着他去吧。"秋月垂着头，不敢作声。刘三儿气了一回，见秋月心里不好受，又说了会儿话，安慰一番，秋月心里才好些。

秋生被刘三儿掮了一巴掌，气得跑出来，找到阿飞和小三子两个，在一处僻静的地方坐下。秋生说："今天气得很。"小三子说："生哥又有什么堵心的事？"秋生说："还不是家里那婊子。我早想将她赶出门去，都是我妈拦着，才奈何不得。"小三子说："生哥说话也分些轻重，怎么能用这些话来说嫂嫂。嫂嫂千不是，万不是，终是自家人，多一分体谅多一分福。"秋生说："跟这婊子在一起，还讲什么福不福，一顶绿帽子戴在身上想摘也摘不下来，我恨

---

① 杀才：詈词。犹言该杀的。

不得劈了她才出得心里这口恶气。”小三子说：“嫂嫂到底做错了哪件事，惹得生哥发这么大火？”秋生说：“她以前偷过人。”这话一出口，唬得小三子和阿飞无不愕然。小三子赶紧掩口道：“生哥，这种话乱说不得，传出去，那些没事的人听些风儿影儿，就有了话头，再加些佐料进去谈论起来，比洪水猛兽还凶。任你是铁一般脸皮，钢一样身骨，也挡不住这唇枪舌剑，早晚一天也会被那口水星子淹死。”秋生说:“我哪里乱说了，是那婊子亲口承认的。”小三子满脸疑惑，自言自语道：“嫂嫂亲口承认？想是……想是她一时生气，糊涂了，没主意，随口说出来。嫂嫂绝不是那种人。”秋生说：“小猴儿，你懂得什么？没听说知人知面不知心？很多表面看来正经本分的人，骨子里却龌龊得很，背地干的事更是让人难以置信。”小三子说：“别个我不敢打包票，嫂嫂身上，我却敢打包票。倘若嫂嫂有哪些事，你查实了，尽管来提我身上这颗头。”秋生说：“我要你这颗头做什么，不能吃，不能耍。我说有就有。”

阿飞在一旁早不耐烦，嚷道：“小三子你别出岔子，生哥还不比你多些见识？再说，生哥自己身边的人，又不比我们更清楚明白？”小三子在一旁默不作声。阿飞又对秋生说道:“生哥，你告诉我这人是谁，横竖我一刀剁了他，干干净净，帮你出这口恶气。”秋生说:“除了赵家夏生那小子，还会有哪个。”阿飞说：“原来是赵夏生那小子，想是活得不耐烦。我现在就去教训他一番，他若是敢犟一声嘴，我将他家房屋掀翻。”小三子说：“阿飞，你别仗着自己有些力气，就要和别个拼蛮使狠。依你这性儿，迟早一天不是做班房就是挨千刀。”阿飞说：“如今生哥有气堵在心头出不来，我做兄弟的帮他疏散疏散，又不强似大家在这儿闷坐。”小三子说：“我不想跟你说，你要是觉得自己本事大，谁也奈何不了你，就去试试。”秋生说：“阿飞，小三子说得没错，别去惹事，生出乱子来可不好耍。”阿飞说：“生哥，这口气你咽得下，我却咽不下。”秋生拍着阿飞肩膀说：“算了，咱们找些别的事去消遣，别理这事了。我跟你们说又不是叫你们去闯祸，只是心里堵得慌，随口说说。横竖家里那婊子我不管她，她做什么再与我没干系。”

刘三儿和秋月把厅里收拾好。秋生刚才那一闹，心里都悒悒不乐，相对无语。沉默半晌，刘三儿倏地问道：“秋月，你们结婚几个月了，怎么你的肚子还是跟以前一样？”秋月脸一红，垂下头去，低声说道：“自结婚第二天起，我们就分头睡。我睡这头，他睡那头。被子也分开盖，他盖他的，我盖我的。”刘三儿听了，只不停地哀叹：“造孽、造孽。”

秋月晓得刘三儿抱孙心切，如今愿望落空，不免黯然神伤。自己心里觉得有愧，也不好说什么，只说道：“妈妈，不如你好好劝劝秋生，生儿育女是人伦天理，不可为自己任性而失了常道。”刘三儿说：“不中用的，不中用。如今那小子失了救[1]，整天只晓得在外头鬼混，却放着这么好一个老婆在家里守活寡，想是没人能奈何得了他。我倒是担心你，年纪轻轻的，却误了这一世。”秋月说：“这都是我的八字，又怪得哪个。”刘三儿凝神看着秋月，一会儿说道：“我若是有你这么个女儿，就是少活些岁数，少得些钱财，也值了。”秋月说：“妈妈怎么说起这些话来，自我进门起，就把你当作亲妈妈，妈妈不也是把我这媳妇作亲女儿看待？”刘三儿苦笑道：“作不得数，作不得数。你终究不是我女儿。”秋月说：“难道是我哪里做得不够好，妈妈心里不尽意？”刘三儿说：“不是你做得不够好，你已经尽了一个做媳妇的本分。是我们对不住你。”秋月说：“妈妈，我们是一家人，怎么分起你们我们来。有什么对得住，对不住的，说这话倒显得生疏。”刘三儿说：“你是不明白我心里的苦。”秋月不明白刘三儿在说什么，察言观色，只觉得与往日不同，似有重大隐情，不好说出口来。

① 失救：失去救治，无药可医。

退 亲

第二天一早，刘三儿吃完早饭，吩咐秋月几句，便往林二婶家去。

到了林二婶家，见院子门开着，刚走进去，却撞见林二叔挑着粪箕出去。刘三儿说：“姐夫，这一大早就要出去割草？”林二叔说：“是啊，塘里的鱼正在长肉呢，要多喂些料，以后才肥壮。你姐在家，先去屋里坐，我这会儿要出去。”说着挑着粪箕走了。

林二婶吃完早饭，正在收拾碗筷，听到院子里有人在说话，晓得有人来，出去一看，见是刘三儿，高兴地说：“原来是三妹，这大半年也没见你几回影子。三妹吃早饭没有？”刘三儿说：“在家吃过了。”林二婶拉着刘三儿进屋里来，擦干净桌子，斟上茶来，说：“三妹，这大半年你都在家忙些什么，怎么少见你出来耍耍？”刘三儿叹几声气，说：“大姐，你再不说了。还不是我家那小子不争气，讨个老婆在家里，只当她是个木头人一般，不理睬，跟没讨婆娘一个样，每天只顾自己在外头疯疯癫癫。也是秋月那丫头性子好，不计较这些，心里就是有气也不发出来，只藏在肚子里，自己忍着，要是个性子刚烈的，早就闹翻天。我看秋月整天闷闷不乐，又一肚子委屈不好说出来，自己也不忍一个人跑出来，把她丢在家里。这些日子每天就是在家里陪她说说话儿。”林二婶点点头，刘三儿又说，“大姐，这半年来，你有没有做别的事？”林二婶说：“我们能有什么事，俩儿子还小，又不曾讨亲，住在学堂里，也少操很多心。我不过空了去李抽雪的铺子里打打牌，自在自在。”

刘三儿长吁一声，说：“我本来想秋生那小子讨了婆娘会收些性儿，做个人样出来，不想那小子越来越不像话，整天只晓得在外耍钱，不拢屋。”林二婶说：“我侄女好吧？”刘三儿说：“现在日子还短，倒没出什么大乱子，我担心日子长了，把好好一个人给憋坏。”林二婶见刘三儿话不尽言，似有隐情，说：“不晓得三妹怎么想？”刘三儿看看外头，见院子门开着，说道：“大姐，还是先去把院子门关好，省得别个听去多些话说。”林二婶起身去关了院子门来。刘三儿继续说，“我是想，那对小冤家在一起也只是个名分。自第二天起，就再没同过房，你说，哪像夫妻？若说秋月长得丑也算了，可人家像画里的人儿一般，不晓得秋生那小子怎么想的，不但不懂得怜惜，还隔三岔五冲着人家发性子，我怎么说那小子都不听。昨天他发性子，我搳他一巴掌，他气得跑出去了，也不晓得去哪了，干什么去了。你说秋月一女孩子家，她心里怎么想？我本来还指望早些抱孙子，现在看来，是不成了。要是长久这般下去，还不把秋月那丫头给害了？我心里主张，不如叫你大嫂把秋月接回来，横竖她还小，以后有合适的好后生，再嫁也不难，这样总比在我们家活守寡要强。你说这样可行不可行？”林二婶说：“只要大家愿意，有什么不可行的。我先去找我大嫂商量，看她怎么说。只是有一件事，让他们为难。”刘三儿说：“什么事？”林二婶说：“就是那些彩礼。我大哥大嫂他们恐怕一时还不上。”刘三儿说：“这些就别提了。横竖我们错在前，把人家害了，也没有要退彩礼的理。”俩人出门，直往林大婶家去。

林大婶正在院子里用麻线钉布鞋底，见刘三儿和林二婶进来，忙把手中的活儿放在一边，站起身来说：“是三儿和二婶来了，快请屋里坐。”刘三儿笑着走近来，看着那只已钉好大半的鞋底子。那鞋底子足有一个手指头厚，上面钉满蚂蚁大小一格的麻线。麻线钉的间格疏密有致，大小一样，横看、竖看、斜看都成一条直线，似是事先打过墨斗[①]一般。看了一会儿，“啧啧”赞道：“嫂嫂好耐烦的性儿，钉这么一双鞋底子，不知要花费多少工夫？”林

① 墨斗：旧时木匠用来打直线的工具。

大婶笑道："不用多少工夫，个把月就好。"刘三儿："费这些工夫，不如买一双鞋穿，省些事。"林大婶说："我看那些废布丢了可惜，再加上我这把骨头还能动，不如趁着有空，把那些废布剪好粘起来，做双鞋子穿，又可以消磨日子。买的鞋子好是好，只怕不是长了就是短了，终不如自己做的合脚。"刘三儿笑笑，说："嫂嫂说得也是。"三人说笑着进屋。

刘三儿和林二婶先坐下，林大婶斟茶来，说："三儿今天有空，舍得出来走走？"刘三儿吃着茶，说："大嫂不晓得，自秋月进门以来，大小烦心事就不断，从没过一天舒心的日子。"林大婶一愣，说道："怎么回事？秋月那丫头不听话？"刘三儿说："不关秋月的事，是我家那小子不争气，整天疯疯癫癫，惹得我心烦。"林大婶一听，晓得秋生素日来的行径，不觉得奇怪，也不好说苛责的话，只说："女婿还小，心性不定，就是有些不周到的地方，也是平常。只要没什么大错，做大人的平时在家里多教导些，再过几年，自然就好了。"刘三儿长吁几口气，说："那小子的心性我清楚得很，若能转变过来，早就转变了。如今已是二十来岁的人，却还是外甥打灯笼——照旧，怕是禀性难移。"林大婶和林二婶听了，都低头凝神沉思，默不作声。刘三儿又说，"我家那小子是失了救的，他要上天下地我也不想管他，倒是担心秋月这丫头，好好一个姑娘，误了她一生。"

林大婶一听，心下凛然，倏地生出一股悲情，热泪早已盈眶，却强忍着不让流出，戚然说道："秋月这丫头生了这个八字，注定要受这些苦，谁又有办法。"刘三儿说："嫂嫂，我们也别管它什么八字不八字，我心里倒是有个主意。"林大婶已流出泪来，背过脸去，揩了眼泪，问道："三儿有什么主意？"刘三儿说："我是想，横竖他们俩在一起也合不来，不如趁早散了，嫂嫂把秋月接回家，日后再给她找个好后生，不比在我家里挨日子、受苦受罪要强？"

林大婶听了，万分惊诧，想：她叫我把女儿接回来，我心里虽然乐意，可是我们受她许多彩礼，若是要我们退回去，哪能一时还得起？再说，一个姑娘家，已经嫁过一回，任你说得再好，也是个半路亲，难免遭人嫌弃，哪里还能找个好后生？此前秋月回家时，虽然也劝她不要再入狼窝虎口的话，毕竟是在气头上说的，如今真到这一刻，却又忐忑不安，拿不定主意。

刘三儿见林大婶低头深思，不吱声，也不晓得在想些什么，问道："大嫂，我刚才说的话，你看可不可行？你主意如何？"林大婶说："行是行得，只是……只是……"刘三儿说："大嫂只是什么，说出来不妨。"林大婶未及答话，林二婶抢先说道："想是大嫂担心受三妹的那些彩礼一时无法还清？"林大婶笑笑，脸上却不自在。刘三儿也笑笑，说："原来大嫂是担心这个。不妨事，那点钱就算了，还去计较它做什么。秋月在我们家里这几个月，也受了不少苦，我们还没法赔呢。"林大婶听刘三儿这么说，心里才松口气，想：难得刘三儿这样般大方，又肯为他人着想。既如此，我们就去把秋月接回来也不妨，就算她这一世不再嫁人，一家人还是跟过去一样，四张嘴吃饭，我和她老子也能照顾她周全。想了一会儿后，林大婶说道："三儿真是个菩萨，我明天就去接回来。"刘三儿说："好，大嫂明天早些去，我这就回去，不打扰你了。"林大婶还想留林二婶和刘三儿多坐会儿，吃晌午饭再走，她们却辞出来，各自回去了。

刘三儿回到家，看看日头还早，进门见秋月捧着本书在看，坐过来，把刚才去她外家的事说了。秋月听了，放下书本，心里一懵，一紧，泪水盈眶而出，抽泣道："妈妈嫌我哪里不好，不要我了？"

刘三儿与秋月以前虽有误会，落后冰释，视秋月如己出，把她当亲女儿看待。秋月也报之以李，把刘三儿当作亲妈，凡事无不一起商讨。婆媳俩平日里相处倒也融洽，俨若母女一般。如今却要分道扬镳，各走一边，昔日的恩情也将不在，从此便如同路人一般，互不相干。刘三儿心里说不出的酸苦，听秋月说"不要我了"，更如母弃竖子一般，倏地一震，思如乱絮，心似刀割，悲情汹涌，如决堤之川，一股热泪潸潸下落，紧紧抱着秋月，泣不成声，凝噎道："我的儿，妈妈又何尝舍得你去，只是这屋里你呆不得，迟早一天会毁了你。我跟你母亲说了，她明天一早就过来接你。"秋月说："既然如此，也不用等明天了，我现在就走。"刘三儿放开秋月，拉着她的手，深深凝望，说道："也不差这一晚，你就在这里多住一夜，我们母女好好说会儿话，不好吗？你这一走，我又成了孤家寡人。"秋月说："妈妈心烦，女儿晓得，却是爱莫能助，只能求妈妈原谅。女儿横竖要走，迟走不如早走，也不须做这些张致。"刘三儿嗔道："看你这张嘴又来了，就是饶不得人。你不等明天也成，这会儿快晌午了，吃了晌午饭我送你回去。"秋月点点头。刘三儿起身来，往伙房里去了。

过了一会儿，刘三儿端出饭来，秋月坐上桌，只吃了几口，便觉索然无味，放下碗筷，说："妈妈，我吃不下。"刘三儿看着秋月，没动几下筷子，只吃几口便吃不下，晓得吃了这顿饭便物是人非，不免感伤，闷气填胸，心里一阵难过，也不劝秋月再吃，站起身，倒两瓯子茶来，递一瓯子给秋月，说："吃口茶吧。"秋月吃了几口茶，见刘三儿正在凝神痴望着自己，又低下头去，默然一会儿，起身去房里。

过了片刻，秋月从房里出来，低声说道："妈，我走了。"刘三儿见秋月身上没带东西，说道："你这么空着手走？把你用过的那些东西都带去吧。"秋月说："我是空着手来，如今要去，自然也该空着手去才是。"刘三儿说："你那些东西我们用不上，你不带走，扔了可惜，这还有你最爱看的一本书呢。拿着，我再去拣几件衣服。"秋月把那本《诗经原始》拿在手上，刘三儿转身去房里。过不多时，刘三儿拿出一个小包，里面装着几件衣服，说道："走吧。"秋月跟在后面，默默地出门。

不消一顿饭工夫，她们便到了秋月家。刘三儿见了林大婶，说："我说等明天嫂嫂过去接，这丫头急得很，硬是要今天走，我就送回来了。"林大婶接过刘三儿手中的小包，说："有劳三儿，多谢了，坐下来吃口茶。"刘三儿说："不吃了，下回有空再过来坐。我先回去。"林大婶说声"慢走"，刘三儿转身去了。

林大婶放下包来，仔细打量秋月，说道："我儿，还是像以前一般漂亮，只是消瘦了些。"秋月满脸娇羞，嗔道："妈，你又来笑我。"林大婶说："妈不笑你，回来就好，你在别个家，妈日夜担心，怕你照顾不好自己。别个哪会知你冷暖，就是你这性子，怕是没几个人能容得下。”秋月说：“张家婶婶倒是好性子，事事对女儿体贴入微，常问寒问暖，没有不周全。”林大婶说：“刘三儿是个好人，我晓得，可她家那小子实在不像话，却没他娘半点样。”

秋月低头不语，良久才说道：“妈，有一件事我们误会张家婶婶了。”林大婶忙问道：“是哪一件？”秋月把林二婶瞒着大家将自己骗过刘三儿家的话说了，林大婶听了气得眼睛直发愣，全身打战，咬牙切齿道：“唉，当初我还怪刘三儿，仗势胁迫人，原来是二婶无端生出事来。万想不到二婶是这种人，以前我当她是自家人，凡事与她商量，她却心怀祸胎，专来害人，唉，是我看错她，以后我们要小心她才是。”秋月骂道：“那虔婆何止害我一个人，她害的人还不知有多少……”林大婶喝道：“不许乱讲话，过去事就算了，以后我们少跟她来往就是。”秋月住了口，却是满脸悻然。林大婶见了，又说道：“你先坐下，这天热得很，我去打盆水来给你洗脸。”秋月坐下，一会儿，林大婶端过一盆清水来，拿张帕子在水里浸湿，拎出来拧干，递给秋月，“这些日子你爹爹对你也是挂念得很，他要是晓得你回来，肯定高兴。”秋月擦了脸，把帕子递给林大婶，说：“爹爹这会儿又去田地里了？”林大婶把帕子晾好，端着脸盆往外头倒水，说：“你晓得的，你爹爹是坐不住的人，这么大的日头，吃了饭，放下碗筷就要出去。我叫他休息一会儿，等日头再偏些才出去，他就是不听，戴顶斗笠，背着锄头就出去了。”秋月想了一会儿，说道：“我们收张家的彩礼，她有没有叫我们什么时候还？”林大婶倒水进来，放好盆子，坐下来说：“上午刘三儿过来说，不要咱们还了。可是我心里总觉得过意不去，我们就是再穷，也不能白收人家钱财。我想，等我们以后有钱，再还她就是。”秋月点点头，说：“姐姐这几个月有没有写信回来？”林大婶说：“写了几封，信里头说，几个月不见，对你想念得很。”秋月说：“妈妈快拿给我看看。”林大婶进屋把信拿出来给秋月，秋月拆开来看，“姐姐真好，大老远的，还念念不忘妹妹。我给姐姐回一封信去吧，把家里的事情也略说说。”林大婶说：“好，你去写吧。”秋月拿着信进屋去了。林大婶无事，又去钉她的鞋底子。

快到天黑时，林大叔才回来，见了秋月万分诧异。林大婶把事情原委略说了些，林大叔听了高兴地说："好得很，好得很，今后哪个也不嫁，咱们一家人好好过日子。"林大婶瞪林大叔一眼，微怒道："看你说的什么蠢话，难道叫她姊妹俩去庵子里做斋婆不成？"林大叔被抢白，一时语塞，只顾"嘿嘿"地笑。秋月笑道："妈妈，你别怪爹爹，爹爹说得一点不错，以后我再不嫁人，这一世就守着爹爹、妈妈过，我们一家人再也不分开，多好啊。"林大婶说："蠢丫头，又说蠢话，爹妈都是有年纪的人，要是哪一天死了，你靠谁？"秋月说："我就做斋婆去，每天只伴着青灯木鱼，诵经念佛，为爹妈超度灵魂。"林大婶说："疯丫头，别净说瞎话，快吃饭。"一家三口坐下来吃饭。林大叔口拙，不晓得说巧话，只顾不停地往秋月碗里夹菜，劝秋月多吃些。秋月见碗里堆得放不下，急忙说道："爹爹，你别顾着往我碗里夹，你自己吃才是。"林大叔说："我们在家里天天有得吃，你是好多日子没吃过了，多吃些。"

三人吃了夜饭，拿出小板凳去院子吃茶乘凉，谈白话。几月不曾相见，话如泉涌，谈到夜深才去屋里睡觉。

秋月日里没事，在家帮林大婶做些家务，看看书。见林大婶在钉鞋底子，却是好奇，想要自己试试手。林大婶说："这活你做不得，费力得很呢。"秋月说："妈，我常看你做鞋子，却从不让我帮你，今儿你就让我试试可好？"林大婶笑道："我不让你碰是不想你伤了自己，这不是什么好耍的事，稍不注意，便针扎着手。你既然想试试，就让你钉几针看。"说着把右手上的顶针儿[①]捋下，又将麻线在黄蜡[②]上擦几擦，递给秋月，说道："你自己小心些，别扎着手。"秋月接过来，说："晓得。"戴好顶针皮，看准位置，拿针用顶针皮往鞋底子用力顶。那鞋底子又厚又硬，秋月一用力，针尾在顶针皮上一滑，已扎进肉里，鲜红的血顿时冒出来。林大婶见了，忙把秋月手中的东西放在一边，找块干净的碎布在她手上包好。说道："我说这东西不好耍，你还不信，

---

① 顶针儿：手工缝纫厚物时，手指上戴的一种比铜钱稍薄，约三寸宽的铁皮圈。

② 黄蜡：蜂蜜蒸煮后的残渣，色黄，软如蜡。

非要试才甘心，这会儿好了，尝了滋味。”秋月笑道：“我见你很轻巧就钉进去，怎么我却钉不进？”林大婶说：“那是我钉得多，晓得怎么着力。这东西如今又不兴了，还去弄它做什么。我是有空才拿它来消磨日子。”秋月听了，笑了笑，回房去了。

过了个把月，一天，林大叔和林大婶都出去了。秋月正在家里独自发愁，突听有人在敲院子门，走出来问道：“是谁？”外面的人说：“是我，小三子。”秋月打开门，小三子说：“嫂……姐姐，这一向不曾去生哥家里，也没和他在一起。昨天去一趟，才晓得你已回来。”秋月说：“进屋来吧。”小三子进来，秋月把门关好，上了栓，一起到厅屋里来。小三子坐在凳上，秋月倒茶来，说道：“小三子，你来有什么事？”小三子说：“没别的事。我昨天去生哥家里，听说姐姐已经回来，过来看看。”秋月笑道：“小三子，谢谢你。”小三子说：“姐姐可晓得生哥被抓走了？”秋月一惊，说道：“被谁抓走了？”小三子说：“被警察抓走了。”秋月又是一惊，说道：“他犯了什么事，警察要抓他？”小三子说：“这个把月来，生哥天天守着那‘黑美人’为伴，我怎么劝都不肯回去，不晓得花了多少钱去……”秋月“哼”道：“他倒是晓得风流快活。”小三子笑道：“姐姐，别误会，这‘黑美人’不是人。”秋月说：“‘黑美人’不是人是什么？”小三子说：“是鸦片。”秋月一听，愣了半晌，回过神来说：“你说秋生在吸毒？”小三子点点头。秋月说：“这么大的事情，你怎么不早些去告诉他爹妈？”小三子说：“生哥不许我说，如果我说了，他会拧下我的头来。”秋月叹几声气，说：“被抓走的还有没有其他人？”小三子说：“有。我们隔壁万有村也有好几个被抓走。其中一个叫崔命，他就是专做这生意。那天阿飞带我们去他那里耍，生哥一见那东西就迷上了。我当时劝他，他不听，这回好了，一帮人全被抓。听人说，可能要做班房。”秋月说：“阿飞那小子呢？”小三子说：“他早进班房了。”秋月说：“他也吸毒？”小三子说：“阿飞倒不是因为吸毒才进班房，不过也被‘黑美人’迷得不得了。可是身上没钱，自己又欠了崔命好多债，每天离不得那东西，崔命又不愿意再赊给他，没法，只好去偷。刚开始还是从自己家里偷些值钱的东西出来或典或卖，落后家里也没什么东西可偷，就去别人家里偷。有一次失手，也被拿住。”

秋月道：“这小子真是胆大包天，怙恶不悛，不知生死。自己要是有个三长两短也不要什么紧，却害苦你爹娘。”想了一会儿，又继续说道，“你有没有把事告诉秋生他妈妈？”小三子说：“我昨天去说了。”秋月说：“他妈妈说什么没有？”小三子说：“他妈妈一听，手脚就发软，站也站不稳，险些跌倒，幸亏我扶着她坐下才没事。好一会儿缓过神来，对我说，晓得了，让我先回去，然后我就出来了。”秋月说：“小三子，你随我一起去看看秋生他妈妈好不好？”小三子点点头，两个人一起出门，往秋生家里去。

小三子和秋月来到刘三儿家，小三子按了门铃，一会儿刘三儿出来开门，见是秋月和小三子，愁苦的脸上有些喜色，说：“秋月、小三子来了，进来坐。”秋月和小三子进院子门。刘三儿把门关好，一起往屋里走。秋月说：“听小三子说，秋生出了事，过来看看婶婶。”刘三儿哀叹几声，苦笑道：“还是你这个闺女好，贴心。”

三人进屋来，刘三儿叫秋月、小三子坐，自己去斟茶。秋月见刘三儿满脸抑郁，忧心忡忡，心下凄楚，说道：“婶婶，虽然秋生出了事，也是没办法，婶婶不要太伤心难过，凡事总有个头尾，过去就好了，急也没用，就是急坏身子，也济不得半点事，还是多保重些才好。”刘三儿说：“我只有这一个儿子，自小拿他当宝一样的宠着，从不曾打他，就是平时多不顺意，骂他一回，自己心里比谁都难受。如今那小子不争气，却弄出这些事来，要受那班房里的苦，叫我如何不伤心着急。”秋月说：“秋生他爹爹说什么话没有？”刘三儿说：“昨天夜里他爹爹回来，我跟他说这事。叫他找人去保那小子出来，他爹爹不肯。还说这失救的人，就得让他坐班房。不吃些苦头不晓得生死。我说我们把他养成这般大又为什么？还不是希望他好好活着，讨婆娘、生孩子，到我们死了有人捧灵牌[①]、送终。如今儿子虽不中用，终究不是别人，是自己心头的肉。他爹爹说，这小子是死是活由他去，要是死了，我省些心……”刘三儿话没说完，眼泪已滚出来，泣声说道：“你说，男人的心怎么这般硬，

① 灵牌：灵位。

自己的儿子都不顾？”秋月说：“婶婶想开些，想是秋生他爹爹只是一时气话，俗话说，父子没有隔夜仇，哪有老子不顾自己儿子的？说不定过些天他爹爹改变主意，就去保他出来。”刘三儿说：“不会。他老子的性子我清楚得很，他说不去保任谁说也不会去。我认了，也想开了，横竖儿子姓张不姓刘，好坏是他家的种，是死是活又与我有什么相干。倘若有什么不测，我跟他一起去就是，到阴间，我们母子还有个照应。我不想留在这世上现眼。”秋月说：“婶婶怎么这般想？倒把事情想歪了，些许小事，也不过日常琐碎，又何劳婶婶这般费心劳神？婶婶不去想它，心里也自在。”刘三儿叹道：“我如今是看开了，这屋里什么事都撂下不管了，他老子想怎么着，就怎么着。”秋月低头不语，沉吟半晌，才说道：“婶婶，快晌午了，我们先回去，你自己看开些，多保重。”刘三儿点点头，说：“好，我心里堵得慌，也不留你们，有空过来坐。”

秋月和小三子出门来，没走多远，小三子说：“姐姐，我有话想跟你说。”秋月说：“你有什么话跟我说，就说吧，转弯抹角做什么？”小三子拉着秋月到一个没人的地方，轻轻地说：“姐姐，我喜欢你。”秋月听了，先是一愣，落后又咯咯笑道：“小三子，你心里有我这个姐姐，我很开心。谢谢你。”小三子低着头，兀自发呆。秋月见状，问道：“小三子，你怎么啦，一副不高兴的样子？”小三子过得半晌，涨红着脸，憋足劲，说道：“姐姐，你嫁给我好吗？我真的喜欢你。”秋月笑道：“我不能嫁给你，你的一番情意我心领了。”小三子说：“姐姐为什么不能嫁给我，是嫌我小还是嫌我家穷？”秋月说：“这些都不是。”小三子说：“那是什么？”秋月说：“你还小，这些事说了也不会明白。”小三子说：“若是再过几年，我大了，姐姐可以嫁给我吗？”秋月凝神半晌，微笑道：“也不行，这事要讲缘分。小三子，你心里不是有张如兰吗？我看她也是个美人胚子，俊俏得很，性情又淑雅，待人又和善，与你倒是般配，哪天我有空，与你搭个桥，成全你们这对小冤家。”小三子心下怏怏，却是不乐。秋月又说道，“小三子，别多想，都晌午了，快回去吧。”小三子点点头，说：“姐姐，你能让我这一世都叫你姐姐吗？”秋月笑说道：“可以。你心里一世都有我这个姐姐，我高兴还来不及呢。先回去吧。”小三子看了秋月一眼，转身走了，秋月也回自己家去了。

过了几天，秋月想起和小三子从刘三儿家出来说的话，心下欣然，思忖道：“小三子这猴儿倒是灵巧，让人喜欢。张如兰妹妹，不大出门，虽少相见，却也晓得相貌不俗，又恬静淑雅，真有古媛遗风。如今横竖没事，不如去她家里坐坐。”想着便出门，直往张如兰家去。

秋月到了张如兰家门口，见院子门开着，一个四十来岁的女人系着围裙，蹲在地上，右手拿着个木瓢，不停地在搅木盆里的潲。那潲冒着腾腾热气，想是刚出锅不久。秋月不好唐突，在门上轻轻敲几声。那女人听到声音，抬头向门口看去，见是秋月，忙站起身，走过来笑道：“是秋月，一向少见出门，今天怎么舍得出来走走？”女人一边说，一边请秋月进门来。秋月说：“在家里闷得慌，过来找如兰妹妹谈白。婶婶在搅潲呢？”张大婶说：“今天熬潲迟了些，两头猪都饿得呱呱乱叫，这里潲还没冷。”秋月说：“如兰妹妹可在家？”张大婶说：“在房里呢。”说着大叫一声“如兰！”房里一个女孩子应声，开门跑出来。那女孩儿十五六岁年纪，扎条大辫子垂于背后，额宽鼻尖，浓眉大眼，双颊饱满，红白相洇，艳若鲜桃。嘴唇上翘，见人翕合，玉齿微露，莹若石榴。身穿花布衣裤，脚趿布鞋。女孩儿见了秋月，一双明眸如睹珍奇，大放灵光，惊声叫道：“是秋月姐姐。”秋月笑道：“如兰妹妹。”张如兰说：“秋月姐姐平日里好少出门，怎么今天想起来我家坐坐？”秋月说：“我在家里闲着没事，胡思乱想了一会儿，就想到了妹妹。想与妹妹久没会面，想得紧，过来与妹妹说会儿话。”张如兰拉着秋月的手，说：“姐姐，到我房里来坐。”

秋月随张如兰进房来。那房里阵设简陋，只一张木床，一张凳子，一张书桌。书桌上堆着一些书，摊着一些画，还有笔墨纸砚之类。四周墙上都贴满了各色各样、大小不一的画，那画上全是梅花。秋月走近前来，一一观看，惊问道：“这些画都是妹妹画的？”张如兰含羞笑道：“妹妹手拙，胡乱涂鸦，有污姐姐清眼，还请姐姐多多海涵。”秋月笑骂道：“死丫头，又说起疯话来。”

看了一会儿，又说道，“妹妹真是慧心人，这些画用墨如云，皴染有致，画得这般娴雅，颇有古遗风，又谦虚什么？”张如兰笑道：“多谢姐姐钧鉴夸奖。姐姐才如文姬，工善辞赋，本想登门拜请题签，又恐唐突不妥。今天假其便，姐姐休得以拙画粗陋为辞，推拂了去。不拘好坏，姐姐须得在这画上一一题过才是。”秋月笑道：“妹妹这般雅爱，盛情难却。今夜郎自大，不知起倒，略献芹意，以贻方家，说不得要出回丑。”张如兰嬉笑道：“多谢姐姐美意。”

张如兰去外面舀水进来，倒入砚台，磨好墨，递笔给秋月。秋月拿笔蘸墨，走近一幅画前，略一思索，挥笔写道：“深寒孤梅，独傲雪霜。有子如斯，宁不可逑。”移步另一幅画前，又写道：“骄子怀才，善如止水。虚怀若谷，情比易安。”接着又在一幅画上写道：“美人如画，兰心蕙质。之子于归，宜其家室。”又写道：“楚地有女，天生丽质。千年不遇，佳人难求。”

秋月一一题过，张如兰看了一遍，拍手赞道：“姐姐敏才，佩服佩服。”秋月微笑不语，搁笔观看，洋洋得意。张如兰说：“姐姐不但才思敏捷，且这笔端上的工夫，绢绢绵绵，又力道劲足，便是褚遂良、赵孟頫，也不输他。妹妹除了拜嘉之外，唯有佩服。”秋月笑道：“傻丫头，别胡乱说话。如今我写这些字上去，可乱贴不得了，你且把它摘下，收好就是，别让外人看了笑话咱们不识好歹。”张如兰笑道：“姐姐的宝墨自然是要小心收藏，妥善保管，岂肯轻易示人？”秋月嗔道：“死丫头，你要是再这般胡闹取笑，我就不理你了。”张如兰笑道：“姐姐别生气，我不说就是。你来了好一会儿，心里一高兴，就忘了给你倒茶。先坐会儿，我去给你斟茶。”

张如兰出去了一会儿，端了两瓯茶进来，递了一瓯给秋月，说：“姐姐，请吃茶。”秋月接过来，吃了几口，说：“妹妹跟谁学的画，画得这般好？”张如兰说：“我哪里跟人学了，只是把它当作耍，消磨日子，才去买一些画来，照着画。落后稍熟一些，我也不去学别人的样，自己想着来画，横竖又不让外人看，哪管它美丑。我们天资愚钝，哪会专门去弄这些，来给自己出丑现世？”秋月笑道：“妹妹是个慧心人，不从师门，也能自成一家，比起那些先生把着学生的手也教不会的蠢材，不知强了多少去。”张如兰说：“姐姐又笑我了，什么一家不一家的，姐姐看了不嫌丑陋胀眼就是大幸，哪能跟那些方家高才相比。”秋月说：“妹妹别只顾自己谦虚，什么方家高才，有的人徒有其名，却不得其实。声势偌大，才学却小，沽名钓誉而已。就像那马粪，别看它表面光鲜，肚里却是一包糠。”

张如兰想了半会儿，说：“姐姐不晓得，现在有人做文章也讲究‘起、承、转、合’这些路数，比起以前那老八股，虽然少了几股，其实也相差不远。要是给它们起个新名字，叫作‘五股文’或‘六股文’倒是贴切得很。”秋月笑道：“这起人多了去。有的人写书也是不着边际，自己孤陋寡闻，又闭门造车、孤芳自赏。连篇累牍、千言万语，不过是些口水话，哪里有什么干货。本来几句话便可讲明白，偏要发一大篇牢骚。发些牢骚也算了，讲的事理又还不清楚，前言不搭后语，上文不接下文，说来说去自己糊涂了，别人看到最后也不晓得讲些什么。又人云亦云，千篇一律，翻来覆去不过是炒冷饭，没半点新意。甘蔗渣滓嚼了又嚼，有什么味儿。说白了还不是自己肚子里没多少货，拿了鸡毛当令箭，得了几两色就开起染房，到头来，卖了乖却讨不得半点好处。”

张如兰笑道：“我看好多人做文章，无论措辞造句，还是思路脉理，大多相类，繁冗累赘，空话叠砌，千文一辙，鲜有己见。古人说，天下文章一大抄，这话说得真是恰当。”一会儿又说，“还有些人就是赵括、马谡那号人，只会纸上谈兵、嘴上博弈。说起来一套又一套，头头是道，若真叫他去做些事情，却什么也做不好。姐姐这些话倒是真知灼见，一点不错。姐姐哪天要是去做学问，不晓得令多少人汗颜蒙羞，无地自容。”秋月笑道：“做学问我没兴趣，自揆也不配，没得丢人现眼。再说，那些锦上添花的事自有人去做，轮不上我。我看妹妹这画笔如鬼如魅却是不假。”张如兰笑道：“多承姐姐见爱，叫我惭愧难当。姐姐这手字写得这般漂亮，又是跟谁学的？”秋月笑道：“我也没跟哪个学，与妹妹一样，只是胡乱临摹古人字帖，权作消遣。”张如兰说：“姐姐这份造诣，倒称得上大方家。”秋月左右看看，见房门关得严实，嬉笑着说：“咱们今天也厚着脸皮说句不知天高地厚的话——彼此彼此。”张如兰听了，和秋月大笑不止。

俩人在房里嬉笑相谈，如鱼得水，惺惺相惜，不觉已到晌午。秋月要回去，张如兰恋恋不舍，送出院子门口，挥手说道："姐姐别忘了有空常过来坐。"秋月说："晓得，你进屋去吧。"张如兰站在门口，见秋月渐渐远去，才回屋。

张大婶见了，说道："刚才你们在房里说什么那般起劲，我在外面听见像是有一爿人在打呱呱。"张如兰笑着说："没说什么，随便说些疯话。"张大婶笑道："两个疯丫头在一起，不说些疯话还有什么正经话。刚才我听你们在房里说什么字儿、画儿，横竖是些死东西，又当不得钱使，留它做什么，又有什么好说的。哪天我要拿它当作引火物才好。"张如兰说："妈妈，这可不行，虽然女儿这些画粗陋，不值钱，却也花费一番心思。我哪天把它们收好，你也不用每天看着它胀眼。"张大婶"嗯"了一声，张如兰又说，"秋月姐姐真是慧心人，可惜是个女孩子家，若是个后生，我嫁了他，或许我是个后生，讨她做老婆，能整天与她携手相伴，促膝长谈，也是人生一大快事。"张大婶嗔道："看你这疯丫头，又说起疯话来。光是一张脸模壳子长得好看有什么用处，讨进家来，上不得山，下不得地，难道你一世拿她当祖宗一般伺候不成？女孩子家，能守些妇道，要紧的是体力好，能勤谨持家，生儿育女就是好的。"张如兰说："妈妈，这些你不晓得。若是上天作美，我和秋月姐姐互为阴阳，做成一对夫妻，死也甘心。"张大婶说："秋月那丫头又有哪里好。听说进张德贵家不到半年，被赶出门来，想来也不是什么好东西。"张如兰说："张秋生那小子一副挨千刀的样，哪里配得上秋月姐姐。听说那小子还吃鸦片，前些天被抓，现已关在班房里。这么个水佬倌，哪个看了会喜欢？想是秋月姐姐心里不中意他，自己要走的。"张大婶噘着嘴说："张德贵家的金子、银子多得起霉、生锈，我不信会有哪个女孩子家这般蠢，进了他家门，有好日子不过，肯出来过苦日子。"张如兰说："这就是俗话说得好，人各有志。有人想上天堂，有人却抢着入地狱，谁又管得着？像妈妈这般漂亮、美丽动人，想当初在外家做女儿时，上门求亲的人肯定不少，妈妈却偏偏挑中了爹爹，还不是因为爹爹当年俊秀、风流，又贴妈妈的心。”张大婶说：“你别再说这些了，正是当年我一念之差，跟了你爹爹，使我过了一世苦日子。若是时光能倒回去，我挑个家境好的，日子过得富足，衣食不愁，管他是跛子还是瘸子，是瞎子还是聋子，睁一眼，闭一眼，这一世也就过去了，不比在这活受罪要强？”张如兰笑道：“妈妈如今后悔也晚了。”张大婶说：“可不是嘛，如今只能嫁鸡随鸡，浑浑浊浊过日子罢了。还能想什么？”顿了一会儿，又说道，“如今秋月已从张德贵家出来，他们家早晚还得再找个媳妇儿，我看你这副相貌也不比秋月那丫头差多少。我倒是想央人去张德贵家探探口风，只是不晓得你乐不乐意？”张如兰说：“妈妈也晓得，他们家财大气粗，金银财宝堆得满屋子都是，想进他家门的女孩子家排着好长的队呢，哪里轮得上我这粗野的丫头。”张大婶说：“说不定你运气好，只要说准了，身上金的、银的还不是随你拣。女孩子家，不须多想别的，只要嫁个有钱的男人，一辈子从了丈夫，不用起早摸黑、节衣缩食，也不用在外抛头露面、出丑卖乖，舒舒服服，多好啊。”张如兰说：“什么金的、银的，不稀罕，也没这个命，妈妈还是别瞎操这份心了。再说从不从丈夫也看个人，有的女人强势得很，狮吼一声，让人心惊胆战、腑脏俱裂，还要丈夫从她呢。”张大婶说：“我的儿，我们不争这些。我这般打算是为你好，你看妈妈这日子过得多寒碜，你还想像妈妈这般，重蹈覆辙？”张如兰吁口气说：“妈妈，别说了，我是绝不会踏进他家里一步。”张大婶说：“儿呀，你怎么这般拗犟，难道我为你计较这些，还会害你不成？”张如兰说：“你是想逼死我，才安心？”张大婶怒道：“好了，不说这些了，没见你这般狠心，大人的话一句也听不得。我不管你，你爱嫁谁就嫁谁去。”说着赌气去伙房里。

秋月从张如兰家里出来，心里畅快，哼着歌儿回到家里。吃过晌午饭，林大婶和林大叔有事出去了。秋月一人独坐，又心下怅然，看会儿书，也觉无趣，放下书本，去院子里踱了几步，见那几盆菊花欣欣向荣地开着，依然如旧。心想定是母亲照顾得周全，才不致枯萎，心里又开怀好多。蹲下赏玩一会儿，想到自身境遇多厄，凄楚迷离，还不如这几盆菊花，无拘无束，随遇而安，又戚怆地落下泪来。转身回到房里，躺在床上，不住地把自己往悲伤里想，越想心里越恸，那眼眶里的泪水却像井里的泉眼一样，不断涌出，把床头的枕帕都打湿了。傍晚，林大婶从外面回来，见秋月眼睛哭得红肿，忙问道：“我儿，哪个又惹你了？哭成这般模样？”秋月说：“我没哭。”林大婶说：“你眼睛都肿成这样，还说没哭，快告诉妈妈，到底是为什么事？”秋月说：“没什么事，只是想起以前那些伤心事，眼泪不知不觉就出来了。”林大婶说：“过去的事就别想它了，想它也挽不回，又何必跟自己过不去。”秋月点点头，说：“晓得。”林大婶宽慰了秋月几句，才去做饭。

到掌灯时分，林大叔从外头回来。一家人吃完夜饭，坐在院子里乘凉、谈白。秋月说：“妈妈，我们买一头牛来养，你说好不好？”林大婶说：“养一头牛做什么？”秋月说：“到了春天自己犁地、耙田方便，不用再向人家借来借去的。若是母牛，下了崽还可以卖些钱。”林大婶点点头，说：“好是好，只是每天都要人出去看着，我们哪有空？”秋月说：“这不消你们操心。我闲在家里也烦闷，牵头牛出去到处走走，心里还开阔。我每天牵出去，在山上也好，在河边也好，总比闷在家里好。”林大婶看着秋月，笑道：“不成，你那身子太弱，哪里经得起风雨。”秋月嗔道：“妈妈，你总是拿我当襁褓里的婴儿看，我早长大了，哪里还像以前那般脆弱。你总不能叫我一世都待在家里，不得出门一步？”林大婶笑笑，说：“这倒不是。平时出门只是一时半会儿就回来，要是牵了牛出去，这一去就是半天。到冷天，风吹在身上，似刀削一般，就是那些后生家也受不了，更何况是你？”秋月说：“若是到冷天，就不出去，把它关在家里，拿些干稻草给它吃，再多熬些潲，喂它一些也是一样。”林大婶沉思片刻，点点头，说：“好吧，过些天我叫你爹爹去牛行里买一头牛崽回来。”秋月见林大婶答应，很高兴。

相 识

侯大头过完年，等儿子一出去，一个人在家待了几天，也是无趣，把门一锁，去城里亲戚家帮工，也好给儿子赚些钱娶媳妇。谁知，世事难料，打了几个月工，钱没赚多少，却得了一场大病。

侯大头病后不久，侯亭花从福建回来，见他爹瘦得像把干柴，跟以前比像变了个人似的，痛心不已，每天只在家陪着，小心照看。侯大头的身体一天比一天恶化，不出两三个月，便起不得床，进不得食，眼前一片模糊，再看不清东西，只剩得半口气。侯大头晓得大限将到，日子不长了，把后事叮嘱一番，说："花儿，我这个做爹的对不住你。你娘走得早，我又没再娶。你的衣食住行我也没多过问，一任大小事情全由着你自己，致使你养成懒散懈怠、拈轻怕重的坏习惯，眼看我们就要分别，我不在了，你好歹将身上坏习惯改改。切不可一门歪心思，入了邪道，让人睁眼看笑话。我在地下有知，也不放过你。以后有合适的女孩儿，讨个回来，成了家，生儿育女，安分守己，老实做人就是。家里还有几亩田地，几间房屋，你若自己手脚勤些，日子还过得。你的亲事，我已托付林家二婶，叫他帮你张罗，我和她有些瓜葛，你若有什么难处，可去找她商量。"侯亭花含泪点头，帮侯大头把寿衣穿好，跪在床前，泣声说："爹爹，你安心去吧，我如今长大了，晓得照顾自己，不用为我担心。你说的话我会一一记在心里，你走以后，我会照着你说的去做，绝不去做那没头没脑、丢人现眼的事。”侯大头看着侯亭花，手抚着他的头，满眼泪光。良久，双眼一闭，溢出泪水来，嘴唇一合，已断气。

侯亭花知会亲朋好友、左邻右舍前来吊唁，又请人来做道场，忙乱了六七天，才把侯大头抬出去埋了。

侯亭花办完丧事，因家里没人，出不得远门，只得留在家，守着那几间屋子。见屋里一些器具已朽烂得千疮百孔，摇摇晃晃，不成样子，不能再用，想道：“我老子真够捱，这些东西不晓得是哪代祖宗传下的，又不值几个钱，用又不能用，还当古董似的留着，舍不得换新的，别说来个客人看着碜眼，便是自己看着心里也不舒畅。把些破桌烂柜全换成新的，又能花几个钱？如今爹不在了，横竖他管不着，我要阔气一些，再不能像我爹一般，一分钱掐成两截用。”侯亭花把他爹生前留下来的钱拿出来，又把自己在外做工攒下的钱合在一块，点了点，剩下不多，还可以撑些日子。

第二天早上，侯亭花拿着钱，去城里家具店挑选了几样漂亮的家具回来，把家里旧的全劈碎当柴烧了，不能烧的全扔出去。经他收拾一番，这个家看上去才像些样子。因前些天办丧事劳累了几天，侯亭花只觉全身疲乏，酸痛不已，在家里休养了个把月，每天好酒好肉将自己供着，吃饱就睡，睡足了到外面走走，日子过得倒是惬意。只是剩下的钱不多，这样开销下去，日子一长，难免捉襟见肘。侯亭花查看剩下的钱，不住叹气：“如今这点钱撑不得几天了，再这般下去，非饿死不可，还是出门去找些事来做，赚点钱，赚口饭吃也好。田地里那些事，自小没碰过，怕是做不来。哪天碰见熟人，就叫他们种去，自己省些心。”

一天早上，侯亭花吃完饭，出门来到处闲耍，一张嘴像抹过蜜似的，甜得不得了，见年纪比自己大的人，不是叫哥哥、姐姐，便是叔叔、婶婶，或是伯伯、伯母，再大一些的，便是叔公、叔奶[①]，或是伯公、伯奶[②]。子虚村那些人没一个不喜欢他的。侯亭花那双脚儿又勤，去邻村耍的次数多了，邻村

① 叔公、叔奶：叔祖父、叔祖母。

② 伯公、伯奶：伯祖父、伯祖母。

那些人也晓得他，也都喜欢他。侯亭花身上又有一身好力气，帮人做事又舍得出，谁家里有需要帮忙，没有不叫他的。侯亭花也乐意，有叫必到。有些心肠好的人，见他有年纪，还没讨亲，又没父母，心生怜悯，为他操起婚姻大事来。侯亭花也不驳人家脸面，跟着去见女孩儿。回来不是嫌人家长得矮就是嫌人家长得胖，或是嫌人家实在太蠢，多说几句话都浪费口舌。若是这些短处都没有，又嫌人家长得不够俊俏。如此几遭下来，那些好心肠人渐渐冷心，不再去管这份闲事。

过些日子，已是初冬季节，田地里的稻谷都已收割完。侯亭花闲着没事，拿锄头去肥地里挖了几条蚯蚓，到河边来钓鱼耍。侯亭花穿好诱饵，把钓钩甩入河中。过了半天，不见一丝动静，一个鱼儿也不上钩。心中气愤不已，暗骂道：“不晓得是老子背时，还是撞鬼，这半天就没见个鱼影儿。若是以前，把钩往水里一放，哪需一时半刻，成堆的鱼过来吃。难道今天不是钓鱼的日子，鱼都躲起来了？”将近傍晚，也没钓上一条鱼。河面的风徐徐吹过，只觉丝丝凉意，身上又冷又饿，心里早已不耐烦，收了钓，提着空桶，沿着河边小路走上堤来。不一会儿，远远看见一个女孩子家正在放牛。那女孩儿身材苗条，匀称有致，一头长发迎风飘扬，丝丝缕缕，如在策马奔腾。一身素白，外裹一件粉红色纱衣，双襟敞开，轻风拂过，衣袂微扬，飘飘洒洒，恍如仙子下凡。腰骨纤细，体态轻盈，翩翩跹跹，似能掌中起舞，宛如汉宫飞燕。侯亭花一时看呆了，如在梦中一般，竟挪不动脚步，只是狠狠地盯着前方，眼睛也舍不得眨一下。看了良久，那女孩时而轻移莲步，手抚牛身，附耳低语，俄尔咯咯而笑。时而抬头望天，忧思神伤，似有万古冤愁，不得舒展，喟然长叹。时而转过头来，看着河里缓缓流过的河水，神色抑郁，心中似有千千结，无法释然。侯亭花一惊，生怕被她看见，赶紧窜进一丛茂密的芭茅[①]里躲起来，偷眼望去，见那女孩面容姣美，体态婀娜。凝神蹙眉、举手投足间，兀自生出千种风流，让人百般怜爱。看了半晌，寻思道：“这是哪家女孩儿，长得这般风流俊俏？若是别个村来这里作客耍，我不晓得也在理。

① 芭茅：长在山上或河边的一种草。有大小两种，小的形似芦苇，大的形似高粱。

若是咱们子虚村有这般人物，我却不晓得，真是瞎了眼。”转念又自言自语，“早些年，林家姊妹天生丽质，翘楚一方，为人称赞。如今过去这些年，想来就是这个年纪，只是自己常年在外头，对村里的事不太知情，只听说那大的考上学堂，小的却在家里，想来眼前这小妮子定是林家那小的林秋月。”正在思索间，抬头望去，那女孩儿已牵着牛，悠悠哉哉地往回走。

等那女孩走远，侯亭花才从草丛里钻出来，见日头快要落山，也回去了。

侯亭花在家吃了夜饭，早早滚在床上冥思苦想，辗转反侧，到深夜也睡不着，翻来覆去都是那女孩的影子。直到天亮，也没合下眼。早早起床，梳洗干净，打扮整齐，便去打听那女孩儿是谁家女儿。问了好几个人，都说是林秋月。侯亭花有了分晓，心下欢喜道：“果然是她，小妮子这般好看，画里的人儿相似，今世若能讨她做老婆，才不枉白来人世一趟。”心里想着，畅快无比，回去又好好地睡了一觉。

见刚过晌午不久，见日头偏斜好些，侯亭花心想这时候秋月已经牵牛出去。于是出了院子，锁上门，直往田野里去。

侯亭花远远看见一头牛正在吃草，秋月坐在旁边田埂上，呆呆地看着那头牛。侯亭花轻轻走过去，叫声“秋月妹妹”。秋月听到叫声，回过头来，见是一个相貌俊朗、气宇轩昂的后生，似曾相识，又一时记不起来是谁，问道：“你是谁？好像在哪儿见过，想不起来。”侯亭花笑道:“我是侯家的，叫亭花，小时候我们还在一起耍呢。”秋月一回神，也笑道：“原来是亭花大哥，我说看着面熟。好些年没见，你倒是变了个大样，若不是你自己说出来，我哪里敢认。”侯亭花说：“妹妹又何尝不是，小的时候就相貌出众，如今更出水芙蓉，月宫仙子一般。”秋月笑道：“亭花大哥小时候就不大本分，如今长大更会花言巧语了。”侯亭花笑道：“倒不是我胡乱说，妹妹容貌确实如此，我哪里敢说半句假话。”秋月说：“好了，别说这些。亭花大哥怎么会到这里来？”侯亭花说：“我昨天在这里钓鱼，走的时候急了点，回去时才发现一件东西不见了，想是落在这里，过来找找看。不想却碰到你了。”秋月“哦”一声。侯亭花说：“妹妹怎么不去山上放牛？上面人多热闹些。一个人在这里冷冷清清的，有什么好？”秋月说：“山上就是人太多了，我不喜欢。再说那上面石头、荆棘也多，怕失错跌跤或是被棘挂住，还不如这里自在。”侯亭花说：“那是，只是这里你一个人，说话的人也没有，不闷得慌？”秋月说：“要说话的人做什么，要是与那些不知好歹的人说起话来，还不是枉费口舌，还不如不说。”侯亭花笑笑。秋月说：“亭花大哥，你笑什么，难道我说的不是吗？”侯亭花说：“你说得当然是了，像妹妹这般灵秀人物，自然不屑去跟那些浑人说三道四。”

秋月说：“亭花大哥，这些年你都在外面，见识一定长了不少。有什么新鲜事，说几件与我听听，也好让我长些见识。”侯亭花说：“要说很新鲜的事也没什么。这些年我在外面安身的地方挨着海，那里地理条件好，得天独厚，做生意的人多。那些人有了钱，又舍得花，一门心思只在耍字上做工夫，再加上历代遗留下来的古风，一些人在一起，耍的花样可多了，任你怎么也想不出来。”秋月说：“他们在一起是怎么耍的？你说来我听听。”侯亭花刚想要说，突然又捂住嘴，倒吸一口冷气，脸一红，心里不住“扑通、扑通”乱跳，支支吾吾说道：“其实没什么，就是大家一起吃酒耍钱而已。”秋月笑道：“这些事平常得很，有什么稀奇。刚才我见你脸上很不自在，想是把心里的话沤在肚子里，没说出来？”侯亭花脸上赧然，笑道：“哪里话，没有的事。我先去看看昨天落的东西还在不在。”说着转身去了。

侯亭花去了一会儿，回来说道：“不见了，想是被别个捡走了。”秋月说：“亭花大哥好有闲情雅致，还来河里钓鱼。我好多年没见人来河里钓鱼了。”侯亭花说：“我哪有这番这心思，只是昨天闲着没事，来河边胡乱耍耍。”秋月说：“亭花大哥在家里都忙些什么？”侯亭花说：“我哪有什么忙的。这些年都出门在外，到过年才回来一趟。前些日子我爹爹病重，急忙回来，如今他老人家又走了，家里没人，我不能往外面跑了，这个家总得有个样子才行。只好留在家里守着那座空房子。自己又不晓得做别的事情，只是帮人家做些零工，赚口饭吃。”秋月说：“这样也好，日子过得安稳，不用在外面和别个争来斗去。”侯亭花说：“有什么好的，在这穷旮旯里，天一黑就出不得门，什么地方去不了，只有窝在床上睡觉。又没一份长久的事可以做，让我多挣些钱也好。像我这个样子，怕是要在家里打一世单身。”秋月笑道：“亭花大哥长得这般俊美，又年经，口灵心慧，不晓得有多少女孩子家喜欢你呢。”侯亭花说：“那些女孩子家都喜欢有钱的，哪个会喜欢我。”

秋月想到姚清和周四通彼此相悦，鸳鸯缔结，比翼双飞，心里无不羡慕，欣慰之情溢满脸容，说道：“亭花大哥说得倒也不错，只是不见得全是。总有一些人或仰慕他才华，或仰慕他英气，或仰慕他情怀而以身相许，哪里就像亭花大哥说的，全都在一个钱字上望穿了眼？”侯亭花笑笑，说：“嗯，不错，还是妹妹有见识。像妹妹这般清丽脱俗，心上人定是大智大慧，超凡绝伦？”秋月咯咯笑道：“亭花大哥把我看得太重了，世上去哪里找这般人，除非天上能掉下来，那时，恐怕轮不到我。再说，我进过人家的门，又被赶出来，没人要，长得丑，心又蠢，哪里配得上那些聪明灵慧人。”侯亭花说：“妹妹有天然蕙质兰心，美韶容，何啻值千金？怎么把自己看扁了？就是别个冲撞妹妹，想来是人家瞎了眼，把妹妹委屈了。倘若换了是我，还不整天把妹妹捧在手心呢。”秋月脸一红，瞪了侯亭花一眼，满面娇羞，嗔怒道：“没正经，不怕丑，拿别人的腚挡自己脸。这话可不得再说了，你要是再说，我就不理你了。”侯亭花说：“妹妹别生气，跟你说笑，以后我不说就是。”秋月说：“你记得多少柳词[①]？”侯亭花说：“我哪里记得多少，横竖诌得几句。”秋月睃侯亭花一眼，低下头去，一时不自在起来。侯亭花见了，只找些不要紧的话来说。

俩人在田间你一言我一语，说说笑笑，声情相容，直到傍晚时分，日头落山，才各自回去。

秋月牵着牛回到家，见林大婶站在门口，叫了声“妈”。林大婶应道：“今天怎么回来晚了？你若是再不回，我正要去找你呢。”秋月笑道：“我这么大个人，难道还怕拐子[②]把我拐走了不成？只是今天牛肚子不怎么吃饱，想让它

---

① 柳词：柳永的词。

② 拐子：人贩子、强盗。

多吃些，好长膘。”林大婶从秋月手上接过牵牛的索子，说：“以后不管它吃得饱不饱，到日头快要落山就早些回来，这天一黑下来就冷人得很，免得受了寒气又让人担心。”秋月说：“晓得了，妈。”说着进屋里去了。

林大婶牵着牛去牛栏里关好，转身回来时，林大叔已回来。大家洗手，坐在一起吃夜饭。林大婶说：“秋月，这两个月在外头放牛习不习惯？”秋月说：“有什么不习惯的，比整天闷在家里好些儿。”林大婶说：“那就好，你要是不想每天都出去，把它牵出去卖了就是。”秋月说：“现在卖不得，还没长大呢，等长大了，下了崽，卖崽就是。”林大婶和林大叔听了，都微笑不已。

吃了夜饭，洗澡出来，又坐了一会儿，秋月只说身体困乏，先去睡觉。林大婶点点头，秋月回到房里，关上门，躺在床上，满脑子只是侯亭花那俊朗的面孔，温柔的音容。秋月想着这些，宛如胸前抱了个暖水袋一般，既温暖又熨帖。

信 物

这些日子侯亭花一有空，便去和秋月聊天，嬉笑打骂。渐渐的，秋月心里像长了个疙瘩似的，时有悒郁不安，千愁缠结，不得顺畅。一天不见侯亭花，便丢魂失魄，恍恍惚惚，饭也吃不下。林大婶以为她生病了，问秋月哪里不舒服？秋月说没事，只是心里头有些烦闷，过些天就好。林大婶不放心，多问几句，秋月反而发起火来，叫嚷道："真是人老了话多，我已经说过没事，还来烦我做什么，你就不能消停下来，让我清静清静。"

林大婶一脸茫然，不知所措，也不晓得该说什么。此刻秋月性情大变，与前相比，像是换了个人，喜怒无常，朝愁夕笑。一会儿还神采奕奕，突然间又黯然神伤，容色迷离。一会儿还在屋里坐着，突然间又跑出大门口张望，怅然若失。林大婶见秋月这些举措一时傻了眼，哪里摸得着根，急得团团转。秋月见林大婶着急的模样，心里一热，不安起来，轻轻说道："妈，对不住，是我错了，我不该冲着你发火。我一时心急，便没了主意，你别放在心里才好。"林大婶说："你是我的儿，你的性子我还不晓得，我要是生你的气，这一年三百六十五天也生不完。你心里有什么不好，就跟妈说。"秋月摇摇头，说："没什么要紧的，你别为我操心了。"林大婶见秋月这般说，也不再当回事儿。

一天，秋月在田间放牛，侯亭花在附近田埂上、河坡边帮她找野菜，回去给猪牛吃。秋月走近前来说道："花大哥，我爹爹说过几天要重新起一个牛栏。牛长大了，明年要下崽，旧牛栏太小，到时怕住不下两头牛，起个新牛栏给它住，你过来帮帮我爹好不好？"侯亭花一口说道："有什么不好，横竖没事。你家里什么时候开始弄，过来叫我就是。"秋月说："我爹爹在买砖瓦、树木、椽板，想是趁着天气好，过几天就动工。"侯亭花说："晓得了，到时叫我。"

秋月从身上掏出一块锦帕，递给侯亭花。侯亭花见了，忙把手上的污泥在身上揩了揩，接过来，摊开一看，是一块绣有图案的绢布，折成两面，四周用针线绣了花边。一面是鸳鸯戏水，一面是两树相连。两面的字已被拆除，隐隐还有一些痕迹。侯亭花看了一会儿，不住地赞叹道："妹妹一双好灵巧的手，绣得这般雅致，像真的一样，就要跑出来似的。"转眼去看秋月，见秋月低垂着脸，默不作声，脸上似被火烤过一般，红红的。侯亭花心里一惊，立即明白过来，一把抱住秋月，在脸上轻轻一吻，柔声说道："秋妹，你对我这般好，我却无以相赠，真叫我羞愧难当。"秋月说："花大哥，我不要你相赠什么。如今我把整个心全交与你，自今以后，我的心只在你一人身上。只盼你以后能对我始终如一，不离不弃，至死不渝。"侯亭花说："能得秋妹以身相许，是我梦寐以求、几世修来的福分，纵是天崩地裂，只求同死，绝不相弃。"侯亭花说得铿锵有力，秋月感动得热泪盈眶，喜极而泣。执手相看，竟无语凝噎。俩人忘情相拥，良久才想起，在这空旷的四野，若是被路人看见，多有不妥，忙放开手，你看着我，我看着你，彼此会心，相视而笑。

到了秋月家牛栏动工那天，秋月早早就去叫侯亭花过来。对林大婶说："妈，这是侯家亭花大哥，我看他在家没事，爹爹又是一个人，很不方便，叫他来帮爹爹打下手"林大婶听了，笑道："原来是亭花，这些年总不见你，就长成个大后生了，在外面有好多年没回来了吧？"一边说着，一边把侯亭花让进屋来。侯亭花说："常回来，只是在过年那几天，大家都忙，又不大出来走动，才少相见。"林大婶斟过茶来，叫侯亭花坐下。侯亭花接过茶，和秋月一起坐下，说："谢谢婶婶。"林大婶说："你先坐一会儿，我叫秋月去屋后头看看他爹。”侯亭花应一声。

林大婶拉着秋月从耳门出来，说：“你叫人家过来帮忙做什么？又不是什么大事，有爹爹一个人就够了。平时我有空，也可以帮帮手。人家来做事，还不是要给他工钱？”秋月说：“不用给他工钱，只管他吃饭就好了。”林大婶说：“那怎么成，哪有人帮你做事不给钱的？”秋月说：“花大哥他人好、心好，一副热肠只求助人为乐，不求回报，你就让他在这里帮帮手吧。”林大婶说：“那不成，他来做事，我们不给钱过意不去。说出去还会被别个笑话咱们小气，苛刻人。等他吃完茶，或吃顿饭，还是让他走吧。”秋月急了，说道：“人是我叫过来的，却要叫人家走，我哪里说得出口？横竖让他在这里，你觉得面子上过不去，你想给他多少钱就给多少。”说着自个进屋来和侯亭花坐在一起吃茶。

林大婶进来，笑着对侯亭花说：“亭花侄子，我怕这拿锄头、花大力气的事，没做惯事的后生家经不起。”侯亭花说：“婶婶放心，我做惯了，这些事做起来了轻巧得很。”林大婶说：“既是这般说，秋月他爹在屋后头挖墙脚，我去帮你找把锄头，也一起去挖吧。”侯亭花随林大婶一起出屋，林大婶去找锄头，侯亭花接在手里，和林大叔一起挖。

侯亭花年轻力壮，身强体健，手脚又灵便，干起活像是在拼命似的，挖了一回，便挖出一条长长的槽口。林大叔笑道：“果然是后生家做的事，我们这些老人家不中用，半天也挖不到几尺。”侯亭花说：“叔叔年轻着呢，哪里老了。”侯亭花嘴里说着话，手里的锄头却一刻也不肯歇下。身上豆大的汗珠如流水一般，不停地往下落。秋月忙去屋里拿张帕子来，替他揩干，又倒茶水给他吃，叫他慢些挖。过了一会儿，又叫他歇歇气。侯亭花只是不肯。林大婶在一旁见了这般光景，心里恍然大悟，自言道：“原来是我老了，怎么就没往这上头去想。这些日子还当是这丫头病了。”见侯亭花身形魁梧，容貌伟岸，又勤劳实在，心里也有几分欢喜。看了一会儿，林大婶一时得意忘形，直拿他当作自己姑丈[①]一般，更加喜上眉梢，忙去伙房里做饭去了。

---

① 姑丈：此处指女婿。

快到晌午时，林大婶端出菜来，叫林大叔和侯亭花收工，洗手，过来吃饭。大家一起坐下，林大婶不停往侯亭花碗里夹菜，说道：“亭花侄子，你出力多，又是后生家，多吃些。这牛栏没十天半月怕是起不好，往后还有好些日子要累你。”侯亭花说：“婶婶不消帮我夹菜，我自己夹呢。这些事情哪有累人，只要你们不嫌我手脚迟钝，我天天来就是。”秋月在一边察言观色，见林大婶语言祥和，满脸堆笑，对侯亭花的关爱之情溢于言表，又见桌上饭菜丰盛，全不似招待一般客人的礼数，晓得妈妈已明白自己心思，心里欢喜畅快，笑说道：“妈，我给你们找的帮手好不好？”林大婶嬉笑道：“好，好，都好，又能干又实在。”秋月听林大婶赞许侯亭花，更如灌了蜜似的，心里甜滋滋。林大叔只顾自己吃酒、吃饭，他们说些什么却全不理会。

吃了饭，休息片刻，侯亭花又拿着锄头做事去了。林大叔吃了些酒，睡一觉起来，侯亭花已挖了好长的槽。秋月见日头偏西好多，要出去放牛，叮嘱侯亭花几句，牵着牛出去了。

日落时分，秋月牵着牛回来，脚槽早已挖好，已填石头进去。侯亭花光着上身，搬石拌浆，青筋突暴，身材健硕，满是肌肉疙瘩。秋月看了，不免一阵脸红，忙去屋里拿了一张帕子出来，叫侯亭花把身上的污泥揩干净，穿上衣服，免得着凉。侯亭花停下手中的活儿，从秋月手中接过帕子，在身上揩了几揩，还给秋月，穿上一件单衣，说：“你先进屋去吧，这里灰尘多呢。”秋月说：“横竖天快黑了，收工吧。”侯亭花说：“天还不曾黑，早着，还有好一会儿呢。”秋月转身去伙房，见饭菜已做好，又出来说道：“爹爹，收工了，吃饭。”林大叔见说，担心侯亭花身子，放下手中的活儿，拍着身上的泥土说道：“侄子，歇着吧，天黑了，先吃饭，明天做也不迟。”俩人一起进屋。

秋月打过一盆热水，叫侯亭花洗手。侯亭花在盆里搓了几搓，突然“哎哟”一声，秋月忙蹲下身来，关切问道：“怎么啦？”侯亭花说：“手上起的泡破了，不碍事。”秋月拿过侯亭花双手一看，见手心里全是血泡，有几处烂了的正流着水，起身去拿张干帕子，帮他揩了，上好药，用布包扎好，说：“我怕你受不起，索性明天别来了，等过两天手上好些再来。”侯亭花说：“我又不是纸做的，手上擦破些皮碍什么事。我总不能眼睁睁看着你爹爹一个人在这里忙来忙去，多不方便。”秋月说：“你得爱惜自己身体，不伤了自己才好。看着你这个样子，我就不心痛？”侯亭花笑道：“不碍事的，不碍事。”

林大婶从伙房里端出菜来，叫大家吃饭。侯亭花狼吞虎咽，一会儿便吃了几大碗。林大婶又劝再多吃一碗，侯亭花连说：“吃饱了，吃饱了。”

大家都吃完饭，林大婶收拾碗筷，秋月斟上茶来，吃了一会儿，侯亭花回家去了。林大婶支开林大叔，问秋月：“你们什么时候好上的？我连个风儿也不晓得。”秋月嗔道：“妈，你就别问了。”林大婶说：“好，不问。到这会儿还怕起丑来，你实话告诉我，你们好了有多少日子？”秋月说：“有些日子了。”林大婶说：“你觉得他怎么样？”秋月说：“花大哥人好，对我也好。”林大婶点点头，说：“这些我看得出来。今儿看他那副样子，我心里很喜欢，落后仔细一想，又疑惑起来，只怕他骨子里那些东西，是不是与他爹一样，吊儿郎当、游手好闲，难说得很。”秋月说：“妈，你别胡思乱想，你看花大哥老老实实，本本分分，哪里像他爹？再说，你今儿也看到了，花大哥做起事来，多卖力，村里人有几个比得上他？”林大婶说：“你不晓得，偌多吊儿郎当、游手好闲的人做起事来也是连命都不要，但只是那一会儿，要是叫他长年累月下去，却是不能。疯耍起来，连家都不晓得回，眼里头也没别个。别个说不得他半句，也听不进半句。我就是担心亭花是这种人。”秋月说：“妈，想是你多心了。花大哥怎会是那种人，人家里里外外都正经得很呢。他亲口对我说，今生今世，绝不让我受半点累、怄半点气、伤半点心。他会自始至终爱护我。你说这世上几个人能有这份心？”林大婶说：“这些话是男人家都会说，哪里信得过？”秋月说：“我晓得这个道理，若是从别个口中说出来，我断不会相信，只是花大哥亲口对我说的，我信他。”

林大婶沉默良久，突然说道：“你是这辈子认定要跟他？”秋月看着林大婶，点点头。见林大婶神色凝重，像是有话要说，问道，“妈妈，你是不是不喜欢花大哥，才不放心他？”林大婶说：“这后生手脚勤快，嘴巴又甜，我看着心里也爱。只是他的行事我们晓得不多，有些不放心。”秋月说：“花大哥行事堂堂正正，光明磊落，绝没那些肮脏、龌龊的行径，妈妈有什么不放心的？”林大婶说：“人心难测，你不是他肚子里的虫子，又怎晓得他肚子里的事？”秋月一时来气，说：“妈，横竖你是不想让我和他在一起？”林大婶说：“我怎么会有这个心思，你是我养的女儿，你跟哪个，只要心里欢喜高兴，我还不是跟着你一起高兴。我只想劝你，这事慢慢来，急不得，横竖自己还没年纪，等几年要什么紧？”秋月说：“你等得，我等不得。横竖你不反对，我自个主张就是。我们已商量好，今年过年前，我就进他家门。”林大婶急了，说道：“看你急成这样子，听妈一句话，也是为你好，总不成妈还能害你？过几年再说吧。”秋月说：“不消等了，我主意已定，这回是我自愿的，没有被谁胁迫，就是我错了，也不怨谁。”说着进房里去了，留下林大婶一个人呆了半晌。

过了半个月，秋月家的新牛栏已经起好，眼看快要过年，侯亭花想到与秋月的婚约就是年尾，想着还是先把这事办妥，免得牵肠挂肚，日夜不宁。于是选了个好日子，到林二婶家里来。

林二婶和林二叔正在捧着碗在院子里一边吃早饭一边晒日头，见了侯亭花，让进屋，放下手中的碗，去斟茶。侯亭花见了，忙说道：“婶婶，不用忙，你们先吃饭，我先坐一会儿就是。”林二婶端过茶来，说道：“不妨，你先吃口茶。”说着，三两下吃完碗里剩下的饭。

林二叔见了侯亭花，点头笑笑，侯亭花也回礼，叫声“叔叔”。林二叔吃完碗中剩下的饭，挑着粪箕出去了。

侯亭花吃了茶，说：“婶婶在家里忙着呢？”林二婶笑道：“我们有什么忙的，不就是每天打打牌，困乏了几个人一起讲些笑话。我们是蒙着脑袋过日子的人，哪里管得什么事。”侯亭花笑道：“婶婶怎么在侄儿面前谦虚起来，子虚村的人有哪个不晓得婶婶聪明能干，巾帼不让须眉。”林二婶哈哈大笑，说：“亭花侄儿，高看我了。你今天来找我有什么事？”侯亭花说：“我和你侄女好了有些日子，想必你也晓得些。我们约定今年过年前结婚，你看，眨眼工夫就要到了，我想请你做个中间人，帮我们作伐撮合，这份恩德，以后定当相报。”林二婶说：“我是听过一些风儿。你们彼此爱慕，两情相悦，我这个中间人当然可以做。换了是别个，我那侄女的性子，是不敢去惹她的。如今你们早已山盟海誓，私订终身，我这个中间人不过是个过场。你爹临死前，还对这事放心不下，念念不忘地叮嘱我，好歹帮你介绍个女孩子，成个家，这香火说什么也不能让它断。落后你爹死了，我一时也没相熟的人给你介绍，倒是把这个事情落下了，不想我侄女那么个人，却被你降服了，这岂不是天造地设，天作之合？这个顺水人情，我给你做了。”侯亭花说：“有劳婶婶。到了那天，定要请婶婶坐上席。”林二婶笑道：“我这辈分哪里敢坐上席，要是往上面一坐，还不把人给折煞了。上席这个位置还是让那些辈分高的老人家坐好了。酒嘛，倒是可以多吃几瓯。”侯亭花笑道：“那是，那是。还是婶婶虑事周详，说得在理。我先回去，专等婶婶好信儿。”林二婶笑着将侯亭花送出院子门口，见他去远了，才回房来，收拾一番，出门直往林大婶家来。

林二婶进林大婶家门，见秋月坐在矮凳上拿着针绣花，叫声“秋月”。秋月抬头见是林二婶，本来对她讨厌之极，不想去理睬，但想到她此刻来定是有关自己和侯亭花的事，于是微笑着说：“是婶婶，屋里坐。”说着去倒茶过来。林二婶说：“你妈妈不在家？”秋月说：“在屋后头喂猪，我去叫她。”正要起身，林二婶一把拉住，说道：“先别急，我有一句话想问你。”秋月说：“婶婶有什么话尽管问。”林二婶说:“今天一大早侯亭花就来央及我做中间人，做成你二人之间的好事，你心里头愿意吗？”秋月红着脸，点点头。林二婶说：“晓得了，去叫你妈妈进来吧，我有话跟她说。”秋月转身从耳门出去了。

一会儿，秋月和林大婶一起进来。林大婶双手是潲，冲着林二婶笑笑，忙去盆里洗手。秋月拿起针线回自己房里去。林大婶洗手过来，说：“二婶今天没出去打牌？”林二婶笑着说：“今天有事，没去了。”林大婶说：“二婶有什么事？”林二婶说：“今天一大早，侯亭花就过来跟我说他和秋月的事，央我和你们说说，尽早把这事办了。大家心里的石头好着地，也好过个欢喜年。我想这事你们早已晓得，用不着我多嘴。我想听听你们的想法。”林大婶说：

“侯亭花这后生看起来确实不错，我心里喜欢。我并不反对他们来往，只是立刻就要结婚，是不是仓促了些，不太好？”林二婶说：“嫂嫂，有什么不好的？”林大婶说：“他们来往才多少天，还没到那个时候，就论起婚嫁来，是不是急了点？”林二婶说：“这哪算急，你没见有些人认识几天就结婚呢。再说，都是一个村里的人，从小认识，又是一块儿长大，经常一起玩耍，大家知根知底，这样算起来，也有十多年，又不是昨天才相见。”林大婶笑道：“那是小时候的事情，哪里算得数。我是想先等两年再结婚也不迟。”林二婶说：“嫂嫂，我倒是有句话，说出来怕得罪你。”林大婶笑道：“二婶平时快言快语，怎么这会儿又打起弯来？有什么话直说就是，有什么得罪不得罪的。”林二婶说：“嫂嫂若是嫌亭花穷酸，打心眼儿里看不起他，不准他们来往，我什么话都不说了。如今嫂嫂心里喜欢他，他们俩又情投意合，双心暗结，嫂嫂何不顺应人意，就此成全他们？嫂嫂有这份恩德，就是日后他们感激起来，四处说嫂嫂的好，嫂嫂也落个好名声。若是嫂嫂百般阻挠，终究是挡不住这些后生家要在一起。到头来，嫂嫂不但瞎子点灯——白费蜡烛，他们心里还会怨恨嫂嫂，那时嫂嫂还能讨得半点好处？又有俗话说得好，早栽树早乘凉，嫂嫂怎么就把这些统统忘了？”林大婶说：“二婶，这些我没忘。我心里的难处你不晓得。你什么也别说了，他们想现在结婚，横竖我是不会答应。”林二婶说：“嫂嫂，你再好好想想。侄女的性子你晓得，不怕她恨你？”林大婶说：“哪怕她记恨我一世，现在我也绝不会答应。”林二婶见无法说动林大婶，只得告辞回去。

林大婶坐下来，独自想了一会儿，脸色阴森森，似是凝霜一般。突然站起身来，和秋月说了声，独自出门去了。

秋月在房里早已将林大婶和林二婶的谈话听得清清楚楚。当听到林大婶阻拦自己和侯亭花永结同心时，心里不但怨恨，还恼得将绣着的锦帕摔在地上，流着眼泪，悲天长叹，戚戚楚楚，呆了关天。林大婶回来时，已快晌午，敲几声门，也不见秋月应，推门一看，见秋月呆坐在床上，双眼无神，泥菩萨似的看着前方，纹丝不动。晓得是上午和林二婶说的话被听到了，在要性子，也不去理她，自去做饭。

下午，秋月牵着牛出去，左等右等，只是不见侯亭花来。心里满腹委屈，无法倾吐，气得肺腑快要炸开似的，痛苦难当。凛冽的寒风一阵阵吹来，如冰刀锥骨一般，从头到脚霎时一片冰凉。看着河边光秃秃的树丫，在寒风中瑟瑟发响，凋零无依，不由得悲伤起来，虽有父母百般宠爱，关切有加，可是这些哪里比得上他那温暖的臂弯，火热的言辞。他那温情脉脉的眼神，无时无刻不在脑海里游走，让人心醉，让人着迷。他那深情款款的一吻，似能融雪化冰，把自己冰凉的心刹那间生出熊熊火焰。更是那宽厚的臂弯，恰如冰天雪地里的温室，一经进入，便觉满身温暖，乐不思蜀，再不忍离去。如今妈妈却要从中作梗，不以体恤，她那哪里晓得女儿的相思之苦。纵有千种苦处，更与何人说去？今世若不能与他携手绸缪、相濡以沫，活着又有什么意思？

秋月想着，不觉眼泪簌簌往下落。刹那间，眼前一片模糊，似有漫天雪花，絮絮飞舞，四周满是银白，一阵阵寒气直往上涌。秋月紧了紧衣裳，揩干泪痕，不觉又已到傍晚。天开始黑暗起来，还是不见侯亭花来，想是不会来了。心里恼恨一回，怀着满腔愤怒，牵着牛回去了。

回到家里，赌气走进自己房里，把门上了栓，到吃饭时，林大婶怎么叫都不开，也不说一句话。林大婶晓得她的性子，在门外劝说几句，自去吃饭。

一连几天，秋月也没见到侯亭花的影子，原来的怨气已渐渐变成怒火，在家生着闷气，暗骂：“负心的贼，我哪里又得罪你了，这些天，也不来理我一声、看我一眼，我要是哪天死了，你才甘心？”心里想着，来到书桌前，摊开纸笺，提笔蘸墨，写下几行字。写好后又折起来，另拿一张纸包好，带在身上，出门来找小三子。

小三子不在家，李大婶见了秋月，问她有什么事？秋月说：“也没别的事，想和他说几句话。他回来，婶婶帮我转告一声，说我在找他。”李大婶点点头。秋月自回去了。

到傍晚，秋月放牛回来，见小三子在门口等候。小三子见了秋月忙跑过来，说:“姐姐，你找我有事？”秋月叫小三子先等会儿，自己去拴好牛出来，回房里拿出一封书信，交给小三子说:“小三子，劳烦你将这封信帮我交给亭花大哥。”小三子接过信，说:“姐姐，离他又不远，有什么话自己与他说去，不是更好，何必费这些事？”秋月笑笑，说:“不一样的。”小三子说:“有什么不一样，想是姐姐怕丑，不好说出口。索性你告诉我，我与你说去。”秋月说:“好了，小三子，别说了，横竖你去给他就是。”小三子转身去了。

缔　结

侯亭花展开信来，见纸笺上飞笔写道："青青子衿，悠悠我心，纵我不往，子宁不嗣音。青青子佩，悠悠我思，纵我不往，子宁不来？"吟诵几遍，顿时泪流满面，噎声叹道，"不想秋妹这般多情、爱我，我却瞻前顾后，优柔寡断，真是枉为堂堂男儿。秋妹对我如此，我就是为她丢了这条性命又有何惜？"

第二天下午，侯亭花早早来到河边，等着秋月。见秋月来了，忙迎上去，紧紧抱住，眼睛红红的，心里一热，泪水盈眶而出。哽咽着说："秋妹，是我对不住你，这些天让你受苦了。"秋月凛然说道："你告诉我，为什么突然不理我，是我哪里得罪你，还是惹你生厌？"侯亭花说："你没错，也没得罪我，是我错了，全是我错了。"秋月说："你把话说清楚。"侯亭花松开手，深情看着秋月，说："那天我央你婶婶去你家说合我们的事，落后我回去。在家等了一会儿，不见婶婶来，却见你妈妈神色凝重，忧心忡忡地来了，叫我以后离你远点。落后我反复思量她这话，想是她老人家不赞成我们在一起。我不敢任意唐突，免得亵渎你。本想就此终了情缘，大家落个欢喜，不想昨天你却托小三子送来一封信，我看了方才在梦里醒来。如今我也不顾什么，你若不嫌弃，我们现在就离开子虚村，一起去别的地方过日子，你看好不好？"

秋月听侯亭花这些委屈和想法，一时又怨起林大婶来，道："原来是我妈妈糊涂，她怎么这般不知事，从不想想我心里的苦，若是离了花大哥，我的心便如同枯木一般，就是活着跟死了又有多大分别？花大哥对我情深意隆，我却错怪他，真是不该。花大哥，是我错怪你，对不住。”侯亭花笑道：“秋妹，我们早已不分彼此，哪里用得这般客气。我问你刚才的话妥不妥当？”秋月思索半晌，说道：“不妥。”侯亭花一听，愕然问道：“有什么不妥，我们一起离开这村子，再没人管束，自由自在地过日子，多好。难道秋妹不想和我在一起？”秋月红着脸嗔道：“哪个说不想和你在一起，我是说不用那般费事。”侯亭花说：“秋妹有什么好办法？”

秋月低着头，涨红着脸，手上兀自抚弄那根赶牛的棍子，只是不开口。侯亭花摸不透秋月心里在想什么，见她低着头，红着脸，做出一副女孩子家羞态，心想肯定是难于启齿的话，柔声说道：“秋妹，有什么话不妨直说出来，不管是好是坏，难道我还会笑话你？”秋月抬头看侯亭花一眼，又低下头去，小声说：“事先不让他们晓得，我诈着进你家门，到时生米煮成熟饭，我妈就是想不答应也不成。”侯亭花说：“这怎么成，太委屈你、对不住你，到时你会听很多闲话。我们偷偷走了，岂不落得干净？”秋月说：“有什么不成。如今没有别的办法，也不拘它什么礼数不礼数，横竖把事情做成就是。那时你是她女婿，我又是她女儿，难不成她还能把咱俩硬生生拆散了？再说，我妈又不讨厌你，她只是嘴上说得硬，却是一副菩萨心肠，到时你跟她多说些好话，把事情做漂亮，她心里就允了。要是我们偷偷跑出去，他们不是更伤心？”侯亭花无奈地说：“这事本该光明正大、轰轰烈烈才是，如今我们却偷偷摸摸，如同做贼一般，天地良心，实在对不住你。”秋月叹声气说：“花大哥别这般说，你心里也不要存任何愧疚。这些年来，看惯了作秀恩爱，到头来终是离别。我们俩凡骨俗胎，还不如实实在在。只要我们心有灵犀，彼此相契，要那些镜花水月做什么。”侯亭花听了，心下一动，微微笑道：“秋妹说得不错，只要我们心存彼此，又乔模乔样张致什么？”一会儿又说，“但愿我们这份情能与天同长，与地同久，至死不渝。”秋月心下一热，偎依在侯亭花怀中，细语呢喃良久，商量如何行事，约好了，侯亭花才回去。

到了傍晚，秋月牵牛回来，去牛栏拴好。出来对林大婶说，今天有一个姊妹过生日，要去她家里吃饭，夜里不回来了。林大婶说，晓得了，你自己小心些，少吃酒，早睡，别耍得太疯。秋月说了一声“晓得”，往外去了。

第二天一早，秋月挽着侯亭花的手，相依相偎回来。见了林大婶，忙松开手，神色忸怩，低着头，诡异地笑笑，娇声说道：“妈，昨天夜里我去花大哥家里了。”林大婶一听，先是一愣，看他们脸色略有羞愧，立即明白。晓得事已至此，已无法挽回。想着自己历年来，为女儿殚精竭虑，百事操劳，却抵不得一个后生三言两语、巧舌惑心，这般忤逆自己。脸一阴，气上心来，愤怒填胸，全身发抖，颤声说道：“你去了就去了，有了那安乐窝，还回这草窝来做什么，最好一世也别进这个门。”秋月走到林大婶身旁，拉她的手，说：“妈，我回来给你说一声，求你给我做主。”林大婶说：“你的事我哪里做得了主，哪一件不是依着自己性子来。这回好了，我不想多嘴，横竖如了自己的愿，你自己想怎么办就怎么办吧，与我再没关系。我都这个年纪了，还能吃几年？或许哪天睡觉眼睛一闭，两脚一伸，第二天再不起来，什么也不晓得，就干净了。”侯亭花在一旁赶紧说道：“妈……”一句话没说完，林大婶朝着他两眼一瞪，厉声说：“别叫我妈，我不是你妈。”侯亭花被呛得缩在一边，不敢作声。秋月说：“妈……”林大婶说：“你也别叫我妈，从今天起，我不再是你妈，你们走吧。”秋月惴惴地说：“妈，我进去拿些东西？”林大婶看秋月一眼，秋月见林大婶满脸阴云，万般无奈，这一刹，似乎老了许多，心下愧疚，不敢多看，低着头进屋去了。林大婶呆立半晌，默默走开了。

秋月进屋来捡起几件衣服，想和林大婶说些歉疚的话再走，出院子来，已不见林大婶，又转身进屋，到林大婶房门口，见门关着，用手一推，门已上栓，轻轻敲几下，也不见应，只是隐隐约约听到里面似有哭声。秋月心下一悲，泪水流出，哽咽着说：“妈，女儿不肖，做了对不住你的事，惹得你生气，千错万错都在女儿一人身上，如今犯下这等罪孽，也不敢奢求你在这一时就能谅解，只求你能多多保重自己，别为这事伤了身体。花大哥人品敦厚，性情质朴，做人又踏实，我信他是个好男人，跟了他不会吃亏，妈妈不用为我担心。我会常回来看你的，那头牛没人看，索性卖了吧。”秋月站在门口等了一会儿，不见回应，又说道，“妈，我走了。”

秋月转身出来，见侯亭花在院子里待着，把包袱拿给他，说：“我们走吧。”侯亭花搂着秋月回去了。

秋月和侯亭花回到家里，只觉得全身疲困不已，骨架像是快要散了似的，软绵绵，往椅子上一坐，瘫在那里兀自出神发愣。侯亭花忙过来问道：“秋妹，想是昨天夜里没睡好，先坐着休息一会儿，我帮你倒瓯茶来解解困。”秋月眯着眼看着侯亭花，点头笑笑。侯亭花转身去倒茶来，双手递上，秋月接过，吃几口，放在一边，靠着椅背，闭上眼，养起神来。侯亭花见了，不再惊扰，忙其他的去了。

过了一会儿，秋月正是神思迷糊，只听侯亭花大声呼叫：“秋妹，快过来看。”秋月听见呼声，睁开眼来，懒懒说道：“什么事这般大呼小叫，我困得很，让我歇一会儿，过得片刻再说。”侯亭花从房里走出来，一把将秋月扶起，拉着她手说：“秋妹，先别打盹，看了再说，保管你会吃惊不小。”秋月随着侯亭花进房来，说道：“有什么稀奇可看，这般要紧。”侯亭花也不搭话，拉着秋月走到床前，往床上一指。说：“秋妹，你看，这是什么？”秋月斜眼看去，见床单上有块巴掌大的殷红，花一般的散开，耀眼夺目，大吃一惊，唏嘘叹道：“老天爷就是喜欢开玩笑，捉弄人。这有什么好看的，快拿去洗了吧。”侯亭花说：“秋妹原来还是女儿身呢，不把它藏起来，留作纪念？”秋月瞪他一眼，说：“留什么，你想让人都晓得？没正经。”侯亭花笑道：“秋妹说不留就不留，我去把它洗干净。”说着把染了血的床单抽出来，另找一张干净的垫上，把秋月扶上床，帮她脱去鞋，躺下，又燕语呢喃、喁喁私语一回，侯亭花才带着换下的床单出去。

过了些天，已快过年，天气晴朗，侯亭花拿钱出来，办了一份丰盛的大礼，和秋月一起拜访岳父、岳母。侯亭花用两个大箩筐挑着，进了林大叔家门，见林大婶正在院子里做糯米粑粑，放下担子，亲切地叫了声“妈”，林大婶瞥他一眼，也不应，只顾忙自己手里的活。秋月笑嘻嘻走近身来，说：“妈，我帮你。”林大婶头也没抬，轻轻说道：“不劳你了，去歇会儿吧。”秋月说：“妈，你还生我的气？”林大婶抬起头来，看着秋月，说：“没生你的气了，谁叫你是我女儿。”秋月笑道：“妈，你就让我练练手吧。”林大婶说：“哪有女儿头次回外家就动手的，去坐着吧。你姐姐回来了，叫她陪着你们就是。”

正说着，突然听到一声“妹妹”。秋月转过身，见春花已从房里出来，笑盈盈地走近，在自己身上仔细打量。秋月一阵欣喜，满脸羞怯，拉着春花，娇声说：“姐姐什么时候回来的？”春花微笑着说：“前几天才回来，路上劳累得很，这几天都在床上躺着呢。妹妹过来坐。”又对侯亭花说：“亭花兄弟，你也过来坐。”秋月和侯亭花入座，春花倒茶过来，看着他们俩，嬉笑着说，“妹妹和亭花兄弟真是天生一对，地造一双，配得很。”秋月脸一热，又红起来，柔声说：“姐姐又在打趣我，等会儿姐夫过来，看你还敢不敢说这些话。”说着低头看了一眼侯亭花，见他泰然自若，微笑不语，心里才放宽。春花说：“鬼丫头，又在说疯话。”秋月说：“夏生哥晓得你回来吗？”春花说：“晓得。”秋月诡笑着说：“想是他去接你的？”春花笑笑，直叫侯亭花吃茶、吃瓜果，家里人别客气。侯亭花说：“我正吃着呢。姐姐不轻易回来，和秋月多说会儿话吧，我去伙房帮妈妈烧火，蒸粑粑。”春花点点头，说：“好，你去吧。”侯亭花转身去了。

春花悄声说道：“我看亭花兄弟人很好。小时我们又是常在一起玩耍，晓得他不像别个那般顽劣，现在长大也是谦和有礼，不虚张狂妄，想来对你也是关怀备至，呵护有加？”秋月笑眯眯地点点头。春花又说，“这回可如你意了？”秋月还是笑笑。春花佯嗔道，“看你这死丫头，有了郎君就忘了娘亲，心里头就乐成这样子。”秋月笑着说：“姐姐屈煞我了，我哪里忘了爹娘、姐姐。你们都是我最亲的人，人生在世，还有什么比亲情可贵？如今我心里头却有一件事发愁呢。”春花说：“是什么事情，说来听听？”秋月说：“当初，妈妈不大喜欢我和亭花在一起，你看她现在紧缩的一张脸，想是心里不高兴，对亭花还有成见。”春花说：“木头都已做成船，难不成她还把整条船毁了？”秋月说：“话是这般说，只是妈妈不开心，我心里总是不好受。妈妈又不是那种不爱说的人，她要是长久把这事压在心里，还不憋出病来。一想到这些，我就难过。”春花点头说道：“你说的这些也在理，妈妈就是那种人。等夜里我帮你多劝劝她，消除她心里的隔膜才好。”秋月说：“那就多谢姐姐了。这些天来，我一直想着要姐姐帮忙这件事，不想姐姐却想到我心里去了，真是比我肚子里的虫子还管用。”春花笑道：“我哪里当得起你肚子里的虫子，在伙房里烧火的那个才是呢。”秋月说：“怎么不见夏生哥过来坐坐？”春花说：“想是快要过年了，在家里忙着呢。”秋月说：“夏生哥这一年里头都在城里做事，我在家也没见他回来几次，真够辛苦的。”春花默默地点点头。

正说着，只见一人匆匆进屋来。春花和秋月一齐看去，却是夏生。秋月站起身来，惊呼道：“夏生哥，姐姐正盼着你来呢，不想还真把你给盼来了。”春花急忙瞪着秋月，嗔怒道：“死丫头，又在乱讲什么，哪个盼了。”秋月笑着说：“姐姐嘴上是没说，心里不晓得说了多少次。见你迟迟不来，都急出一身汗了。”春花骂道：“死丫头，你再乱讲，等会儿看我不撕烂你的臭嘴。”秋月拉着夏生，说：“好了，我不说了。姐夫你快请坐吧。”

夏生一进门来，见她姊妹俩说笑打趣，也觉热闹，只站着微笑不语。此刻见秋月拉着自己叫“姐夫”，猝不及防，心下大骇，不觉哑然，神情更是忸怩。春花被窘得满脸通红，气冲冲走过来，要揪住秋月掐她的嘴。秋月忙躲在夏生背后，朗声说道：“姐姐饶命，我是一时失错，说漏了嘴，你大人有大量，饶我这一次，下次再不敢了。”夏生讪笑着说：“算了，别跟她计较。”春花见说，才回到自己位置上去。

夏生坐下，秋月去倒茶过来，说：“怎么这一向都少见你回来？”夏生说：“在城里做事忙得很，没多少空。”秋月说：“做事那么忙累，也该注意身体才是，要劳逸相当，别把自己身体累垮了。”夏生说：“多谢你关心，我晓得。”秋月说：“不用谢我，我是代姐姐说的，你要谢就谢姐姐好了。”夏生看一眼春花，见她脸色微怒地瞪着秋月，秋月笑道，“姐姐只顾看着我做什么，我又不是你要看的人。好了，我坐在这里想是蹩脚，还是去烧火了。”说着转身出去。

春花说道：“家里的事都忙完了？”夏生说：“也没什么事，我回来他们都不让我粘手，只叫我歇着。”春花说：“你爹妈身体可好？”夏生说：“他们身体都好，筋骨硬朗得很呢。”春花说：“你在城里做事很辛苦？看你都瘦了好多。”夏生说：“那点事算不得什么，你看我手脚强健得很，吃得开。”春花说：“别逞强了，我还不晓得。过了年你还是去找些轻巧的事做才好，那些重活哪是你做得来的。”夏生说:“晓得。”说着从兜里掏出一个纸包，递给春花，说,“这里有些钱，你拿着吧。”春花说:“我在学堂，你已经寄过很多钱给我，你还是自己留着，多买些东西补补身体。”夏生笑道：“你看我这般强壮，哪里需要补身体，没准补出病来，你先拿着吧。”春花把钱收了，说：“快晌午了，吃了饭再回去。亭花兄弟也在这里。大家小时候都是一起耍的伙伴，如今长大都分散了，难得聚在一起。”夏生说：“我回来听说他和秋月的事。我坐了这一会儿，怎么不出来相见？”春花说：“你稍等会儿，我去叫他出来。”

春花去了一会儿，和侯亭花一起出来。侯亭花见了夏生，爽口说道：“夏生哥，好些年没见，都长大了，差点认不出来。”夏生说：“是啊，几年前听说你去了福建，就再没见过你。”侯亭花说：“是啊，去了这些年，只是过年才回来几天，又机缘不凑巧，没碰上。”夏生说：“别了这么多年，难得相见，你哪天有空去我家里坐坐，咱们把盏执壶，好好叙叙。”侯亭花应道：“好，一定去。”夏生和春花道别，便要回去，春花见留不住，说道：“你等会儿，我妈妈做的粑粑已蒸熟了，你拿些回去。”春花取过碗筷，去伙房里夹了一大海碗，用袋子装好，递给夏生，夏生接过来，提着回去了。

不多一会儿，林大叔从外面回来，侯亭花见了，忙上前问好施礼，林大叔只是点头嘿嘿地笑。林大婶端出蒸笼里的一搭粑粑来，叫大家趁热吃。春花、秋月、侯亭花吃了几个，只觉得用芝麻糖做的馅，吃起来又香又甜又软，腻人得很，便不再吃。林大叔却吃得津津有味，如饫珍馐一般，唏嘘有声。春花和秋月见了，忍不住“哧哧”地笑。不到半顿饭工夫，那十几个鸭蛋大小的糯米粑粑便一扫而光。林大婶端上饭菜来，大家一起吃饭。林大婶不住地叫大家多夹些菜吃。见秋月只吃几口饭，便放下碗，不吃了，又不免叹几声气。

吃过饭，秋月和春花、侯亭花一起吃茶，谈白话，都说些各自的近况。秋月想着林大婶似乎对侯亭花不满，脸色不悦，也无心滞留，只坐了一小阵子，便和侯亭花回去了。

春花见秋月去了，回想秋月刚才说话时言语拘谨，眉目不展，似有满腹心事，晓得她心有芥蒂而不得畅怀。正在寻思如何宽慰林大婶，以消心中隔阂，却见林大婶已忙完手上的事情，坐过来。春花忙笑着说："妈，今天妹妹、妹夫他们来，你好像有心思似的，不高兴？"林大婶淡淡地说："这几天我一直在想这个事，有时想得心烦，夜里连觉都睡不好。"春花说："妈妈有什么烦心的事，与女儿说说，或许能分担一点。"林大婶说："还不是为了秋月那丫头和侯亭花的事。"春花笑道："妈，我看你是多心了。依我说，他们俩倒是般配。妹妹那般锦心慧性，若是嫁个浑浊的人，还不委屈了她？我看妹夫也是个灵巧人，能解人，又懂妹妹心思，处处替妹妹想。再说，妹夫人也好，又孝顺，你看过年了，他挑这么大担礼物来孝敬你老人家，可见有孝心。若是换了别个小气的，他家就是有一屋金子，也是自己攒着，哪里舍得拿一个钱出来？如今，有这么个好姑丈，去哪里找，妈妈还愁什么？"林大婶苦笑一声，说："他不孝顺我不要紧，我是怕秋月那丫头以后会吃亏。"春花说："妹妹跟了这么好一个男人，又有什么吃亏？"林大婶说："亭花从小就没娘，没人管教，他爹是个什么样的人你又不是不晓得。俗话说，上梁不正下梁歪，这样的爹能生出好儿子来？我是隐约记得亭花小时候就没干过什么正经事。"春花笑道："小孩子顽皮也是常见的事，如今长大了，心性开明，不就学乖了？"林大婶说："他第一次来咱们家时，我见了也是喜欢，他们在一块我并不反对。不过我们做父母的，对儿女的大事要多操心。落后我仔细一想，我们对人家一点也不知情，怎么能凭三言两语就下定论？过个几年，看看再说，又有什么要紧？横竖又没年纪。他若能自始至终对秋月好，那时结婚也不迟。按理，秋月也算二婚，头婚是形势所迫，逼不得已，还说得过去。如今好好的，哪个又逼她了？那丫头却等不及，生怕自己嫁不出去，背着我就跑到他家去。一想起这事，就让人伤心。”春花说：“妹妹是怎么背着你去他家的？”林大婶说：“那天亭花央你婶婶来说这事，我觉得不妥当，就回了你婶婶，落后心里越想越气，就去告诉侯亭花，叫他离秋月远点。过了几天，也不晓得他给秋月灌了什么迷魂汤，还是秋月吃错药，瞒着我，偷偷地就进了他家门。”春花笑道：“妈妈，这男女间的事情你就不懂了。有人可以为一个人不顾自己生死，像飞蛾赴火一般。也有人可以为自己不顾别人生死，诸如陈世美。妹妹这般心急，想是见了一块宝，自己先揽着，若是晚了，又怕被别人揽了去，岂不可惜？”林大婶瞪了春花一眼，说：“你怎么一点儿也不关心秋月那丫头，还在说笑？”春花笑道：“我哪里不关心她了，她若是不开心，我也不好受，如今她好好的，我又去瞎担心什么。我倒是劝妈妈，把心放开了，你就是日想夜想，把头想烂了，又能济得什么事？反给自己多添些烦恼，不如在心里准了这事，大家豁然，就是以后妹妹、妹夫他们来了，见你一张笑脸，也开心。”林大婶叹声气，说：“如今我就是不准也不成了。只是这心里头的疙瘩总是消不去。”春花笑道：“那是妈妈心里头还不认这个女婿。”林大婶叹着气，随口说道：“认了，索性全认了，我又何苦跟自己女儿过不去？由着他们去吧。”站起身来，又忙别的事去了。春花见林大婶郁郁寡欢，又无从替她排解，心下歉然，见外面日头和煦，索性出去散心去了。

过完年，春花又要回学堂了，秋月和侯亭花、夏生等都来送别。夏生自回去，秋月和侯亭花回到家里，说道：“亭花，我们现在用钱的地方多，到时有了孩子就更加不得了，为以后着想，你还是去做一份长久的事才好。”侯亭花说：“我也是这般想，听说李富财那里人手紧得很，我倒想去问问。他要是能答应下来，我就去他那里做事。”秋月说：“也好，你先去看看。”

侯亭花出门，直往李富财家。到了门口，见门关着，敲了几下，不一会儿，有人出来开门，侯亭花见是周大嫂，忙笑着说：“伯母，新年好，给你拜年了。”周大嫂笑道：“是亭花侄子，新年好，快进屋来坐。”侯亭花站在门口说道：“伯母记性真好，几年不见，还认得我。”周大嫂说：“不是我记性好，去年你爹出丧，是我去送的，见过你。”侯亭花说：“原来是这样。李伯伯在家里吗？”周大嫂说：“他一早就出去了，这会儿不在家。你找他有事吗？”侯亭花说：“听说伯伯的沙场上还需要人手，过来问问。”周大嫂说：“我不晓得他的事，你先进屋来吃瓯茶，下午他就回来。”侯亭花说：“伯伯不在家就算了，不烦伯母了，我下午再过来就是。”说着辞了周大嫂回去。

过了晌午，侯亭花又来，周大嫂出门来，说：“快进来，这会儿他正在家呢。”侯亭花跟着周大嫂进屋来，周大嫂叫侯亭花先坐下，自己去倒茶，又叫李富财出来，自去了。李富财看着侯亭花说道：“你就是大头的儿子？”侯亭花站起身，恭恭敬敬地答道：“是，伯伯，侄儿叫亭花。”李富财“嗯”了一声，点点头，喁喁说道：“亭花……好，很好。”侯亭花说道：“伯伯，你的沙场还需要人吗？”李富财似没听见一般，张着嘴，翕合几下，却发不出声来。侯亭花又稍微大声说道：“伯伯，你的沙场还需要人吗？”李富财这才一凛，回过神来，眨几下眼，柔声说道：“花兄弟，你说什么？”侯亭花说：“伯伯，你的沙场还需要人吗？”李富财说：“正缺得紧呢，花兄弟，你要是想来，明天就过来吧。”侯亭花喜道：“多谢伯伯。”李富财说：“花兄弟，我看着你倒是投缘，以后你帮我做事，也不用叫我伯伯，以兄弟相称就是。”侯亭花说：“侄儿怎么敢当，你比我爹爹还大呢。”李富财说：“有什么敢当不敢当的，称兄道弟关年纪大小什么事，只要投缘，彼此心照就好。”侯亭花说：“话是这般说，我看还是不太好。”李富财说：“有什么不好？”侯亭花说：“说出去别个会议论，笑话我们俩不成体统。”李富财说：“这有什么好怕的，那些俗人狂夫不懂义理之道，只顾妄笑，就让他去笑好了，我们去理会它做什么？”侯亭花说：“既蒙伯伯不嫌弃，这般看得起侄儿，侄儿以后就照伯伯说的去做。”李富财笑道：“花兄弟，你怎么还是‘侄儿’‘伯伯’的，听着让人别拗，你叫我李大哥就对了。”侯亭花说：“晓得了，李大哥。”李富财笑道：“嗯，这样说话才是。你先回去，明天早些过来。”侯亭花辞了李富财，回去了。

侯亭花回到家里，与秋月说知，自是欢喜好一阵。秋月说：“人家好心收你去他那里做事，你也要好好报答人家，不要只晓得躲懒，专找轻巧事做。横竖你有的是力气，多出些，这样人家看在心里也顺畅。若是三心二意，摆出一副要死不活的样子来，没准哪天人家恼火，又把你赶回来。”侯亭花说：“晓得，我今天去，他俩公婆热情得很，特别是李大哥，还说要和我以兄弟相称呢。”秋月说：“哪个李大哥，是李富财的儿子吗？”侯亭花说：“怎么会是他儿子，就是李富财大哥。”秋月听了，横眉一竖，怒道：“没个体统，他都那把岁数，比起你爹来也不晓得大了多少去，你这么个小后生，去与人家称兄道弟做什么？再说，人家有钱有势，你的荷包里能有几个钱，要去攀亲？”侯亭花说：“不是我要去攀这门亲，是李大哥非要我以兄弟相称，我叫他伯伯，他还不肯呢。再说，我和他结拜兄弟，又不是为他的钱，李大哥性子豪爽，我们一见如故，惺惺相惜，叫声兄弟又有什么关系？”秋月略一思索，说道：“既然他非要这般，咱们也不得不依。只是你以后要谨慎些，在没人的时候，当着他的面这般叫他，到外面来，断不可这般叫他，不要让别个听见了笑话。”侯亭花说：“晓得，不消多讲。”

第二天清早，侯亭花在家吃完早饭，别了秋月，径往李富财家去。到了门口，见门关着，轻敲几声，周大嫂出来开门，侯亭花问好，进屋里来。周大嫂自去忙。

侯亭花进厅屋来，见李富财坐在椅子上佯着眼[①]在吸烟，忙叫声“李大哥”。李富财听到叫声，睁眼一瞥，见是侯亭花，忙坐正，说道：“是花兄弟来了，快请坐。”侯亭花坐下，李富财从茶几脚下拿出一只瓯子，斟茶给侯亭花，说道：“花兄弟，吃茶。”侯亭花吃着茶，说：“李大哥精神不太好，是夜里没睡足？”李富财说：“这些日子来，夜里难得眯会儿眼，有时睁着眼就到天亮。有时打个盹，也是一会儿就醒，然后熬到天亮。”侯亭花说：“夜里睡不着倒是吃亏得很，李大哥有没有去看医生？”李富财说：“去了，也吃了不少药，只是不管用。后来去的次数多，医生索性说我身上半点病也没有。不晓得怎么回事，只是一到夜里全身虚热出汗，像是有千百只蚂蚁在身上挠痒一般，让人不得安宁，苦得很。”侯亭花说：“想是上火，找些车前草熬水吃，清了火就消停了。”李富财说：“吃了，什么夏枯草、鱼腥草、金银花、菊花、

① 佯眼：眼睛半眯。

板蓝根等，都吃了，却管不得半点用。”

侯亭花将瓯子里剩下的茶一口气吃干，说道：“李大哥，我们还是去沙场吧。”李富财说：“急什么，吃几瓯茶再说。”说着又拿茶壶将侯亭花的瓯子倒满。见他身上穿的衣服褴褛，满是补丁，说：“花兄弟，你怎么穿成这般模样？”侯亭花笑道：“横竖是在外面做事，忙来忙去的，哪里去计较这些。”李富财说：“哪个讲要你亲自去河里动手？”侯亭花一怔，愕然问：“李大哥要我来做什么？”李富财说：“河里那些粗活自然有人去做，但用不着你去做。我看你这般娇嫩，哪里经得起。”侯亭花说：“李大哥不用担心，我身体结实得很，肩上挑几百斤重担也不妨事。”李富财笑道：“花兄弟，你我既然是兄弟，我自然不会亏你，做哥哥的怎舍得让你去受那份罪？我心里也过意不去。”侯亭花低头半晌不出声。

李富财又说：“你平日里只需替我看着他们，管好出账、进账，然后掌握货物调度就行了。”侯亭花说：“兄弟身上只有一些蛮劲，挑担使力却是不妨，若是叫我去拨弄笔墨、算盘上的事，却从不曾经历，怕是有负李大哥重托。”李富财说：“这有何妨？一回生，二回熟嘛。一来二去还不是都会了。”说着从身上拿些钱出来，给侯亭花，说，“花兄弟，你拿这些钱去买几件像样的衣服，别穿这身讨饭的衣服，出门不好看。”侯亭花说：“李大哥，这钱你先收回。我还没出半点力，怎好拿李大哥的钱。”李富财说：“花兄弟，你怎么这般见外，大哥给你钱拿着就是。我们是兄弟，又不比别个，以后我们有福同享，有难同当，有我李大哥的，就有花兄弟你的。”侯亭花听了心下感动，只是讪讪地笑笑，还是有些胆怯，不敢去拿茶几上的钱。李富财见了，说道：“花兄弟，男人家做事要爽快，你这般推推阻阻，就是看不起大哥。”侯亭花说：“李大哥说的哪里话，兄弟怎会这般想。李大哥一番美意，我领了就是。”伸手去拿了，兜在荷包里。

俩人吃回茶，说番笑，侯亭花只觉得李富财亲切体贴，比起自己父母来，还贴心周到。渐渐的，直把李富财当亲兄弟一般，倾心相待，恨不得把肺腑全掏出来。李富财见侯亭花刨根刨底，知无不言，言无不尽，真心相吐，也是满心喜欢，愁眉舒展，精神倍增。只觉全身通泰，酣畅无比，大有相见恨晚之感。谈到晌午时分，也不晓得吃了多少壶茶。周大嫂从外面回来，见俩人嬉皮笑脸，嘻嘻哈哈，乐得像是得了宝似的，比几岁的孩童吃了糖还高兴，笑着说：“老头子今天遇了什么事，高兴成这样？”李富财说：“今天花兄弟在这里，真是难逢的知己，解人得很。正是应一句话，知己可遇不可求。如今我和花兄弟已成忘年之交，你先去做饭炒菜，晌午要和花兄弟大吃几杯。”周大嫂微笑着去了。

侯亭花和李富财继续谈白说笑。等周大嫂端出菜来，斟上酒，李富财说：“花兄弟，快来吃酒。”说着拉着侯亭花的手入座。俩人你干我一杯，我敬你一瓯，直把那酒当茶水一般，往肚里灌，周大嫂在一旁只不停地劝道：“慢些吃，慢些吃，又没人来跟你抢。”李富财哪里听得进去，说道：“你们女人家哪里晓得男人家的事，别啰唆，扰了兴头。”遂对侯亭花说，“花兄弟，别理她，咱们吃咱们的酒，今天心里高兴，不吃个醉也不罢休。”侯亭花说：“李大哥说得对，兄弟我活了有些年头，却从不曾像今天遇见李大哥这般高兴，就是舍了这条命，也要陪李大哥一醉。”周大嫂听了，再不去管他，坐一边去。

俩人哪里顾得许多，只管大口吃酒，大块吃肉，津津乐道。过得几时，都已醉到，爬伏在桌上，不省人事。只觉吃进肚里的那些东西不停地想往外翻，全身涨热得厉害，浑不觉一个响嗝打出，嘴一张，瓢泼似的哕出一大堆酒菜来。李富财奄奄说道：“花兄弟，我醉了，实在吃不得了，你再吃些。”侯亭花也昏昏沉沉地说：“李大哥，我也醉了，不能再吃。此时身上虽然难受，心里却开心得很。”话未说完，跟着又哕出一大堆秽物。周大嫂走过来说道：“你们先进房里休息一会儿，醒醒酒，我来收拾。”侯亭花扶着李富财，歪歪倒倒，跌跌撞撞进房里去了。

周大嫂收拾好桌上的残汤剩饭，清理干净地上哕出的秽物，歇了一会儿，出去找人打呱呱去了。

傍晚时分，侯亭花和李富财从房里出来。侯亭花要回去，李富财苦留不住，只得送出门。

变 心

侯亭花回到家里，秋月早已做好夜饭，见他满身酒气，问道："你去哪里吃酒了？"侯亭花说："晌午在李大哥家里吃了一顿酒。"秋月说："你跟他没亲没故，去他家里吃酒做什么？"侯亭花说："想是今天头一回去，李大哥热情得很，非拉我吃酒，我总不能薄人家的面子。"秋月说："以后别去他家吃酒，回来吃就是。家里又不是没让你吃。"侯亭花说："晓得。"秋月见他身上没粘泥土，问道："李富财没叫你去做事？"侯亭花说："李大哥关照我，不让我去河里，只叫我替他管着账。你说这般轻巧自在的事上哪找去。"秋月听着，默不作声，侯亭花又说，"李大哥见我身上穿着补丁衣服，还拿了些钱给我，叫我买几件像样的衣服穿，以后进进出出，叫别个看着也成样子。"秋月说："平白无故又要人家钱做什么？明天去还给他。"侯亭花说："是李大哥亲手给我的，又不是向他讨的，为什么不要。再说我不要，李大哥还不高兴。"秋月说："咱们虽然穷，也得有点儿志气，怎能随随便便收人家钱财？以后他给你什么钱都不能要，只要工钱。"侯亭花说："晓得，明天我去还给他。"

秋月见桌上的菜都已经冷了，说道："你饿了没有？先坐会儿，我去把菜热一热。"侯亭花说："你去热菜吧，我肚子早饿了。"秋月端着菜去热，侯亭花自拿一个瓯子，斟满酒，一口一口地吃着。秋月热了菜来，见侯亭花又在吃酒，说道："你晌午已吃过酒，夜里就不要再吃，酒吃多了对身体不好，少吃些也不妨。”侯亭花吃干瓯子里的酒，放下瓯子，说：“晓得，只是今天高兴，略多吃几口。”秋月舀上饭来，和侯亭花一起吃，说：“以后晌午饭和夜饭都回来吃，别在外面吃。别人又没管你饭，说出去不好听，还道是蹭饭吃。”侯亭花说：“晓得。”秋月拿筷子夹些菜放进侯亭花碗里，说：“你多吃些菜。”侯亭花“嗯”了一声，说：“你也多吃些。”秋月说：“我胃口不好，吃不下多少，你多吃些就是。”

侯亭花和秋月吃过饭，又沏壶茶，把盏对茗，各自谈些书上的事，或谣传下来的趣闻轶事，无不津津乐道，嬉笑开怀。秋月日里的忧愁，像长翅膀似的，刹那间全飞跑了。秋月偎依在侯亭花怀里，悠悠说道：“亭花，你说我们生个儿子好，还是生个女儿好？”侯亭花说：“当然是生儿子好。”秋月说：“生儿子有什么好？”侯亭花说：“儿子始终是自家的，跑不了，可以传宗接代，延续香火。要是女儿，无论再好，终究是别个家的，白养个赔钱货。”秋月听了，心里不乐，愤愤说道：“若是世上都生儿子，不是全成了光棍，我看你如何传宗接代，延续香火？”侯亭花一时语塞，回答不出，只是讪讪地笑笑，说：“你说生女儿好就生女儿好，横竖都是自己的骨肉。”秋月看着侯亭花，轻微地笑笑，说：“这句话说得还像些样。”

火光下，侯亭花见秋月灿容如花，娇笑如蕾，声似夜莺，无不怜惜，俯下身来，深深地吻着秋月粉红的脸颊，秋月紧紧地抱着侯亭花，燕声说道：“夜深了，咱们睡吧。”侯亭花点点头，抱着秋月回房里去了。

第二天，侯亭花在家里吃过早饭，穿身整齐的衣服，到李富财家里来。见了李富财问道：“嫂嫂在家吗？”李富财说：“那老婆子一大早吃过饭就出去了，这会儿又不晓得去哪里打呱呱，至少也得晌午才回来。”

说着俩人坐下，沏了茶，坐在一起吃。侯亭花嗫嚅好一会儿，从身上拿出李富财昨天给的钱，说：“财哥，你昨天给的钱我不能要。”李富财一惊，问道：“怎么回事，花弟？”侯亭花说：“我家女人不许我要你这些钱，只要工钱。”李富财说：“你家女人是哪个？怎么蠢到这上头来？”侯亭花说：“就是林家的秋月。”李富财略一深思，说：“就是去年进了张德贵家的门，落后又出来那个？”侯亭花不好意思地笑笑，说：“就是她。”李富财笑眯眯地说：“花弟，你好福气，讨了这么个如花似玉的婆娘。哪天有空，叫她一起到我这来坐坐，吃口茶也好。”侯亭花说：“怕是不会来。”李富财说：“怎么，还怕我这有老虎，把她吃了不成？”侯亭花笑着说：“财哥不晓得。我家女人性情怪得很，平时少去别人家里串门，也不打牌、打呱呱，没事时只是看书、写字，消磨日子。她若是不喜欢的地方，便是拿八人大轿也抬她不来。”

侯亭花顿了一会，把钱塞给李富财，说：“财哥，这些钱你收起来。”李富财说：“花弟，你真是见外，你跟财哥做事，又是好兄弟，财哥还会亏你？以后别分你的、我的，横竖我的就是你的。这些钱你拿着就是。”侯亭花说：“财哥误会了，是我家女人不肯。”李富财说：“你自己藏起来，不让你家女人晓得，找个日子，到城里随便怎么花都成。以后你若是缺钱，只要跟我说一声，不拘多少，我拿了给你。”侯亭花说：“既是这般，财哥这番盛意，我只好领了。”拿起钱来，兜在身上。李富财见了，说道：“这才像兄弟，以后你有什么事尽管跟我说就是，你的事就是我的事，只要我能办到的，不惜任何手段，也要帮你办到。”侯亭花说：“多谢财哥。”俩人吃茶谈白到晌午时分，侯亭花回去了。

侯亭花回到家里，见了秋月，只说钱已还给李富财。秋月点点头，俩人吃过饭，歇息一会儿，侯亭花又往李富财家里去。李富财领着侯亭花去沙场看了一回，又教他相关事宜。侯亭花心领神会，默记在心。回去吃完饭，到夜里，拿笔记在册子上，反复研习，没过几天，便对其中关节了如指掌，把事情做得顺风顺水。李富见了满心欢喜，至此，不用每天往外跑，只在家等侯亭花空了来家一起吃茶，谈白。

侯亭花自接手李富财外面的事情，要管货物进出，核对账目，又要与人联络，调动货物等，忙来忙去，也没多少空去李富财那，只是隔三岔五去汇报一番。李富财见侯亭花每天不辞劳苦，兢兢业业，也感念其情，又爱他乖巧，总不免时时赏他些钱财，或大大犒劳他一番。

侯亭花把李富财赏给他的钱自己全私攒下来，鲜为人知，便是秋月也蒙住，日子久了，拿出来一数，却也可观。心里暗忖道：“古语有云，‘人生自古谁无死，留取丹心照汗青’，可惜我碌碌之辈、泛泛之众，此心非彼心，名垂青史想是不能，自在快活地过日子，不比抑郁寡欢地过日子好些？我家女人虽然模样长得好看，只是少了热情，冰美人似的，夜里就是不肯换个样儿，哪里比得上外面那些人儿，风情妩媚、娇俏玲珑，让人如梦如幻、欲生欲死？咱也说不得什么守身不守身，自古男人家室里都有三妻四妾，室外又有风流韵事，咱也只是随兴去耍耍，只要捂紧些，不让人晓得，量也不妨。”

侯亭花过后把自己的想法和李富财说了，李富财听后毫不犹豫地表示支持他，给他介绍了一个地方。自此，侯亭花在那认识了一个叫柳金的人。

侯亭花自与柳金相识，隔三岔五便背着秋月去偷会一番。秋月却蒙在鼓里，一丝儿也不知晓。

过了几个月，秋月怀孕了，肚子一天比一天大，行动多有不便，侯亭花无法分身照料秋月，心里又想着柳金，为了能和柳金日夜恩爱、缠绵悱恻，谎称事务繁忙，腾不出空来照料，索性叫她回外家去，由林大婶照看。秋月心想男人为一家之主，身挑重担，任怨任劳，也不忍负赘，回外家去了。

秋月一回外家，侯亭花没了羁绊，率性起来，每天只惦念着柳金，全不把秋月放在心上。

盟　誓

光阴似箭，日月如梭，侯亭花每日与柳金情意缱绻，不知不觉已是秋月快要临产的日子，侯亭花怕人说闲话，遂别了柳金数日，来到林大婶家照看秋月。

不多日，秋月生下一个男孩，侯亭花当宝一般捧在手里，“亲亲宝贝”叫个不停，眼睛笑得眯成一条缝。秋月见他乐成这般模样，也欣慰不已，微笑道：“如今生个儿子，总算如你的愿，赶紧给他起个名字才是。”侯亭花看着怀里柔嫩的婴儿，一双黑眼如一对琉璃球般盯着自己，又时时轱辘辘乱转，满心欢喜，说道：“这小宝贝方面大耳，鼻隆嘴阔，浓眉黑眼，印堂明亮，一派富贵气象，以后定能使家庭兴旺，振兴门楣，光宗耀祖，我看就叫他兴旺吧。”秋月点点头，笑道：“好，就叫兴旺。”侯亭花抱着兴旺摇几摇，兴旺突然“哇哇”大哭起来，侯亭花一时手忙脚乱，百般呵护，万般挑逗，只是哄不住。秋月笑道：“想是小家伙饿了，从肚子里出来还没吃东西呢。你抱给我，给他喂奶。”侯亭花抱着侯兴旺，轻轻放在秋月怀里。侯兴旺吮着奶头，不多一会儿，便不哭了。侯亭花笑笑，说：“这小子还是跟娘亲一些。”秋月说：“我在肚子里已养了他十个月，你才抱他多大一会儿。”

林大婶端热水进来，替秋月揩身上的汗。见兴旺已经睡着，从秋月手里抱过来，说：“孩子已经睡了，我替你看着，你先休息一会儿。”秋月点点头，睡了。林大婶抱着兴旺和侯亭花一起出房里来，说道："亭花，你有事就去忙吧，家里有我看着呢。"侯亭花点点头，去了。

侯亭花到李富财家，与李富财说自己生了个儿子，李富财连忙说道："恭喜你，花弟。"进房里封个红包出来，拿给亭花，说："花弟，拿着，给你儿子的。"侯亭花说："谢谢财哥。"李富财说："不用谢，你先去沙场上看着，你几天没去，不晓得那些人躲懒没有。"侯亭花应了声，正要出去，李富财又说："去看了快些回来。"侯亭花点点头，说："晓得。"出门去了。

侯亭花喜得贵子，神清气爽，精神亢奋，每天抽空到外家去看望秋月母子俩，故把柳金冷落一边。秋月在外家坐完月子，带着兴旺，随侯亭花回自家去了。一进门，便闻到一股霉味，秋月蹙着眉头，说："是什么东西起霉了？"侯亭花说："晓不得，想是死老鼠。"秋月说："一只死老鼠你也不把它捡出去。"侯亭花说："我鼻子钝得很，没闻出臭味。"秋月把兴旺放在床上，盖好被子，满地去找死老鼠，却见碗筷上长有半寸长的狗屎霉。拿到侯亭花面前说："你有多少天没在家里吃饭？怎么长出许多霉来？"侯亭花说："哪有多少天，想是这几天湿气大，上面有些水，就沤出霉了。"秋月说："你去哪里吃的饭？"侯亭花不敢实说每日与柳金厮守，遂撒谎说："在李大哥家里吃饭。"秋月说："你又跑到他家去吃饭做什么？自己家没饭吃，还是别个家的饭更香？"侯亭花说："我一个人又要做事，又要做饭，就这一双手，哪里有空。"秋月说："以后不许你到别个家吃饭。"侯亭花说："晓得。"秋月又说："刚才我抱着兴旺去床上睡觉，见床上有一层厚厚的灰尘，你是不是也没在家里睡？"侯亭花点点头。秋月说："你又去哪里睡了？"

侯亭花一愣，想到很久没与柳金相会，心里多有牵挂，不晓得她心里是否气恼。只因近些日子秋月生育，忙晕了头，腾不出空来，如今秋月已回，更加抽不出身，心里多有不快。想到秋月平日里对自己一番情愫，深似海水，重如泰山，又多有愧疚，遂缓道缓说："在李大哥家里睡。"秋月说："你怎么连睡也在别个家里，你自己有没有家？"侯亭花说："有时夜里在李大哥家吃几瓯酒，走不动，索性就在李大哥家里睡。横竖第二天要去他家里，何苦多走些路。”秋月说：“在别个家里吃，又在别个家里睡，真是不像话。”

侯亭花见秋月这般数落自己，也不敢分辨，生怕露出破绽，反是不好，只得低下头，默不作声。秋月说：“我现在回来了，不许你再到外头吃饭、睡觉。”侯亭花说：“晓得。”秋月叫侯亭花去井里挑水，自己洗碗洗筷，擦桌子去了。

秋月刚回来那几天，侯亭花倒也听话规矩，每天准时回家吃饭、睡觉。没过多久，心里想柳金想得紧，又三心二意起来，一天晌午过后，抽个空儿，又去找柳金了。

柳金因侯亭花久没来找自己，心里也想得紧，一股怨气无处发泄，见侯亭花一来，也不理睬，坐在床沿上，把头转向一边。侯亭花忙堆下笑来，搂着柳金，说道：“柳儿，亲哥哥这些天事务繁忙，再加上我家女人又回来了，实在脱不开身。”柳金故作嗔怒道：“事务繁忙你还跑来做什么？你家女人回来了，守着你那宝贝妻子不是更好，何苦又来找我。”侯亭花笑道：“柳儿，在生亲哥哥的气？”柳金说：“我哪敢生你的气，我们专供人玩乐，低贱，想来就来，想走就走，开心时拿你当宝，厌恶时拿你当草。哪里敢跟那良家人相比，人家是出得了门，行得上路，我们只能沤在这屋里，见不得天日，出个门都被人家戳背脊，你又来寻我做什么。”侯亭花说：“柳儿怎么这般说话，亲哥哥无时无刻不想念你，你看这不是来了？”

柳金看了一眼侯亭花，说：“你来了？想是来寻开心的？横竖我是被你圈养的宠物就是，今天你还觉得新鲜，过来耍乐耍乐，要是哪天耍腻了，不晓得又找哪个去。”说着在侯亭花怀里“呜呜”地哭起来。

侯亭花听柳金这般说，心下黯然，一时不晓得如何开口，呆在一边，作声不得。柳金站起身来，一边抹着泪，一边说道：“你走吧，走得远远的，以后都别来找我了，我是没人心疼、没人爱的，是生是死也不要你管，你想去找谁就找谁去。”

侯亭花见柳金伤心动情，一双泪眼迷离凄楚，婉转晶莹，泪流满脸，似雨打梨花，娇俏秀美，心里说不尽的爱怜，又搂过柳金，紧紧抱住，柔声说：

"柳儿，亲哥哥心疼你、爱你、管你，以后亲哥哥谁都不爱，只爱柳儿一个，一生一世，不离不弃，天荒地老，生死相随。"

柳金听侯亭花这般说，转嗔为喜，抬头看着侯亭花，痴问道："是真的吗，亲哥哥？"侯亭花替柳金揩干眼泪，抚着柳金脸庞，一时怜爱无比，一股柔情充盈胸怀，深情说道："是真的，亲哥哥永远只爱柳儿一个。"柳金也紧紧抱着侯亭花，动情地说："亲哥哥，你对我真好，你要记住今天说的话，不可变心。"侯亭花吻着柳金的红唇香舌，喃喃低语道："不变心，永远不变心……"

第二天一早侯亭花醒来，柳金还在大睡，遂推醒柳金，两人起床洗漱完，侯亭花才恋恋不舍地别了柳金，往李富财沙场去，忙到傍晚，回到家里。

秋月见了侯亭花，心里气不过，质问道："昨天夜里没回来，又去哪里睡了？"侯亭花说："在李大哥家里。"秋月说："我如今在家里，你还在别个家里睡做什么？"侯亭花理直气壮地说："我在不在家里又有什么关系，横竖家里又没有强盗、拐子，就是有，咱家里也没几件值钱的货，他想拎哪件就让他拎去，难道还怕把你一个大活人给偷跑了？"秋月见他这般说话，一发来了气，说："儿子是你的，你就不能在家多看着他些？"侯亭花言之凿凿地说："儿子是我的难道我不晓得，我不是每天在拼命赚钱养他？他现在还小，你又不是看他不住，这些小事情也来烦我。"秋月双眼噙泪，悲声说："你整天去别个家里睡，还是不是我男人？"侯亭花说："我去别个家里睡几夜怎么就不是你男人了？你不也是回外家去睡过吗？"秋月眼泪流出来，哀声说："好了，我不管你，你到别个家里去睡吧，横竖家里没强盗、拐子，就是有，也拐不走我。"侯亭花见秋月气得哭了，泪流满面，一张俏脸如雨打梨花，心生怜爱，又堆下笑来，说："好好的，你又要气，我这不是回来了。今天不出去，在家里睡。"秋月拿手帕揩干眼泪，抽泣着说："你还在家里睡什么，自家的床哪有别个家的床睡得舒坦，你还是去别个家睡吧，别又说我拘束着你。"侯亭花抱着秋月，说："你别要我的气了，是我错了，自今以后，再不去别个家睡，夜夜都在家睡，你看咱们的小宝贝睡得正香呢，咱们也睡吧。"秋月站着不动，侯亭花一把抱着秋月进房里去了。

侯亭花在家待了几天，每天夜里只是想着柳金，睡不着。一天傍晚，侯亭花从李富财家里出来，直接去找柳金。

侯亭花进屋后，见柳金把头偏向一边，于是搂着柳金。柳金一把将侯亭花推开，怒道："贼王八，还来做什么，回去，在家里守着你那如意的人儿。你就让我死在这屋里好了，不要你看，也不要你管。"侯亭花抚慰道："柳儿，你听我说……"柳金道："我不想听你说，你走，你走，你出了这个门，以后永远也不要进来，我是生是死再也与你没干系……"

侯亭花呆立一会儿，低声说道："柳儿，你别生气，千错万错都是那婆娘，我向你发誓，从今以后，再不看她一眼，一心一意只爱柳儿，只对柳儿一个人好。"柳说道："你那誓言能值什么，今天说了，明天就可以改。今天对我说了，明天又可以对别的女人说，你从来就没在乎过我，也没把我放心上，我只是你的傀儡，有兴时玩一下，无兴时就扔在一边。我不是你那如意的人儿，你走吧，你去找别人去，我们从此不再相见，免得彼此看着心烦。"侯亭花低下声来，说道："柳儿，是我错了，你打我吧，你怎么惩罚我都成。"柳金说道："你有什么错，你们是正式夫妻，你恩我爱，天经地义。横竖我们是那见不得人的露水夫妻，讨人厌。我就是那狐狸精，无论在哪都会遭人指责……我怎么那么命苦……"说着又"呜呜"地哭起来。

侯亭花见柳金哭得伤心，一把将她抱住，柳金倒在侯亭花怀里，噎声道："亲哥哥，你为什么对柳儿这般狠。柳儿幼失双亲，孤苦无依，由乡邻抚养长大，后投钱妈妈檐下，倚门卖笑，这些年来，看尽荣华，心如葛覃，无所皈依。亲哥哥爱我，柳儿以身相依，心有所寄，不想亲哥哥却三心二意，不以怜恤，柳儿心痛，柳儿心里只有亲哥哥一个，柳儿也只爱亲哥哥一个，柳儿不求别的，只求今生今世能和亲哥哥在一起，无论富贵贫穷、生老病死，不分不离，永不相弃。"

侯亭花见柳金哭得这般伤心，心下悲恸，想起数月以来，与柳金相交，柳金温柔多情，一心在已，凡事周到，不禁赧然，无言以对，只是紧紧地抱着柳金颤巍巍的身体。柳金又泣道："亲哥哥，以后不要再离开我，好吗？无论是生是死，我只想陪在你身边……"侯亭花说道："柳儿，你放心，亲哥哥郑重向你承诺，从此以后，再也不离柳儿半步，生同寝，苍天为证，死同穴，来世再续。如有所违，甘愿做柳儿奴仆，永不翻身。"

柳金听侯亭花这般说，转怒为笑，嗔道："亲哥哥好坏，就晓得欺负我，不理你了……"说着低下头去，故作愠怒。那满脸娇羞，犹似含苞花蕾，春光无限，看得侯亭花兴动不已，遂将柳金连脚搊起，抱上床来，温存一番……

从此以后，侯亭花把回家当成做客一般，日里偶尔回家里落下脚，夜里必去与柳金抱作一团。秋月以为侯亭花只是在李富财家里睡，遂好言相劝，侯亭花只是不听，说的次数多了，只当耳边风，左耳刚进去，右耳已出来。再后来，索性十天半月也不回去，把柳金那当作自己家，把自己家当成别个家。秋月晓得劝是没用，不只空费唇舌，还讨人嫌，却又无可奈何，每天只是暗自垂泪，伤心欲绝，带着侯兴旺过日子。

过完年，到正月里，秋月也没见侯亭花影子，只得带上侯兴旺回外家来拜年。林大婶只见他母子俩，没见侯亭花，问道："亭花怎么没一起来？"秋月支支吾吾说："他忙得很，抽不出空。"林大婶点点头，伸手要抱秋月怀里的侯兴旺，刚一抱在手上，侯兴旺便"咿咿呀呀"叫个不停。林大婶笑着对秋月说："你看，他在叫外外[①]呢。"一句话还没说完，侯兴旺便"哇哇"大哭。林大婶怎也哄不住。秋月一接过手来，侯兴旺又不哭了，直冲着秋月嘻嘻地笑。

春花在房里听到哭声，忙出院子来，见秋月抱着孩子和林大婶在晒日头，叫声"妹妹"。秋月见了春花，叫声"姐姐"。春花走过来，要抱秋月手上的孩子，林大婶说："怕是不挨你呢。"秋月把侯兴旺送过去，春花还没接到手，侯兴旺只看春花一眼，便转过头来，"咿呀"乱叫，直往秋月身上爬，秋月只得缩回手来，抱在怀里，轻轻在他身上拍打着，侯兴旺却像一只温驯的小猫，

---

① 外外：外婆。

静静地躺在秋月怀里。春花笑着说："这小家伙倒是认生得很。"秋月说："你还说，他爹爹有时抱他还哭着闹着，不让呢。"林大婶笑道："这孩子只黏妈，可苦了秋月。"秋月笑着说："有什么苦的，我每天抱着他，开心得很，什么忧愁、烦恼也没有。只希望他一世都别长大才好。"林大婶看着秋月说："你得抱他一世。"秋月说："就是抱他一世我也乐意。"

林大婶心想她俩姊妹快一年没见面，定有许多话要说，去伙房做饭去了。

春花见秋月脸色蜡黄，眼睛浮肿，满脸愁容，询问道："妹妹，你是不是日子过得不顺心？"秋月强笑道："姐姐，哪有的事，日子顺心得很。"春花说："你的脸早已告诉我，还哄我。是不是妹夫欺侮你？"秋月黯然摇摇头。春花急了，追问道："他到底拿你怎么了，快告诉我。"秋月被逼不过，将侯亭花每天不回家的行径说了些，春花听了气得全身打战，愤慨说道："想不到他会是这号人，与张秋生真是一丘之貉。"秋月一听，禁不住又想起以前的事来，悱恻连连，悲声怜气说道："是我八字不好，命苦。"春花本是无意，一时失错，说漏嘴，心下慊慊，赧然说道："妹妹，对不住，又让你伤心。"秋月淡淡地说："没什么，姐姐别放在心里。你我姊妹，有什么话不能说的。"春花说："妹妹今后有什么打算？"秋月说："我能有什么打算，就是没他，还有儿子，守着儿子也是一样。"春花默默点点头。

秋月说："怎么不见夏生哥来？"春花说："我刚回来时，他来过一次。这正月里的，想是过人家去了。"秋月说："姐姐再过一年就出学堂了，出来后有什么打算？"春花说："我早就跟夏生商量好，在咱们村里起一座学堂，让村里的孩子不用起早摸黑，冒着寒暑跑远路去读书。就是挨着近便的村子，那些孩子也可以来。"秋月说："姐姐想法倒是好，只是起学堂需要很多钱。这些钱从哪里来？"春花说："到时再凑吧。"秋月说："怎么凑？光是村里这些人，你一点，他一点，怕是凑不出这些钱。再说了，你还不晓得人家愿不愿意出这钱呢。"春花说："有什么不愿意的，这是为大家好。"秋月说："人心叵测，家家自扫门前雪，哪管他人瓦上霜。我怕姐姐此举寸步难行。"春花说："妹妹说得有些道理，我主意已定，总不能让它成空头愿望？"秋月说：

“你想让村里那些人凑钱，别个怕是很难指望得上。我看张德贵两公婆倒是一副好心肠，那时你跟他们说说，最好让他们一个人出这钱，省去你东奔西跑这番劳顿。这点儿钱，对他们来说算不得什么。”春花点头说道：“妹妹说得不错，我也晓得张德贵慷慨大方，助幼扶孤，毫不吝惜钱财，又不计较个人得失，真有古贤遗风。”姊妹俩谈着话，林大婶已做好饭菜。林大叔从外面回来，见了秋月，说几句相别以来的家常话，大家坐在一起吃饭。

吃过晌午，秋月抱着侯兴旺睡了一会儿，便要回去。林大叔、林大婶和春花送出院子来，叮咛几句，林大叔和林大婶进屋去了。春花陪着秋月走了一会儿，说：“妹妹，你要多保重自己身体，凡事想开些，那里不好住回来就是，难道还怕爹爹、妈妈嫌弃你？”秋月说：“晓得，姐姐，别送了，回去吧。”春花点点头，回去了。

秋月回家路上，见别个家里或人声鼎沸，或夫妻团聚，或小儿打闹，盈盈喜气，回到自家却是空空落落，冷冷清清，犹似寡妇一般，禁不住又伤心落泪起来，悲天悯人，喟然感叹：“不晓得我这八字与谁犯冲，这般多厄。来人世一遭，终不遂人意，老天爷又差我下来做什么？就是永世不得为人，也比下来做人要强。如今费尽周折，还落得身心憔悴，万念俱灰，生不如死，叫我如何是好？”秋月恍恍惚惚，到了傍晚，也无心做饭，孩子哭了，喂他几口奶，抱着侯兴旺一起迷迷糊糊睡着了。

斗 嘴

过了个把月，一天早上，侯亭花回家来，秋月正在做早饭，见他走路一瘸一拐，忙问道："你的腿怎么了？"侯亭花看了秋月一眼，也不搭话，去拿开水来，沏壶茶，慢悠悠地吃着。秋月见侯亭花不理，又问道："你的腿到底怎么了？"侯亭花不耐烦说道："脏头[①]上长了疮，痛得很。"秋月说："好端端的，怎么又长出疮来？"侯亭花说："这有什么稀奇，没听说十男九痔？"秋月讥讽道："你几个月没回来了，这会儿又跑回来做什么？"侯亭花说道："回来拿些药，一会儿就走。"吃了几口茶，去房里翻了一会儿，又出门去了。

秋月见侯亭花出门去，也不作声，见兴旺还在睡着，抚着那张圆滚滚粉嫩的脸，心里千愁百绪，无以言表。想起往事，又是心有千结，难以申诉。压在心头的冤苦，更如千万根钢针，齐齐刺进心里，有着撕心裂肺般的锥痛，想到以后的路，眼前黑漆漆一片，无边无际，没有半点光亮。只在侯兴旺醒着的时候，看着他憨憨地笑，一双小手到处乱抓乱舞，一双小脚乱踩乱踢，心里的阴霾才一消而散，满脸露出幸福的笑容。

一天，秋月正在家里逗着侯兴旺玩耍，张如兰来了。一见秋月，忙叫道："姐姐。"秋月一见张如兰，也高兴地叫"妹妹"，连忙让她坐，要去斟茶。张如兰拉住，说："姐姐，你不方便就不用费事了，坐着说会儿话吧。"秋月点

① 脏头：肛门。

点头，坐下来。张如兰说："孩子多大了？"秋月说："快一岁了。"张如兰说："真不顾理，日子一眨眼就过去。像是几天没见面，姐姐就当了妈妈。"秋月苦笑几声，说："妹妹今天有空，舍得上门来坐坐？"张如兰皱着眉头说："我正有一件事堵在心里，排解不开，烦得很。"秋月说："妹妹有什么心事，说来听听？"张如兰说："前些日子，小三子家找媒人来我家里，我爹妈嫌他家里穷，话没说上几句，倒上茶也没来得及吃几口，就被我爹妈气走了。落后小三子私下对我说，叫我跟他一起逃出去。我当时心里怕得很，没答应他。后来想想，若是当时意气，跟他逃走，丢下爹妈伤心，也怪可怜，对不住他们，自己心里也不好受。姐姐，你有什么办法，教教我。"秋月笑道："这事简单得很。"说着贴近张如兰耳边低言一阵。张如兰听了，脸上立即绯红起来，半信半疑，局促地说："能成吗？"秋月说："十有九能成。"张如兰说："只是这些话，我一个女孩子家怎好说出口？"秋月说："有什么不好说出口的，是跟自己妈妈说，又不是跟别个说，你还怕她到处张扬不成？"张如兰呆想一会儿，说："横竖是没别的办法，也只好试试。"秋月点点头。张如兰又说："怎么不见亭花大哥在家？"秋月一怔，霎时又若无其事，淡淡地说："他在李富财的沙场上做事，忙得很，哪有空在家里坐着。"张如兰点点头，见侯兴旺在秋月怀里哭闹不止，说道："姐姐，我先回去，下回有空再过来坐。"秋月说："好，我有事，也不留你，自个小心些。"张如兰出门，回家去了。

过几天，张如兰见张大婶做完手头上的事，正在闲着，忙低着头，憋足劲，走过来，吞吞吐吐地说："妈……"张大婶看她一眼，说："有话就干干脆脆地说，别这般上气不接下气，看着就让人着急。"张如兰说："妈，小三子，他……"张大婶说："小三子他怎么又与你相干？多管闲事。"张如兰急了，说道："不是的，妈，是小三子他把我……"张大婶不耐烦了，说道："你到底想说什么，小三子他把你怎么了？"张如兰说："小三子他把我那个……"张大婶随口说道："你怎么说半天也没说清楚，还在那个、这个。"

张如兰不再说，只是低着头，红着脸，不敢看张大婶。张大婶见状，像是明白什么似的，惊呼道："你是说小三子把你……"张如兰点点头。张大婶说，“他是怎么把你那个的，快告诉我。”张如兰说：“那天我去山上砍柴，不晓得他从哪里就冒出来，将我紧紧抱住。他力气大得很，我挣又挣不开，就被他那个了。”张大婶急得跺着脚说：“你不晓得喊人？”张如兰说：“我被他那么搂着，丑也丑死了，哪里还敢喊人。”张大婶看着张如兰骂道：“我看未必是那小子强逼着你。你们两个平时就背着人来往，别以为我什么不晓得。想是你们早就约好，背着我们去的。”张如兰低着头，不作声。张大婶沉思一会儿，兀自说道：“这回真是便宜那小子。”张如兰说：“妈妈，这下该怎么办？”张大婶看着张如兰，说：“我晓不得，等你老子回来再说。”

张如兰回到房里，脸上一阵燥热，心里暗笑，思来想去，觉身上浮躁起来，心猿意马，坐立不安，在房里徘徊几回，思绪反更添紊乱，索性坐在书桌前，铺开纸来，拿笔蘸墨，在纸上写写画画，心里才消停些。

下午，张如兰爹爹张大叔回来。张大婶拉着他进房里，关上门，悄悄地把上午张如兰的话说了一遍。张大叔一听，气得歪脸蹙眉，声如响雷，大声说道：“这小子吃了雷公胆，敢做出这种事来，想是活腻了。我去剁了他。”张大婶赶紧拦住，说：“砍头的，小声些，这会儿左邻右里都在家，你这样般大声嚷嚷，让别个听到不好。”张大叔说：“不说就不说，你拉着我做什么，放手，我去剁了那小子。”张大婶拉着不放，说：“砍头的，你又去剁人家做什么，你还没看出他俩那般光景，怕是早就心灵相通，背着我们赌咒起誓，私订终身呢。兰儿那小妮子说是小三子强迫她的，我看未必，只怕是你情我愿呢。”张大叔说：“依你，该如何才好？”张大婶说：“你还想不到吗？兰儿是想让我们答应她跟小三子的亲事。”张大叔说：“这怎么成？小三子那小子我横看、竖看都碜眼，我们多好一个女儿，怎能跟了他？”张大婶叹声气说：“看着碜眼不碜眼由不得我们，兰儿心里却喜欢得很，只怕没了他，吃不下，睡不香。”张大叔说：“听你这话是要答应他们？”张大婶点点头，说：“我也想兰儿能找个家庭好的人家，只是人算不如天算。那小妮子性子犟得很，她不认的事，谁也拿她没法。如今又弄出这桩茬子来，再三思量，索性顺她的意，如她的愿，咱们做回好人，落得她感激。再说，小三子人不错，很机灵的一个后生。这些年我是看着他长大的，除了年小贪耍，也没什么大错，兰儿跟了他，我也放心得下。就是他里家里穷了点，那是兰儿的命。”张大叔说：“你已经答应他们，我还有什么好说，照你说的办就是。”张大婶说：“既然你不反对，我看早些把这事情办了，免得早晚露出些风声，让别个说三道四。”张大叔点点头，出去了。

张大婶到张如兰房里来，将自己和张大叔商量好的事说了。张如兰听了，心里欢喜不已，脸上却娇羞羞的，红着脸，说不出话来。张大婶笑着说：“这回如你的愿，心里好过了吧？看你这死丫头，大人的话一句也听不进。”张如兰低头微笑不语。张大婶说：“你这番心思妈晓得。说实话，妈是不想你这一世受苦受累，才想给你找个好一点的人家，你却执意要嫁他，妈又有什么法子，还不是依了你。妈只想你过得开开心心就好。”张如兰说：“妈妈为女儿的一番心思，女儿这一世也忘不了。这番妈妈又成全，女儿更是无以为报。”张大婶笑道：“死丫头，你娘没读书，别来这套。什么报不报，只要你自己以后好过就是了。”张如兰傻傻地笑笑。

到结婚那天，锣鼓隆鸣，炮仗齐放，热闹非凡。秋月也来庆贺，因怀里小孩厮闹，又不吃酒，只吃几口饭就回去了。亲友们散席以后，小三子拉着张如兰进房里来。张如兰坐在床沿上，烛光映照，更显娇美无比。小三子看得心潮澎湃，起伏不已，也坐过来，握着张如兰的手，轻声问：“起先你家里不同意，落后怎么又准了？”张如兰看着小三子，佯嗔道：“哪个晓得，想是你家祖坟风水好，保佑你。”小三子嘿嘿地笑笑，也不再问，傻傻地和张如兰并肩做着。好一会儿，张如兰才说：“今天是我们的好日子，你想坐着等天亮？”小三子又嘿嘿地笑笑，起身去吹灭蜡烛。

第二天，小三子和张如兰去谢了媒人，到秋月家里来。张如兰只顾背着小三子，凑近秋月的耳朵，红着脸，说了好一阵悄悄话，俩人都嘻嘻地笑个不停。小三子在一旁茫然无措，问道：“秋月姐姐，你们在说些什么？这般开心？”秋月说：“这事跟你说不得，你要问就问如兰妹妹好了。”小三子看着张如兰，张如兰说：“你看着我做什么？这是我和秋月姐姐的事，又不关你事。”小三子说：“不关我事，说给我听听也无妨，让我也开心一会儿。”张如兰说：“那可不成，这是我们间的私事，怎么可以随随便便泄露出去。”小三子说：“你们不说也无妨，我猜得着。”张如兰笑着说：“这可奇了，你倒猜猜看，我和秋月姐姐说些什么？”小三子说：“你们定是在商量怎么戏弄我，让我出丑呢。”张如兰笑道：“人家都说你很机灵，我看也是呆子一个，还不快走开，看着就让人心烦。”小三子嘿嘿地笑笑。秋月说：“如兰妹妹，你别骂小三子，我看他怕你得很，这轻轻一声呵斥，都吓得他不敢作声。”张如兰笑道：“我还不是仗着在姐姐面前才没了礼数，要是在别个面前，怕是被说成河东狮吼，自己还不守些规矩？”秋月说：“妹妹如今是大人了，说话谨慎些才好，不要让那些舌头长得长的人拿住话头，到处宣讲，听得你耳朵都要起茧。”张如兰笑道：“晓得，姐姐见教得是。最好像姐姐这般，不轻易出门，也不轻易开口，就万事方休。”秋月笑道：“看你这疯丫头，与你说正经话，倒来打趣我。等我告诉你姑丈，叫他撕烂你的嘴。”张如兰看着小三子，笑说道：“姐姐叫你撕烂我的嘴呢，还不快过来？”小三子笑着走过来，看着张如兰。秋月笑着说：“小三子，人家都允了，还不快动手？”小三子对张如兰说道：“你先闭上眼，我才好撕。”张如兰真的闭上眼，小三子凑近身，却在她脸上亲一口，张如兰一惊，睁开眼来，又羞又恼，伸手要打小三子，拳头刚一落下，却被小三子一把抓住，笑着说：“你们俩都叫我撕，我哪里舍得。”张如兰白他一眼，挣脱手，啐一口，说：“哪个要你坐过来了，我正跟姐姐说话呢。”小三子忙挪到另一边。

张如兰说：“姐姐，亭花大哥总不在家，你一个人带着孩子也苦，何不带着孩子回外家去住，你爹妈多少也能看顾些。”秋月说：“回去做什么，丢人现眼，我就是死在这家里也不回去。”张如兰说：“你妈妈不晓得亭花大哥经常不在家？”秋月说：“晓得。”张如兰说：“她没来接你？”秋月说：“怎么不来，以前隔三岔五地来，落后见我不跟她回去，来得也少了。”张如兰说：“姐姐又是何苦？跟自己过不去。”秋月说：“这事说不得，都是我自己找的，又怪得了谁？”

张如兰察言观色，见秋月满脸幽怨，言语悲愤，似有千般隐情藏于心底，说不出口，又无法释然，叹几声气，说道：“姐姐，我们先回去，下回有空再过来坐。”秋月点点头，送张如兰和小三子出门口。张如兰拉着秋月的手，见她精神萎靡，已没有昔日的颜色风采，心里无不伤怀，款款说道：“姐姐，你多保重。”秋月苦笑着点点头，轻微一笑，说：“晓得。”

又过几个月，侯亭花再没回家看一眼，每天只和柳金缠在一起。一天早上，侯亭花与柳金温存一翻出门去了。柳金见日光和煦、春色明媚，思忖道：“亲哥哥家里那朵花不晓得长得什么模样，倒想见识见识。”遂出了门，一路打听，到了侯亭花家门前。柳金见门开着，进了院子来，见一个二十来岁的女人正带着一个小男孩在晒日头、闲耍，问道：“侯亭花家住这里吗？”

秋月正带着孩子嬉闹，听见有人说话，站起身来，见一个与自己年纪相仿的姑娘站在眼前，打扮得花枝招展、漂亮妩媚、风流无限，却从不曾见过，心下疑惑，说道：“是的，请问有什么事？”

柳金见秋月容貌清丽脱俗、秀美绝伦，比起自己犹有过之，心下嫉妒，似有不悦之色，暗忖：世间竟有如此美貌女子，我若为男儿，定会为她所迷。若不是自己有些手段，亲哥哥又怎会舍了她，一心只贪恋自己？柳金心里想着，嘴上却阴阳怪气说道：“想来你就是亲哥哥的妻子？”

秋月听眼前女人一说，顿时明白侯亭花数月以来，几乎没在家里过夜，即便偶尔在家也是一副魂不守舍的样子，原来是被眼前这女人所迷，心有怨怒，却佯作不知，悠悠说道：“你说的亲哥哥是谁，恕我愚昧，不曾知晓，请明示。”

柳金嬉笑道：“就是你的丈夫——侯亭花。”秋月也怪笑道：“怪不得，我家男人这几月来，性情大变，原来是被你这狐媚子、妖精迷住了。”柳金说道：“姐姐何必说这些不中听的话，妹妹不是什么狐媚子、妖精，妹妹只是个人，一个活生生的人，会爱一个人，也会恨一个人。妹妹今天来，只想和姐姐说说家常，不是来和姐姐吵架拌嘴的。”秋月怒道：“你走吧，我性子不好，不想与一个娼妓淫妇说家常，没得污了我的嘴。”柳金笑道：“姐姐想是很恨我，抢走了你男人。你说是我娼妓也好，淫妇也罢，横竖男人在我身边，被我霸占着，并且对我言听计从，你心里有气，也是常理。咱们同爱一个男人，坐下来好好说说，指不定日后就是一家人，和和气气，以姊妹相称不是更好？”

秋月骂道：“好不要脸的娼妇，哪个跟你是姊妹了，我今天是耐着性子不好打你，若是以往，不几巴掌搐死你就跟你姓。”柳金笑道：“姐姐何必生气。想来姐姐也是个贤良妻子，又貌美如花，自家男人却拴不住，想是个冰美人，冷若寒霜，男人不喜欢，才去外面寻野食，难道姐姐就不自惭？”秋月啐道：“我们是良家人，坐得正，行得稳，坦坦荡荡，凡事有个道理。比不得那娼家人，不要脸，没羞耻，不择手段，用那淫声浪语媚惑男人。”

柳金见秋月得理不饶人，心里不快，再也耐不住性子，说道：“我敬重你几分，才和你说情说理，不想却是个木偶人，这般冥顽不化。与你直说了吧，如今汉子被我迷得晕头转向，对我事事依从，说一不二，哪时我若是做出对不住姐姐的事来，别怪我不客气。”

秋月盛气盈胸，也顾不得什么，凌厉说道：“你想做什么我管不着，横竖我心里没那个人就是。”柳金“哼”道：“咱们就骑驴看唱本——走着瞧。”说着愤愤地出去了，一路往回走，一边暗想：与你几分颜面，还当我怕你，好欺负。本想与你结为姊妹，共存体面，你却把尾巴翘得比天还高，你当娘是你女儿，跪着你、求着你？你娘我一不求你，二不怕你，索性唆使汉子远走高飞，看你怎生奈何我。

柳金一回去便谋划要与侯亭花离开此地，从此以后，远走高飞，泛游四海。到了夜里，侯亭花回来，柳金便关好门，坐下来与侯亭花对酌品茗。侯亭花笑道：“柳儿心里有什么事，捂得这般紧？”柳金微笑道：“亲哥哥，自与柳儿相交以来，柳儿可如你的意？”侯亭花笑道：“柳儿怎么突然说起这些来？”柳金说：“亲哥哥别问，先回答我。”侯亭花说：“柳儿至情至性，一腔热血，与亲哥哥相交，不为功名利禄，不慕富贵虚名，存天地浩然之气，凝古今名媛之风，一番盛意隆情，全为亲哥哥一人，亲哥哥今世能与柳儿同床共枕，至死无憾。”

柳金听了，咯咯笑道：“亲哥哥真是解人，柳儿心思也只有亲哥哥一人知晓。柳儿来这儿也有些年头了，过往商客，阅人无数，多为混浊愚憨、五官不齐，似亲哥哥这般蕙质兰心、俊秀风流，实在少见，柳儿所托之人，果然副名。亲哥哥那般奖掖柳儿，柳儿实在受宠若惊、惭不敢当。今夜柳儿心里悒郁，有一事相询，亲哥哥要以实相告，不可隐瞒。”侯亭花说：“柳儿心里有什么事尽管说，亲哥哥定以实相告。”

柳金看了一眼侯亭花，问道：“柳儿跟亲哥哥家里那朵花相比，哪个更美？亲哥哥更喜欢哪个？更爱哪个？”侯亭花漫不经心答道：“糟妻貌丑如糠，性又愚拙，实不忍相视，唯恐污人眼目。柳儿明心慧性，貌比西子，亲哥哥惊为天人，亲哥哥当然更喜欢柳儿，更爱柳儿。”柳金笑说道：“亲哥哥想是违心之言，不由己衷，惊为天人的是亲哥哥家里的爱妻，不是柳儿。”侯亭花笑道：“柳儿说笑了，荆妻哪有那般美貌。荆妻进得了厨房，却出不了客堂。”

柳金笑道：“哦，亲哥哥的爱妻貌美如花，不施粉黛，清丽脱俗，性又耿直，快人快语，疾恶如仇，得了半分理，也丝毫饶不得人，太不近人情，难怪亲哥哥心里不喜。”侯亭花惊道：“你……你……去见过她？”柳金笑道：“今天早上闲着没事，想去见见她，本想她若是有个好性儿，与她做对儿好姊妹，共处一室，大家相互照应，也是情分。不想那张嘴，比刀子还厉害，狠毒得很，像是吃了硝一般，把我当作敌人，数落不停，恨不得拿棍子打我出来，才甘心。”侯亭花说道：“她就是那个性子，心里放不下半句话，也看不惯那些陈规陋俗、胡里浊气。如今这事已被她知晓，想是心里也容不下你我。”柳金笑问道：“亲哥哥，你说家里的美，还是家外的美？”侯亭花讪笑道：“家里的虽美，却无柳儿这般热情豪放，有时换个样儿她都不依，无趣得很。不似柳儿这般百般盘桓，如鱼得水。”柳金笑道：“难怪有人说妻不如妾，妾不如妓，妓不如偷，想是不假。”

侯亭花说：“如今亲哥哥所爱的唯柳儿一人，亲哥哥当然想和柳儿做长久夫妻。”柳金说：“亲哥哥想如何安置柳儿？”侯亭花说：“不曾想过，想是柳儿心里已有想法？”柳金说：“本来想与她做对儿好姊妹，不想她心里却容不下我，她既无情，我也不无义，说不得了，亲哥哥要是心里还有柳儿，还爱着柳儿，就与柳儿离了这儿，一起远走高飞、泛游四海，你说可好？”侯亭花笑道：“柳儿性情率真，血性可嘉，说出这话来，是一时兴起，还是深思熟虑过了？”柳金说道：“柳儿自与亲哥哥相遇起，便梦想有朝一日能与亲哥哥结为秦晋，携行白首。亲哥哥要是也有此心，就与柳儿了此夙愿，从此以后，你我风雨同行、相濡以沫。”

侯亭花见柳金说得这般庄严郑重，想起几个月来与柳金恩爱缱绻，情意深隆，一番千柔百媚全在自己，一时情动难抑，只想生死相与，也管不得与秋月夫妻之情，赫然说道：“好。柳儿对亲哥哥情深意切，亲哥哥今生今世定当呵护柳儿周全。这事重大，还须仔细思量才是。”柳金说：“还思量什么，咱俩今夜就走。”侯亭花说：“如今身上没钱，哪天我去财哥那里挪些钱出来，再走不迟。横竖他的钱账如今统归我管，咱们带些钱在身上，今后也有些好处。”柳金想了一会儿，说道：“这样也好，亲哥哥谋事谨慎些，不要让人知晓才好。”侯亭花说：“晓得。”说着搂着柳金又是一番云雨，方才睡去。

第二天一早，侯亭花别了柳金，往李富财家里去。见李富财在家，无从下手，吃了几瓯茶，闲聊了几句，因心里盛着有事，不得畅快，语无伦次，支支吾吾，似不在焉。李富财忙问侯亭花有什么事，一副魂不守舍的样子？侯亭花讪笑道：“夜里没睡好，总是没来由的醒来，就再睡不着了。”李富财哈哈笑道：“花弟怎么成了我。以前没遇花弟，夜里也是睡不安稳，自与花弟结为生死之交，心里头的疙瘩统统都去了，如今一觉睡到大天光哩！”侯亭花只是兀自吃着茶，不作一声。李富财见侯亭花闷闷不乐，也觉没趣，又说道：“花弟索性回去睡个回笼觉补补，身体要紧，沙洲上的事下午再去打理也是一般。”侯亭花站起身来，看了李富财一眼，自去了。

侯亭花从李富财家里出来，本想去找柳金，转念想到久没回家，不晓得儿子如何，于是回到家里，见秋月已吃了早饭，正在逗侯兴旺玩耍。侯亭花也过来凑趣，侯兴旺就像见了陌生人一般，直往秋月背后躲。侯亭花见侯兴旺这般认生，嘴里说道："小子，乖，我是你爹爹哩，过来，让爹爹看看。"侯兴旺只是睁大眼睛直愣愣地看着侯亭花，不敢出声。侯亭花见状，心里不喜，嘴里咕噜道："小子，好像我不是你老子似的……"说着又要转身出门。

秋月见这些日子以来，侯亭花越陷越深，难以自拔，每天和柳金缠在一起不回家，心里懊恼，却又无可奈何。本想听之任之，视若无睹，又想着夫妻一场，心有不忍。回想往昔，温言软语、你恩我爱，那番情景，如在眼前。只是时过境迁，那番初衷已经不在，而今，自己所托之人，却已形同陌路，那般薄情寡义，竟然连妻儿都不顾……这世上，除了爹妈，又有谁能知女儿？恨自己当初不听母亲良言，致有今日之厄，自己纵有悔过之心，可惜时光无返，天地长存，物是人非，又有何面目去见母亲？想当初，母亲极力劝阻，自己执意要嫁，这枚苦果是自己选的，只有自己咽下，别人说不得。要是亭花能回心转意，离了那狐狸精，再回来，好歹维系下去，还有个完整的家，兴旺有爹有娘，日后也好做人。

秋月心里想着，一把拉住侯亭花，轻声说："亭花，别走，别离开我和兴旺……"侯亭花甩开秋月，怒道："别拉我，走开。"秋月泣道："亭花，你我夫妻一场，你就不能顾些情面，这般绝情……"侯亭花嗤之以鼻，侃侃说道："谁跟你是夫妻？你我从此恩断义绝，再不相干，你走初一，我走十五，谁也不欠谁。"秋月说："亭花，为了我和兴旺，回家来，安安心心过日子，我们还是一家人，我不与你计较。"侯亭花说："我还回来干什么？回来又有什么好？如今我与柳儿共相连理、天造地设，我们早已立下誓约，今生今世，不离不弃……柳儿才是我最爱的人，我只想远离世俗，无所羁绊，和她做一对快活的鸳鸯……"

秋月说："你不晓得自己都在做些什么？她只是个娼家，你却那般迷恋，要是让人晓得，会有多少人说三道四，就是以后兴旺长大了，他也抬不起头来。这些事你从来不曾想过？"侯亭花"哼"一声，说："不许你侮辱柳儿！你不用再说什么，横竖我把话摆明，自今以后，我们再没瓜葛。你回外家去，还是出门[1]，都由你，你就当我已经死了。”秋月说:“我要是出门，兴旺怎么办？把他交给谁？”侯亭花沉吟半晌，说：“你自己不晓得带着他？”秋月含着泪说：“亭花，你就这般狠心，不念半点夫妻情分？”侯亭花怒气冲冲说道：“我们已经不再是夫妻了，从此以后，我们再无半点恩情。”秋月说：“亭花，一直以来，我把你当作我丈夫，难道你从没把我当作你妻子？”侯亭花望着秋月那双哀怨的眼神，倏地一怔，旋即又想到与柳金那番鲛帐缱绻，哼笑几声，出门去了。

秋月流着泪，思忖道：“亭花，当初我念你有情，才以身相许，不想你却这般绝情。情为何物？哪怕是露水夫妻，临别时也应顾念情分，你居然连头都不回就走了……”秋月呆立半晌，默默望着侯亭花离去，那条路似乎很黑暗、很遥远……

---

① 出门——寡妇再嫁。

惩　罚

秋月见侯亭花没有丝毫悔改之意，不禁暗下决心，即使再丢人，再被别人说闲话，也要让侯亭花他们受到惩罚，自己今后要和儿子相依为命，好好抚养儿子长大，让其成为一个正人君子。

下定决心后的秋月立刻把孩子送到外家，让父母先照看一会儿，然后径自往警察局里去了，把侯亭花嫖娼的事情给举报了，警察经过侦办，把侯亭花以及柳金他们那的人一并抓获。

很快，侯亭花被抓的事情传遍了村子。林大婶听说后，也不知如何安慰秋月，问道："你今后如何打算？"秋月神情坚定地对林大婶说："妈妈，以前我做错了很多，也没有听您的话，我现在知道错了，今后，您不用担心了，我会离开那个家，回咱们家来，和您、爹，还有孩子好好生活。我今后只有一个愿望，就是希望孩子能健健康康长大，成为一个正人君子。您不嫌弃我就行。"林大婶说："我怎么会嫌弃你呢，我的儿，你能这么想就好，今后我们一家好好生活。"说完，两人又相拥而泣。

个把月后，侯亭花被班房放出来了，而柳金等其他人因多年从事卖淫行业，还没有放出来。做班房的侯亭花想了很多，终于意识到自己的错误，不过一切为时已晚。秋月不会再原谅他，而他也不能再与自己的妻子、孩子一起生活。即使李福财不嫌弃他，还决定聘用他，但村里其他人对他的行径痛恨不已，不再理会他。在村里抬不起头的侯亭花最终回去福建了。

李富财只得自己打理沙场上的事。因过度采用，沙场的生意越来越惨淡。一天，李富财去沙场看了一圈回来，忖道：“据说现在很多人都迷上了‘黑美人’这宝贝，这东西好啊，只要用上了，一生也离它不得，赚钱快又自在，销路又好，要是自己也能弄些回来，买给他们，不用多少日子，自己那钱袋子怕是要撑破，比开个钱庄当铺还划算。”

过了几天，李富财真的叫人去弄了一批“黑美人”回来，附近的人闻讯赶来，无不争相购买。那些来买的人见李富财家里宽敞、方便，又没人打搅，倒是个好的去处，索性买了就在他家吸食起来，吸完了再买。没几天，那些‘黑美人’便卖个精光。李富财又叫人拿着钱出去一趟，买更多‘黑美人’回来。

没过多久，子虚村有需要的人都晓得李富财这有东西卖。以前去别个村买的纷纷舍远求近，涌到李富财家里来，闹得李富财家里天天都像在做酒请客似的，好不热闹。

李富财每天掰着手指头算着这些天来，钱财就像雪花似的飞进自己荷包，嬉笑得连腰也直不起来，洋洋得意，夜里做梦都在笑，那沙场上的事再也无心顾理，由它荒废一边。

周大嫂见李富财越来越不像话，干起这些害人利己、蝇营狗苟之事，嗤之以鼻，劝了李富财几句，李富财大骂道：“老不死的东西，吃了这些年闲饭怎么还没死？老子要做什么还要你来管，老子高兴就做。你看不惯，就一瓶药去吃了，或一根索子去吊了，一了百了，不是一身干净？”周大嫂讨了几句骂，心里窝着火，气一冲上来，索性躲在儿女家去了。

眼看又快要过年，春花回到家里，听了妹妹的遭遇，不禁心疼起来。林大叔、林大婶宽慰了好多话，春花心里才平稳。不过，经过这么一番，一家人更加坚定地要好好生活下去。

一天，赵夏生过来与春花商量明年在村里兴学的事，小三子兴冲冲跑来，见春花和夏生在谈白，平时都认得，也不说客套话，只说道：“夏生哥、春花姐，我来告诉你们一个事。”春花忙问道：“小三子，什么事？”小三子说：“刚才来好多警察在李富财家里，抓走好多人，几辆警车都是挤得满满的，李富财也被带走了。”春花问道：“他们犯了什么事，都被带走？”小三子说：“春花姐，你还不晓得。就是这几个月，李富财卖了好多鸦片给别人，也不晓得害了多少人。有的人被鸦片害得倾家荡产，妻离子散，家破人亡，自己荷包却胀得鼓起来。这回被抓，连屋里那些鸦片全被带走，好多人都拍手称好。”春花说：“真是罪有应得，这种人就该让他在班房里关着，永远别出来害人。”小三子说：“听他们讲，李富财这回怕是有好几年班房要做。我看李富财又有一些年纪，还不晓得能不能活着出来呢。”

春花点点头，说：“小三子，听说你都讨亲啦？还是如花似玉的如兰妹妹？”小三子笑着点点头，说：“这事还多亏了秋月姐姐暗中谋划，才得遂天缘。”春花说：“这又是怎么回事？”小三子将张如兰告诉他的话向春花说了一遍。春花听了，笑道：“秋月这丫头真是古怪得很，不过也是成人之美。”

春花说：“如今李富财被抓，他婆娘怎么办？也是一个有年纪的人了。”小三子说：“哪个晓得，那会儿是住在儿女家，这会儿想是家里没人，又从儿女家回去了。再说，她有儿女，不会落得凄惨。”春花说：“他婆娘倒是个大好人，小时候经常给我们糖吃，不想这回也被害苦。”小三子见日头已快晌午，别了春花和夏生，回去了。

过完年，春花回学堂去了。

又过几个月，春花回来已是暑热天气。夏生在城里计算着春花回来的日子。到春花回来时，夏生也从城里回来，和春花商量道：“咱们先把自己的想法，和头头们说清楚，他们同意后再选地筹钱，然后办手续，起房子，买日用品……这一路下来，少说也得花上个把年头。”春花点点头，和夏生一起去跟村里的头头说。那些人听春花有这想法，无不点头称赞，纷纷拿出些钱来表率，交给春花，说：“你们只要看着哪块地空着，又合意，就用哪块。钱的事，大家可以凑，凑不齐再去募捐。”春花和夏生道谢出来，顾不得外头烈日如火，春花叫夏生先选个宽敞的地方，起房子用，自己往张德贵家里来。

春花来到张德贵家门口，见门关着，按了门铃，半天不见有人出来开门，想是没人在家，又回去了。路过林二婶家门口，林二婶刚从外头回来，见是春花，笑道：“哟，春花回来了，快进屋坐坐，吃口茶。”春花进屋来，没见林二叔在家，问道：“叔叔不在家？”林二婶说：“去外头割鱼草了，还没回来。”春花又问道：“放假了，如龙、如虎也不在家？”林二婶说：“不晓得他们俩又去了哪里。那大的还本分些，常在家里看看书，小的真是无法无天，除了回来吃顿饭，平时哪里能见他。放假回来这几天，每天都在外头疯，就没在家待过几刻。你先坐着，我去给你倒瓯茶来。”春花说：“婶婶，别倒茶了，我只坐会儿就走，后头还有事呢。”林二婶笑道：“刚从学堂回来，能有什么事？”

春花将自己的想法说了些，林二婶听了，惊叹道：“你打算跟村里这些小孩子做伴？这些人又穷又小气，能捞多少油水？守着他们有什么出息？你读了多少年书，就为这些，岂不枉费了？我替你想，还不如到外头去找份自在事，多挣些钱回来，让爹妈过上好日子，也对得住他们这些年为你付出的一番心血。你要是还待在这穷地方，别说没出头的一天，就是连爹娘也养不活，得个大病没钱看。人穷还受人白眼，那些人舌头又长得长，你要是一时失错，得罪了哪个，那风声雨声，连一座房子也抬得起。我们年纪大了，没那个命去外面，没办法，只得窝在这里。我若是你，出去了，十年、二十年，最好一辈子别回来。”

春花笑说道：“婶婶说的话也在理，只是人各有志，勉强不得。你看那些斋公、斋婆，每天粗茶淡饭，青灯做伴，无求无欲，不是一样过日子？他们心里还消停得很，没我们这些烦恼。”林二婶笑道：“我说什么都没用，你是铁了心要窝在这山旮旯里？”春花点点头。林二婶说：“你爹妈他们都同意了，没意见？”春花说：“他们起先也是和婶婶一样，说出这一大番话来，落后见我坚定不移，也没再说什么。”林二婶：“你爹妈是老实人，他们心里不见得就肯认你这些，但又拗不过你，只得作哑巴吃黄连，有苦也在肚子里，哪里说得出来。你想想看，世上哪有爹娘忍心让自己孩子去受苦的。他们含辛茹苦培养你，是为什么？还不是想让你以后能过得安逸舒适？你这样违背他们，不但糟蹋自己，还糟蹋了他们的一番心思。”春花感叹道：“是我不肖，对不住他们。他们养我这么大，没过一天舒心日子，到头来还要受子女这般忤逆。想起来，心里真是惭愧。”

林二婶叹几声气，说：“只有劝他们想开些。你妹妹经历了这么多，两个老人也操碎了心。你留在家里也好，多宽慰宽慰他们，一家人在一起也挺好的。”春花笑道：“婶婶能这么想真是太好了，哪天你有空，多去开导开导我妈妈。她是古板人，口头上虽是话少，心里头却爱犯嘀咕，要是那些气堵在心里出不去，迟早会出事。婶婶这般乖言乖语，消了她心里的隔阂才好。不然我心里总是记挂着。”林二婶点点头，突然想起一件事来，问道：“这一大堆钱你去哪里弄来？”春花说：“我想让村里有钱的人多拿些出来。”林二婶说：“你去张德贵家没有？”春花说：“上午去了一趟，没人在家，等过了晌午再去看看。”林二婶说：“我三妹上午和我一起出去打牌了，这会儿已经回来。下午你早些去，晚了她又出去打牌了。”春花点点头，辞了林二婶回去了。

春花回去吃过晌午饭，匆匆忙忙又到张德贵家来。按了门铃，不多一会儿，刘三儿出来开门，见是春花，欢喜说道：“春花，快进来。”春花进院子来，见院子里满是珍花奇草，异香扑鼻。树木葱翠，沁凉怡人，别有一番天地。心里暗自惊叹：“真是人间仙境，古来稀有。”

进屋来，见家里陈设古雅，器具崭新，熠熠生辉，皆是上品货物，不由得心里惴惴，不敢妄动。刘三儿见了，笑道：“别拘着自己，就当自己家里一样，随便坐。”春花这才坐下，刘三儿倒茶过来，问道：“吃晌午饭没有？”春花说：“吃过了。”刘三儿说：“我也是刚吃过。”说着去拿点心、瓜果出来，叫春花吃。春花吃了几口茶，说道：“婶婶，叔叔不在家？”刘三儿说：“他忙得很，都恨自己分不出两个身来，哪里有多少空在家里。”春花又说：“秋生也不在家？”刘三儿微微一笑，说：“那小子刚做班房回来不久，倒是老实了。再不像以前那般吊儿郎当，流里流气。如今跟着他老子做些事情。”春花笑道："那好，婶婶这回也省些心。"刘三儿说："秋生以前那般顽劣，想是我惯的，让他吃些苦头，才晓得生死。也是他老子狠得下心来，让他关在班房里，不去管他。这回一放出来，果然像变了个人似的。"春花笑道："叔叔做大事的人，手段就是不一样。"刘三儿说："我少见你出门，你这次来想是有要紧事？"春花点点头。刘三儿说，"你有什么事就直说吧，别藏着掖着。我们是直肠子人，讲话拐个弯都觉得难受，压在心里头更不舒服。你就当在自己家里，跟自己人说话一般。"

春花想了半晌，才把自己的想法告诉刘三儿。刘三儿沉吟一会儿，说："你这想法很好，我能帮你。只是不晓得需要多少钱才够？"春花一愣，想不到刘三儿答应得这般干脆利落，只怪自己太粗心大意，这其中用度、开支还不曾仔细核算，就是大概数目也不晓得是多少。只是一心想着凑钱，却把这些关节忽略了，一时回答不出来，歉然笑道："你看我们做事毛手毛脚的，这些账都没仔细核算。"刘三儿笑道："不妨，后生家做事不比老人家，总要急些。你先回去把账细算了，给我个数，过来拿钱就是。"春花说："有劳婶婶，我先回去算一算。"刘三儿点点头。春花辞了刘三儿，出门去。

春花找到夏生，和他说起刚才去刘三儿家里的事，夏生听了欢喜说道："太好了，这回可省去好多劳累。德贵婆娘真是个活菩萨。"俩人把那些账目细算一回，看着加起来的总数字，都吃惊不小。夏生说："这么个大数，不晓得她看了会不会反悔，不舍得拿钱出来？"春花迟疑一会儿，说道："我看张家婶婶是个爽快人，既然已经答应，该不会计较许多。"夏生点头说道："也在理，你明天一大早过去看看，她要是肯拿钱出来实在太好了。要是反悔，不肯拿，或是不肯全部拿出来，差的那些，咱们再想办法。"春花点头称是。夏生看天色已晚，别了春花，回去了。

第二天清早，春花吃过早饭，赶往刘三儿家。见了刘三儿，拿出账目给她看，刘三儿说："你先坐会儿，我去拿钱给你。"说着抽身去房里。

过不多时，刘三儿提着个袋子从房里出来，说："钱都在这里，你拿去吧。"春花看着刘三儿，小心把钱袋子接过手来，又惊又喜，激动地说："多谢婶婶。婶婶大恩大德，子虚村的人永世不忘。回头我去跟村里的人说，叫他们给婶婶起座庙，塑尊像，当菩萨一样供着才好。”刘三儿笑道：“免了、免了，我既不是神，又不是菩萨，只是个活人，要叫人供着，像什么话，这还不折了我的寿？”春花说：“婶婶不晓得，古时好多人活着的时候以为自己功高盖天，足以让世人瞻仰，就为自己建了生祠，供人膜拜。其实那些人都是祸国殃民，哪有什么功德于民。像婶婶功德这般大，就是起座生祠，传之后世，又要什么紧？”刘三儿说：“这不成。我一个女人家，能有什么功德不功德，我做这些，都是尽自己本分，实在不值得提起。就是以后有人问起钱是哪来的，也别说是我，我心里就踏实了。”春花说：“那怎么成？就是不塑像起庙，这事情总得让村里的人晓得才是，好代代传下去。就是哪一天婶婶不在了，子虚村的人也照样记得，婶婶还是活在人的心里。”刘三儿笑道：“丫头，你倒想得真多。这份心肠，像极了你妹妹。”春花说：“妹妹经常跟我说婶婶人好，心肠好，趋大利不拘小节，惠众人不计得失，实在让人景仰。只是妹妹以前讲话刻薄了些，若有得罪婶婶的地方，我代她向婶婶赔过。”

刘三儿想着秋月，心下黯然，微微一笑，说：“秋月那么个良善丫头，哪里会得罪我。细想起来也是我们对不住她。那时，要是秋生稍像些话，秋月和我们的缘分就不会这般浅，她也不会经历那么多的苦难。”说着竟呜咽哭泣起来。春花安慰道：“婶婶，你别太伤心了，今后我们两家多走动走动就是了，现在秋月每天带孩子，过得很开心。”刘三儿点头道：“这些钱你先拿去用，不够再过来拿就是。”春花点点头，宽慰刘三儿几句，才辞了回去。

兴　学

春花从刘三儿家回来，和夏生一起去村前村后看了几块地，春花说："村前那块地倒是空旷、方便，适合起房子，只是挨河太近，村里的孩子聚在这里，一不小心，落在水里，却是不好。倒不如起在村后头，那里离水远，让人放心。"夏生说:"我也是这样想，就起在村后头吧。"俩人去跟村里的人说，村里人都赞同。

过几天，俩人把起房子的手续办好，找匠人，便动起手来。春花放心不下那些匠人做事马虎，又怕偷工减料，索性自己做起监工，时时刻刻盯着。几天下来，一身雪白的肌肤，被日头晒得黑黝黝的，如同牛粪一般，春花也不在乎，常以"老骥伏枥，志在千里"自勉。

一天，周大嫂拿着一沓钱过来给春花，说："不晓得你们在做这些事，近些日子才听说的。还听说这钱全是张德贵一个人出的。我们家底比不得他，多少尽些力，这些钱你拿去用。"春花笑道："伯母，钱已经够了，这些钱你自己留着。你是有年纪的人，怎么好让你出这么多钱？"周大嫂说："什么好不好的。不瞒你说，这些钱不是我的，都是我家那老鬼赚的黑心钱，说到底，这些钱大多是村里这些人的。如今我家那老鬼进了班房，这些钱我用不上，就是放在身上我也不忍心用它，不如拿出来，以后给孩子们买些日用品也好。"春花说："伯母有这份心我就收下了，我代村里那些孩子多谢你。"周大嫂笑道："这就是了，不用谢我，只要你们后生家以后把事情做好，大家和和气气，开开心心，我这把老骨头夜里睡觉都在笑。"春花说："伯母勉励得是，我既有这番心，定以全力相赴，把事情做好。"周大嫂看着春花笑了笑，回去了。春花把钱收好，出门来，去看那些起房子的匠人。

过些日子，春花想到办学的手续繁琐，不如趁着这空儿，叫夏生先去办下来，省得日后慌慌张张，手忙脚乱，遂和夏生商议。夏生也觉得未渴掘井比临渴掘井要好，于是把相关事项备齐，往城里来。

夏生一大早来到城里办公大楼前，见大门开着，两个人在门口看守，夏生走过去，说明来意，一人说："你去找钟主任，她负责办理。"夏生谢过，随那人指引的方向，找到钟主任办公室，见门关着，夏生轻轻敲几声门，也不见声影，想是还没来。坐在一旁等了好半天，才见一个二十五六岁的女人，戴着眼镜走来，开门进去。夏生见她坐定了，起身走到门口，问道："请问，你是钟主任吗？"那女人看了一眼夏生，说道："你不认识字？没见门上挂着牌子？"夏生不好意思地笑笑，走进来，说："我是来找主任办些事情。"跟着讲明自己来意。

钟主任看着夏生不住地点头，说："嗯，你坐下来说。"夏生坐下，将自己准备好的文件递过去。钟主任拿在手上浏览一遍，看着夏生说："你准备的材料还不齐，你先回去备齐，明天再来。"告诉夏生还缺哪些，夏生便回去了。

第二天一早，夏生准备好材料再次赶往办公大楼，又看见昨天那个守门的人，那人说："钟主任上午有事出去了，要下午才回来。"夏生只得转身去街上到处游荡一番，到了晌午，买些点心吃，又来等钟主任。左等右等，直到日头快要落山，也不见个人影，守门的人又说："后生家，想是钟主任不会来了，你还是先回去，明天再来。"夏生只好郁郁地回去。

又过一天，夏生想着前两天去得太早，等得让人心焦，索性晚些时候去，便在家里待了小半会儿，才慢吞吞来到城里。一到大门口，那守门的人告诉夏生钟主任已经来了，叫他快去。夏生这才大踏步走进钟主任的办公室。钟主任见了夏生，嚷道：“你怎么这会儿才来，我都等你好久了，你要来就早些，不来就算了，我也不用坐在这里只等你一个人。我事情多着呢，哪有空跟你这般干耗着。”夏生赶紧赔着笑脸说：“真是对不住，都怪我家里有些事拖着，一时走不了。等办完事，从村里到这里又有好一段路，才让主任久等。”钟主任嚷道：“你的事要紧，我的事就不要紧了？下回你要是再三心二意，就别来了，免得耽误工夫。”夏生赔着笑说：“主任说得是，下回我一定早些来，半刻工夫也不耽误。”钟主任阴着脸说：“你还啰唆什么，没见一个大男人这么多话水。还不把东西拿过来？”夏生把手上准备好的东西递过去，钟主任看了一遍，说：“东西是齐了，不过还得经过我们审核、研究，再决定，过些日子我们会下去考察，你先回去。”夏生小心翼翼地退出门，回去了。

过了个把月，钟主任带着几个人来子虚村审查情况，春花和夏生忙请进屋，端上茶来吃，一番叙谈，钟主任说道：“你们起这座学堂总共就是你们俩？”夏生和春花相互看一眼，说：“是。”钟主任说：“你们作为子虚村的人，能一心为本村着想，教人授业解惑，不图厚利回报，用自己微薄力量福泽一方，也是大公无私，吃水不忘挖井人。这种精神值得嘉许，我们也很赞赏。我们已经研究决定，批准你们，希望你们能坚守自己的人生理念，排除万难，披荆斩棘，用自己的勤劳和汗水浇灌理想之花，用自己的行动和成果福荫后人，不负子虚村众人所望。”

夏生和春花拉着手，相互看着，满脸欣喜，微微一笑，说：“多谢主任，成全我们这番心意。我们一定尽心尽力，让这里的孩子快乐成长。”

钟主任见春花笑靥可掬，如蕾初绽，娇美动人，心下不悦，恼羞说道：“春花。”春花一惊，收住笑容，回过神来，问道：“主任？”钟主任沉着脸，说：“你为人师表，作为榜样，也该庄重些才好，整天这般嘻嘻哈哈，成什么样子？凡事有个体统，教书育人也有教书育人的规矩，不要随便做些没头脑的张致来，让人说你轻浮不自重，眼里没别人。”春花脸上微微一红，早已放开夏生的手，低下头去，压着声音说：“主任教训得是，我们以后多注意些。”钟主任看着夏生，见他也低着头，一副受惊吓的样子，不敢与自己对视。那张脸却是坚毅挺秀，文质彬彬，心下又怜惜起来，轻声说："你们的手续我们已通过，只要上头盖章就好了，夏生过几天去城里拿。"夏生应了一声。钟主任几个人起身要走，春花和夏生送出门来，相别而去。

过了几天，夏生早早到了城里，见钟主任已坐在那里，心里不免诧异。站在门口敲几声门，钟主任见是夏生，忙笑着请进来，叫夏生在对面坐下，一边去倒一瓯子开水来，说："路上口干吧？先吃口水。"

夏生见钟主任态度比前几次和蔼许多，心里正在吃惊，又不敢拒绝，只得道谢，拿起瓯子吃几口开水。

钟主任坐下来说："你和春花是什么关系？"夏生说："村里的同学。"钟主任说："仅仅是同学吗，还是也有别的关系？"夏生只顾低着头，不出声。钟主任又说："我看过你们的材料，都是未婚，你和她……"夏生赶紧说道："我们清白着呢，什么也没有。"钟主任点点头，说："那就好，那些伤风败俗的事千万做不得，为人师表，作风问题很重要，只要稍有不慎，人的一生就毁了。"夏生说："主任见教得是，我一定谨记主任教诲，戒骄戒躁，明心正己，鞠躬尽瘁。"钟主任说："你别主任上主任下的叫，我名叫钟惠，钟情的钟，实惠的惠，这里没外人，你叫我姓名就是。你今年二十三岁，我比你大不了多少，这样叫显得亲切。"夏生说："这怎么好意思。"钟惠说："叫人姓名有什么不好意思，姓名就是让人叫的。在家里，我爹妈还总是'惠儿、惠儿'的叫我呢，把我看成没长大的孩子似的。"说着脸上泛起一股红晕，显出几分妩媚娇俏来。

夏生见了，也跟着脸红。钟惠以为是自己要他叫姓名才不好意思，说道："你只私下里这样叫就好了，有人的时候你还是叫我'钟主任'。"夏生点点头，说："晓得。"钟惠说："你们还有什么困难吗？"夏生说："暂时没有。"钟惠说："你们要是有什么困难可以随时反应上来，我会帮你们。"夏生说："多谢主任关心，我们有了困难一定反映。"钟惠笑道："怎么还叫我'主任'？"夏生歉然一笑："怕是一时半会儿转不过口来。"钟惠说："不要紧，你心里记着就是，慢慢来。还有，你不用谢我，你们已是我们属下，多关心你们，替你们排忧解难是应该的。”

夏生低着头坐了一会儿，突一抬头，见钟惠正在凝神望着自己。自己眼光一到，钟惠忙将眼光移开，不经意地看着别处，脸上却是一片晕红。夏生立时拘谨起来，吞吞吐吐说：“主任，那些手续已办好就拿给我吧，我回去还有事情。”钟惠一声不吭，从抽屉里拿出那些东西来交给夏生。夏生谢过钟惠，刚要起身出门，钟惠拿出一把漂亮的花雨伞递给夏生，说：“外面日头大得很，你拿这伞去挡挡。”夏生惊慌失措，忙推道：“多谢主任好意，我在外面跑来跑去，晒惯了，哪里还怕日头，打着伞还反不自在。”钟惠笑着说：“你到外面买顶斗笠戴着也好，日头晒多了毕竟不好。”夏生连声说：“晓得。”出门去了。钟惠怔怔地望着夏生离去的身影，呆了好半晌才回过神来。

夏生回到家里，吃过晌午，来找春花，把批复好的文件拿给春花看，春花看了自是欢喜，俩人一起掐算一番，学堂起好，大约快过年了，等过完年，再置办其他用品。同时要让邻近村子的人晓得，让他们舍远求近，来这里上学。夏生点头笑道：“这些倒不急在一时，日子还长着呢，我看要紧的是赶紧给这学堂起个名才好，要不然别个不晓得。”春花说：“这倒也是。这些日子事情一多，把这事给忘了。你说起个什么名字好？”夏生说：“孩子们都是来这里启蒙的，我看就叫‘启蒙学堂’好了。”春花深思一阵，说：“‘启蒙学堂’好是好，只是这学堂是张德贵一人出钱起的，这件功德我们无论如何不能忘，就是以后也不能忘，得传承下去才好。”夏生点头说道：“这话不错，依你，该起什么名字才好？”春花说：“我看就叫‘德贵学堂’吧。以后跟人说起来，就说我们的学堂叫‘德贵学堂’。”俩人相互看着，点点头，都微笑不已。

商量好，俩人又去给那些起房子的匠人烧水沏茶，做些点心让他们下午吃。有时见他们忙得很，抽不开身，也帮他们挑水拌浆、搬运砖头等。几个月下来，春花手上、肩上被磨得全起了水泡，水泡一烂，伤口处流着羊水，火辣辣的难受，春花只得忍着，和夏生相互勉励，微笑以待。

烈日尽没，秋去冬来。当大雪纷飞洒落下来时，又是岁末，学堂已起好告竣。大家都在忙着置办年货，或在家里烧着木炭烤火。夏生和春花穿着厚厚的夹衣，踏着雪，来到新起好的学堂前，在那里堆雪人。小雪人横竖整齐，排列有序，与大雪人默然相对，俨若两人在雪地里向一群小孩子授课讲学一般。春花和夏生看着堆好的雪人，又相互看着对方，不禁哈哈大笑。

大雪飘下来，落在堆好的雪人身上，也落在春花和夏生身上，满头是雪。夏生看着春花，说："咱们倒像一对儿白发渔樵在这冰天雪地里顽皮。"春花脸一红，抖抖身上的雪，说："这些雪人倒是乖巧得很，不晓得那些来这里读书的孩子是否也像它们这般安静端坐，专心听讲？"夏生笑道："你别痴心妄想。咱们村里那些孩子，有几个是省油灯，个个上得了天，摘得下星星来。哪一天，不逼得你叫他们爹娘，就是造化。"春花笑道："村里这些孩子被爹妈宠坏了，孩子要什么就给他什么，也不管合不合理。做爹娘的从不晓得教他们珍惜节俭，体己量人，只是一味迁就，如此下去，哪一天，他们真的嚷着要天上的星星、月亮，哪个爹娘又有多大本领，摘得下来？"夏生笑道："你不晓得，人家爹娘本领大得很呢。就怕孩子想不到，没有做不到的。若真想要天上的星星、月亮，还不接长梯子，爬上去帮他们摘几颗下来？"春花说："你就晓得讲风凉话，打趣别个，哪一天你要是当爹，我看你如何教自己的孩子？"夏生笑道："我若是当了爹，还不是依葫芦画瓢，学着他们，整天捧在手心里，呵着、抚着，出门帮他挡日头，落雨帮他遮风雨。"春花笑道："你刚才还笑别个，我看你也没多大出息。"夏生说："我是没多少出息，哪个叫孩子她娘天生一副菩萨心肠，柔软似水，我要是当爹，还能不这般顺着她？"春花一听，红着脸说："你在城里这几年一张嘴倒是油滑了许多，这副肠子也晓得绕来绕去，阿谀逢迎的话似也长进不少。"夏生嘻嘻笑道："我只是对你才这般说，若是别个，我哪里肯费这番心思和口舌？"

春花低着头，看着身边那些雪人，细想多年来夏生对自己一番绵绵情意，虽无山崩地裂般强烈，却如淙淙涧水，涓流细滴，心里不免一阵感动，脸上洇出无限柔情，凝望着夏生，小声说道："快晌午了，我们先回去吧。"夏生看着春花，娇美得如花初绽，心里一阵激荡，随口说道："春花，不如我们先结婚，再去打理以后的事也不迟？”春花看着夏生怔一怔，又低下头去，轻轻说道：“这事先缓缓再说吧，你看现在我们身上的事情还多着呢，等把事情办顺了，再结婚。”夏生看着春花，笑笑，说：“好，我听你的。”

大雪过后，又是阳春季节。春花和夏生已把学堂里所需的用品置办妥当，接着又写些告示，在邻近的村子里粘贴，让他们知晓子虚村有个“德贵学堂”。

到开学那天，有成群的大人把自己的孩子送过来，春花和夏生见自己的辛勤和汗水能为偌多人带来方便，让这里的孩子免受失学与长途奔涉的痛苦，颇感欣慰。钟主任也来了，对着众人讲了一番慷慨激昂的话，对春花和夏生的义举大大赞扬一番，称他们是开蒙明智，去昧存真，德承华夏，功传千秋。

钟惠讲完，春花和夏生忙请进屋坐下，端茶过来，恭候指示。钟惠说：“我没什么好说的，只希望你们品行端正，做好自己本分工作，不辱使命，给这些孩子做个好样子，不要让别人说三道四，看笑话就是了。”春花和夏生连连点头称是。钟主任又叮咛好些话，起身去了。

春花和夏生送走钟主任，安顿好这些孩子。有的大人回去了，有的大人舍不得自家孩子，或是从没进过学堂的大人好奇，想看看上课是怎么回事，一时也不曾离去，纷纷站在格子外，看着春花怎么给这些孩子上课。

从此以后，钟惠隔三岔五便下来查看一番，以表关切。看哪里工作没做好，需要及时纠正，或是哪里有疏漏，马上填补。春花总是认真汇报，诚恳听取意见。

起先还以为这只是工作关系，没太在意。落后钟主任来的次数多了，春花才在意起来。渐渐地发现钟惠看夏生的眼神有些异样，这种眼神似乎不像寻常人之间相互看视或不经意一瞥。这眼神光芒毕露，又有柔情蜜意，让春花惊诧不已，又好生懊恼。

一天，春花终于忍不住，放学问夏生：“你看钟主任对你是不是有些意思？”夏生一惊，赶紧说道：“哪有的事，想是你多心了。”春花说：“你承认也好，不承认也好，我看错不了多少。人家是城里人，身份比起咱们这些乡下野丫头，自然是高贵得多，人家有意于你，那是你的福分，你这般推推阻阻，躲躲闪闪，岂不寒了人家的心？”夏生急道：“你怎么有这种想法？无论如何，我心里只有你一个，再容不下别个。”春花笑道：“只怕你嘴上这么说，心里却不这么想。”夏生说：“我对你的心天地可鉴，更没半分虚假，只恨不能掏出来给你看。”春花听了这话，心里又是一番惆怅，六神无主，一时无措，只得低头说道：“我信你。”夏生说：“不如我们把婚结了，倒省些事？”春花沉吟好半晌，才缓缓说道：“过些日子再说吧。”夏生看着春花，也不好勉强，只是点点头，各自回去。

过些日子，钟惠又来了，和春花、夏生随便说了几句，径往夏生家里去。见夏生家的院子门虚掩着，钟惠上去敲了几声。过得片刻，赵大婶出来开门。钟惠见了，笑道：“大婶，你是夏生妈妈？”赵大婶见是一个长相白净俊俏的姑娘，戴着眼镜，斯斯文文，说话软绵绵的。身上穿的衣服又整齐得体，更显文静细腻，与乡下人打扮不大一样，没半分村俗粗野，顿时疑虑丛生，不晓得是哪里来的人，上下打量好一会儿，才说道：“我就是夏生他妈妈，姑娘你是哪里来的？”钟惠咯咯一笑，说：“大婶，你好，我是城里来的。”赵大婶“哦”了一声，说：“是城里来的，找夏生有事吗？他在村后头的学堂里呢。”钟惠笑道：“晓得，刚才我已去学堂里见过他了，这会儿来家里坐坐。”赵大婶笑道：“原来你们早就认识，快请屋里坐。”钟惠跟着赵大婶进屋里。

赵大婶拿张干净帕子在一张凳子上用力擦了擦，端给钟惠坐。又拿个瓯子，用开水涮好几次，才倒出茶来，递给钟惠，搓着手说：“我们乡下人随便惯了，整天在田地里打滚，就是身上有泥土也没空去拍它，不像你们城里人讲究，个个都打扮得整齐漂亮，像水里长出来的花朵似的。我们乡下人没这个福分，别见怪。”钟惠笑道：“大婶讲话当真有趣。我怎么会见怪。我小时候也是在乡下长大，灰头土脸，乌漆抹黑，还不是跟你们一样。”见赵大婶还站着，又说道，“大婶，你坐，在自己家里怎么这般客气。”赵大婶坐下来，说：“夏生这几年在城里做事，想是你们在城里认识的？”钟惠笑道：“也算是。不过我们认识还没多久。”赵大婶说：“难怪，夏生从没跟我们提起过。”

钟惠说："如今夏生教书了，论起来，我也算是他的上司。"赵大婶笑道："你看我是老糊涂了，你来这么久，还不晓得怎么叫你。"钟惠说："我姓钟，单名一个'惠'字，夏生他们都是叫我'钟主任'，大婶，你辈数大，又是在家里，你就叫我钟惠或惠惠好了。"赵大婶笑脸一收，说："那怎么可以，'钟主任'就是'钟主任'，怎么可以乱叫名字的。"钟惠说："有什么不可以的，你是长辈，又是在家里，咱们不拘那些。"赵大婶看着钟惠好半晌，说道："好，既是钟主任不计较这些，你又是个姑娘家，我就叫你钟姑娘。"钟惠笑道："大婶，你也别叫我什么钟姑娘，我听着不自在，叫我钟惠就是。"赵大婶笑道："好，好，我就叫你钟惠。"

钟惠说："这就是了。大叔不在家？"赵大婶说："他一早就出去了。钟惠肯到我们这茅屋来坐坐，想是有要紧事。"钟惠笑道："也没什么要紧事。今天来'德贵学堂'看看，顺便到家里来看看。再说，住在城里，没个可以谈白的人，既然来了，到家里和大婶谈谈白也好。大婶若有什么困难，跟我说就是。"赵大婶笑道："钟惠真是客气，有这番心思来和我这乡下老婆子谈天说地，我这脸上真是光彩得很。至于家里那些芝麻绿豆的小事，也不用劳烦你。"钟惠笑道："大婶真是客气，什么劳烦不劳烦的，我帮你们料理生活上的困难，是我分内的事。"

钟惠在屋里扫一眼，说："大婶，家里这些桌凳等器物，实在破旧，随便来个人看着不像话，索性我帮你们买套新的，以后不管是哪个来，看着也像些样。"赵大婶忙说道："要不得，要不得。"钟惠说："有什么要不得？"赵大婶说："要买也是我们买，怎好让你花钱？再说，这些东西虽然粗重、破旧，不起眼，也跟了我们几十年，早已习惯，用着顺手。如今将就些，还能用，要是扔了，我心里还有些舍不得呢。"钟惠笑道："大婶这般爱惜它们，想是大婶的陪嫁品不成？"赵大婶笑道："那倒不是。"钟惠笑道："既不是大婶的嫁妆，我看也算不上古董，又这般破旧，扔了有什么可惜？"赵大婶说："我们乡下人使用这些粗重的东西惯了，比不得你们讲究，凡事都要讲个美观好看。我们家里又没贵客，谁去在乎它？你的好意我心领了，家里这些小事情，不值得你去花心思。”钟惠说：“晓得了，大婶，这用得着花什么心思。我倒有一件事想问问大婶。”赵大婶说：“你有什么事尽管问就是。”

钟惠说：“夏生今年多大啦？”赵大婶说：“二十四了。”钟惠说：“还没结婚吧？”赵大婶说：“还没有。”钟惠说：“有相好的女孩子家没有？”赵大婶说：“相好的女孩子家倒是有一个。”钟惠说：“夏生长得这般俊朗，他相中的女孩子家肯定不错。不晓得是哪家的？”赵大婶说：“就是林家的春花。”钟惠惊呼一声：“哦！就是和他一起教书的那个女孩儿？”赵大婶说：“就是她。”钟惠说：“夏生真是有眼力，这么个如花似玉的女孩儿，别说是个后生见了动心，怕是个铁石人见了，也不免心慌意乱。大婶对没过门的媳妇想是称心满意得很？”赵大婶说：“他们俩从小一块长大，一直都很要好，如今谈婚论嫁了，我心里自然高兴。再说，春花那丫头身体结实，以后生儿育女，上山下地，也不会有多大难处。”钟惠笑道：“大婶想得真是实在。别个都喜欢瘦弱的，大婶却喜欢高大的。”赵大婶“嘿嘿”笑几声。

钟惠又说：“说起来他们俩也算得青梅竹马，情投意合，怎么不早些把婚结了，也好了却大叔、大婶一桩心头大事？”赵大婶说：“哪个晓得他们。听夏生说，他倒是提过这事，想早些结婚，春花却在犹豫，说过些日子再说。不晓得她心里怎么想的。我们大人倒是希望他们早些结婚，早栽树早乘凉，咱们村里好多我这个年纪的都抱上孙子喽。”

钟惠咯咯笑道：“大婶这些想法也是常理，哪个当爹娘的不是这般想，生怕自己子女蹉跎岁月，不知不觉老了，将来找不着好人家。就说我吧，在家里，我爹妈见我这个年纪，还没人家，着急得很，整天催我，不能再拖，赶紧找个人家嫁了。她们帮我相了好几户，只是不如意。有时想起大人们的一番殷切情意，我这心里就是一紧一紧的，好像在火上烤一般。”赵大婶说：“你是城里人，条件好，长得又这般俊，眼光自然也高些，对人家方方面面都得周全。不像我们乡人，只要是个女人，能生娃娃，能勤劳干活。进门来，持家有方，出门去，田地不荒，我们就开心得很。”

钟惠听了，哈哈大笑：“我说大婶是实在人，一点不错。只是大婶说我眼光高，这话就说偏了。男女间这事比不得做生意，去铺子里买东西，挑选好了，给钱就可以归你。这事要讲究缘分。大婶不曾听说，有缘千里来相会，无缘对面难相识？”赵大婶说：“我们认得几个字，哪里晓得这些，只晓得两个人在一起，能安安静静，消消停停地过日子就是了。那些什么情啊，爱啊，我听多了心都烦。你说两个人在一起过日子，日里忙活，夜里睡觉，哪里用得着这许多？又有多少空去顾理这些？古时候那些人，两家大人说了话，定好日子，一顶轿子就抬进门，此前压根儿就没见过面，日子还不是过得稳稳当当。倒是现在，兴起什么爱情来，当着别个的面，什么心肝、肉儿，什么你爱我呀，我爱你，肉麻得很，也不怕丑。到头来还不是分的分，散的散，又有什么好。”

钟惠哈哈笑道：“跟大婶谈白真是有趣。时候不早了，我还是先回去。”说着站起身来。赵大婶也跟着站起身来，拉着钟惠，说：“急什么，既然来了，吃晌午饭再走也不迟。”钟惠说：“这回不吃了，我还有事呢。”赵大婶说：“看你说的，你们城里人能有什么事，想是嫌弃我们乡下人做的粗饭淡菜，不合口味？”钟惠笑道：“大婶，你误会了，我没这个心思，实在是有事在身。下回多了空，我再过来吃饭，和你谈白。”赵大婶说：“好，有空就过来坐。”钟惠点点头，辞了赵大婶，出门去了。

出　走

过了几天，钟惠当真搬来一套崭新的家具给赵大婶。赵大婶和赵大叔起初都不肯，说用了几十年的东西，说扔就扔了，心里割舍不下。再说，自己又没有任何功德，怎么能让钟惠花这些钱，帮自己置办家具？

钟惠笑着说：“大叔、大婶，你们真是客气。夏生教书育人，福泽一方，功德不小。他是你们的儿子，你们做爹娘的，不应算一份在里头，怎么说没任何功德？我尽一番小小心意，算是对他的赞赏。”

赵大叔、赵大婶晓得推诿不过，只得让旧家具搬出去，新家具搬进来。老两口看着那崭新的桌凳，铮铮发亮，抚摸着，平滑光洁，能照出人的影子。比起那油漆斑驳，凸凹不平的旧桌凳，自是光鲜不少。俩人相望着笑笑，嘴上虽不好说什么，心里还是很欢喜。仔细看一会儿，又坐上去磨蹭几下，感觉非同寻常，心里越发高兴。赵大婶说：“老爷子，我们活了这把岁数，还是头一次见这般上眼的货。你说，得花多少钱才能买下这些东西？”赵大叔说：“谁晓得，估摸着，我们在家干一年的活怕也买不起。”赵大婶低头深思了一会儿，说：“老爷子，人家一番好意，我们总不能薄人家面子，横竖不是我们伸手向她要，是她自己硬要搬进来，我们拦也拦不住。若是不领这份情，人家还当咱们有意跟她过不去，以后要是为难起来，咱们俩倒没什么，夏生归她管着，肯定不好受。那些破烂货横竖不值几个钱，既然扔出去，没有再搬回来的理。我看不如把它们统统砍断劈碎，当柴烧了，不用整天看着碍眼，又不占地方，你说好不好？”赵大叔点头笑道：“好，你说怎么着就怎么着。”说着去拿斧头，到外面，把那些旧桌凳全劈成小块。

傍晚，夏生回来，见家里突然间添置好多崭新家具，惊诧不已，忙问是从哪来的？赵大婶说是钟惠送过来的。又将事情前后向夏生说了一遍。夏生听了，急道：“平白无故要人家东西做什么？赶紧退给人家。”赵大婶笑道：“傻小子，你晓得什么。上午，我跟你爹爹商量，这几样东西，我们干一年活还买不起呢。再说，人家送这些东西自然是冲着你来的，难道是冲着我和你爹？我和你爹都这把岁数了，又没能耐，哪个还会看顾我们？人家有心抬举你，器重你，才会对你有这番嘉奖，希望你能潜心上进，不负所望，你可别不晓得好坏。”

夏生心里有苦难言，急得直跺脚，说：“什么抬举不抬举，嘉奖不嘉奖，这些东西横竖不能要人家的，明天赶紧给人家退回去，免得让别个说闲话。”赵大婶说：“哪个会说闲话？我们做了一世老实人，不曾偷，不曾抢，也不曾伸手向人讨，凭着自己这双手过日子，谁会说闲话？就说这些东西，不是我们偷抢来的，也不是伸手向人家要的，是它自己长脚进来的，我有什么办法？再说，要是把这些东西退回去，你叫我退哪里去？我们都不晓得人家住哪儿。就是将这些东西退回去，你晓得这些东西值多少钱？你看用料这般扎实，手工又极讲究，绝不是摆在地摊上卖的。粗略估算，少说也值它十来头大肥猪的钱。我一年才养四头猪，就是养两年，还值不了这几样东西。你是没当家，不晓得柴米贵。讲话不花本钱，说得轻巧，像是金子、银子会从天上掉下来似的。”

夏生急得不住唉声叹气，说：“我不是这个意思，我心里想的，你们不会明白，也不懂。不管怎么说，这些东西还是还给人家好，我们不能要。”赵大婶哈哈笑道：“你的心思，我有什么不明白、不懂的，你倒是说来听听。”夏生支吾好一会儿，说不出口，赵大婶笑道，“你仗着自己念了几年书，识得几个字，就自认为自己高洁起来，看不起你老娘？嫌你老娘粗笨、愚蠢，不明事理，不配跟你讲话？”夏生连声歉然说道：“我哪里有这想法。”赵大婶说：“你既然没这想法，为什么心里有话不跟我讲？”夏生局促说道：“好了，别说了，你们想留着就留着吧，我管不了许多。”说着气冲冲地进了自己房里，栓上门，躺在床上生闷气。任赵大婶、赵大叔如何叫，只是不开。

赵大婶在门外说：“儿子，别跟你老娘怄气了，我晓得你一向心高气傲，不愿意接受别人馈赠。我们就你这么一个儿子，无论大小事一向都是依你。不想我逼不得已做了一回主，倒惹你这么大脾气，早知如此，我就是躺在门槛上，也不让他们把这些东西搬进来。如今既然已接受人家的，又要退回去，按常理想想，人家好歹是有脸面的人，你叫人家脸上如何挂得住？再说，那些旧东西，你老子都已劈碎了，把这些东西还给人家，我们一家人连个坐的地方也没有，总不能叫我们端着碗站着吃饭？”夏生躺在床上听赵大婶在外面絮叨半天，因心里怒气丛生，反而憎恶起来，只作没听见，一句话也不肯答，过了片刻，赵大婶又说，“儿子，妈这般跟你说好话，你就谅解妈这一回，下回就是哪丘田种芝麻，哪块地种绿豆，也要问过你才是。”夏生听了，又是一阵气恼，又是一阵好笑，随口说道：“好了、好了，我不生你们的气就是，你们去忙吧，我这会儿烦心得很，想躺一会儿。”赵大婶听儿子说不要自己的气，才去忙别的。

过了几天，春花晓得钟惠送东西给夏生家里，嘴上虽然不说，装出一副无事的样子，心里却恼恨不已，见了夏生不说一句话，脸上冷冷的。夏生晓得事出有因，一天放学后，春花正要回去，夏生拉住春花的手，还没开口，已被春花甩脱，微怒道：“你拉我做什么？我们本来清清白白的，你这么一拉，要是被别个看见，倒说我们表面正经，却暗里藏奸，孟浪不轨，不晓得又有多少口水话蹦出来，到时就是跳进河里，也难洗脱这些干系。”夏生歉然笑道：“我晓得你心里恼我，才故意说这些气话。”春花说：“平白无故的，我恼你什么、气你什么？”夏生笑着说：“我晓得那东西不该收人家的，那不是我的主意，都是我妈妈做的主，事先我全不知情，落后回去才晓得，还发了一大通脾气。看他们那般光景，想是不愿意退回给人家，那些旧东西又已被我爹劈碎当柴烧了，我也是左右为难。总不能为这事跟他们翻脸，断绝父子关系。”

春花嘲笑道：“不费半分力气就得这一大堆好东西，而且又不是偷的、抢的，来得理直气壮，用起来心安理得，有什么不好，我又去恼它做什么。再说，人家送你东西收不收在你自己，哪个又能强你半点？”夏生见春花语含讥讽，绵里藏针，一张俏脸乜视着自己，似怒非怒，似笑非笑，像是与自己毫不相干，又像是一件极要紧的事，等待自己发落，晓得是她心里恼恨很深，想起那天在家里妈妈对他说的话来，说道：“早知他们收人家那些东西惹你生这么大的气，我那天回去，就是拼着命，也要把那些东西砸碎。当时我妈妈好说歹说，又见那些旧东西已全劈碎，心想就算了。我要是做得过分，他们俩脸面上过不去。而且又说了以后再不收人家东西。我若是现在又回去把那些东西打碎，别说我爹妈脸上不好看，就是我自己脸上也不好看，你好歹谅解这一次，下回他们还乱收人家东西，我不用说，不用问，拿起就丢出去，你说好不好？”春花漠然说道：“人家就是送你金子、银子，收不收是你自己的事，哪个又来管你？”夏生嘻嘻笑道：“就是金子、银子哪里抵得上我们多年情分，我心里自有分寸。”春花白他一眼，也没理他，自己回去了。

过些日子，钟惠又来学堂查看。见了夏生便摆出一副春光笑脸来，柔声娇气指这问那，夏生不好薄人家，怕引出麻烦来。见春花又在一旁冷眼相看，两边顾着，心里好不自在，只得敷衍钟惠。钟惠见他心不在焉，心里也不快，晓得是春花在一旁的缘故，也不好耍性子，只得询问些无关紧要的事。夏生囫囵应着，心里怕春花误会，待会儿又要气恼，反是不美。正在踌躇，只见一个小孩儿跑来说，说外头有两个小孩儿在吵架斗嘴，夏生如临大赦一般，忙借故走开。

夏生一走，钟惠便拉下脸来，指着春花说：“你教的什么书，我每次来都见这些小孩儿翻天倒地，无法无天，像山里的野东西[①]似的，没人管教。这般下去，怎么得了。以后长大了，还有个规矩，还懂得礼仪？如今你不下些狠

① 野东西：泛指野生动物。

手段教他们走正路，只晓得放纵，总有一天，他们都将毁在你手里。”春花说：“我从来就没放纵过哪一个，一直以来都是勤加督导，循循善诱。更没亵渎职守，辱丧使命，每天兢兢业业，朝乾夕惕，不敢有半分懈怠。只是乡下孩子，大人少管束，质朴太过，如今又才启蒙，想要他们去质存善，克己守礼，自然不是一天、两天的事。只能假以时日，才有后效。”钟惠冷笑道：“你说得倒是好听，只晓得往自己脸上贴金。以你这般教唆下去，这些孩子迟早会误入歧途，到时看你如何交差，又怎么对得住他们父母？”春花说：“自办学以来，我恪尽职守，严身律己，一门心思全在这些孩子身上，从来不曾有任何私心，所做的每一件事都对得住天地良心。”

钟惠一时语塞，无言以对，没讨到好处，气填胸腹，满腔恼恨无处发泄，瞪着春花狠狠的“哼”了几声，甩手而去。

过不多时，夏生进来，见春花脸色难看，不敢稍有造次，宽慰几句，上课去了。

钟惠回去生了几天闷气，烦恼才渐渐消去。一天心情畅快，写了封信，托人交给夏生。

夏生展开信一看，见朱字笺上写着几行墨字，字迹娟秀，遒劲有力。夏生默念道：“生，请于某月某日来城一趟，在牛牯街骡子巷怀旧轩见，有要事相谈，幸勿推却。惠。某月某日讫。”夏生看了，满脸狐疑，不晓得有什么要紧事，也不敢跟春花说，怕引起误会，一个人偷偷翻看历本，见约定的日子恰好是假日，这才放下心来。到了那天，夏生瞒着春花，只说去城里办些事，春花没在意，叮嘱几句小心些，办完事就回来。夏生点头应道，一个人赶紧往城里。

夏生来到城里，照着信上写的地址，来到一个僻静处，找到那间屋子。那屋子是个茶庄，门顶悬挂着一个巨大的牌匾，上书“古来庄”。

“古来庄”坐落在城郊一隅，建筑古雅，风格别致。屋子全用木材堆砌，榫卯结合，见不到一丁点金属器物，又上了老漆，看上去乌黑发亮，犹似古物一般。连顶上盖的都是杉树上剥下来的皮，边沿已长满苔藓。只有大门一面墙是用玻璃嵌镶。墙脚下种满花草，花草的藤条四处蔓延，好些已沿着玻璃爬上了屋顶，欣欣向荣的绽放。透过玻璃墙，里面的景致依稀可见。大厅宽阔，摆有二十来张桌子，显得异常稀松。里面零零星星几个人在那里坐着，多是成双成对的后生，也有三四十岁的中年人。他们或相视笑谈，或凝目神思，或是端着瓯子，一小口一小口地呷着茶，神情却是雍容娴静。

屋前还有一条丈把宽的小溪，溪水很浅，不足一尺，水里的河卵石依稀可见。流水却是湍急，近处能听到潺潺的流水声。溪面上架有一座三四尺宽的木桥，桥两边安了铁护栏。夏生在外往里扫一眼，见钟惠坐在挨玻璃墙的一张桌子，正在微笑着向自己招手。夏生点点头，跨过桥进去。

夏生来到钟惠桌前坐下，见四周人少，有些拘谨，看着钟惠讪讪地笑了笑。钟惠笑道："看你那紧张的样子，我又不是老虎，还能把你吃了？"夏生不好意思地笑笑，说："头回来这种地方，不太习惯。"钟惠说："你吃什么茶？"夏生说："要一杯菊花茶或者茉莉花茶就好。"钟惠笑道："'古来庄'可是远近闻名的茶庄，没有菊花、茉莉，只有上好的龙井、铁观音、大红袍之类。"夏生皱着眉头说："这些茶想是很贵？"钟惠笑道："在这里吃一次茶，够你在家吃个把月伙食。"夏生说："算了，还是别吃了，横竖不口干。"钟惠笑道："难得来一次，就当是坐着陪我说说话，吃口茶消遣。"说着不等夏生同意，要了一壶铁观音。

过得片刻，侍者端过茶来，钟惠倒出两杯，一杯递给夏生，一杯自己端起来吃。夏生接过茶，茶杯里冒着腾腾热气，香飘四溢，怡人心肺，放在一边，却木然不动。钟惠见状，说道："你先尝尝，这茶好不好吃，合不合口味。"夏生看了一眼钟惠，端起杯子来，抿一小口，咂咂嘴，说："这里的茶跟家里的茶是不一样，不但香浓，余味也悠长。"钟惠笑道："你要是在这里吃上个把月，再去吃家里的茶，便索然无味，如同白开水似的。"夏生说："你常来这里吃茶？"钟惠说："不常来，只是心烦的时候来这里坐坐。这周围的景致清幽，又没闲杂人等，在这里要壶茶，慢慢吃上半天，什么烦恼也没了。"夏生说："你说有要紧事相谈，不晓得是什么事？"钟惠笑道："没什么事，只是想叫你来陪我坐坐，说说话。近来总是心神不得安宁，夜里睡不稳，要醒来好几次，有时一醒来就再睡不着，眼巴巴睁着眼睛到天亮，磨人得很。”夏生说：“没去看医生？”钟惠说：“怎么不去看，只是看来看去，医生都说我身体好好的，什么病也没有。可是我心里总不踏实，慌里慌张，担心自己好像得了什么病似的。”夏生说：“吃些静气安神的药兴许管用。”钟惠说：“这些平常的药不晓得吃了多少，哪里管半点用。灵药想是难找。”

夏生听钟惠尽说些无关紧要的事，心里不耐烦，暗忖：大清早起来，跑老远的路，却听你讲些鸡毛蒜皮的事。遂说道：“要是没别的事，我先回去。我不是医生，你说的这些事我帮不了你。”钟惠见夏生要走，幽幽地看着他，柔声说：“你这么急着走做什么，怕耽搁久了，春花生气？”夏生低着头，默不作声。钟惠脸一沉，阴森森地说：“难道你的心里只有她，再没别个？”夏生看着钟惠，点点头。钟惠心里一阵黯然，思绪紊乱，暗哼道：“赵夏生，我放下身架，对你花这番心思，你却装聋作哑，全然无视，到头来连你一句好话都讨不到。我就是扔一块骨头给狗吃，它也会朝我吠几声。你却对我这般薄情狠心，连一只畜牧都不如。春花那乡下野丫头，除了表面一张好看的皮，有哪样比得上我，你这般死心塌地地恋着她？”钟惠想了一会儿，心里倍感悲凉凄怆，接着唉声叹气说，“你们这些男人，心里不晓得是木头做的还是泥塑的，半点不开窍，难怪世上有那么多痴女怨妇，整天都在寻死觅活，说到底还不是你们这些男人造出的孽。要是能多几份柔情，多说几句漂亮话儿，人家活得好好的，谁又舍得去死。唉，你心里有事就走吧，省得坐在这里如坐针毡一般，回去好好守着你那如意的人儿，别让她飞走了。”

夏生见钟惠忧心伤怀，一脸茫然，晓得多半是因为自己，心里愧疚，一时性起，随口说道：“你的一番心意我会时刻铭记。我和春花从小相爱，心灵相契，历经岁月，情弥意深。我们在心里早已暗合，我不能没有她。”钟惠看了一眼夏生，脸上掠过一丝苦笑，淡淡地说：“别说了，你走吧。”夏生缓缓地站起来，见钟惠把头偏向一边，看着外面，眼睛却是红红的。夏生不敢稍有唐突，小心翼翼出门去了。

钟惠看着外面夏生的身影越走越远，直到消失，眼泪才流出来。小声抽泣半会儿，掏出手绢来揩干泪水，一个人漫不经心吃着茶。心里越想越不是滋味，也觉无趣，宕延片刻，起身结账去了。

夏生回到村里，还没进自己家，便往春花家去。林大婶见了夏生，相互问好，忙别的去了。秋月问了好，也抱着孩子去外屋了。春花在房里听见有人来，想是夏生，忙出来相见。俩人说了会儿话，夏生才回去。

过了些天，已是寒冬季节，学校放假了，天上落起雪来。春花吃过早饭，在家里烧了很旺的炭火，和林大叔、林大婶、秋月一起烤火、谈白。突然听见有人敲门，林大婶忙去开门，见是钟惠，笑盈盈地迎进来，栓上门。钟惠与林大婶问过好，一起进屋里来。春花见了，起身问好，顺手端张凳子给钟惠坐。钟惠笑着坐下。林大婶倒茶过来，拉着林大叔去伙房烤火去了。

春花不晓得钟惠来有什么事，笑着说："这大冷天，主任还不辞劳苦，到处走走？"钟惠嗔道："看你把话说的，在家里还讲客套，就像平常一样，轻轻松松地说话，又不好些？"又说道，"其实我心里很欣赏你、敬佩你。只是工作上有些误会，还请别放在心上，不要见怪才好。"春花之前已和秋月讲过钟惠对夏生有意的事情，所以秋月便没好气地对钟惠说："我们可不敢高攀钟大主任，您有什么心思我们可猜不到，我们可不是一路人。"春花见状，瞪了秋月一眼，让她抱着孩子出去了，对钟惠说："钟主任，我妹妹不懂事，您见谅。而且我们又岂是那种小气的人，些许小事不会堵在心里，工作上的误会我不会放在心上的。"钟惠说："没关系的，你能这般想真是太好了，以后，我们就以姊妹相称你说好不好？"春花说："这怎么成，没个规矩，岂不乱了套？"钟惠笑道："有什么不成，我跟你一样，是个平常人，也会爱一个人，恨一个人。"春花笑道："姐姐既是这般说，妹妹只好领命。"钟惠笑道："这就是了。妹妹家里的年货都备齐没有？"春花说："还没有，要过几天才杀猪。这几天太冷，都不想动。"钟惠笑道："住在乡下真好，一到过年，家家户户都像在做酒似的，忙里忙外，好不热闹。城里却是冷冷清清，跟平时没多大区别。"春花说："都是些乡下人的习风陋俗，人家早不兴这些。忙来忙去也就是些虚礼，倒不如清清闲闲，身上还自在。”钟惠说：“妹妹说得也是。我们家里以前也是住乡下，落后搬到城里住，这些年，见到别个热热闹闹，眼里就馋，真要是叫自己去动手，心里又烦，奈何不得，情愿让眼里馋些，也不肯自己去动手。”春花说：“姐姐若不嫌弃，过些天家里杀猪，也来一起吃顿饭。那天还要请好多人吃饭呢，热闹得很。”钟惠笑道：“不用了，你们自己多吃些就是。”

春花笑笑，心想她跑这趟，不会就是跟自己说些日常琐事，说道：“姐姐这次来乡下，难道是要重温一回儿时的记忆？”钟惠笑道：“那倒不是，纵使有这番心思，也没昔日那番情怀，岁月流过去了，哪里还倒得回来。就是有也是在心里想想，那酸涩的日子，倒是耐人寻味。”春花说：“姐姐心里有什么话就直说吧，你这般捂着、掖着，我们心里都不好受。”钟惠笑道：“妹妹真是个爽快人，我就把话说明了。”春花点点头。

钟惠说：“你爱夏生吧？”春花冷不防被她这一问，心里一遽，惊忖道：“原来她为这事而来，真是个多情女子，用心良苦，若是别事，无论如何也要成全她，只是情感上的事，哪里是几句就能说得清楚。有人视如草芥，弃之如敝屣，随手就扔。有人却视为珍异，爱不释手，用一生的岁月去呵护。自己与夏生虽无惊涛骇浪般轰烈，却也相濡以沫。多少年来，彼此相契。若不是心中挂念着村里这些孩子，早已结为秦晋，也不用现在这般多想。”心里想着，见钟惠痴痴呆呆看着自己，默默地点点头。钟惠说：“我晓得你们相爱弥笃，情感深厚，本不该存这份奢想，只是这事我捆不住自己。我们都是女人，对于情感上的事，想来你也有同感。这些日子，我心里烦乱得很，他的影子时时刻刻，影影绰绰，不停在我脑海里转，怎么也赶不走、挥不去，搅得我整天都不晓得在做些什么。若是能消停得下来，我也死心了。偏偏这东西，如同夜叉似的，一经上身，再也甩不掉。今天我特地来请教妹妹，看有没有什么好办法，教教我，若能除去心中这块烦恼，这一世对你感激不尽。”春花说：“我能理解你的际遇，只是爱莫能助，实在没有好的办法，还请姐姐多多包涵。”钟惠叹口气，尽显无奈之色，沉沉说道：“好妹妹，你就不能可怜可怜姐姐，帮忙出个主意？”春花笑道：“我能有什么主意，我又不是他。”钟惠说：“你有的，只怕你不肯。”春花笑道：“既然姐姐心中已有了主意，还留着做什么，说出来听听。”

钟惠看看四周，又看春花，好一会儿，才缓缓说道：“你若真能体谅我，可不可以离开他，离开这里？”春花一愣，头脑懵懵的，不知说什么才好。钟惠又说，“我晓得，这事令你很为难，让你失去太多。这话一说出口，我心里也过意不去，这是自己自私的想法。如果你能离开他，你有什么要求，或者要什么，尽管开口，只要我能做到，绝不亏你。”春花看着钟惠，摇摇头，激动地说：“不可以，绝不可以，这事我办不到。这里是我自己的家，我在这里成长二十几年，已深深爱上这片土地，我早把自己一番热忱献给这块土地，你却叫我离开这里，我如何做得到？就是夏生不爱我，我也不会离开这里。”

钟惠说：“好妹妹，你不明白我心里的苦楚，这种苦，我一生都不曾有过，这是第一次。要是叫我失去些什么便能换来心里的抚慰，只要是我有的，都舍得。只是我一厢情愿，别人未必领会得了。”春花说：“你什么也不要说了，横竖我是不会离开这里。我们现在都没被索子捆着，你爱他也好，他爱你也好，我管不着。”钟惠说：“这个道理，我晓得。只是他心里只有你，你在他眼前一天，他就不会死心。”春花说：“他死不死心，又与我何干？难道叫我为这些事，背着父母离家出走，去一个没人知晓的地方，这一生也别回来？”钟惠笑道：“好妹妹，你这话说重了。要是到这种地步，我也不忍心。我是想，你能看在子虚村这百来个孩子份儿上，暂时出去一年半载，等事情都妥了，我自然会叫你回来。那时，大家都不伤和气，你还是我的好妹妹，我也是你的好姐姐。这个‘德贵学堂’也在，你回来再教书，也不是难事。你的这份恩德，日后我自会报答。你以后有什么难处，我也会想办法帮你。好妹妹，你看行不行？”

春花听了，愣想半天，拿不定主意。钟惠又说：“好妹妹，就当是姐姐求你。我晓得，你品性高洁，金钱这些东西你不在意，你若是喜欢这些东西事情就好办了，你说个数，只要我拿得出来，绝不皱一皱眉头，少你半分。”春花摇摇头。钟惠说："好妹妹，你到底想要什么，只管跟姐姐开口。"春花看着钟惠，说："我只想问一句，我走后，谁来代我，接管学堂里的事？"钟惠说："好妹妹，你放心，这一切我早已安排好，到时我自然会调遣人来。"春花说："好，过了年我就走。"钟惠看着春花失落的眼神，心里一恸，很不是滋味，随便说一番客气话，出门去了。

吃晌午饭时，春花端着碗，默默吃着，一句话也不说。林大婶心里奇怪，关切地问道："我儿，你是不是哪里不自在，怎么连一个响声也没有？"春花只顾自己呆呆地嚼着饭，似乎没听到林大婶说话，林大婶又问道，"儿，你哪里不自在就跟妈说，别压在心里，不好受。"秋月也在一旁关切地问道："姐姐，是不是钟惠和你说了什么，她是不是欺负你了，我这就找她去，替你讨回公道。"秋月作势就要往外走，春花赶紧拉着秋月说："秋月，不是的，想是这些天天气冷，我受了些寒气，等吃过饭，多吃些开水，出身汗就好了。"秋月见姐姐这样说，只能作罢。林大婶皱着眉头，看了一眼春花，又看了一眼林大叔。见林大叔似乎也因春花心里不快有几分悒郁，吃饭难咽。说道："老头子，你怎么跟个孩子似的，发起闷来？吃你的饭就是。"林大叔说："我这个当爹的真是蠢，平时不晓得怎么关爱子女，见春花这样子，我心里却是吃紧。"春花强笑道："爹爹，你们不用为我担心了，只是受了些寒气，哪里就像你们想得那般重。"林大叔、林大婶和秋月见说，没再说话。

吃完饭，林大婶煮了生姜水，加些砂糖，拌匀吹冷了，端给春花吃。春花心里苦笑一番，晓得推脱不得，勉强吃几口，便放在一边。林大婶说："多吃些，这样才会出汗，好得快。"春花说："晓得，还有些烫人呢，等凉些再吃。"林大婶说："哪里烫人，我端进来时已经吹冷，现在只剩一点温热。想是你心里有事，却这般来哄着妈。大清早还好好的，钟主任一来，你突然像变了个人似的。她对你说了些什么？让你心里受气，才这般苦着脸？"秋月也在一旁听着，附和着问。春花说："哪有的事，钟主任好得很，对我就像亲姊妹，知寒问暖，哪里会说话气我。"林大婶点点头说："想想也是，每次见她都斯斯文文、和和气气，对人又有礼貌，不拿大，为人又大方。听说还送了夏生家好些东西呢……”林大婶话没说完，春花说：“妈，别说了，人家这些好处自己记在心里就是，别到处乱嚷。我累得很，想睡一觉。”林大婶“嗯”了一声，叮咛几句，出房来。

过了年，春花突然不见了，只留下一封信，秋月折开来看，见信上写道：“爹爹、妈妈，原谅我没跟你们说一声就走了。我只想一个人出去些日子，到处看看，然后就回来。你们不用为我挂心，我早已是个大人，会看顾好自己。你们好好保重自己就是。秋月，你也要好好照顾爹妈和自己。春花敬呈。”

林大叔、林大婶，痛苦、伤心了好些天，秋月知道姐姐也许只是去外面散散心，未必不是好事，便劝着爹妈。林二婶过来劝慰道：“大哥、大嫂，你们伤心难过也没用，人已经出去。她这么大个人，又不是第一次出远门，我们不必担心。让她到外头去看看，见识见识也好。又不是这一去就不回来，你们好好保重身子，到时她回来相见，也开心。”林大婶说：“这丫头一向都懂事，从不让人操心，怎么这回一走，连声都不吭一个，也不晓得去了哪儿，你教我怎么放心得下？”林二婶说：“大嫂，你先别难过，我想她定是有苦衷，不好对人说出口，才背着你们出去。等哪一天事情顺了，自然会回来。再说，春花这丫头办事向来稳重，年纪又不小了，前些年读书又在大地方见过世面，有什么好担心的。我猜想，像她这般孝顺的人，过不了多少日子，心里放不下你们，突然就回来了呢。”林大婶想了想，突然说：“二婶，你说她会去哪里？”林二婶说：“天底下这般大，哪个晓得她去哪儿，我劝大嫂别多费心思寻她，就算是花一番大力气，也是海底捞针，没个结果。”林大婶叹几声，只得作罢。

涅 槃

春暖花开，漫山红遍，转眼间又快一年清明时节。林二婶、刘三儿每天没事，相约到李抽雪的铺子里打牌消磨时光，日子倒也过得惬意自在。一天，林二婶吃过早饭，到刘三儿家里来，见刘三儿正在吃早饭，随口说道："三妹，外甥这些日子真是脱胎换骨了，以前那些顽逆全不见，像变了个人似的，可喜得很。"刘三儿嘴里嚼着饭，直笑道："是啊，这小子说来还有些可造。如今整天跟着他老子进进出出，哪里也不去了。只是听说阿飞那小子，坐班房回来，还是跟以前一个样，恶性不改，到处偷鸡摸狗，自己不争气。他爹娘又管不住他，要是哪天倒运，肯定又要进班房。"林二婶笑道："那是别个的事，我们哪里管得许多，自家的孩子能够规规矩矩，像模像样，就谢天谢地啦。"刘三儿说："那倒也是。不过，阿飞那小子平时跟秋生好得不得了，像亲兄弟似的，我也不希望看到他们再去做那些歪门邪道的事，若能改过自新，让德贵给他找些事情做，一来自己可以安身，二来他爹娘也不用整天为他担心，多好啊。可是他就是不听劝，秋生不晓得劝过他多少回，他一句也不肯听，权当耳边风。"林二婶听了，默不作声。

刘三儿把饭吃完，倒两瓯茶出来。林二婶嘻嘻笑道："三妹，是时候该给外甥另找门亲事了。"刘三儿笑道："我正有这个想法呢，这事还得拜托大姐多费些心神才好。"林二婶说："三妹说哪里话，为自己外甥找亲事，是做大人分内的事，义不容辞，算得上什么费心劳神。只是以前没留意，谁家有模样长得好看的女孩子家。”刘三儿笑道：“婚嫁的事，又不是吃馒头，要趁热。横竖不急，慢慢找就是。”林二婶笑几声。刘三儿突然想起一件事来，满脸惊疑问道：“大姐，昨天夜里我做了个好奇怪的梦。”林二婶说：“三妹做了什么梦？”刘三儿说：“昨天夜里侯大哥托梦给我，他一身褴褛的样子，说是在那边没钱花，要我们烧些纸钱给他。”林二婶叹声气，说：“也难怪他，自己儿子不争气，做班房回来，如今不晓得去哪儿了。没见个人，也没个音讯，不知还在不在世上，要是靠他去烧纸，日头还不从西边出来？想起这事真让人觉得悲凉。”刘三儿说：“侯大哥没托梦给你？”林二婶摇摇头说：“没有。他走了这几年，我都快忘了，你这一提，才想起他来。”刘三儿说：“横竖快清明了，哪天我们抽个空，买些纸钱来，去给他烧些吧。”林二婶点点头。

春花早已回来，心想夏生此刻定是和钟惠在一起，绸缪缱绻、你恩我爱……心里虽有几分气愤，却也奈何不得。又因自己心里早有预料，怪不得哪个，独自一人待在房里生了几天闷气。

林大叔和林大婶见春花回来，都欢欣不已，只是见她心里不好，又揣摸不透，问她又不说，一味地劝慰，也没半点用。林二婶急了，皱着眉头问：“丫头，你是不是在想夏生？你出去后不久，他也不见了，不晓得去了哪儿，他爹娘也不晓得，我们都以为去寻你了。钟主任也来村里寻了他好多回，寻不着，以后就再没来了……”不等林大婶说完，春花晓得夏生是在逃避，心里又悲又喜，泫然说道：“妈，别说了，我心里烦乱得很。”林大婶安慰道：“事情都已过去，别想太多，船到桥头自然直。”春花点头说道：“晓得，我想静静地躺一会儿。”林大婶看着春花满脸疲惫，心有不忍，又不知如何劝解，只得悻悻地出房来。

春花躺在床上，想着自己出门在外这些日子，游历山川，遍访古刹，本想缅怀文人踪迹、先贤遗风，只因心有所念，往事萦绕，不得开怀，反添了偌多愁绪，心里无时无刻不思念着夏生，自己一意孤行，原以为高尚洒脱，可最终却辜负了他，俩人俱伤，也不晓得他此刻身在何处、做何感想……春花心里想着，不禁一阵阵哀痛袭上心头，似离愁，此情无计可消除。

过了几天，春花心里才好些。出门来，到“德贵学堂”一看，见两个四十多岁的女人，衣着邋遢，蓬头垢面，趿着鞋，俨若村妇样子，正在指着那群孩子大声喧叫。那些孩子似是没听见一般，依然顾我追逐打闹，嬉笑吵嚷。一个女人来了火，揪着一个领头的孩子，在他头上狠狠凿几个雷暴，那孩子忍痛不过，不住骂娘，那女人更火，又是几个雷暴凿上，跟着几个巴掌搘在那孩子脸上，又在他后腿踢上几脚，双手在他肩上用力一压，那孩子便跪了下去。女人大声骂道：“不知好歹的短命鬼，敢骂我的娘，不给些颜色你看，不晓得生死。你给我跪着，跪到放学为止。下次若是还敢骂娘，我不撕烂你的嘴，就跟你姓。”那孩子跪在地上，不敢再骂，也不敢大声哭泣，只是小声抽噎。其他孩子见状，全给震慑住，哪里还敢顽皮，纷纷消停下来，乖乖回到自己位置上去。

春花看了一会儿，心里对那两个女人说不出的厌恶。又不好出手制止，也不忍再看，默默地回去了。

回到家后的春花很是后悔，后悔自己如此糊涂，不仅辜负了夏生，还辜负了孩子们，不禁满脸愁容。秋月见状，走到春花面前，说：“姐姐，你出去后不久，夏生哥也不见了，他家里也急得紧，大家都以为你们约好私奔了。”春花兀自笑道：“没有的事，我也不晓得他去哪儿了。”又问道，“我没在的这些日子，你们过得还好吧？”秋月说：“我们过得都很好，不过都很担心你，都希望你和夏生哥能有一个好结局，姐姐，你一定要把夏生哥找回来，一起完成你们的梦想。”

许久未见的姐妹俩谈了好长时间的话，突然间，夏生走了进来……春花痴痴伫立，又惊又喜，满眼噙泪，深情地望着夏生，不知不觉，泪水却已模糊了双眼……夏生走近春花身边，紧紧将她抱住，哽咽着声音，呼叫一声：“春花……”俩人早已泣不成声……

秋月见此情景，似乎心有所触，也不禁滴下泪来。

清明节过后不久，春花和夏生便宣布要结婚的消息。双方亲友各自转告，到了那天，都来庆贺。村里的长辈送来一副对子：“永结同心八方父老贺良缘；天作之合有情之人终成眷。”春花双手接过，笑说道：“多谢大家。”张德贵、刘三儿、张如兰、小三子、李师雁、黄贵有等也来了，说些贺喜的话，各自入座。

快到晌午时，钟惠来了。春花、夏生心里一惊，一眼看去，钟惠两眼乏神，无精打采，比前苍老、憔悴了好多，恍若两人。春花叫了一声“钟主任”，钟惠不理，冷冰冰地盯着夏生，不出一声。亲友见了，无不紧张，本来热闹非常的场面，霎时寂静无声，都呆呆地看着钟惠、夏生、春花三人。

林大婶出来见了，想起以前种种情况，心里似有些端倪，忙过来拉着钟惠的手，说：“是钟主任来了，难得赏脸，快请上坐，大家一起吃瓯酒，也是好处。”钟惠甩脱林大婶，说：“我今天不是来讨酒吃的，我只是想来再看一眼这狠心的人。”嘴上说着话，眼睛却死死地盯着夏生。林二婶在一边见势不好，怕她出言不逊，恶言相向，弄得大家心里都不安稳，也过来帮腔，笑说道：“主任，今天是这对新人的好日子，什么天大的事，先坐下来吃瓯酒再讲也不迟。”钟惠瞪了一眼林二婶，转身扬长而去。

众人见了，松口气，各自吃茶、说笑、谈白……

（全书完）

跋

小说，是门叙事的艺术，叙事就是讲故事。故事，人人会讲，无论刍荛狂夫、还是街巷俚妇，甚至学泮稚童，讲起故事来，几乎个个眉飞色舞、绘声绘形。但是讲的故事并不见得就是小说，故事不等于小说，小说又离不开故事，故事是小说的载体，小说还有更高雅的东西——情节。

情节——按英国小说家E.M•福斯特《小说面面观》的说法："情节也是事件的叙述，但重点在因果关系上。'国王死了，然后王后也死了'是故事。'国王死了，王后也伤心而死'则是情节。在情节中，时间顺序仍然保有，但已为因果关系所掩盖……"E.M•福斯特这一说法为多数小说艺术研究家所接受，作者也推崇。

故事好比是一块未经雕琢的璞玉，是原始、质野、粗陋的，情节是匠人拿着这块璞玉经过雕琢、打磨等加工以后，变成了一块光彩夺目的美玉，是华丽、动人、光芒四射、令人向往的。二者之间虽无本质区别，却有俗雅之分。

很难相信，鸳鸯蝴蝶派写手，可以用几十万字来讲一个故事，而这个故事仅仅是告诉你一个人如何去爱另一个人，真让人匪夷所思。作者并不否认鸳鸯蝴蝶派写手当中也有拔萃高手，代表人物张恨水先生《啼笑因缘》，其结构之严谨、脉络之清晰、布局之精巧……在20世纪小说写手当中，恐怕难有敌手。

小说，是一个虚拟的“现实世界”，小说世界脱离不了现实世界的束缚，小说世界是对现实世界的浓缩与升华，所以，一个细心读者总会在小说中找到若干“现实世界”。

小说，也是作者抒发心灵的地方。作者对人生的思考与现实的理解……不好直接书于笔端，也不好宣之于口，于是，通过一种艺术形式表达出来，表达得好不好，直接取决于作者的艺术水准，于是，又有了艺术作品高低之分。

小说毕竟是门虚构的艺术，小说无论写得多“实”，也是虚的，这是小说本身决定的，不是人所能强为。小说代替不了“事实”，“事实”是客观存在的，小说里的“故事”只是主观上“存在”。总有一些八股先生、学究老者，批评某些小说离“实”太远，殊不知，这正是小说的精华与灵魂，却被目光低下、迂腐浅陋的冬烘所误，叹、叹！

作者向来不主张把小说写得太“实”。即使作者所叙之事，“实有其事”，也应当极尽裁剪、夸张、变形、拼凑……使其失去本来面目，而不是如实描摹、忠实记录，让人一目了然、按图索骥。这样做的结果，既能体现出一个作者巧夺天工的艺术匠心与鬼斧神工的神笔手段，又能给喜欢在小说里考证、索引、捕风捉影、寻根觅迹的人提供泉源。

小说里的人物，作者也不主张过于扁平，扁平就是庸俗。小说里的人物是作者“生”下来的，作者就好比是一个园丁，有足够的权限对“他”进行栽培与修饰，修饰得好不好，同样取决于作者的艺术水准。小说要表现“人”的第一要义，就是“他”的内心世界，而不是“他”的躯壳与表面。人——无论是“好人”还是“坏人”，内心世界都是丰富多彩的，“好人”也有自私的一面，“坏人”总有温情的一面。只有人的躯壳与表面，才是单调、机械、枯燥乏味。就好比西门庆和潘金莲，虽说是不存在的两个“人”，却比存在的人更加真实、丰富，让人过目不忘，谁都很难用一两个词来对他们定性，不同的人都会有不同的解读，这就是小说的得力处，也是最能体现作者的匠心之处。

小说的指归，不是宣传口号、摇旗呐喊、搅唇鼓舌，也不是为人发声、帮人粉饰，或者扬人之恶，更不是助纣为虐、为虎作伥……小说及其思想自有其独立价值。作者所表达的，首先是“人本位”的精神，这是一个作者的人文情怀与悲悯之心。离开了“人”，一切将无从谈起。这就是为什么有的小说可以红极一时，却是昙花一现，刹那间便默默无闻；这就是为什么明代“四大奇书”能够经久不衰、妇孺皆知；这就是为什么有人能够在几百年前的小说《金瓶梅》里也能读出一番慈悲心来……小说的精神、艺术的高低、作者的深邃、经典的永恒……恰恰体现在这里。

小说的宗旨也不是载道，载道不是小说的范畴，载道自有载道的书，如《列女传》《二十四孝》《四书章句》等。小说一旦沦为载道，就呆了，最典型的莫过于《野叟暴言》，这部百万言的大书里，除了让人看见迂腐和痴呆，实在看不出什么灵性与闪光的东西。鲁迅先生当年在几千年文化中看到了“吃人”二字，作者也在《野叟暴言》里看到了“道学”二字。即便是《水浒传》，作者也更欣赏“金评本”，“金评本”由于砍斫了几十回，更加显得人性而又有灵光，被砍斫的那些章回，满是愚忠、血腥、杀戮、陷阱、戕害……怎么看都不顺眼，想是“载道”作的祟，不然，作者曷来那般残忍，不但将人性统统扼杀，还将一帮“英雄好汉”沦陷为马前卒、垫坑石？真不忍卒读。小说的宗旨是写人——一个真正的人，作者通过人的喜怒哀乐、爱恨情仇、七情六欲……表达出人与人、人与社会、人与自然的关系，就像《金瓶梅》，虽然叙事略有不雅，但是写人却极其真实而又自然。

小说的第一要义，不在于批判与揭露，也不在于讴歌与颂扬……这些东西实在是太次要、太平常了。小说的要义在于创造一个“真实的世界”。这个“世界”要够“真”、够“实”，最好能以假乱真，让人辨别不出，这到底是一个“真实的世界”还是一个“虚拟的世界”，就如同《金瓶梅》一般，上至王公大臣、商贾贵胄，下至贩夫走卒、勾栏巷俚等，无所不包，兼容并蓄，尽皆收入，任其自由驰骋，生死湮灭自然而又真实。那些次要、平常的东西，作者不着一笔一墨，也能尽显风流，这才是小说的要义，也是小说的境界。

很遗憾，这些作者几乎没做到。

2017年11月 江南岸